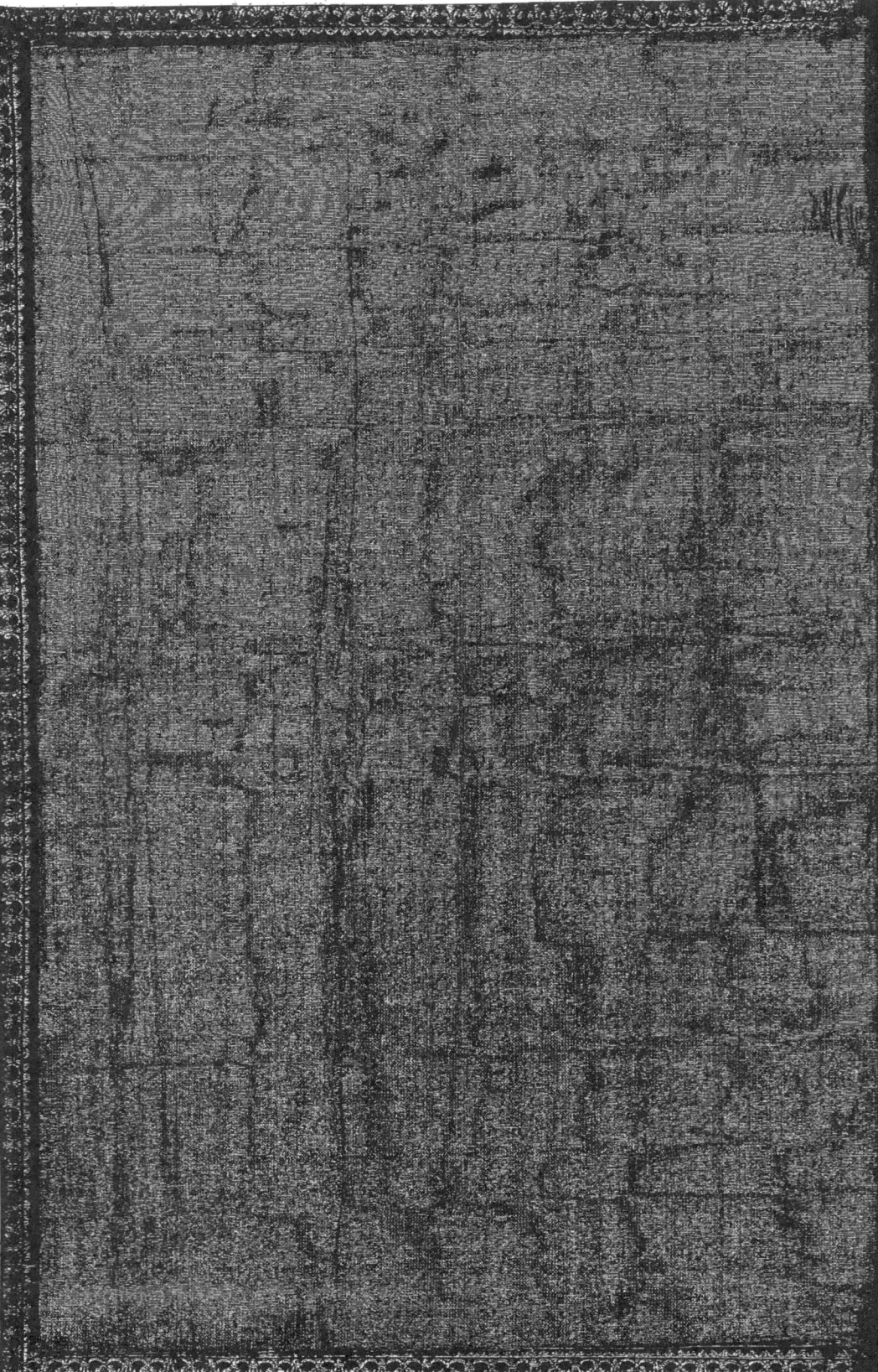

4468

OEUVRES

COMPLETES

DE

VOLTAIRE.

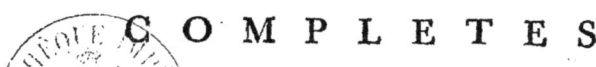

OEUVRES

COMPLETES

DE

VOLTAIRE.

TOME DIX-NEUVIEME.

DE L'IMPRIMERIE DE LA SOCIÉTÉ LITTÉRAIRE-
TYPOGRAPHIQUE.

1 7 8 4.

ESSAI

SUR

LES MOEURS

ET

L'ESPRIT DES NATIONS,

ET SUR LES PRINCIPAUX FAITS

DE L'HISTOIRE,

DEPUIS CHARLEMAGNE

JUSQU'A LOUIS XIII.

ESSAI

SUR LES MOEURS

ET L'ESPRIT DES NATIONS,

ET SUR LES PRINCIPAUX FAITS DE L'HISTOIRE,
DEPUIS CHARLEMAGNE JUSQU'A LOUIS XIII.

CHAPITRE CLXXIV.

DE HENRI IV.

En lifant l'hiftoire de *Henri IV*, dans *Daniel*, on eft tout étonné de ne le pas trouver un grand homme. On y voit à peine fon caractère ; très-peu de ces belles réponfes qui font l'image de fon ame ; rien de ce difcours digne de l'immortalité, qu'il tint à l'affemblée des notables de Rouen ; aucun détail de tout le bien qu'il fit à la patrie. Des manœuvres de guerre, sèchement racontées ; de longs difcours au parlement, en faveur des jéfuites ; & enfin la vie du père *Coton*, forment, dans *Daniel*, le règne de *Henri IV*.

<small>Hiftoire de *Henri IV*, mal faite par *Daniel*.</small>

Bayle, fouvent auffi répréhenfible & auffi petit quand il traite des points d'hiftoire & des affaires du monde, qu'il eft judicieux & profond quand il manie

<small>*Bayle* voudrait qu'on eût châtié *Henri IV*.</small>

A 2

la dialectique, commence fon article de *Henri IV*
par dire que *fi on l'eût fait eunuque, il eût pu effacer
la gloire des Alexandre & des Céfar.* Voilà de ces
chofes qu'il eût dû effacer de fon dictionnaire. Sa
dialectique même lui manque dans cette ridicule
fuppofition ; car *Céfar* fut beaucoup plus débauché
que *Henri IV* ne fut amoureux ; & on ne voit pas
pourquoi *Henri IV* eût été plus loin qu'*Alexandre.*
Bayle a-t-il prétendu qu'il faille être un demi-
homme pour être un grand homme ? Ne favait-il
pas, d'ailleurs, quelle foule de grands capitaines

Réflexions fur les eunuques. a mêlé l'amour aux armes ? De tous les guerriers
qui fe font fait un nom, il n'y a peut-être que le
feul *Charles XII* qui ait renoncé abfolument aux
femmes ; encore a-t-il eu plus de revers que de
fuccès. Ce n'eft pas que je veuille, dans cet ouvrage
férieux, flatter cette vaine galanterie qu'on reproche
à la nation françaife ; je ne veux que reconnaître
une très-grande vérité, c'eft que la nature, qui
donne tout, ôte prefque toujours la force & le
courage à ceux qui font dépouillés des marques de
la virilité, ou en qui ces marques font imparfaites.
Tout eft phyfique dans toutes les efpèces ; ce n'eft
pas le bœuf qui combat, c'eft le taureau. La force
de l'ame & du corps font puifées dans cette fource
de la vie. Il n'y a parmi les eunuques que *Narsès*
de capitaine, & qu'*Origène* & *Phocius* de favans.
Henri IV fut fouvent amoureux, & quelquefois
ridiculement ; mais jamais il ne fut amolli ; la belle
Gabrielle l'appelle dans fes lettres, *Mon foldat :* ce feul
mot réfute *Bayle.* Il eft à fouhaiter, pour l'exemple
des rois & pour la confolation des peuples, qu'on

life ailleurs, comme dans la grande hiftoire de *Mézerai*, dans *Péréfixe*, dans les mémoires de *Sulli*, ce qui concerne les temps de ce bon prince. (1)

Fefons, pour notre ufage particulier, un précis de cette vie, qui fut trop courte. Il eft, dès fon enfance, nourri dans les troubles & dans les malheurs. Il fe trouve, à quatorze ans, à la bataille de Moncontour. Il eft rappelé à Paris. Il n'époufe la fœur de *Charles IX* que pour voir fes amis affaffinés autour de lui, pour courir lui-même rifque de fa vie, & pour refter près de trois ans prifonnier d'Etat. Il ne fort de fa prifon que pour effuyer toutes les fatigues & toutes les fortunes de la guerre, manquant fouvent du néceffaire, n'ayant jamais de repos, s'expofant comme le plus hardi foldat, fefant des actions qui

Sommaire de la vie de Henri IV.

(1) Ce paffage du dictionnaire de *Bayle*, ainfi qu'un grand nombre d'autres, ne peut être regardé que comme une plaifanterie.

Il eft certain qu'un prince qui profite de l'impunité que fon rang lui affure, pour priver un de fes fujets de fa femme, commet un acte de tyrannie : l'adultère eft un crime pour un fouverain comme pour un particulier ; mais les circonftances qui augmentent ou diminuent la gravité du crime, fans en changer la nature, rendent celui-ci bien plus grave dans un roi que dans un homme privé.

Il faut avouer encore qu'un prince dont les paffions font publiques, peut s'avilir, foit par l'influence que fa faibleffe donne à fes maîtreffes, foit par les actions indignes de lui, où l'amour peut l'entraîner, foit même par le ridicule dont peuvent le couvrir les infidélités ou l'infolence de fes maîtreffes.

Cependant, de toutes les paffions des rois l'amour eft encore la moins funefte à leurs peuples. Ce n'eft point *Marie Touchet* qui a confeillé la Saint-Barthelemi ; madame de *Montefpan* n'a point contribué à la révocation de l'édit de Nantes ; ce ne font point les maîtreffes de *Louis XV*, ou de fon premier miniftre, qui ont fait donner l'édit de 1724. Les confeffeurs des rois ont fait bien plus de mal à l'Europe que leurs maîtreffes.

Obfervons enfin que l'amour des plaifirs & la chafteté font également compatibles avec toutes les vertus & tous les vices, toutes les grandes actions & tous les crimes.

ne paraiffent pas croyables , & qui ne le deviennent
que parce qu'il les a répétées ; comme lorfqu'à la
prife de Cahors , en 1588 , il fut fous les armes
pendant cinq jours , combattant de rue en rue fans
prefque prendre de repos. La victoire de Coutras fut
due principalement à fon courage. Son humanité
après la victoire devait lui gagner tous les cœurs.

Le meurtre de *Henri III* le fait roi de France :
mais la religion fert de prétexte à la moitié des chefs
de l'armée pour l'abandonner, & à la Ligue pour ne
pas le reconnaître. Elle choifit pour roi un fantôme,
un cardinal de *Bourbon-Vendôme ;* & le roi d'Efpagne,
Philippe II, maître de la Ligue par fon argent, compte
déjà la France pour une de fes provinces. Le duc
de Savoie , gendre de *Philippe* , envahit la Provence
& le Dauphiné. Le parlement de Languedoc défend,
fous peine de la vie , de le reconnaître, & le déclare
incapable de poffèder jamais la couronne de France , confor-
mément à la bulle de notre faint-père le pape. Le parlement
de Rouen déclare *criminels de lèfe-majeflé divine &*
humaine tous fes adhérens. (2)

Septembre
1589.

Henri IV n'avait pour lui que la juftice de fa
caufe , fon courage & quelques amis. Jamais il ne

_____

(2) Les apologiftes des jéfuites ont reproché ces arrêts aux parlemens ,
lorfqu'ils détruifaient les jéfuites , en les accufant de ces mêmes excès. La
juftice oblige d'obferver qu'on ne doit reprocher à un corps que les crimes
qui lui ont été infpirés par l'intérêt ou par l'efprit de corps. On peut
alors dire à ceux qui les compofent : *Voilà ce que vos prédéceffeurs ont fait,*
voilà ce que dans les mêmes circonflances on pourrait attendre de vous : l'efprit
qui les animait n'eft point éteint , votre intérêt n'a pas changé. Mais il n'eft
pas plus raifonnable de reprocher à des corps féculiers les crimes du
fanatifme ou de la fuperftition , dont leurs prédéceffeurs fe font fouillés ,
que de reprocher les excès de la Saint-Barthelemi aux defcendans des
Tavanes ou des *Guifes.*

fut en état de tenir long-temps une armée fur pied ;
& encore quelle armée ? elle ne fe monta prefque
jamais à douze mille hommes complets : c'était
moins que les détachemens de nos jours. Ses ferviteurs venaient tour-à-tour fe ranger fous fa bannière,
& s'en retournaient les uns après les autres, au bout
de quelques mois de fervice. Les Suiffes, qu'à peine
il pouvait payer, & quelques compagnies de lances,
fefaient le fonds permanent de fes forces. Il fallait
courir de ville en ville combattre & négocier fans
relâche. Il n'y a prefque point de province en France
où il n'ait fait de grands exploits, à la tête de quelques
amis qui lui tenaient lieu d'armée.

D'abord, avec environ cinq mille combattans
il bat, à la journée d'Arques, auprès de Dieppe,
l'armée du duc de *Mayenne*, forte de vingt mille
hommes ; c'eft alors qu'il écrivit cette lettre au
marquis de *Crillon :* „ Pends-toi, brave *Crillon*,
„ nous avons combattu à Arques, & tu n'y étais
„ pas. Adieu, mon ami, je vous aime à tort & à
„ travers. „ Enfuite il emporte les faubourgs de
Paris, & il ne lui manque qu'affez de foldats pour
prendre la ville. Il faut qu'il fe retire, qu'il force
jufqu'aux villages retranchés pour s'ouvrir des
paffages, pour communiquer avec les villes qui
défendent fa caufe.

Pendant qu'il eft ainfi continuellement dans la
fatigue & dans le danger, un cardinal *Caëtan*, légat
de Rome, vient tranquillement à Paris donner des
lois au nom du pape. La forbonne ne ceffe de
déclarer qu'il n'eft pas roi ; (& elle fubfifte encore !)
& la Ligue règne fous le nom de ce cardinal de

Oɛobre
1589.

Vendôme, qu'elle appelait *Charles X*, au nom duquel on frappait la monnaie, tandis que le roi le retenait prisonnier à Tours. (3)

Les religieux animent les peuples contre lui. Les jésuites courent de Paris à Rome & en Espagne. Le père *Matthieu*, qu'on nommait le *courrier de la Ligue*, ne cesse de procurer des bulles & des soldats. Le roi d'Espagne envoie quinze cents lances fournies, qui fesaient environ quatre mille cavaliers, & trois mille hommes de la vieille infanterie vallone, sous le comte d'*Egmont*, fils de cet *Egmont* à qui ce roi avait fait trancher la tête. Alors *Henri IV* rassemble le peu de force qu'il peut avoir, & n'est pourtant pas à la tête de dix mille combattans. Il livre cette fameuse bataille d'Ivry aux Ligueurs commandés par le duc de *Mayenne*, & aux Espagnols très-supérieurs en nombre, en artillerie, en tout ce qui peut

14 mars
1590.

(3) Ce que nous avons dit dans la note précédente peut s'appliquer ici. La sorbonne agissait alors d'après les principes d'intolérance admis par tous les théologiens, d'après l'intérêt de l'autorité ecclésiastique, l'esprit général du clergé ; ainsi, tant qu'elle n'enseignera pas dans ses écoles que tout acte de violence temporelle exercé contre l'hérésie ou l'impiété, est contraire à la justice, & par conséquent à la loi de DIEU ; tant qu'elle n'enseignera point que le clergé ne peut avoir d'autre juridiction que celle qu'il reçoit de la puissance séculière, & qui conserve le droit de l'en priver, on est en droit de croire que la sorbonne a conservé ses principes d'intolérance & de révolte.

D'ailleurs il n'est que trop public qu'elle n'a point rougi d'avancer hautement dans la *censure de Bélisaire*, & plus récemment dans celle de *l'histoire philosophique du commerce des deux Indes*, les principes des assassins & des bourreaux du seizième siècle.

Ainsi, autant il serait injuste de reprocher aux parlemens leurs arrêts contre *Henri IV*, autant est-il raisonnable de reprocher à la sorbonne son décret contre *Henri III*, ses décisions contre *Henri IV*, ses instructions au père *Matthieu*, &c. &c. &c.

entretenir une armée confidérable. Il gagne cette
bataille, comme il avait gagné celle de Coutras ,
en fe jetant dans les rangs ennemis au milieu d'une
forêt de lances. On fe fouviendra dans tous les
fiècles de ces paroles : *Si vous perdez vos enfeignes,*
ralliez-vous à mon panache blanc ; vous le trouverez toujours
au chemin de l'honneur & de la gloire. Sauvez les Français,
s'écria-t-il, quand les vainqueurs s'acharnaient fur
les vaincus.

Ce n'eft plus comme à Coutras, où à peine il
était le maître. Il ne perd pas un moment pour
profiter de la victoire. Son armée le fuit avec alégreffe; elle eft même renforcée. Mais enfin il n'avait
pas quinze mille hommes, & avec ce peu de troupes
il affiége Paris, où il reftait alors deux cents vingt
mille habitans. Il eft conftant qu'il l'eût pris par
famine, s'il n'avait pas permis lui-même, par trop
de pitié, que les affiégeans nourriffent les affiégés.
En vain fes généraux publiaient, fous fes ordres, des
défenfes, fous peine de mort, de fournir des vivres
aux Parifiens ; les foldats eux-mêmes leur en vendaient. Un jour que, pour faire un exemple, on allait
pendre deux payfans qui avaient amené des charrettes de pain à une poterne, *Henri* les rencontra
en allant vifiter fes quartiers : ils fe jetèrent à fes
genoux, & lui remontrèrent qu'ils n'avaient que
cette manière pour gagner leur vie : *Allez en paix,* leur
dit le roi, en leur donnant auffitôt l'argent qu'il
avait fur lui : *Le Béarnois eft pauvre,* ajouta-t-il ; *s'il*
avait davantage, il vous le donnerait. Un cœur bien né
ne peut lire de pareils traits fans quelques larmes
d'admiration & de tendreffe.

Pendant qu'il preffait Paris, les moines armés fefaient des proceffions, le moufquet & le crucifix à la main, & la cuiraffe fur le dos. Le parlement,

Juin 1590. les cours fupérieures, les citoyens fefaient ferment fur l'évangile, en préfence du légat, & de l'ambaffadeur d'Efpagne, de ne le point recevoir. Mais enfin les vivres manquent, la famine fait fentir fes plus cruelles extrémités.

Le duc de Parme eft envoyé par *Philippe II* au fecours de Paris avec une puiffante armée : *Henri IV* court lui préfenter la bataille. Qui ne connaît cette lettre qu'il écrivit du champ où il croyait combattre à cette *Gabrielle d'Eftrées*, rendue célèbre par lui : Oaobre 1590. *Si je meurs, ma dernière penfée fera à* D I E U, *& l'avant-dernière à vous.* Le duc de Parme n'accepta point la bataille ; il n'était venu que pour fecourir Paris, & pour rendre la Ligue plus dépendante du roi d'Efpagne. Affiéger cette grande ville avec fi peu de monde, devant une armée fupérieure, était une chofe impoffible : voilà donc encore fa fortune retardée & fes victoires inutiles. Du moins il empêche le duc de Parme de faire des conquêtes, & le côtoyant jufqu'aux dernières frontières de la Picardie, il le fit rentrer en Flandre.

A peine eft-il délivré de cet ennemi que le pape *Grégoire XIV*, *Sfondrat*, emploie une partie des tréfors amaffés par *Sixte-Quint* à envoyer des troupes Novices jé-fuitesenrôlés contre *Henri IV*. à la Ligue. Le jéfuite *Jouvency* avoue dans fon hiftoire que le jéfuite *Nigri*, fupérieur des novices de Paris, raffembla tous les novices de cet ordre, en France, & qu'il les conduifit jufqu'à Verdun au-devant de l'armée du pape ; qu'il les enrégimenta, & qu'il les incorpora à cette armée, laquelle ne laiffa en France que les traces des plus horribles diffolutions : ce trait peint l'efprit du temps.

C'était bien alors que les moines pouvaient écrire que l'évêque de Rome avait le droit de dépofer les rois : ce droit était près d'être conftaté à main armée.

Henri IV avait toujours à combattre l'Efpagne, Rome & la France ; car le duc de Parme, en fe retirant, avait laiffé huit mille foldats au duc de *Mayenne*. Un neveu du pape entre en France avec des troupes italiennes & des monitoires ; il fe joint au duc de Savoie dans le Dauphiné. *Lefdiguières*, celui qui fut depuis le dernier connétable de France, & le dernier feigneur puiffant, battit les troupes favoifiennes & celles du pape. Il fefait la guerre, comme *Henri IV*, avec des capitaines qui ne fervaient qu'un temps : cependant il défit ces armées réglées. Tout était alors foldat en France, payfan, artifan, bourgeois ; c'eft ce qui la dévafta, mais c'eft ce qui l'empêcha enfin d'être la proie de fes voifins. Les foldats du pape fe diffipèrent, après n'avoir donné que des exemples d'une débauche inconnue au-delà de leurs Alpes. Les habitans des campagnes brûlaient les chèvres qui fuivaient leurs régimens.

Philippe II, du fond de fon palais, continuait à entretenir & ménager cet incendie, toujours donnant au duc de *Mayenne* de petits fecours, afin qu'il ne fût ni trop faible ni trop puiffant, & prodiguant l'or dans Paris, pour y faire reconnaître fa fille, *Claire-Eugénie*, reine de France, avec le prince qu'il lui donnera pour époux. C'eft dans ces vues qu'il envoie encore le duc de Parme en France, lorfque

Henri IV affiége Rouen, comme il l'avait envoyé pendant le fiége de Paris. Il promettait à la Ligue qu'il ferait marcher une armée de cinquante mille hommes, dès que fa fille ferait reine. *Henri*, après avoir levé le fiége de Rouen, fait encore fortir de France le duc de Parme.

Etats géné-
raux préten-
dus.

Novembre
1591.

Cependant il s'en fallut peu que la faction des Seize, penfionnaire de *Philippe II*, ne remplît enfin les projets de ce monarque, & n'achevât la ruine entière du royaume. Ils avaient fait pendre le premier préfident du parlement de Paris, & deux magiftrats qui s'oppofaient à leurs complots. Le duc de *Mayenne*, près d'être accablé lui-même par cette faction, avait fait pendre quatre de ces féditieux à fon tour. C'était au milieu de ces divifions & de ces horreurs, après la mort du prétendu *Charles X*, que fe tenaient à Paris les états-généraux, fous la direction d'un légat du pape & d'un ambaffadeur d'Efpagne : le légat même y préfida, & s'affit dans le fauteuil qu'on avait laiffé vide, & qui marquait la place du roi qu'on devait élire. L'ambaffadeur d'Efpagne y eut féance : il y harangua contre la loi *falique*, & propofa l'infante

1593.   pour reine. Le parlement fit des remontrances au duc de *Mayenne*, en faveur de la loi falique ; mais ces remontrances n'étaient-elles pas vifiblement concertées avec ce chef de parti ? la nomination de l'infante ne lui ôtait-elle pas fa place ? le mariage de cette princeffe, projeté avec le duc de *Guife*, fon neveu, ne le rendait-il pas fujet de celui dont il voulait demeurer le maître ?

Vous remarquerez qu'à ces états le parlement voulut avoir féance par députés, & ne put l'obtenir.

Vous remarquerez encore que ce même parlement venait de faire brûler, par son bourreau, un arrêt du parlement du roi séant à Châlons, donné contre le légat & contre son prétendu pouvoir de présider à l'élection d'un roi de France.

Le parlement n'assiste point aux états.

A peu-près dans le même temps, plusieurs citoyens ayant présenté requête à la ville & au parlement pour demander qu'on presfât au moins le roi de se faire catholique, avant de procéder à une élection, la sorbonne déclara cette requête *inepte, séditieuse, impie, inutile, attendu qu'on connaît l'obstination de Henri le relaps.* Elle excommunie les auteurs de la requête, & conclut à les chaffer de la ville. Ce décret, rendu en aussi mauvais latin que conçu par un esprit de démence, est du premier novembre 1592 : il a été révoqué depuis, lorsqu'il importait fort peu qu'il le fût. Si *Henri IV* n'eût pas régné, le décret eût subsisté, & on eût continué de prodiguer à *Philippe II* le titre de protecteur de la France & de l'Eglise.

Décret de la sorbonne contre Henri IV.

Des prêtres de la Ligue étaient persuadés & persuadaient aux peuples que *Henri IV* n'avait nul droit au trône ; que la loi salique, respectée depuis si long-temps, n'est qu'une chimère ; que c'est à l'Eglise seule à donner les couronnes.

On a conservé les écrits d'un nommé d'*Orléans*, avocat au parlement de Paris, & député aux états de la Ligue. Cet avocat développe tout ce système dans un gros livre intitulé, *Réponse des vrais catholiques.*

C'est une chose digne d'attention que la fourberie & le fanatisme avec lesquels tous les auteurs de ce temps-là cherchent à soutenir leurs sentimens par les livres juifs, comme fi les ufages d'un petit peuple, confiné dans les roches de la Paleftine, devaient être, au bout de trois mille ans, la règle du royaume de France. Qui croirait que, pour exclure *Henri IV* de fon héritage, on citait l'exemple d'un roitelet juif nommé *Ozias*, que les prêtres avaient chaffé de fon palais parce qu'il avait la lèpre, & qui n'avait la lèpre que pour avoir voulu offrir de l'encens au Seigneur ?

Page 230. *L'héréfie*, dit l'avocat d'*Orléans*, *eft la lèpre de l'ame; par conféquent Henri IV eft un lépreux qui ne doit pas régner.* C'eft ainfi que raifonne tout le parti de la Ligue ; mais il faut tranfcrire les propres paroles de l'avocat, au fujet de la loi falique.

Page 224. *Le devoir d'un roi de France eft d'être chrétien auffi-bien que mâle. Qui ne tient la foi catholique, apoftolique & romaine n'eft point chrétien, & ne croit point en* DIEU, *& ne peut être juftement roi de France, non plus que le plus grand faquin du monde.*

Voici un morceau encore plus étrange.

Page 272. *Pour être roi de France, il eft plus néceffaire d'être catholique que d'être homme : qui difpute cela mérite qu'un bourreau lui réponde plutôt qu'un philofophe.*

Rien ne fert plus à faire connaître l'efprit du temps. Ces maximes étaient en vigueur dans Rome depuis huit cents ans ; & elles n'étaient en horreur dans la moitié de l'Europe que depuis un fiècle. Les Efpagnols, avec de l'argent & des prêtres, fefaient valoir ces opinions en France ; & *Philippe II* eût foutenu les fentimens contraires, s'il y avait eu le moindre intérêt.

Pendant qu'on employait contre *Henri* les armes, la plume, la politique & la fuperftition ; pendant

que ces états, auffi tumultueux, auffi divifés qu'ir-
réguliers, fe tenaient dans Paris, *Henri* était aux
portes, & menaçait la ville. Il y avait quelques partifans. Beaucoup de vrais citoyens, laffés de leurs
malheurs & du joug d'une puiffance étrangère, fou-
piraient après la paix ; mais le peuple était retenu
par la religion. La plus vile populace fait en ce point
la loi aux grands & aux fages ; elle compofe le plus
grand nombre, elle eft conduite aveuglément, elle
eft fanatique ; & *Henri IV* n'était pas en état d'imiter
Henri VIII & la reine *Elifabeth*. Il fallut changer de
religion ; il en coûte toujours à un brave homme.
Les lois de l'honneur, qui ne changent jamais chez
les peuples policés, tandis que tout le refte change,
attachent quelque honte à ces changemens, quand
l'intérêt les dicte. Mais cet intérêt était fi grand,
fi général, fi lié au bien du royaume, que les
meilleurs ferviteurs qu'il eût parmi les calviniftes
lui confeillèrent d'embraffer la religion même qu'ils
haïffaient. *Il eft néceffaire*, lui difait Rofni, *que vous
foyez papifte, & que je demeure réformé.* C'était tout ce
que craignaient les factions de la Ligue & de l'Efpagne. Les noms d'*hérétique* & de *relaps* étaient leurs
principales armes que fa converfion rendait impuif-
fantes. Il fallut qu'il fe fît inftruire, mais pour
la forme ; car il était plus inftruit en effet que les
évêques avec lefquels il conféra. Nourri par fa mère
dans la lecture de l'ancien & du nouveau teftament,
il les poffédait tous deux. La controverfe était, dans
fon parti, le fujet de toutes les converfations, auffi-
bien que la guerre & l'amour. Les citations de l'Ecri-
ture, les allufions à ces livres, entraient dans ce

Henri IV obligé de changer de religion.

qu'on appelait le *bel esprit* en ces temps-là ; & la bible était si familière à *Henri IV*, qu'à la bataille de Coutras, il avait dit, en fesant prisonnier, de sa main, un officier, nommé *Chateaurenard : Rends-toi, Philistin.*

On voit affez ce qu'il penfait de fa converfion, par fa lettre à *Gabrielle d'Eftrées : C'est demain que je fais le faut pèrilleux. Je crois que ces gens-ci me feront haïr St Denis autant que vous haïffez Monceaux....* C'est immoler la vérité à de très-fauffes bienféances, de prétendre, comme le jéfuite *Daniel*, que quand *Henri IV* fe convertit, il était dès long-temps catholique dans le cœur. Sa converfion affurait fans doute fon falut, je le veux croire ; mais il paraît bien que l'amant de *Gabrielle* ne fe convertit que pour régner ; & il eft encore plus évident que ce changement n'augmentait en rien fon droit à la couronne.

Il avait alors auprès de lui un envoyé fecret de la reine *Elifabeth*, nommé *Thomas Vilquéfi*, qui écrivit ces propres mots, quelque temps après, à la reine fa maîtreffe.

24 juillet
1593.

Preuves des
raifons de ce
changement.
,, Voici comme ce prince s'excufe fur fon changement de religion, & les paroles qu'il m'a ,, dites. (*a*) ,, Quand je fus appelé à la couronne, ,, huit cents gentilshommes & neuf régimens fe ,, retirèrent de mon fervice, fous prétexte que ,, j'étais hérétique. Les Ligueurs fe font hâtés d'élire ,, un roi ; les plus notables fe font offerts au duc ,, de *Guife*, c'eft pourquoi je me fuis réfolu, après ,, mûre délibération, d'embraffer la religion romaine :

(*a*) Tiré du troifième tome des manufcrits de *Bèze*, n° VIII.

,, par

„ par ce moyen, je me fuis entièrement adjoint le
„ tiers parti ; j'ai anticipé l'élection du duc de *Guife ;*
„ je me fuis acquis la bonne volonté du peuple fran-
„ çais ; j'ai eu parole du duc de Florence en chofes
„ importantes : j'ai finalement empêché que la reli-
„ gion réformée n'ait été flétrie. „

(*b*) *Henri* envoya le fieur *Morland* à la reine
d'Angleterre, pour certifier les mêmes chofes, &
faire comme il pourrait fes excufes. *Morland* dit
qu'*Elifabeth* lui répondit : *Se peut-il faire qu'une chofe
mondaine lui ait fait mettre bas la crainte de* DIEU? Quand
la meurtrière de *Marie Stuart* parlait de la crainte de
DIEU, il eft très-vraifemblable que cette reine fefait
la comédienne, comme on le lui a tant reproché ;
mais, quand le brave & généreux *Henri IV* avouait
qu'il n'avait changé de religion que par l'intérêt
de l'Etat, qui eft la fouveraine raifon des rois, on
ne peut douter qu'il ne parlât de bonne foi. Comment donc le jéfuite *Daniel* peut-il infulter à la
vérité & à fes lecteurs, au point d'affurer, contre
tant de vraifemblance, contre tant de preuves, &
contre la connaiffance du cœur humain, que *Henri IV*
était depuis long-temps catholique dans le cœur ?
Encore une fois, le comte de *Boulainvilliers* a bien
raifon d'affurer qu'un jéfuite ne peut écrire fidèlement
l'hiftoire.

Menfonge abfurde de Daniel.

Les conférences qu'on eut avec lui rendirent fa
perfonne chère à tous ceux qui fortirent de Paris
pour le voir. Un des députés, étonné de la familiarité avec laquelle fes officiers fe preffaient autour

(*b*) Tiré du troifième tome des manufcrits de *Bèze,* N°. VIII.

de lui, & fefaient à peine place : *Vous ne voyez rien,* dit-il, *ils me preffent bien autrement dans les batailles.* Enfin, ayant repris d'affaut la ville de Dreux, avant d'apprendre fon nouveau catéchifme, ayant enfuite fait fon abjuration dans Saint-Denis, s'étant fait facrer à Chartres, & ayant furtout ménagé des intelligences dans Paris, qui avait une garnifon de trois mille efpagnols, avec des napolitains & des lanfquenets, il y entre en fouverain, n'ayant pas plus de foldats autour de fa perfonne qu'il n'y avait d'étrangers dans les murs.

Paris n'avait vu ni reconnu de roi depuis quinze ans. Deux hommes ménagèrent feuls cette révolution ; le maréchal de *Briffac*, & un brave citoyen dont le nom était moins illuftre, & dont l'ame n'était pas moins noble ; c'était un échevin de Paris, nommé *Langlois*. Ces deux reftaurateurs de la tranquillité publique s'affocièrent bientôt les magiftrats & les principaux bourgeois. Les mefures furent fi bien prifes, le légat, le cardinal de *Pellevé*, les commandans efpagnols, les Seize, fi artificieufement trompés, & enfuite fi bien contenus, que *Henri IV* fit fon entrée dans fa capitale, fans qu'il y eût prefque du fang répandu. Il renvoya tous les étrangers qu'il pouvait retenir prifonniers ; il pardonna à tous les Ligueurs. Les ambaffadeurs de *Philippe II* partirent le jour même fans qu'on leur fît la moindre violence, & le roi les voyant paffer d'une fenêtre, leur dit : *Meffieurs, mes complimens à votre maître ; mais n'y revenez plus.*

Plufieurs villes fuivirent l'exemple de Paris ; mais *Henri* était encore bien éloigné d'être maître du

Il entre enfin dans Paris.

1594, mardi 12 mars.

royaume. *Philippe II* qui, dans la vue d'être toūjours néceſſaire à la Ligue, n'avait jamais fait de mal au roi qu'à demi, lui en feſait encore aſſez dans plus d'une province. Détrompé de l'eſpérance de régner en France ſous le nom de ſa fille, il ne ſongeait plus qu'à affaiblir pour jamais le royaume, en le démembrant ; & il était très-vraiſemblable que la France ſerait dans un état pire que quand les Anglais en poſſédaient la moitié, & quand les ſeigneurs particuliers tyranniſaient l'autre.

Le duc de *Mayenne* avait la Bourgogne ; le duc de *Guiſe*, fils du *balafré*, poſſédait Reims & une partie de la Champagne ; le duc de *Mercœur* dominait dans la Bretagne, & les Eſpagnols y avaient Blavet, qui eſt aujourd'hui le Port-Louis. Les principaux capitaines même de *Henri IV* ſongeaient à ſe rendre indépendans, & les calviniſtes qu'il avait quittés, ſe cantonnant contre les Ligueurs, ſe ménageaient déjà des reſſources pour réſiſter un jour à l'autorité royale.

Il fallait autant d'intrigues que de combats pour que *Henri IV* regagnât peu à peu ſon royaume. Tout maître de Paris qu'il était, ſa puiſſance fut quelque temps ſi peu affermie que le pape *Clément VIII* lui refuſait conſtamment l'abſolution, dont il n'eût pas eu beſoin dans des temps plus heureux. Aucun ordre religieux ne priait DIEU pour lui dans les cloîtres. Son nom même fut omis, dans les prières, par la plupart des curés de Paris juſqu'en 1606, & il fallut que le parlement, rentré dans le devoir, & y feſant rentrer les prêtres, ordonnât par un arrêt que tous les curés rétabliſſent dans leur miſſel la

Il faut un arrêt du parlement pour forcer les prêtres à prier DIEU pour le roi de France.
7 juin 1606.

B 2

prière pour le roi. Enfin la fureur épidémique du
fanatifme poffédait encore tellement la populace
catholique, qu'il n'y eut prefque point d'années où
l'on n'attentât contre fa vie. Il les paffa toutes à
combattre tantôt un chef, tantôt un autre, à vaincre,
à pardonner, à négocier, à payer la foumiffion des
ennemis. Qui croirait qu'il lui en coûta trente-deux
millions numéraires de fon temps pour payer les
prétentions de tant de feigneurs ? les mémoires du
duc de *Sulli* en font foi ; & ces promeffes furent
fidèlement acquittées, lorfqu'enfin, étant roi abfolu
& paifible, il eût pu refufer de payer ce prix de la
rébellion. Le duc de *Mayenne* ne fit fon accommodement qu'en 1596. *Henri* fe réconcilia fincèrement
avec lui, & lui donna le gouvernement de l'Ile-de-
France. Non-feulement il lui dit, après l'avoir laffé
un jour dans une promenade, *Mon coufin, voilà le
feul mal que je vous ferai de ma vie*, mais il lui tint
parole, & il n'en manqua jamais à perfonne.

Henri IV de-
vait-il refter
proteftant ?   Plufieurs politiques ont prétendu que quand ce
prince fut maître, il devait alors imiter la reine
Elifabeth, & féparer fon royaume de la communion
romaine. Ils difent que la balance penchait trop, en
Europe, du côté de *Philippe II* & des catholiques ;
que pour tenir l'équilibre il fallait rendre la France
proteftante ; que c'était l'unique moyen de la rendre
peuplée, riche & puiffante.

Mais *Henri IV* n'était pas dans les mêmes conjonc-
tures qu'*Elifabeth* ; il n'avait point à fes ordres un
parlement de la nation affectionné à fes intérêts ; il
manquait encore d'argent ; il n'avait pas une armée
affez confidérable ; *Philippe II* lui fefait toujours la

guerre ; la Ligue était encore puiſſante & encore animée.

Il recouvra ſon royaume , mais pauvre , déchiré , & dans la même ſubverſion où il avait été du temps des *Philippe de Valois* , *Jean* & *Charles VI.* Pluſieurs grands chemins avaient diſparu ſous les ronces , & on ſe frayait des routes dans les campagnes incultes. Paris , qui contient aujourd'hui environ ſept cents mille habitans , n'en avait pas cent quatre-vingts mille quand il y entra. (*c*) Les finances de l'Etat , diſſipées ſous *Henri III*, n'étaient plus alors qu'un trafic public des reſtes du ſang du peuple , que le conſeil des finances partageait avec les traitans.

Triſte état du royaume.

La reine d'Angleterre , le grand-duc de Florence , des princes d'Allemagne , les Hollandais lui avaient prêté l'argent avec lequel il s'était ſoutenu contre la Ligue , contre Rome & contre l'Eſpagne ; & pour payer ces dettes ſi légitimes , on abandonnait les recettes générales , les domaines , à des fermiers de ces puiſſances étrangères , qui géraient au cœur du royaume les revenus de l'Etat. Plus d'un chef de la Ligue , qui avait vendu à ſon roi la fidélité qu'il lui devait , tenait auſſi des receveurs des deniers publics , & partageait cette portion de la ſouveraineté. Les fermiers de ces droits pillaient ſur le peuple le triple , le quadruple de ces droits aliénés ; ce qui reſtait au roi était adminiſtré de même : & enfin , quand la déprédation générale força *Henri IV*

(*c*) Il y avait deux cents vingt mille ames à Paris au temps du ſiége que fit *Henri IV*, en 1590. Il ne s'en trouva que cent quatre-vingts mille , en 1593.

à donner l'adminiſtration entière des finances au duc de *Sulli*, ce miniſtre, auſſi éclairé qu'intègre, trouva qu'en 1596 on levait cent cinquante millions ſur le peuple pour en faire entrer environ trente dans le tréſor royal.

Il ſurmonte toutes les dif-ficultés.　Si *Henri IV* n'avait été que le plus brave prince de ſon temps, le plus clément, le plus droit, le plus honnête homme, ſon royaume était ruiné : il fallait un prince qui ſût faire la guerre & la paix, connaître toutes les bleſſures de ſon Etat, & y apporter les remèdes ; veiller ſur les grandes & les petites choſes, tout réformer & tout faire : c'eſt ce qu'on trouva dans *Henri*. Il joignit l'adminiſtration de *Charles le ſage* à la valeur & à la franchiſe de *François I*, & à la bonté de *Louis XII*.

Pour ſubvenir à tant de beſoins, pour faire à la fois tant de traités & tant de guerres, *Henri* convoqua, dans Rouen, une aſſemblée des *notables* du royaume ; c'était une eſpèce d'états-généraux ; les paroles qu'il *Diſcours digne de lui.* y prononça ſont encore dans la mémoire des bons citoyens qui ſavent l'hiſtoire de leur pays : *Déjà par la faveur du ciel, par les conſeils de mes bons ſerviteurs, & par l'épée de ma brave nobleſſe, dont je ne diſtingue point mes princes, la qualité de gentilhomme étant notre plus beau titre, j'ai tiré cet Etat de la ſervitude & de la ruine. Je veux lui rendre ſa force & ſa ſplendeur ; participez à cette ſeconde gloire, comme vous avez eu part à la première. Je ne vous ai point appelés, comme feſaient mes prédéceſſeurs, pour vous obliger d'approuver aveuglément mes volontés, mais pour recevoir vos conſeils, pour les croire, pour les ſuivre, pour me mettre en tutelle entre vos mains. C'eſt une envie qui ne prend guère aux rois, aux victorieux & aux*

*barbes grifes ; mais l'amour que je porte à mes fujets me
rend tout poffible & tout honorable.* Cette éloquence du
cœur, dans un héros, eft bien au-deffus de toutes les
harangues de l'antiquité.

Au milieu de ces travaux & de ces dangers **1597.**
continuels, les Efpagnols furprennent Amiens, Mars.
dont les bourgeois avaient voulu fe garder eux- Amiens fur-
mêmes. Ce funefte privilége qu'ils avaient, & dont pris.
ils fe prévalurent fi mal, ne fervit qu'à faire piller
leur ville, à expofer la Picardie entière, & à ranimer
encore les efforts de ceux qui voulaient démembrer
la France. *Henri*, dans ce nouveau malheur, manquait d'argent & était malade. Cependant il affemble
quelques troupes, il marche fur la frontière de la
Picardie, il revole à Paris, écrit de fa main aux
parlemens, aux communautés, *pour obtenir de quoi
nourrir ceux qui défendaient l'Etat :* ce font fes propres
paroles. Il va lui-même au parlement de Paris :
*Si on me donne une armée, dit-il, je donnerai gaiement
ma vie pour vous fauver, & pour relever la patrie.* Il
propofait des créations de nouveaux offices, pour
avoir les promptes reffources qui étaient néceffaires ;
mais le parlement, ne voyant dans ces reffources
mêmes qu'un nouveau malheur, refufait de vérifier
les édits, & le roi eut befoin d'employer plufieurs
juffions pour avoir de quoi aller prodiguer fon fang
à la tête de fa nobleffe. Sa maîtreffe, *Gabrielle d'Eftrées*,
lui prêta de l'argent pour hafarder ce fang, & fon
parlement lui en refufa.

Enfin, par des emprunts, par les foins infati-
gables, & par l'économie de ce *Rofni*, duc de *Sulli*,
fi digne de le fervir, il vient à bout d'affembler une

floriſſante armée. Ce fut la feule, depuis trente ans, qui fût pourvue du néceſſaire, & la première qui eût un hôpital réglé, dans lequel les bleſſés & les malades eurent le fecours qu'on ne connaiſſait point encore. Chaque troupe auparavant avait foin de fes bleſſés comme elle pouvait, & le manque de foins avait fait périr autant de monde que les armes.

Il reprend Amiens, à la vue de l'archiduc *Albert*, & le contraint de fe retirer. De là il court pacifier le reſte du royaume : enfin toute la France eſt à lui. Le pape, qui lui avait refufé une abfolution auſſi inutile que ridicule, quand il n'était pas affermi, la lui avait donnée quand il fut victorieux. Il ne reſtait qu'à faire la paix avec l'Efpagne ; elle fut conclue à Vervins, & ce fut le premier traité avantageux que la France eût fait avec fes ennemis depuis *Philippe-Augufte*.

Alors il met tous fes foins à policer, à faire fleurir ce royaume qu'il avait conquis : les troupes inutiles font licenciées ; l'ordre dans les finances fuccède au plus odieux brigandage ; il paye peu à peu toutes les dettes de la couronne, fans fouler les peuples. Les payfans répètent encore aujourd'hui qu'il voulait *qu'ils euſſent une poule au pot tous les dimanches;* expreſſion triviale, mais fentiment paternel. Ce fut une chofe bien admirable que, malgré l'épuifement & le brigandage, il eût, en moins de quinze ans, diminué le fardeau des tailles de quatre millions de fon temps, qui en feraient environ dix du nôtre ; que tous les autres droits fuſſent réduits à la moitié ; qu'il eût payé cent millions de dettes, qui aujourd'hui feraient environ deux cents

1 5 9 7.
Septembre.
Amiens re-
pris.

Paix de Ver-
vins, 2 mai
1 5 9 8.

Royaume
rétabli.

cinquante millions. Il racheta pour plus de cent cinquante millions de domaines, aujourd'hui aliénés :
toutes les places furent réparées, les magafins, les
arfenaux remplis, les grands chemins entretenus ;
c'eft la gloire éternelle du duc de *Sulli* & celle du
roi, qui ofa choifir un homme de guerre pour
rétablir les finances de l'Etat, & qui travailla avec
fon miniftre.

La juftice eft réformée, & ce qui était beaucoup
plus difficile, les deux religions vivent en paix, au
moins en apparence. Le commerce, les arts font en
honneur. Les étoffes d'argent & d'or, profcrites
d'abord par un édit fomptuaire, dans le commencement d'un règne difficile & dans la pauvreté, repa-
raiffent avec plus d'éclat, & enrichiffent Lyon &
la France. Il établit des manufactures de tapifferies
de haute-lice, en laine & en foie rehauffée d'or. On
commence à faire de petites glaces dans le goût de
Venife. C'eft à lui feul qu'on doit les vers à foie,
les plantations de mûriers, malgré les oppofitions
de *Sulli*, plus eftimable dans fa fidélité & dans l'art
de gouverner & de conferver les finances, que
capable de difcerner les nouveautés utiles.

Henri fait creufer le canal de Briare, par lequel
on a joint la Seine & la Loire. Paris eft agrandi &
embelli : il forme la place royale : il reftaure tous
les ponts. Le faubourg Saint-Germain ne tenait point
à la ville ; il n'était point pavé : le roi fe charge de
tout. Il fait conftruire ce beau pont, où les peuples
regardent aujourd'hui fa ftatue avec tendreffe.
Saint-Germain, Monceaux, Fontainebleau, & furtout
le Louvre, font augmentés, & prefqu'entièrement

bâtis. Il donne des logemens dans le Louvre, fous cette longue galerie qui eft fon ouvrage, à des artiftes en tout genre, qu'il encourageait fouvent de fes regards comme par des récompenfes. Il eft enfin le vrai fondateur de la bibliothèque royale.

Quand *Dom Pèdre de Tolède* fut envoyé par *Philippe III*, en ambaffade, auprès de *Henri*, il ne reconnut plus cette ville, qu'il avait vue autrefois fi malheureufe & fi languiffante : *C'eft qu'alors le père de la famille n'y était pas*, lui dit Henri, *& aujourd'hui qu'il a foin de fes enfans, ils profpèrent*. Les jeux, les fêtes, les bals, les ballets introduits à la cour par *Catherine de Médicis*, dans les temps même de troubles, ornèrent, fous *Henri IV*, les temps de la paix & de la félicité.

En fefant ainfi fleurir fon Etat, il était l'arbitre des autres. Les papes n'auraient pas imaginé, du temps de la Ligue, que le *Béarnais* ferait le pacifi- cateur de l'Italie, & le médiateur entre eux & Venife. Cependant, *Paul V* fut trop heureux d'avoir recours à lui, pour le tirer du mauvais pas où il s'était engagé en excommuniant le doge & le fénat, & en jetant ce qu'on appelle un interdit fur tout l'Etat vénitien, au fujet des droits inconteftables que ce fénat maintenait avec fa vigueur accoutumée. Le roi fut l'arbitre du différent : celui que les papes avaient excommunié fit lever (*d*) l'excommunication de Venife.

Ordre, abondance, magnificence

Henri arbitre de l'Europe.

_____

(*d*) *Daniel* raconte une particularité qui paraît bien extraordinaire, & il eft le feul qui la raconte. Il prétend que *Henri IV*, après avoir réconcilié le pape avec la république de Venife, gâta lui-même cet accommodement, en communiquant au nonce, à Paris, une lettre interceptée d'un prédicant de Genève, dans laquelle ce prêtre fe vantait que le doge de Venife &

Il protégea la république naiffante de la Hollande, l'aida de fon épargne, & ne contribua pas peu à la faire reconnaître libre & indépendante par l'Efpagne.

Sa gloire était donc affermie au dedans & au dehors de fon royaume : il paffait pour le plus grand homme de fon temps. L'empereur *Rodolphe* n'eut de réputation que chez les phyficiens & les chimiftes. *Philippe II* n'avait jamais combattu ; il n'était après

plufieurs fénateurs étaient proteftans dans le cœur, qu'ils n'attendaient que l'occafion favorable de fe déclarer, que le père *Fulgentio*, de l'ordre des fervites, le compagnon & l'ami du célèbre *Sarpi*, fi connu fous le nom de *fra-Paolo*, *travaillait efficacement dans cette vigne.* Il ajoute que *Henri IV* fit montrer cette lettre au fénat par fon ambaffadeur, & qu'on en retrancha feulement le nom du doge accufé. Mais après que *Daniel* a rapporté la fubftance de cette lettre, dans laquelle le nom de *fra-Paolo* ne fe trouve pas, il dit cependant que ce même *fra-Paolo* fut cité & accufé dans la copie de la lettre montrée au fénat. Il ne nomme point le pafteur calvinifte qui avait écrit cette prétendue lettre interceptée. Il faut remarquer encore que dans cette lettre il était queftion des jéfuites, lefquels étaient bannis de la république de Venife. Enfin *Daniel* emploie cette manœuvre, qu'il impute à *Henri IV*, comme une preuve du zèle de ce prince pour la religion catholique. C'eût été un zèle bien étrange dans *Henri IV*, de mettre ainfi le trouble dans le fénat de Venife, le meilleur de fes alliés, & de mêler le rôle méprifable d'un brouillon & d'un délateur au perfonnage glorieux de pacificateur. Il fe peut faire qu'il y ait eu une lettre vraie ou fuppofée d'un miniftre de Genève, que cette lettre même ait produit quelques petites intrigues fort indifférentes aux grands objets de l'hiftoire ; mais il n'eft point du tout vraifemblable que *Henri IV* foit defcendu à la baffeffe dont *Daniel* lui fait honneur : il ajoute que *quiconque a des liaifons avec les héré-tiques eft de leur religion, ou n'en a point du tout.* Cette réflexion odieufe eft même contre *Henri IV*, qui, de tous les hommes de fon temps, avait le plus de liaifons avec les réformés. Il eût été à défirer que le P. *Daniel* fût entré plutôt dans les détails de l'adminiftration de *Henri IV* & du duc de *Sulli* que dans ces petiteffes qui montrent plus de partialité que d'équité, & qui décèlent malheureufement un auteur plus jéfuite que citoyen. Le comte de *Boulainvilliers* a bien raifon de dire qu'il eft prefque impoffible qu'un jéfuite écrive bien l'hiftoire de France.

tout qu'un tyran laborieux, fombre & diffimulé ;
& fa prudence ne pouvait entrer en comparaifon
avec la valeur & la franchife de *Henri IV*, qui, avec
fes vivacités, était encore auffi politique que lui.
Elifabeth acquit une grande réputation ; mais n'ayant
pas eu à furmonter les mêmes obftacles, elle ne
pouvait avoir la même gloire. Celle qu'elle mérite
fut obfcurcie par les artifices de comédienne qu'on
lui reprochait, & fouillée par le fang de *Marie
Stuart*, dont rien ne la peut laver. *Sixte-Quint* fe fit
un nom par les obélifques qu'il releva, & par les
monumens dont il embellit Rome ; mais fans ce
mérite, qui eft bien loin d'être le premier, on ne
l'aurait connu que pour avoir obtenu la papauté
par quinze ans de fauffeté, & pour avoir été févère
jufqu'à la cruauté.

Ses amours. Ceux qui reprochent encore à *Henri IV* fes
amours fi amèrement, ne font pas réflexion que
toutes fes faibleffes furent celles du meilleur des
hommes, & qu'aucune ne l'empêcha de bien gouverner. Il y parut affez, lorfqu'il fe préparait à être
l'arbitre de l'Europe, à l'occafion de la fucceffion
de Juliers. C'eft une calomnie abfurde de *le Vaffor*
& de quelques autres compilateurs, que *Henri* voulut
entreprendre cette guerre pour la jeune princeffe de
Condé. Il faut en croire le duc de *Sulli*, qui avoue
la faibleffe de ce monarque, & qui en même temps
prouve que les grands deffeins du roi n'avaient rien
de commun avec la paffion de l'amour. Ce n'était
pas certainement pour la princeffe de *Condé* que
Henri avait fait le traité de Querafque, qu'il s'était
affuré de tous les potentats d'Italie, de tous les

princes proteſtans d'Allemagne, & qu'il allait mettre le comble à ſa gloire en tenant la balance de l'Europe entière.

Il était prêt à marcher en Allemagne, à la tête de quarante-ſix mille hommes. Quarante millions en réſerve, des préparatifs immenſes, des alliances ſûres, d'habiles généraux formés ſous lui, les princes proteſtans d'Allemagne, la nouvelle république des Pays-Bas, prêts à le ſeconder, tout l'aſſurait d'un ſuccès ſolide. La prétendue diviſion de l'Europe, en quinze dominations, eſt reconnue pour une chimère qui n'entra point dans ſa tête. S'il y avait jamais eu de négociation entamée ſur un deſſein ſi extraordinaire, on en aurait trouvé quelque trace en Angleterre, à Veniſe, en Hollande, avec leſquelles on ſuppoſe que *Henri* avait préparé cette révolution; il n'y en a pas le moindre veſtige; le projet n'eſt ni vrai ni vraiſemblable: mais par ſes alliances, par ſes armes, par ſon économie, il allait changer le ſyſtême de l'Europe, & s'en rendre l'arbitre.

Chimère des partages de l'Europe.

Si on feſait ce portrait fidèle de *Henri IV* à un étranger de bon ſens, qui n'eût jamais entendu parler de lui auparavant, & qu'on finît par lui dire: C'eſt-là ce même homme qui a été aſſaſſiné au milieu de ſon peuple, & qui l'a été pluſieurs fois, & par des hommes auxquels il n'avait pas fait le moindre mal; il ne le pourrait croire.

C'eſt une choſe bien déplorable, que la même religion qui ordonne, auſſi-bien que tant d'autres, le pardon des injures, ait fait commettre depuis long-temps tant de meurtres, & cela en vertu de cette feule maxime, que quiconque ne penfe pas comme nous eft réprouvé, & qu'il faut avoir les réprouvés en horreur.

Plufieurs
attentats
contre fa vie. Ce qui eft encore plus étrange, c'eft que des catholiques confpirèrent contre les jours de ce bon roi depuis qu'il fut catholique. Le premier qui voulut attenter à fa vie, dans le temps même qu'il fefait fon abjuration dans Saint-Denis, fut un malheureux de la lie du peuple, nommé *Pierre Barrière*. Il eut quelque fcrupule quand le roi eut abjuré ; mais il fut confirmé dans fon deffein par le plus furieux des Ligueurs, *Aubri*, curé de Saint-André-des-Arcs, par un capucin, par un prêtre habitué, & par *Varade*, recteur du collége des jéfuites. Le célèbre *Etienne Pâquier*, avocat-général de la chambre des comptes, protefte qu'il a fu de la bouche même de ce *Barrière*, que *Varade* l'avait encouragé à ce crime. Cette accufation reçoit un nouveau degré de probabilité par la fuite de *Varade* & du curé *Aubri*, qui fe réfugièrent chez le cardinal légat, & l'accompagnèrent dans fon retour à Rome, quand *Henri IV* entra dans Paris. Et enfin ce qui rend la probabilité encore plus forte, c'eft que *Varade* & *Aubri* furent depuis écartelés en effigie, par un arrêt du parlement de Paris, comme il eft rapporté dans le journal de *Henri IV*. *Daniel* fait des efforts pardonnables pour difculper le jéfuite *Varade* : les curés n'en font aucun pour juftifier les fureurs des curés de ce temps-là ; la forbonne avoue les décrets puniffables qu'elle donna ; les dominicains conviennent aujourd'hui que leur confrère *Clément* affaffina *Henri III*, & qu'il fut exhorté à ce parricide par le prieur *Bourgoin*.

La vérité l'emporte fur tous les égards ; & cette
même vérité prononce qu'aucun des eccléfiaftiques
d'aujourd'hui ne doit ni répondre ni rougir des
maximes fanguinaires & de la fuperftition barbare
de fes prédéceffeurs , puifqu'il n'en eft aucun qui
ne les abhorre ; elle conferve feulement les monumens de ces crimes , afin qu'ils ne foient jamais
imités. (4)

L'efprit de fanatifme était fi généralement répandu
qu'on féduifit un chartreux imbécille, nommé *Ouin*,
& qu'on lui mit en tête d'aller plus vîte au ciel en
tuant *Henri IV.* Le malheureux fut enfermé comme
un fou par fes fupérieurs. Au commencement de
1599 , deux jacobins de Flandre , l'un nommé
Arger , l'autre *Ridicovi* , originaire d'Italie , réfolurent de renouveler l'action de *Jacques Clément* , leur

(4) M. de *Voltaire* connaiffait mieux que perfonne la liaifon étroite
& néceffaire qui exifte entre ces maximes féditieufes & celles de l'intolérance
religieufe ; mais il fait ici au clergé de France , à la forbonne , aux jacobins , l'honneur de croire qu'ils les ont également abjurées.

Il n'eft peut-être pas inutile d'obferver que , dans les ouvrages où les
curés de Paris reprochèrent aux jéfuites la doctrine de l'homicide , ils
avancèrent que l'affaffinat n'eft permis que dans le cas d'une révélation
particulière , & que le droit de vie & de mort eft *le plus illuftre avantage
des fouverains* ; le génie de *Pafcal* s'abaiffait à mettre en bon français ces
maximes non moins infenfées qu'abominables.

Obfervons encore qu'avant les troubles religieux du feizième fiècle , les
papes & le clergé exhortaient les princes à employer les fupplices contre
les novateurs , fous prétexte que de l'indépendance religieufe on voudrait
paffer à l'indépendance politique. Quelques années après ils enfeignèrent
aux fujets à fe révolter contre les princes hérétiques ou excommuniés.
Maintenant ils font revenus à la première maxime qu'ils cherchent à faire
valoir contre les libres penfeurs ; nous laiffons aux princes à tirer la confé-
quence, & à juger quelle confiance ils doivent avoir à une fociété d'hommes
qui prêche tour-à-tour le pour & le contre , & n'a été conftante que dans
les principes qui font un devoir de confcience d'employer la guerre ou les
fupplices pour maintenir fon autorité.

confrère : le complot fut découvert ; ils expièrent à
la potence le crime qu'ils n'avaient pu exécuter. Leur
fupplice n'effraya pas un frère capucin de Milan,
qui vint à Paris dans le même deffein, & qui fut
1595. pendu comme eux. Un vicaire de Saint-Nicolas-des-
1596. champs, un tapiffier, méditèrent le même crime, &
périrent du même fupplice.

L'affaffinat commis par *Jean Châtel* eft celui de
1594. tous qui démontre le plus quel efprit de vertige
27 décembre régnait alors. Né d'une honnête famille, de parens
riches, bien élevé par eux, jeune, fans expérience,
Jean Châtel. n'ayant pas encore dix-neuf ans, il n'était pas
poffible qu'il eût formé de lui-même cette réfolution
défefpérée. On fait que, dans le louvre même, il
donna un coup de couteau au roi, & qu'il ne le
frappa qu'à la bouche, parce que ce bon prince, qui
embraffait tous fes ferviteurs lorfqu'ils venaient lui
faire leur cour après quelque abfence, fe baiffait alors
pour embraffer *Montigni*.

Il foutint, à fon premier interrogatoire, *qu'il avait
fait une bonne action ; & que le roi n'étant pas encore abfous
par le pape, il pouvait le tuer en confcience :* par cela feul
la féduction était prouvée.

Il avait étudié long-temps au collège des jéfuites.
Parmi les fuperftitions dangereufes de ces temps, il
y en avait une capable d'égarer les efprits ; c'était
une *chambre de méditations* dans laquelle on enfermait
un jeune homme : les murs étaient peints de repréfentations de démons, de tourmens & de flammes,
éclairés d'une lueur fombre : une imagination fenfible & faible en était fouvent frappée jufqu'à la
démence. Cette démence fut au point dans la tête

de

de ce malheureux, qu'il crut qu'il se rachèterait de l'enfer en assassinant son souverain. Tant la fureur religieuse troublait encore les têtes ; tant le fanatisme inspirait une férocité absurde !

Il est indubitable que les juges auraient manqué à leur devoir, s'ils n'avaient pas fait examiner les papiers des jésuites, surtout après que *Jean Châtel* eut avoué qu'il avait souvent entendu dire, chez quelques-uns de ces religieux, qu'il était permis de tuer le roi.

On trouva dans les écrits du professeur *Guignard* ces propres paroles, de sa main : que *ni Henri III, ni Henri IV, ni la reine Elisabeth, ni le roi de Suède, ni l'électeur de Saxe, n'étaient point de véritables rois ; que Henri III était un Sardanapale, le Béarnais un renard, Elisabeth une louve, le roi de Suède un griffon, & l'électeur de Saxe un porc :* cela s'appelait de l'éloquence. *Jacques Clément,* disait-il, *a fait un acte héroïque, inspiré par le St Esprit : si on peut guerroyer le Béarnais, qu'on le guerroye ; si on ne peut le guerroyer, qu'on l'assassine.*

Jean Châtel & le jésuite Guignard.

Guignard était bien imprudent de n'avoir pas brûlé cet écrit dans le moment qu'il apprit l'attentat de *Châtel.* On se saisit de sa personne & de celle de *Guéret,* professeur d'une science absurde qu'on nommait *philosophie,* & dont *Châtel* avait été long-temps l'écolier. *Guignard* fut pendu & brûlé ; & *Guéret,* n'ayant rien avoué à la question, fut seulement condamné à être banni du royaume avec *tous les frères nommés jésuites.*

Il faut que le préjugé mette sur les yeux un bandeau bien épais ; puisque le jésuite *Jouvency,* dans

Essai sur les mœurs, &c. Tome IV.   C

Le jéfuite
Jouvency juf-
tifie le jéfuite
Guignard.

fon hiftoire de la compagnie de JESUS, compare *Guignard* & *Guéret* aux *premiers chrétiens perfécutés par Néron*. Il loue furtout *Guignard* de n'avoir jamais voulu demander pardon au roi & à la juftice, lorf-qu'il fit amende honorable, la torche au poing, ayant au dos fes écrits. Il fait envifager *Guignard* comme un martyr qui demande pardon à DIEU, parce qu'après tout il pouvait être pécheur; mais qui ne peut, malgré fa confcience, avouer qu'il a offenfé le roi. Comment aurait-il donc pu l'offenfer davan-tage, qu'en écrivant qu'il fallait le tuer, à moins qu'il ne l'eût tué lui-même? *Jouvency* regarde l'arrêt du parlement comme un jugement très-inique : *Meminimus*, dit-il, *& ignofcimus; nous nous en fou-venons, & nous le pardonnons*. Il eft vrai que l'arrêt était févère, mais affurément il ne peut paraître injufte, fi on confidère les écrits du jéfuite *Guignard*, les emportemens du nommé *Hay*, autre jéfuite, la con-feffion de *Jean Châtel*, les écrits de *Tollet*, de *Bellarmin*, de *Mariana*, d'*Emmanuel Sa*, de *Suarès*, de *Salmeron*, de *Molina*; les lettres des jéfuites de Naples, & tant d'autres écrits dans lefquels on trouve cette doctrine du régicide. Il eft très-vrai qu'aucun jéfuite n'avait confeillé *Châtel*; mais auffi il eft très-vrai que, tandis qu'il étudiait chez eux, il avait entendu cette doctrine qui alors était trop commune. Il eft encore très-vrai que les jéfuites fe fouvenaient que le jéfuite *Guignard* avait été pendu & brûlé; mais il eft très-faux qu'ils le pardonnaffent.

Jéfuites
chaffés.

Comment peut-on trouver trop injufte, dans de pareils temps, le banniffement des jéfuites, quand on ne fe plaint pas de celui du père & de la mère de *Jean Châtel*, qui n'avaient d'autre crime que d'avoir mis au monde un malheureux dont on aliéna l'esprit ? Ces parens infortunés furent condamnés au banniffement & à une amende ; on démolit leur maifon, & on éleva à la place une pyramide, où l'on grava le crime & l'arrêt ; il y était dit : *La cour a banni en outre cette fociété d'un genre nouveau & d'une fuperftition diabolique, qui a porté Jean Châtel à cet horrible parricide.* Ce qui eft encore bien digne de remarque, c'eft que l'arrêt du parlement fut mis à l'*Index* de Rome. Tout cela démontre que ces temps étaient ceux du fanatifme ; que fi les jéfuites avaient, comme les autres, enfeigné des maximes affreufes, ils paraiffaient plus dangereux que les autres, parce qu'ils élevaient la jeuneffe ; qu'ils furent punis pour des fautes paffées, qui, trois ans auparavant, n'étaient pas regardées dans Paris comme des fautes, & qu'enfin le malheur des temps rendit cet arrêt du parlement néceffaire.

Il l'était tellement, qu'on vit paraître alors une apologie pour *Jean Châtel*, dans laquelle il eft dit que *fon parricide eft un acte vertueux, généreux, héroïque, comparable aux plus grands de l'hiftoire facrée & profane, & qu'il faut être athée pour en douter.* Il n'y a, dit cette apologie, *qu'un point à redire, c'eft que Châtel n'a pas mis à chef fon entreprife, pour envoyer le méchant en fon lieu, comme Judas.*

Cette apologie fait voir clairement que fi *Guignard* ne voulut jamais demander pardon au roi, c'eft qu'il ne le reconnaiffait pas pour roi. *La conftance de ce faint homme,* dit l'auteur, *ne voulut jamais reconnaître celui que l'Eglife ne reconnaiffait pas ; &, quoique les*

Apologie de Châtel.

C 2

juges aient brûlé fon corps & jeté fes cendres au vent, *fon*
fang ne laiffera de bouillonner contre ces meurtriers devant
le Dieu Sabaoth , qui faura le leur rendre.

Tel était l'efprit de la Ligue, tel l'efprit monacal,
tel l'abus exécrable de la religion fi mal entendue , &
tel a fubfifté cet abus jufqu'à ces derniers temps.

Livre du
jéfuite *la*
Croix. On a vu encore de nos jours un jéfuite, nommé
la Croix, théologien de Cologne, réimprimer & com-
menter je ne fais quel ouvrage d'un ancien jéfuite
nommé *Bufembaum ;* ouvrage qui eût été auffi ignoré
que fon auteur & fon commentateur, fi on n'y avait
pas déterré par hafard la doctrine la plus monftrueufe
de l'homicide & du régicide.

Il eft dit dans ce livre qu'un homme profcrit
par un prince ne peut être affaffiné légitimement
que dans le territoire du prince, mais qu'un fouverain profcrit par le pape doit être affaffiné par-
tout, parce que le pape eft fouverain de l'univers,
& qu'un homme chargé de tuer un excommunié,
quel qu'il foit, peut donner cette commiffion à un
autre, & que c'eft un acte de charité d'accepter cette
commiffion.

Il eft vrai que les parlemens ont condamné ce livre
abominable ; il eft vrai que les jéfuites de France ont
détefté publiquement ces propofitions : mais enfin ce
livre, nouvellement réimprimé avec des additions,
prouve affez que ces maximes infernales ont été long-
temps gravées dans plus d'une tête, que ces maximes
mêmes ont été regardées comme facrées, comme des
points de religion ; & que par conféquent les lois ne
pouvaient s'élever avec trop de rigueur contre les
docteurs du régicide.

Henri IV fut enfin la victime de cette étrange théologie chrétienne. *Ravaillac* avait été quelque temps feuillant, & son esprit était encore échauffé de tout ce qu'il avait entendu dans sa jeunesse. Jamais, dans aucun siècle, la superstition n'a produit de pareils effets. Ce malheureux crut précisément, comme *Jean Châtel*, qu'il apaiserait la justice divine en tuant *Henri IV*. Le peuple disait que ce roi allait faire la guerre au pape, parce qu'il allait secourir les protestans d'Allemagne. L'Allemagne était divisée par deux Ligues, dont l'une était l'*évangélique*, composée de presque tous les princes protestans ; l'autre était la *catholique*, à la tête de laquelle on avait mis le nom du pape. *Henri IV* protégeait la Ligue protestante : voilà l'unique cause de l'assassinat. Il faut en croire les dépositions constantes de *Ravaillac*. Il assura, sans jamais varier, qu'il n'avait aucun complice, qu'il avait été poussé à ce régicide par un instinct dont il ne put être le maître. Il signa son interrogatoire, dont quelques feuilles furent retrouvées, en 1720, par un greffier du parlement ; je les ai vues : cet abominable nom est peint parfaitement, & il y a au-dessous de la même main : *Que toujours dans mon cœur* JESUS *soit le vainqueur* ; nouvelle preuve que ce monstre n'était qu'un furieux imbécile.

On sait qu'il avait été feuillant, dans un temps où ces moines étaient encore des Ligueurs fanatiques. C'était un homme perdu de crimes & de superstitions. Le conseiller *Matthieu*, historiographe de France, qui lui parla long-temps, au petit hôtel de Retz, près du louvre, dit dans sa relation que ce misérable avait

Ravaillac tue Henri IV, 14 mai 1610, à 4 heures du soir.

été tenté depuis trois ans de tuer *Henri IV*. Lorfqu'un
confeiller du parlement lui demanda, dans cet hôtel
de Retz, en préfence de *Matthieu*, comment il avait
pu mettre la main fur le roi très-chrétien : *C'eſt à
ſavoir*, dit-il, *s'il eſt très-chrétien*.

La fatalité de la deſtinée fe fait fentir ici plus qu'en
aucun autre événement. C'eſt un maître d'école d'Angoulême, qui, fans confpiration, fans complice, fans
intérêt, tue *Henri IV*, au milieu de fon peuple, &
change la face de l'Europe.

Procès de
Ravaillac. On voit par les actes de fon procès, imprimés
en 1611, que cet homme n'avait en effet d'autres
complices que les fermons des prédicateurs, & les
difcours des moines. Il était très-dévot, fefait
l'oraifon mentale & jaculatoire ; il avait même des
vifions céleftes. Il avoue qu'après être forti des
feuillans il avait eu fouvent l'envie de fe faire jéfuite.
Son aveu porte que fon premier deffein était d'engager
le roi à profcrire la religion réformée, & que même,
pendant les fêtes de Noël, voyant paffer le roi, en
carroffe, dans la même rue où il l'affaffina depuis, il
s'écria : *Sire, au nom de notre Seigneur* JESUS-CHRIST,
& de la ſacrée Vierge Marie, que je parle à vous ! qu'il
fut repouffé par les gardes ; qu'alors il retourna dans
Angoulême, fa patrie, où il avait quatre-vingts écoliers ; qu'il s'y confeffa & communia fouvent. Il eſt
prouvé que fon crime ne fut conçu dans fon efprit
qu'au milieu des actes réitérés d'une dévotion fincère.
Sa réponfe, dans fon fecond interrogatoire, porte ces
propres mots : *Perſonne quelconque ne l'a conduit à ce
faire que le commun bruit des ſoldats qui diſaient que ſi le
roi voulait faire la guerre contre le ſaint-père, ils l'y*

affifteraient & mourraient pour cela ; à laquelle raifon s'eft laiffé aller à la tentation qui l'a porté de tuer le roi, parce que fefant la guerre contre le pape, c'eft la faire contre DIEU, *d'autant que le pape eft* DIEU, *& DIEU eft le pape.* Ainfi tout concourt à faire voir que *Henri IV* n'a été en effet affaffiné que par les préjugés qui depuis fi long-temps ont aveuglé les hommes & défolé la terre. On ofa imputer ce crime à la maifon d'*Autriche*, à *Marie de Médicis*, époufe du roi, à *Balzac d'Entragues*, fa maîtreffe, au duc d'*Epernon ;* conjectures odieufes, que *Mézerai* & d'autres ont recueillies fans examen, qui fe détruifent l'une par l'autre, & qui ne fervent qu'à faire voir combien la malignité humaine eft crédule.

Il eft très-avéré qu'on parlait de fa mort prochaine, dans les Pays-Bas, avant le coup de l'affaffin. Il n'eft pas étonnant que les partifans de la Ligue catholique, en voyant l'armée formidable qu'il allait commander, euffent dit qu'il n'y avait que la mort de *Henri* qui pût les fauver. Eux & les reftes de la Ligue fouhaitaient quelque *Clément*, quelque *Gerard*, quelque *Châtel*. On paffa aifément du défir à l'efpérance ; ces bruits fe répandirent, ils allèrent aux oreilles de *Ravaillac* & le déterminèrent.

Il eft encore certain qu'on avait prédit à *Henri* qu'il mourrait en carroffe. Cette idée venait de ce que ce prince, fi intrépide ailleurs, était toujours inquiété de la crainte de verfer, quand il était en voiture. Cette faibleffe fut regardée par les aftrologues comme un preffentiment ; & l'aventure la moins vraifemblable juftifia ce qu'ils avaient dit au hafard.

Ravaillac ne fut que l'inftrument aveugle de l'efprit du temps, qui n'était pas moins aveugle. Ce *Barrière*, ce *Châtel*, ce chartreux nommé *Ouin*, ce vicaire de Saint-Nicolas-des-Champs, pendu en 1595; enfin, jufqu'à un malheureux qui était ou qui contrefefait l'infenfé, d'autres, dont le nom m'échappe, méditèrent le même affaffinat; prefque tous jeunes & tous de la lie du peuple : tant la religion devient fureur dans la populace & dans la jeuneffe! De tous les affaffins de cette efpèce que ce fiècle affreux produifit, il n'y eut que *Poltrot de Méré* qui fût gentilhomme. J'en excepte ceux qui avaient tué le duc de *Guife*, par ordre de *Henri III* : ceux-là n'étaient pas fanatiques; ils n'étaient que de lâches mercenaires.

Le tombeau de *Henri IV* embraffé & arrofé de larmes, au fervice de la reine de France, en 1768.

Il n'eft que trop vrai que *Henri IV* ne fut ni connu ni aimé pendant fa vie. Le même efprit qui prépara tant d'affaffinats fouleva toujours contre lui la faction catholique; & fon changement néceffaire de religion lui aliéna les réformés. Sa femme, qui ne l'aimait pas, l'accabla de chagrins domeftiques. Sa maîtreffe même, la marquife de *Verneuil*, confpira contre lui : la plus cruelle fatire qui attaqua fes mœurs & fa probité fut l'ouvrage d'une princeffe de *Conti*, fa proche parente. Enfin, il ne commença à devenir cher à la nation que quand il eut été affaffiné. La régence inconfidérée, tumultueufe & infortunée de fa veuve augmenta les regrets de la perte de fon mari. Les mémoires du duc de *Sulli* développèrent toutes fes vertus & firent pardonner fes faibleffes. Plus l'hiftoire fut approfondie, plus il fut aimé. Le fiècle de *Louis XIV* a été beaucoup plus grand fans doute que le fien;

mais *Henri IV* eft jugé beaucoup plus grand que *Louis XIV*. Enfin, chaque jour ajoutant à fa gloire, l'amour des Français pour lui eft devenu une paffion. On en a vu depuis peu un témoignage fingulier à Saint-Denis. Un évêque du Puy en Velay prononçait l'oraifon funèbre de la reine, époufe de *Louis XV*. L'orateur n'attachant pas affez les efprits, quoiqu'il fît l'éloge d'une reine chérie, une cinquantaine d'auditeurs fe détacha de l'affemblée pour aller voir le tombeau de *Henri IV*. Ils fe mirent à genoux autour du cercueil, ils répandirent des larmes, on entendit des exclamations : jamais il n'y eut de plus véritable apothéofe.

ADDITION

au chapitre CLXXIV de HENRI IV.

VOICI plufieurs lettres écrites de la main de *Henri IV* à *Corifande d'Andouin*, veuve de *Philibert*, comte de Grammont. Elles font toutes fans date ; mais on verra aifément, par les notes, dans quel temps elles furent écrites. Il y en a de très-intéreffantes, & le nom de *Henri IV* les rend précieufes.

PREMIERE LETTRE.

IL ne fe fauve point de laquais, ou pour le moins fort peu, qui ne foient dévalifés, ou les lettres ouvertes. Il eft arrivé fept ou huit gentilshommes de ceux qui étaient à l'armée étrangère, qui affurent, comme eft vrai,

(car l'un eſt M. de *Monlouet*, frère de *Rambouillet*, qui était un des députés pour traiter) qu'il n'y a pas dix gentilshommes qui aient promis de ne porter les armes. M. de *Bouillon* n'a point promis : bref, il ne s'eſt rien perdu qui ne ſe découvre pour de l'argent. M. de *Mayenne* a fait un acte de quoi il ne ſera guère loué ; il a tué *Sacremore* (lui demandant récompenſe de ſes ſervices) à coups de poignard : l'on me mande que ne le voulant contenter, il craignit qu'étant mal content, il ne découvrît ſes ſecrets, qu'il ſavait tout, même l'entrepriſe contre la perſonne du roi, de quoi il était chef de l'exécution. (*a*) D I E U les veut vaincre par eux-mêmes, car c'était le plus utile ſerviteur qu'ils euſſent : il fut enterré qu'il n'était pas encore mort. Sur ce mot vient d'arriver *Morlas*, & un laquais de mon couſin qui ont été dévaliſés des lettres & des habillemens. M. de *Turenne* ſera ici demain : il a pris autour de Fizac dix-huit forts, en trois jours ; je ferai peut-être quelque choſe de meilleur bientôt, s'il plaît à D I E U. Le bruit de ma mort allant à Hay, à Maux, a couru à Paris ; & quelques *prêcheurs en leurs ſermons la mettaient pour un des bonheurs* que D I E U leur avait envoyé. Adieu, mon ame, je vous baiſe un million de fois les mains. *Ce 14 janvier.*

D E U X I E M E   L E T T R E. (*b*)

PO U R achever de me peindre, il m'eſt arrivé un des plus extrêmes malheurs que je pouvais craindre, qui eſt la mort ſubite de M. le Prince ; je le plains comme ce qu'il me devait être, non comme ce qu'il m'était : je

(*a*) Rien n'eſt ſi curieux que cette anecdote. Ce *Sacremore* était *Birague* de ſon nom. Cette aventure prouve que le duc de *Mayenne* était bien plus méchant & plus cruel que tous les hiſtoriens ne le dépeignent ; ce qui n'eſt pas extraordinaire dans un chef de parti. La lettre eſt de 1587.

(*b*) Mars 1588.

fuis à cette heure la feule butte où vifent tous les per-
fides de la meffe. Ils l'ont empoifonné, les traîtres ; fi   Voyez la
eft - ce que D I E U demeurera le maître , & moi par fa   lettre fui-
grace l'exécuteur ? Ce pauvre prince, non de cœur,   vante.
jeudi ayant couru la bague, foupa fe portant bien ; à
minuit lui prit un vomiffement qui lui dura jufqu'au
matin ; tout le vendredi il demeura au lit, le foir il
foupa, & ayant bien dormi, il fe leva le famedi matin,
dîna debout, & puis joua aux échecs ; il fe leva de fa
chaife, fe mit à fe promener par fa chambre, devifant
avec l'un & l'autre : tout d'un coup il dit, baillez-moi
ma chaife, je fens une grande faibleffe ; il ne fut pas
affis qu'il perdit la parole, & foudain après il rendit
l'ame affis, Les marques du poifon fortirent foudain ; il
n'eft pas croyable l'étonnement que cela a porté en ce
pays-là. Je pars dès l'aube du jour pour y aller pourvoir
en diligence. Je me vois bien en chemin d'avoir bien
de la peine ; priez D I E U hardiment pour moi ; fi j'en
échappe, il faudra bien que ce foit lui qui me gardait,
dont je fuis peut être plus près que je ne penfe ; je vous
demeurerai fidèle efclave. Bon foir, mon ame, je vous
baife un million de fois les mains.

TROISIEME LETTRE. (c)

IL m'arriva hier, l'un à midi, l'autre à foir, deux cour-
riers de Saint-Jean ; le premier nous dit, comme *Belcaftel*,
page de madame la princeffe, & fon valet de chambre,
s'en étaient fuis foudain, après avoir cru mort leur
maître, avaient trouvé deux chevaux valant deux cents
écus, à une hôtellerie du faubourg, que l'on y tenait, il
y avait quinze jours ; & avaient chacun une malette
pleine d'argent : enquis l'hôte, dit que c'était un nommé

(c) Celle-ci eft du mois de mars 1588.

Brillant (*d*) qui lui avait baillé les chevaux, & lui allait dire tous les jours qu'ils fussent bien traités, que s'il baille aux autres chevaux quatre mesures d'avoine, qu'il leur en baille huit, qu'il payerait aussi le double. Ce *Brillant* (*e*) est un homme que madame la princesse a mis dans la maison, & lui fesait tout gouverner. Il fut soudain pris, confesse avoir baillé mille écus au page, & lui avoir achepter ses chevaux par le commandement de sa maîtresse pour aller en Italie. Le second confirme, & dit de plus, qu'on avait fait écrire par ce *Brillant* au valet de chambre, qu'on savait être à Poitiers; par où il lui mandait être à deux cents pas de la porte, qu'il voulait parler à lui. L'autre sortit soudain, l'embuscade qui était là le prit, & fut mené à Saint-Jean. Il n'avait été encore ouï, mais, disait-il à ceux qui le menaient, ah! que Madame est méchante! que l'on prenne son tailleur, je dirai tout, sans gêner, ce qui fut fait.

Voilà ce qu'on a fait jusqu'à cette heure; je ne me trompe guère en mes jugemens; c'est une dangereuse bête qu'une mauvaise femme. *Tous ces empoisonneurs font tous papistes;* voilà les instructions de la dame. J'ai découvert un tueur pour moi, (*f*) D I E U m'en gardera, & je vous en manderai bientôt davantage. Les gouverneurs & les capitaines de Taillebourg ont envoyé deux soldats, & écrit qu'ils n'ouvriraient leur place qu'à moi, de quoi

---

(*d*) *Brillant*, contrôleur de la maison du prince de *Condé*, est mal-à-propos nommé *Brillaud* par les historiens.

(*e*) Il fut écartelé à Saint-Jean d'Angeli, sans appel, par sentence du prévôt, & par cette même sentence la princesse de *Condé* fut condamnée à garder la prison jusqu'après son accouchement. Elle accoucha au mois d'août de *Henri de Condé*, premier prince du sang. Elle appela à la cour des pairs; mais elle resta prisonnière, sous la garde de *Sainte-Même*, dans Angeli, jusqu'en l'année 1596. *Henri IV* fit supprimer alors les procédures.

(*f*) C'est à Nérac qu'on découvrit un assassin, lorrain de nation, envoyé par les prêtres de la Ligue. On attenta plus de cinquante fois sur la vie de ce grand & bon prince : *Tantùm relligio potuit suadere malorum!*

je fuis fort aife. Les ennemis les preffent, & ils font fi empreffés à la vérification de ce fait, qu'ils ne leur donnent nul empêchement ; ils ne laiffent fortir aucun homme vivant de Saint-Jean que ceux qu'ils m'envoient. M. de *la Trimouille* y eft, lui vingtième feulement. L'on m'écrit que fi je tardais beaucoup il y pourrait avoir beaucoup de mal, & grand ; cela me fait hâter, de façon que je prendrai vingt maîtres & moi, & irai jour & nuit pour être de retour à Sainte-Foi, à l'affemblée. Mon ame, je me porte affez bien de corps, mais fort affligé de l'efprit ; aimez-moi, & me le faites paraître, ce me fera une grande confolation ; pour moi je ne manquerai point à la fidélité que je vous ai vouée : fur cette vérité, je vous baife un million de fois les mains.

Daymet, ce 13 mars.

QUATRIEME LETTRE.

J'ARRIVAI hier au foir au lieu de Pons, où il m'arriva des nouvelles de Saint-Jean par où les foupçons croiffent du côté que les avis peu juger. Je verrai tout demain ; j'appréhende fort la vue des fidèles ferviteurs de la maifon, car c'eft à la vérité le plus extrême deuil qui fe foit jamais vu. Les prêcheurs romains prêchent tout haut dans les villes d'ici à l'entour qu'il n'y en a plus qu'une à voir, canonifent ce bel acte & celui qui l'a fait, admoneftent tout bon catholique de prendre exemple à une fi chrétienne entreprife, & vous êtes de cette religion ! Certes, mon cœur, c'eft un beau fujet, & notre mifère pour faire paraître votre piété & votre vertu ; n'attendez pas à une autrefois à jeter ce froc aux orties ; mais je vous dis vrai. Les querelles de M. d'*Epernon* avec le maréchal d'*Aumont* & *Crillon* troublent fort la cour, d'où je faurai tous les jours des nouvelles, & vous les manderai. L'homme de qui vous a parlé *Briquefière* m'a fait de méchans tours que j'ai fu & avéré depuis deux jours. Je finis là, allant monter à cheval; je te baife, ma chère maîtreffe, un million de fois les mains. *Ce 17 mars.*

CINQUIEME LETTRE.

D I E U fait quel regret ce m'eft de partir d'ici fans vous aller baifer les mains; certes, mon cœur, j'en fuis au grabat. Vous trouverez étrange (& direz que je me fuis point trompé) ce que *Liceran* vous dira. Le diable eft déchaîné, je fuis à plaindre, & eft merveille fi je ne fuccombe fous le faix. Si je n'étais huguenot, je me ferais turc. Ah! les violentes épreuves par où l'on fonde ma cervelle! je ne puis faillir d'être bientôt fol ou habile homme; cette année fera ma pierre de touche; c'eft un mal bien douloureux que le domeftique. Toutes les gehennes que peuvent recevoir un efprit font fans ceffe exercées fur le mien, je dis toutes enfemble. Plaignez-moi, mon ame, & ne portez point votre efpèce de tourmens; c'eft celui que j'appréhende le plus. Je pars vendredi, & vais à Clérac: je retiendrai votre précepte de me taire. Croyez que rien qu'un manquement d'amitié ne me peut faire changer de réfolution que j'ai d'être éternellement à vous, non toujours efclave, mais bien forçaire. Mon tout, aimez-moi; votre bonne grace eft l'appui de mon efprit au choc de mon affliction; ne me refufez ce foutien. Bon foir, mon ame, je te baife les pieds un million de fois.

De Nérac, ce 8 mars, à minuit.

SIXIEME LETTRE.

Ne vous manderé jamais que prifes de villes & forts ?
En huit jours fe font rendus à moi Saint-Mexant & Maille-
faye, & efpérez devant la fin de ce mois que vous oyerez
parler de moi. (*g*) Le roi triomphe, il a fait garoter en
prifon le cardinal de *Guife*, puis montre fur la place vingt-
quatre heures le préfident de *Neuilly*, & le prévôt des
marchands pendu, & le fecrétaire de M. de *Guife* & trois
autres. La reine fa mère lui dit, mon fils, octroyez-moi
une requête que je vous veux faire ; felon ce que fera,
Madame ; c'eft que me donniez M. de *Nemours* & le prince
de *Guife* ; ils font jeunes, ils vous feront un jour fervice.
Je le veux bien, dit-il, Madame, je vous donne les corps
& en retiendrai les lettres. Il a envoyé à Lyon pour attraper
le duc de *Mayenne*, l'on ne fait ce qu'il en eft réuffi ; l'on
fe bat à Orléans, & encore plus près d'ici à Poitiers, d'où
je ne ferai demain qu'à fept lieues. Si le roi le voulait,
je les mettrais d'accord. Je vous plains, s'il fait tel temps
où vous êtes qu'ici, car il y a dix jours qu'il ne dégèle
point. Je n'attends que l'heure d'ouïr dire que l'on aura
envoyé étrangler la roine de *Navarre* : (*h*) cela avec la

(*g*) Cette lettre doit être écrite trois ou quatre jours après l'affaffinat
du duc de *Guife* ; mais on le trompa fur l'exécution prétendue du préfident
Neuilli & de *la Chapelle-Marteau*. Henri *III* les tint en prifon ; ils méri-
taient d'être pendus, mais ils ne le furent pas. Il ne faut pas toujours
croire ce que les rois écrivent ; ils ont fouvent de mauvaifes nouvelles.
Cette erreur fut probablement corrigée dans les lettres qui fuivirent, &
que nous n'avons point. Ce *Neuilli* & ce *Marteau* étaient des Ligueurs outrés,
qui avaient maffacré beaucoup de réformés & de catholiques attachés au
roi, dans la journée de la Saint-Barthelemi. *Rofe*, évêque de Senlis, ce
ligueur furieux, féduifit la fille du préfident *Neuilli*, & lui fit un enfant.
Jamais on ne vit plus de cruautés & de débauches.

(*h*) C'eft de fa femme dont il parle ; elle était liée avec les *Guifes*, &
la reine *Catherine*, fa mère, était alors malade à la mort.

mort de fa mère me ferait bien chanter les cantiques de *Siméon*. C'eft une lettre trop longue pour homme de guerre. Bon foir, mon ame, je te baife un million de fois ; aimez-moi comme vous en avez fujet : c'eft le premier de l'an. Le pauvre *Caramburu* eft borgne, & *Fleurimont* s'en va mourir.

S E P T I E M E L E T T R E.

Mon ame, je vous écris de Blois, (*i*) où il y a cinq mois que l'on me condamnait hérétique, & indigne de fuccéder à la couronne, & j'en fuis à cette heure le principal pilier. Voyez les œuvres de D I E U envers ceux qui fe font fiés en lui, car il y avait rien qui eût tant d'apparence de force qu'un arrêt des Etats ; cependant j'en appelais devant celui qui peut tout ; (ainfi font bien d'autres :) qui a revu le procès, & caffé les arrêts des hommes, m'a remis en mon droit, & crois que ce fera aux dépens de mes ennemis ; tant mieux pour vous ; ceux qui fe fient en D I E U il les conferve & ne font jamais confus ; voilà à quoi vous devriez fonger. Je me porte très - bien, D I E U merci, vous jurant avec vérité que je n'aime, ni honore rien au monde comme vous ; il n'y a rien qui n'y paraiffe, & vous garderai fidélité jufqu'au tombeau. Je m'en vais à Boisjeancy, où je crois que vous òyerez bientôt parler de moi, je n'en doute point : d'une autre façon, je fais état de faire venir ma fœur bientôt, réfolvez-vous de venir avec elle. Le roi m'a parlé de la dame d'Auvergne ; je crois que je lui ferai faire un mauvais faut. Bon jour, mon cœur ; je te baife un million de fois, ce 18 mai, celui qui eft lié avec vous d'un lien indiffoluble.

(*i*) C'eft furement fur la fin d'avril 1589. Il était alors à Blois avec *Henri III.*

HUITIEME

HUITIEME LETTRE.

VOUS entendrez de ce porteur l'heureux fuccès que DIEU nous a donné au plus furieux combat (*k*) qui fe foit donné de cette guerre : il vous dira auffi comme MM. de *Longueville*, de *la Noue* & autres ont triomphé près de Paris. Si le roi ufe de diligence, comme j'efpère, nous verrons bientôt le clocher de Notre - Dame de Paris. Je vous écrivis il n'y a que deux jours par *Petit-Jean*. DIEU veuille que cette femaine nous faffions encore quelque chofe d'auffi fignalé que l'autre. Mon cœur, aimez-moi toujours comme vôtre, car je vous aime comme mienne : fur cette vérité je vous baife les mains. Adieu, mon ame,

C'eft le 20 mai, de Boisjeancy.

NEUVIEME LETTRE.

RENVOYEZ-MOI *Briquefière*, & il s'en retournera avec tout ce qu'il vous faut, hormis moi. Je fuis très-fâché, affligé de la perte de mon petit, qui mourut hier ; à votre avis ce que ferait d'un légitime ! (*l*) Il commençait à parler. Je ne fais fi c'eft par acquit que vous m'avez écrit par Doifil, c'eft pourquoi je fais la réponfe que vous verrez fur votre lettre, par celui que je défire qu'il vienne, mandez-m'en votre volonté. Les ennemis font devant Montégu, où ils feront bien mouillés ; car il n'y a couvert à demi-lieue autour. L'affemblée fera achevée dans douze jours. Il m'arriva hier force nouvelles de Blois ; je vous envoie un extrait des plus véritables : tout à cette heure me vient d'arriver un homme de

(*k*) Ce combat eft celui du 18 mai 1589, où le comte de *Châtillon* défit les ligueurs dans une mêlée très-acharnée.

(*l*) C'était un fils qu'il avait de *Corifande*.

Effai fur les mœurs, &c. Tome IV.   D

Montégu ; ils ont fait une très-belle fortie, & tué force ennemis ; je mande toutes mes troupes, & efpère, fi ladite place peut tenir quinze jours, y faire quelques bons coups. Ce que je vous ai mandé ne vouloir mal à perfonne eft requis pour votre contentement & le mien ; je parle à cette heure à vous-même étant mienne. Mon ame, j'ai un ennui étrange de vous voir. Il y a ici un homme qui porte des lettres à ma fœur du roi d'Ecoffe ; il preffe plus que jamais du mariage ; il s'offre à me venir fervir avec fix mille hommes à fes dépens, (m) & venir lui-même offrir fon fervice ; il s'en va infailliblement roi d'Angleterre ; préparez ma fœur à lui vouloir du bien, lui remontrant l'état auquel nous fommes, la grandeur de ce prince avec fa vertu ; je ne lui en écris point, ne lui en parlez que comme difcourant, qu'il eft temps de la marier, & qu'il n'y a parti que celui-là, car de nos parens c'eft pitié. Adieu, mon cœur, je te baife cent millions de fois. *Ce dernier décembre.*

(m) Voilà une anecdote bien fingulière, & que tous les hiftoriens ont ignorée : cela veut dire qu'il ferait un jour roi d'Angleterre, parce que la reine *Elifabeth* n'avait point d'enfans. C'était ce même roi que *Henri IV* appela toujours depuis *maître Jacques*. Cette lettre doit être de 1588.

CHAPITRE CLXXV.

De la France, sous Louis XIII, jusqu'au ministère
du cardinal de Richelieu. Etats-généraux tenus
en France. Administration malheureuse. Le maré-
chal d'Ancre assassiné; sa femme condamnée à
être brûlée. Ministère du duc de Luines. Guerres
civiles. Comment le cardinal de Richelieu entra
au conseil.

ON vit après la mort de *Henri IV* combien la
puissance, la considération, les mœurs, l'esprit
d'une nation, dépendent souvent d'un seul homme.
Il tenait, par une administration douce & forte, tous
les ordres de l'Etat réunis, toutes les factions assou-
pies, les deux religions dans la paix, les peuples
dans l'abondance. La balance de l'Europe était dans
sa main, par ses alliances, par ses trésors & par ses
armes. Tous ces avantages font perdus dès la première année de la régence de sa veuve, *Marie de*
Médicis. Le duc d'*Epernon*, cet orgueilleux mignon
de *Henri III*, ennemi secret de *Henri IV*, déclaré
ouvertement contre ses ministres, va au parlement,
le jour même que *Henri* est assassiné. D'*Epernon* était
colonel général de l'infanterie; le régiment des gardes
était à ses ordres : il entre, en mettant la main sur
la garde de son épée, & force le parlement à se
donner le droit de disposer de la régence, droit qui
jusqu'alors n'avait appartenu qu'aux états-généraux.

Le parlement
de Paris forcé
par le duc
d'*Epernon* de
donner la ré-
gence à *Marie*
de Médicis.

14 mai
1610.

D 2

Les lois de toutes les nations ont toujours voulu que ceux qui nomment au trône quand il eft vacant, nomment à la régence. Faire un roi eft le premier des droits ; faire un régent eft le fecond, & fuppofe le premier. Le parlement de Paris jugea la caufe du trône, & décida du pouvoir fuprême pour avoir été menacé par le duc d'*Epernon*, & parce qu'on n'avait pas eu le temps d'affembler les trois ordres de l'Etat.

Il déclara, par un arrêt, *Marie de Médicis* feule régente. La reine vint le lendemain faire confirmer cet arrêt en préfence de fon fils ; & le chancelier de *Silleri*, dans cette cérémonie qu'on appelle *lit de juftice*, prit l'avis des préfidens avant de prendre celui des pairs & même des princes du fang, qui préten-daient partager la régence.

Vous voyez par-là, & vous avez fouvent remar-qué comment les droits & les ufages s'établiffent, & comment ce qui a été fait une fois folennellement contre les règles anciennes devient une règle pour l'avenir, jufqu'à ce qu'une nouvelle occafion l'aboliffe.

Nouvelles mefures.

Marie de Médicis, régente & non maîtreffe du royaume, dépenfe en profufions, pour s'acquérir des créatures, tout ce que *Henri le grand* avait amaffé pour rendre fa nation puiffante. Les troupes à la tête defquelles il allait combattre font pour la plupart licenciées ; les princes dont il était l'appui font abandonnés. Le duc de Savoie, *Charles-Emmanuel,* nouvel allié de *Henri IV*, eft obligé de demander pardon à *Philippe III*, roi d'Efpagne, d'avoir fait un traité avec le roi de France ; il envoie fon fils à

1610.

Madrid implorer la clémence de la cour efpagnole, & s'humilier comme un fujet, au nom de fon père. Les princes d'Allemagne, que *Henri* avait protégés avec une armée de quarante mille hommes, ne font que faiblement fecourus. L'Etat perd toute fa confidération au dehors ; il eft troublé au dedans. Les princes du fang & les grands feigneurs rempliffent la France de factions, ainfi que du temps de *François II*, de *Charles IX*, de *Henri III*, & depuis dans la minorité de *Louis XIV*.

On affemble enfin dans Paris les derniers états-généraux qu'on ait tenus en France. Le parlement de Paris ne put y avoir féance. Ses députés avaient affifté à la grande affemblée des notables, tenue à Rouen, en 1594 : mais ce n'était point-là une convocation d'états-généraux ; les intendans des finances, les tréforiers y avaient pris féance, comme les magiftrats.

L'univerfité de Paris fomma juridiquement la chambre du clergé de la recevoir comme membre des états ; c'était, difait-elle, fon ancien privilége ; mais l'univerfité avait perdu fes priviléges avec fa confidération, à mefure que les efprits étaient devenus plus déliés, fans être plus éclairés. Ces états, affemblés à la hâte, n'avaient point de dépôts des lois & des ufages, comme le parlement d'Angleterre, & comme les diètes de l'Empire : ils ne fefaient point partie de la légiflation fuprême ; cependant ils auraient voulu être légiflateurs ; c'eft à quoi afpire néceffairement un corps qui repréfente une nation : il fe forme de l'ambition fecrète de chaque particulier une ambition générale.

Etats-généraux.

1614.

L'univerfité veut y affifter.

D 3

Ce qu'il y eut de plus remarquable dans ces états, c'eſt que le clergé demanda inutilement que le concile de Trente fût reçu en France, & que le tiers-état demanda, non moins vainement, la publication de la loi, *qu'aucune puiſſance ni temporelle ni ſpirituelle n'a droit de diſpoſer du royaume, & de diſpenſer les ſujets de leur ſerment de fidélité; & que l'opinion, qu'il ſoit loiſible de tuer les rois, eſt impie & déteſtable.*

Singulière
diſpute. C'était ſurtout ce même tiers-état de Paris qui demandait cette loi, après avoir voulu dépoſer *Henri III*, & après avoir ſouffert les extrémités de la famine, plutôt que de reconnaître *Henri IV*. Mais les factions de la Ligue étant éteintes, le tiers-état, qui compoſe le fonds de la nation & qui ne peut avoir d'intérêt particulier, aimait le trône & déteſtait les prétentions de la cour de Rome. Le cardinal *Duperron* oublia dans cette occaſion ce qu'il devait au ſang de *Henri IV*, & ne ſe ſouvint que de l'Egliſe. Il s'oppoſa fortement à la loi propoſée, & s'emporta juſqu'à dire *qu'il ſerait obligé d'excommunier ceux qui s'obſtineraient à ſoutenir que l'Egliſe n'a pas le pouvoir de dépoſſéder les rois:* il ajouta que la puiſſance du pape était *pleine, pléniſſime, directe au ſpirituel, & indirecte au temporel.* La chambre du clergé, gouvernée par le cardinal *Duperron*, perſuada la chambre de la nobleſſe de s'unir avec elle. Le corps de la nobleſſe avait toujours été jaloux du clergé; mais il affectait de ne pas penſer comme le tiers-état. Il s'agiſſait de ſavoir ſi les puiſſances *ſpirituelles & temporelles* pouvaient diſpoſer du trône. Le corps des nobles aſſemblé ſe regardait au fond, & ſans ſe le dire, comme une puiſſance temporelle. Le cardinal leur difait : *Si un roi voulait forcer fes fujets à fe faire ariens ou mahométans , il faudrait le dépofer.* Un tel difcours était bien déraifonnable ; car il y a eu une foule d'empereurs & de rois ariens , & on n'en a dépofé aucun pour cette raifon. Cette fuppofition , toute chimérique qu'elle était , perfuadait les députés de la nobleffe qu'il y avait des cas où les premiers de la nation pouvaient détrôner leur fouverain ; & ce droit, quoiqu'éloigné, était fi flatteur pour l'amour propre, que la nobleffe voulait le partager avec le clergé. La chambre eccléfiaftique fignifia à celle du tiers-état, qu'à la vérité il n'était jamais permis de tuer fon roi , mais elle tint ferme fur le refte.

Au milieu de cette étrange difpute , le parlement rendit un arrêt qui déclarait *l'indépendance abfolue du trône loi fondamentale du royaume.*

C'était, fans doute, l'intérêt de la cour de foutenir la demande du tiers-état & l'arrêt du parlement, après tant de troubles qui avaient mis le trône en danger, fous les règnes précédens. La cour cependant céda au cardinal *Duperron*, au clergé, & furtout à Rome qu'on ménageait : elle étouffa elle-même une opinion fur laquelle fa fureté était établie ; c'eft qu'au fond, elle penfait alors que cette vérité ne ferait jamais réellement combattue par les événemens , & qu'elle voulait finir des difputes trop délicates & trop odieufes ; elle fupprima même l'arrêt du parlement, fous prétexte qu'il n'avait aucun droit de rien ftatuer fur les délibérations des Etats, qu'il leur manquait de refpect , & que ce n'était pas à lui à faire des lois fondamentales ; ainfi elle rejeta les armes de ceux qui

D 4

combattaient pour elle, comptant n'en avoir pas
befoin : enfin, tout le réfultat de cette affemblée fut
de parler de tous les abus du royaume, & de n'en
pouvoir réformer un feul.

La France refta dans la confufion, gouvernée par
le florentin *Concini*, favori de la reine, devenu maréchal de France fans jamais avoir tiré l'épée, & premier
miniftre fans connaître les lois du royaume. C'était
affez qu'il fût étranger pour que les princes du fang
euffent fujet de fe plaindre.

Concini.

Marie de Médicis était bien malheureufe ; car elle ne
pouvait partager fon autorité avec le prince de *Condé*,
chef des mécontens, fans la perdre ; ni la confier à
Concini, fans indifpofer tout le royaume. Le prince de
Condé-Henri, père du grand *Condé*, & fils de celui qui
avait gagné la bataille de Coutras avec *Henri IV*, fe
met à la tête d'un parti & prend les armes. La cour
conclut avec lui une paix fimulée, & le fait mettre à
la baftille.

*Henri, prince
de Condé.*

Ce fut le fort de fon père, de fon grand-père &
de fon fils. Sa prifon augmenta le nombre des mécontens. Les *Guifes*, autrefois ennemis fi implacables des
Condés, fe joignent à préfent avec eux. Le duc de
Vendôme, fils de *Henri IV*, le duc de *Nevers*, de la maifon
de *Gonzague*, le maréchal de *Bouillon*, tous les feigneurs
mécontens, fe cantonnent dans les provinces ; ils pro-
teftent qu'ils fervent leur roi, & qu'ils ne font la guerre
qu'au premier miniftre.

*Troubles
civils.*

Concini, qu'on appelait le maréchal d'*Ancre*, affuré
de la faveur de la reine, les bravait tous. Il leva fept
mille hommes à fes dépens, pour maintenir l'autorité
royale, ou plutôt la fienne, & ce fut ce qui le perdit.

Il eſt vrai qu'il levait ces troupes avec une commiſ-
ſion du roi ; mais c'était un des grands malheurs de
l'Etat, qu'un étranger, qui était venu en France ſans
aucun bien , eût de quoi aſſembler une armée auſſi
forte que celles avec leſquelles *Henri IV* avait reconquis ſon royaume. Preſque toute la France ſoulevée
contre lui ne put le faire tomber; & un jeune homme
dont il ne ſe défiait pas , & qui était étranger comme
lui , cauſa ſa ruine , & tous les malheurs de *Marie*
de Médicis.

Charles-Albert de Luines , né dans le comtat d'Avignon, admis avec ſes deux frères parmi les gentilshommes ordinaires du roi attachés à ſon éducation ,
s'était introduit dans la familiarité du jeune monarque,
en dreſſant des pie-grièches à prendre des moineaux.
On ne s'attendait pas que ces amuſemens d'enfance
duſſent finir par une révolution ſanglante. Le maréchal d'*Ancre* lui avait fait donner le gouvernement
d'Amboiſe , & croyait l'avoir mis dans ſa dépendance : ce jeune homme conçut le deſſein de faire
tuer ſon bienfaiteur , d'exiler la reine , & de gouverner ; & il en vint à bout ſans aucun obſtacle. Il
perſuade bientôt au roi qu'il eſt capable de régner
par lui-même, quoiqu'il n'ait que ſeize ans & demi :
il lui dit que la reine ſa mère & *Concini* le tiennent
en tutelle. Le jeune roi, à qui on avait donné dans
ſon enfance le ſurnom de *juſte* , conſent à l'aſſaſſinat
de ſon premier miniſtre. Le marquis de *Vitri*, capitaine
des gardes , du *Hallier*, ſon frère, *Perſan* & d'autres,
l'aſſaſſinent à coups de piſtolet dans la cour même
du louvre. On crie *vive le roi* , comme ſi on avait
gagné une bataille. *Louis XIII* ſe met à la fenêtre ,

Concini, ma-
réchal d'*An-
cre* , aſſaſſiné
au louvre.

1 6 1 7.

& dit : *Je fuis maintenant roi.* On ôte à la reine mère fes gardes ; on les défarme : on la tient en prifon dans fon appartement ; elle eft enfin exilée à Blois. La place de maréchal de France qu'avait *Concini* eft donnée à *Vitri* qui l'avait tué. La reine avait récompenfé du même honneur *Thémines*, pour avoir arrêté le prince de *Condé :* auffi le maréchal duc de *Bouillon* difait qu'il rougiffait d'être maréchal, depuis que cette dignité était la récompenfe du métier de fergent & de celui d'affaffin.

Le cœur de *Concini* grillé & mangé.

La populace, toujours extrême, toujours barbare quand on lui lâche la bride, va déterrer le corps de *Concini*, inhumé à Saint-Germain-l'Auxerrois, le traîne dans les rues, lui arrache le cœur ; & il fe trouva des hommes affez brutaux pour le griller publiquement fur des charbons, & pour le manger. Son corps fut enfin pendu par le peuple à une potence. Il y avait dans la nation un efprit de férocité que les belles années de *Henri IV* & le goût des arts apporté par *Marie de Médicis* avaient adouci quelque temps, mais qui à la moindre occafion reparaiffait dans toute fa force. Le peuple ne traitait ainfi les reftes fanglans du maréchal d'*Ancre* que parce qu'il était étranger, & qu'il avait été puiffant.

L'hiftoire du célèbre *Nani*, les mémoires du maréchal d'*Etrées*, du comte de *Brienne*, rendent juftice au mérite de *Concini*, & à fon innocence ; témoignages qui fervent au moins à éclairer les vivans, s'ils ne peuvent rien pour ceux qui font morts injuftement d'une manière fi cruelle.

Cet emportement de haine n'était pas feulement dans le peuple ; une commiffion eft envoyée au

parlement pour condamner le maréchal après sa
mort, pour juger sa femme *Eléonor Galigaï*, & pour
couvrir, par une cruauté juridique, l'opprobre de
l'affassinat. Cinq conseillers du parlement refusèrent
d'affister à ce jugement ; mais il n'y eut que cinq
hommes sages & justes.

Sa femme
condamnée :
cinq conseil-
lers refusent
d'affister au
jugement.

Jamais procédure ne fut plus éloignée de l'équité,
ni plus déshonorante pour la raison. Il n'y avait rien
à reprocher à la maréchale ; elle avait été favorite
de la reine, c'était-là tout son crime : on l'accusa
d'être forcière ; on prit des *Agnus Dei* qu'elle portait
pour des talismans. Le conseiller *Courtin* lui demanda
de quel charme elle s'était servie pour enforceler la
reine : *Galigaï* indignée contre le conseiller, & un
peu mécontente de *Marie de Médicis*, répondit : *Mon
fortilége a été le pouvoir que les ames fortes doivent avoir
fur les esprits faibles.* Cette réponse ne la sauva pas ;
quelques juges eurent assez de lumière & d'équité
pour ne pas opiner à la mort ; mais le reste, entraîné
par le préjugé public, par l'ignorance, & plus encore
par ceux qui voulaient recueillir les dépouilles de
ces infortunés, condamnèrent à la fois le mari déjà
mort & la femme, comme convaincus de fortilége,
de judaïsme & de malverfations. La maréchale fut
exécutée, & son corps brûlé ; le favori *Luines* eut la
confifcation.

Brûlée com-
me forcière.

1617.

C'est cette infortunée *Galigaï* qui avait été le
premier mobile de la fortune du cardinal de *Richelieu*,
lorsqu'il était jeune encore, & qu'il s'appelait *l'abbé
de Chillon* ; elle lui avait procuré l'évêché de Luçon,
& l'avait enfin fait fecrétaire d'Etat, en 1616. Il fut
enveloppé dans la difgrace de fes protecteurs ; & celui

qui depuis en exila tant d'autres du haut du trône où il s'affit près de fon maître, fut alors exilé dans un petit prieuré, au fond de l'Anjou.

Concini, fans être guerrier, avait été maréchal de France; *Luines* fut, quatre ans après, connétable, étant à peine officier. Une telle adminiftration infpira peu de refpect; il n'y eut plus que des factions dans les grands & dans le peuple, & on ofa tout entreprendre.

La reine-mère tirée de prifon par le duc d'*Eper-non*.

Le duc d'*Epernon*, qui avait fait donner la régence à la reine, alla la tirer du château de Blois où elle était reléguée, & la mena dans fes terres, à Angoulême, comme un fouverain qui fecourait fon alliée.

1619.

C'était-là manifeftement un crime de lèfe-majefté, mais un crime approuvé de tout le royaume, & qui ne donnait au duc d'*Epernon* que de la gloire. On avait haï *Marie de Médicis* toute-puiffante, on l'aimait malheureufe. Perfonne n'avait murmuré dans le royaume, quand *Louis XIII* avait emprifonné fa mère au louvre, quand il l'avait reléguée fans aucune raifon; & alors on regardait comme un attentat l'effort qu'il voulait faire pour ôter fa mère à un rebelle. On craignait tellement la violence des confeils de *Luines*, & les cruautés de la faibleffe du roi, que fon propre confeffeur, le jéfuite *Arnoux*, en prêchant devant lui, avant l'accommodement,

Sermon re-marquable.

prononça ces paroles remarquables : *On ne doit pas croire qu'un prince religieux tire l'épée pour verfer le fang dont il eft formé : vous ne permettrez pas, Sire, que j'aie avancé un menfonge dans la chaire de vérité. Je vous conjure, par les entrailles de JESUS-CHRIST, de ne point écouter les confeils violens, & de ne pas donner ce fcandale à toute la chrétienté.*

C'était une nouvelle preuve de la faibleſſe du gouvernement, qu'on oſât parler ainſi en chaire. Le père *Arnoux* ne ſe ſerait pas exprimé autrement, ſi le roi avait condamné ſa mère à la mort. A peine *Louis XIII* avait-il alors une armée contre le duc d'*Epernon*. C'était prêcher publiquement contre le ſecret de l'Etat, c'était parler de la part de DIEU contre le duc de *Luines*. Ou ce confeſſeur avait une liberté héroïque & indiſcrète, ou il était gagné par *Marie de Médicis*. Quel que fût ſon motif, ce diſcours public montre qu'il y avait alors de la hardieſſe, même dans les eſprits qui ne ſemblent faits que pour la ſoupleſſe. Le connétable fit, quelques années après, renvoyer le confeſſeur.

Cependant le roi, loin de s'emporter aux violences qu'on ſemblait craindre, rechercha ſa mère, & traita avec le duc d'*Epernon* de couronne à couronne. Il n'oſa pas même, dans ſa déclaration, dire que d'*Epernon* l'avait offenſé.

Intrigues.
1 6 1 9.

A peine le traité de réconciliation fut-il ſigné, qu'il fut rompu; c'était-là l'eſprit du temps. De nouveaux partiſans de *Marie* armèrent, & c'était toujours contre le duc de *Luines*, comme auparavant contre le maréchal d'*Ancre*, & jamais contre le roi. Tout favori traînait alors après lui la guerre civile. *Louis XIII* & ſa mère ſe firent en effet la guerre. *Marie de Médicis* était en Anjou, à la tête d'une petite armée contre ſon fils; on ſe battit au pont de Cé, & l'Etat était au point de ſa ruine.

Guerre civile

Cette confuſion fit la fortune du célèbre *Richelieu*. Il était ſurintendant de la maiſon de la reine-mère,

1 6 2 0.

& avait supplanté tous les confidens de cette princesse,
comme il l'emporta depuis sur tous les ministres du
roi. La souplesse & la hardiesse de son génie devaient
par-tout lui donner la première place ou le perdre.
Il ménagea l'accommodement de la mère & du fils.
La nomination au cardinalat que la reine demanda
pour lui, & qu'elle obtint difficilement, fut la récompense de ce service. Le duc d'*Epernon* fut le premier
à poser les armes, & ne demanda rien : tous les
autres se fesaient payer par le roi, pour lui avoir fait
la guerre.

La reine & le roi son fils se virent à Brissac, & s'em-
brassèrent en versant des larmes, pour se brouiller
ensuite plus que jamais. Tant de faiblesse, tant
d'intrigues & de divisions à la cour portaient l'anarchie dans le royaume. Tous les vices intérieurs de
l'Etat, qui l'attaquaient depuis long-temps, augmentèrent, & tous ceux que *Henri IV* avait extirpés
renaquirent.

Eglise.   L'Eglise souffrait beaucoup, & était encore plus
déréglée.

L'intérêt de *Henri IV* n'avait pas été de la réformer ; la piété de *Louis XIII*, peu éclairée, laissa
subsister le désordre ; la règle & la décence n'ont été
introduites que par *Louis XIV*. Presque tous les
bénéfices étaient possédés par des laïques, qui les
fesaient desservir par de pauvres prêtres à qui
on donnait des gages. Tous les princes du sang
possédaient les riches abbayes. Plus d'un bien de
l'Eglise était regardé comme un bien de famille. On
stipulait une abbaye pour la dot d'une fille ; & un
colonel remontait son régiment avec le revenu d'un

prieuré. (5) Les eccléfiaftiques de cour portaient
fouvent l'épée ; & , parmi les duels & les combats
particuliers qui défolaient la France , on en comptait
beaucoup où des gens d'églife avaient eu part , depuis
le cardinal de *Guife* , qui tira l'épée contre le duc de
Nevers-Gonzague , en 1617 , jufqu'à l'abbé , depuis
cardinal de *Retz* , qui fe battait fouvent en follicitant
l'archevêché de Paris.

(5) Cet ufage était moins un abus que le faible correctif d'un abus
très-important. Le prince devrait , fans doute , réunir à fon domaine , &
employer au fervice public les biens poffédés par le clergé , en payant
aux feuls eccléfiaftiques utiles , même fuivant les principes de la religion ,
c'eft-à-dire, aux évêques & aux curés , des appointemens réglés par l'Etat ,
comme ceux de toutes les autres fonctions publiques , ou bien en laiffant
à la piété des fidèles le foin de pourvoir à leurs befoins , comme dans les
premiers fiècles de l'Eglife : mais tant que ce nouvel ordre ne fera point
établi , n'eft-il pas évident qu'il eft plus raifonnable d'employer une abbaye
à doter une fille ou à lever un régiment , qu'à enrichir un prêtre , un moine
ou une religieufe ?

N'eft-il pas étrange que la conftruction des églifes & des presbytères ,
l'entretien des moines mendians , les appointemens des aumôniers des
troupes ou des vaiffeaux foient à la charge des peuples ; qu'un clergé d'une
richeffe immenfe ait recours , pour bâtir des églifes , à la reffource honteufe
des loteries ; qu'il fe faffe payer de toutes les fonctions qu'il exerce , qu'il
vende pour douze ou quinze fous , à qui veut les acheter , les mérites
infinis du corps & du fang de JESUS-CHRIST ?

Une partie des biens de l'Eglife a été deftinée , par les donateurs , au fou-
lagement des pauvres ; y aurait-il une meilleure manière de les foulager
que de vendre ces biens pour payer les dettes de l'Etat , & pouvoir abolir
des impôts onéreux ?

Une autre partie a été donnée dans des vues d'inftruction publique ;
pourquoi donc ne doterait-on pas avec des abbayes des établiffemens
néceffaires pour l'éducation ? pourquoi n'en donnerait-on pas aux
académies , aux collèges de droit ou de médecine ? pourquoi ne récompen-
ferait-on pas avec une abbaye l'auteur d'un livre utile , d'une découverte
importante , fans l'affujettir à la ridicule obligation de porter l'habit d'un
état dont il ne fait aucune fonction , ou de fe faire fous-diacre dans
l'efpérance d'avoir part aux graces eccléfiaftiques , ce qui eft une véritable
fimonie ?

Mœurs.   Les esprits demeuraient en général grossiers & sans culture. Les génies des *Malherbe* & des *Racan* n'étaient qu'une lumière naissante qui ne se répandait pas dans la nation. Une pédanterie sauvage, compagne de cette ignorance qui passait pour science, aigrissait les mœurs de tous les corps destinés à enseigner la jeunesse, & même de la magistrature. On a de la peine à croire que le parlement de Paris, en 1621, défendit, sous peine de mort, de rien enseigner de contraire à *Aristote* & aux anciens auteurs, & qu'on bannit de Paris un nommé de *Clave* & ses associés, pour avoir voulu soutenir des thèses contre les principes d'*Aristote*, sur le nombre des élémens, & sur la matière & la forme.

    Malgré ces mœurs sévères & malgré ces rigueurs, la justice était vénale dans presque tous les tribunaux des provinces. *Henri IV* l'avait avoué au parlement de Paris, qui se distingua toujours autant par une probité incorruptible que par un esprit de résistance aux volontés des ministres & aux édits pécuniaires. *Je sais*, leur disait-il, *que vous ne vendez point la justice ; mais dans d'autres parlemens il faut souvent soutenir son droit par beaucoup d'argent : je m'en souviens, & j'ai bour-sillé moi-même.*

Désordre de l'Etat.   La noblesse cantonnée dans ses châteaux, ou montant à cheval pour aller servir un gouverneur de province, ou se rangeant auprès des princes qui troublaient l'Etat, opprimait les cultivateurs. Les villes étaient sans police, les chemins impraticables & infestés de brigands. Les registres du parlement font foi que le guet qui veille à la sureté de Paris consistait alors en quarante-cinq hommes, qui ne

fesaient

fefaient aucun fervice. Ces déréglemens, que *Henri IV* ne put réformer, n'étaient pas de ces maladies du corps politique qui peuvent le détruire : les maladies véritablement dangereufes étaient le dérangement des finances, la diffipation des tréfors amaffés par *Henri IV*, la néceffité de mettre pendant la paix des impôts que *Henri* avait épargnés à fon peuple, lorfqu'il fe préparait à la guerre la plus importante ; les levées tyranniques de ces impôts, qui n'enrichif-faient que des traitans ; les fortunes odieufes de ces traitans, que le duc de *Sulli* avait éloignés, & qui, fous les miniftères fuivans, s'engraiffèrent du fang du peuple.

A ces vices, qui fefaient languir le corps poli-tique, fe joignaient ceux qui lui donnaient fouvent de violentes fecouffes. Les gouverneurs des pro-vinces, qui n'étaient que les lieutenans de *Henri IV*, voulaient être indépendans de *Louis XIII*. Leurs droits ou leurs ufurpations étaient immenfes : ils donnaient toutes les places ; les gentilshommes pauvres s'attachaient à eux, très-peu au roi, & encore moins à l'Etat. Chaque gouverneur de pro-vince tirait de fon gouvernement de quoi pouvoir entretenir des troupes, au lieu de la garde que *Henri IV* leur avait ôtée. La Guiènne valait au duc d'*Epernon* un million de livres, qui répondent à près de deux millions d'aujourd'hui, & même à près de quatre, fi on confidère l'enchériffement de toutes les denrées.

Nous venons de voir ce fujet protéger la reine-mère, faire la guerre au roi, en recevoir la paix avec hauteur. Le maréchal de *Lefdiguières* avait, trois ans

Beaucoup de feigneurs devenus puiffans & dangereux.

Effai fur les mœurs, &c. Tome IV.　　E

auparavant , en 1616, fignalé fa grandeur & la faibleffe du trône d'une manière glorieufe. On l'avait vu
lever une véritable armée à fes dépens , ou plutôt à
ceux du Dauphiné , province dont il n'était pas même
gouverneur , mais fimplement lieutenant - général ;
mener cette armée dans les Alpes , malgré les défenfes
pofitives & réitérées de la cour ; fecourir contre les
Efpagnols le duc de Savoie que cette cour abandonnait , & revenir triomphant. La France alors était
remplie de feigneurs puiffans , comme du temps de
Henri III , & n'en était que plus faible.

Il n'eft pas étonnant que la France manquât
alors la plus heureufe occafion qui fe fût préfentée
depuis le temps de *Charles - Quint* , de mettre des
bornes à la puiffance de la maifon d'Autriche ; en
fecourant l'électeur palatin élu roi de Bohème ; en
tenant la balance de l'Allemagne , fuivant le plan
de *Henri IV* , auquel fe conformèrent depuis les
cardinaux de *Richelieu* & *Mazarin*. La cour avait
conçu trop d'ombrage des réformés de France ,
pour protéger les proteftans d'Allemagne. Elle
craignait que les huguenots ne fiffent en France ce
que les proteftans fefaient dans l'Empire. Mais , fi
le gouvernement avait été ferme & puiffant comme
fous *Henri IV* , dans les dernières années de *Richelieu* ,
& fous *Louis XIV* , il eût aidé les proteftans d'Allemagne & contenu ceux de France. Le miniftère de
Luines n'avait pas ces grandes vues ; & , quand même
il eût pu les concevoir , il n'aurait pu les remplir ;
il eût fallu une autorité refpectée , des finances
en bon ordre , de grandes armées , & tout cela
manquait.

Les divisions de la cour sous un roi qui voulait être maître, & qui se donnait toujours un maître, répandaient l'esprit de sédition dans toutes les villes. Il était impossible que ce feu ne se communiquât pas tôt ou tard aux réformés de France. C'était ce que la cour craignait; & sa faiblesse avait produit cette crainte: elle sentait qu'on désobéirait quand elle commanderait, & cependant elle voulut commander.

Louis XIII réunissait alors le Béarn à la couronne, par un édit solennel; cet édit restituait aux catholiques les églises dont les réformés s'étaient emparés avant le règne de *Henri IV*, & que ce monarque leur avait conservées. Le parti s'assemble à la Rochelle, au mépris de la défense du roi. L'amour de la liberté, si naturel aux hommes, flattait alors les réformés d'idées républicaines; ils avaient devant les yeux l'exemple des protestans d'Allemagne qui les échauffait. Les provinces où ils étaient répandus en France étaient divisées par eux en huit cercles: chaque cercle avait un général, comme en Allemagne, & ces généraux étaient, un maréchal de *Bouillon*, un duc de *Soubise*, un duc de *la Trimouille*, un *Châtillon*, petit-fils de l'amiral *Coligni*, enfin le maréchal de *Lesdiguières*. Le commandant général qu'ils devaient choisir, en cas de guerre, devait avoir un sceau où étaient gravés ces mots: *Pour* CHRIST *& pour le roi*, c'est-à-dire, contre le roi. La Rochelle était regardée comme la capitale de cette république qui pouvait former un Etat dans l'Etat.

Les réformés dès-lors se préparèrent à la guerre. On voit qu'ils étaient assez puissans, puisqu'ils offrirent la place de généralissime au maréchal de *Lesdiguières*,

1 6 2 0.

Calvinistes en France, forment des cercles comme dans l'Empire.

Le roi leur fait la guerre.

E 2

avec cent mille écus par mois. *Lefdiguières*, qui voulait être connétable de France, aima mieux les combattre que les commander, & quitta même, bientôt après, leur religion ; mais il fut trompé d'abord dans fes efpérances à la cour. Le duc de *Luines*, qui ne s'était jamais fervi d'aucune épée, prit pour lui celle de connétable ; & *Lefdiguières*, trop engagé, fut obligé de fervir, fous *Luines*, contre les réformés dont il avait été l'appui jufqu'alors.

Il fallut que la cour négociât avec tous les chefs du parti pour les contenir, & avec tous les gouverneurs de province pour fournir des troupes. *Louis XIII* marche vers la Loire, en Poitou, en Béarn, dans les provinces méridionales ; le prince de *Condé* eft à la tête d'un corps de troupes ; le connétable de *Luines* commande l'armée royale.

Ancienne formalité des hérauts d'armes.

On renouvela une ancienne formalité, aujourd'hui entièrement abolie. Lorfqu'on avançait vers une ville où commandait un homme fufpeét, un héraut d'armes fe préfentait aux portes ; le commandant l'écoutait, chapeau bas, & le héraut criait : *A toi, Ifaac ou Jacob tel ; le roi, ton fouverain feigneur & le mien, te commande de lui ouvrir, & de le recevoir comme tu le dois, lui & fon armée ; à faute de quoi, je te déclare criminel de lèfe-majefté, au premier chef, & roturier, toi & ta poftérité ; tes biens feront confifqués, tes maifons rafées, & celle de tes affiftans.*

Prefque toutes les villes ouvrirent leurs portes au roi, excepté Saint-Jean d'Angeli dont il démolit les remparts, & la petite ville de Clérac qui fe rendit à difcrétion. La cour, enflée de ce fuccès, fit pendre le conful de Clérac & quatre pafteurs.

Cette exécution irrita les proteftans, au lieu de les intimider. Preffés de tous côtés, abandonnés par le maréchal de *Lefdiguières* & par le maréchal de *Bouillon*, ils élurent pour leur général le célèbre duc *Benjamin de Rohan* qu'on regardait comme un des plus grands capitaines de fon fiècle, comparable aux princes d'*Orange*, capable comme eux de fonder une république, plus zélé qu'eux encore pour fa religion, ou du moins paraiffant l'être ; homme vigilant, infatigable, ne fe permettant aucun des plaifirs qui détournent des affaires, & fait pour être chef de parti, pofte toujours gliffant, où l'on a également à craindre fes ennemis & fes amis. Ce titre, ce rang, ces qualités de chef de parti étaient depuis long-temps, dans prefque toute l'Europe, l'objet & l'étude des ambitieux. Les *Guelfes* & les *Gibelins* avaient commencé en Italie ; les *Guifes* & les *Coligni* établirent depuis, en France, une efpèce d'école de cette politique, qui fe perpétua jufqu'à la majorité de *Louis XIV*.

Louis XIII était réduit à affiéger fes propres villes. On crut réuffir devant Montauban comme devant Clérac ; mais le connétable de *Luines* y perdit prefque toute l'armée du roi, fous les yeux de fon maître.

Montauban était une de ces villes qui ne foutien- draient pas aujourd'hui un fiége de quatre jours ; elle fut fi mal inveftie que le duc de *Rohan* jeta deux fois du fecours dans la place à travers les lignes des affié-geans. Le marquis de *la Force*, qui commandait dans la place, fe défendit mieux qu'il ne fut attaqué. C'était ce même *Jacques Nompar de la Force*, fi fingulièrement fauvé de la mort, dans fon enfance, aux maffacres de la

Saint-Barthélemi, & que *Louis XIII* fit depuis maréchal de France. Les citoyens de Montauban, à qui l'exemple de Clérac infpirait un courage défefpéré, voulaient s'enfevelir fous les ruines de la ville plutôt que de fe rendre.

Le connétable, ne pouvant réuffir par les armes temporelles, employa les fpirituelles. Il fit venir un carme efpagnol, qui avait, dit-on, aidé par fes miracles l'armée catholique des Impériaux à gagner la bataille de Prague contre les proteftans. Le carme, nommé *Dominique*, vint au camp; il bénit l'armée, diftribua des *Agnus*, & dit au roi: *Vous ferez tirer quatre cents coups de canon, & au quatre centième Montauban capitulera.* Il pouvait fe faire que quatre cents coups de canon bien dirigés produififfent cet effet: *Louis* les fit tirer; Montauban ne capitula point, & il fut obligé de lever le fiége.

Cet affront rendit le roi moins refpectable aux catholiques, & moins terrible aux huguenots. Le connétable fut odieux à tout le monde. Il mena le roi fe venger de la difgrace de Montauban fur une petite ville de Guienne, nommée Monheur; une fièvre y termina fa vie. Toute efpèce de brigandage était alors fi ordinaire, qu'il vit, en mourant, piller tous fes meubles, fon équipage, fon argent, par fes domeftiques & par fes foldats, & qu'il refta à peine un drap pour enfevelir l'homme le plus puiffant du royaume, qui d'une main avait tenu l'épée de connétable, & de l'autre les fceaux de France: il mourut haï du peuple & de fon maître.

Louis XIII était malheureufement engagé dans la guerre contre une partie de fes fujets. Le duc de

Luines avait voulu cette guerre pour tenir fon maître dans quelque embarras, & pour être connétable. *Louis XIII* s'était accoutumé à croire cette guerre indifpenfable. On doit tranfmettre à la poftérité les remontrances que *Dupleſſis - Mornai* lui fit à l'âge de près de quatre-vingts ans. Il lui écrivait ainfi, après avoir épuifé les raifons les plus fpécieufes : *Faire la guerre à fes fujets, c'eſt témoigner de la faibleſſe. L'autorité conſiſte dans l'obéiſſance paiſible du peuple ; elle s'établit par la prudence & par la juſtice de celui qui gouverne. La force des armes ne fe doit employer que contre un ennemi étranger. Le feu roi aurait bien renvoyé à l'école des premiers élémens de la politique ces nouveaux miniſtres d'Etat qui, femblables aux chirurgiens ignorans, n'auraient point eu d'autres remèdes à propofer que le fer & le feu, & qui feraient venus lui confeiller de fe couper un bras malade, avec celui qui eſt en bon état.*

Ces raifons ne perfuadèrent point la cour. Le bras malade donnait trop de convulfions au corps ; & *Louis XIII*, n'ayant pas cette force d'efprit de fon père, qui retenait les proteftans dans le devoir, crut pouvoir ne les réduire que par la force des armes. Il marcha donc encore contre eux dans les provinces au - delà de la Loire, à la tête d'une petite armée d'environ treize à quatorze mille hommes. Quelques autres corps de troupes étaient répandus dans ces provinces. Le dérangement des finances ne permettait pas des armées plus confidérables, & les huguenots ne pouvaient en oppofer de plus fortes.

Soubife, frère du duc de *Rohan*, fe retranche avec huit mille hommes dans l'île de Riès, féparée du bas Poitou par un petit bras de mer. Le roi y paffe

Suite de la guerre contre les calviniftes.

1622.

E 4

à la tête de son armée, à la faveur du reflux, défait
entièrement les ennemis, & force *Soubise* à se retirer
en Angleterre. On ne pouvait montrer plus d'intrépidité, ni remporter une victoire plus complète. Ce
prince n'avait guère d'autre faiblesse que celle d'être
gouverné dans sa maison, dans son état, dans ses
affaires, dans ses moindres occupations : cette faiblesse
le rendit malheureux toute sa vie. A l'égard de sa
victoire, elle ne servit qu'à faire trouver aux chefs
calvinistes de nouvelles ressources.

On négociait encore plus qu'on ne se battait, ainsi
que du temps de la Ligue & dans toutes les guerres
civiles. Plus d'un seigneur rebelle, condamné par un
parlement au dernier supplice, obtenait des récompenses & des honneurs, tandis qu'on l'exécutait en
effigie. C'est ce qui arriva au marquis de *la Force*,
qui avait chassé l'armée royale devant Montauban,
& qui tenait encore la campagne contre le roi ; il eut
deux cents mille écus & le bâton de maréchal de
France. Les plus grands services n'eussent pas été
mieux payés que sa soumission fut achetée. *Châtillon*,
ce petit-fils de l'amiral *Coligni*, vendit au roi la ville
d'Aigues-mortes, & fut aussi maréchal. Plusieurs firent
acheter ainsi leur obéissance : le seul *Lesdiguières* vendit
sa religion. Fortifié alors dans le Dauphiné, & y fesant
encore profession du calvinisme, il se laissait ouvertement solliciter par les huguenots de revenir à leur
parti, & laissait craindre au roi qu'il ne rentrât dans
la faction.

On proposa dans le conseil de le tuer ou de le
faire connétable : le roi prit ce dernier parti, & alors
Lesdiguières devint en un instant catholique ; il fallait

*Rebelles
récompensés
par le roi.*

1622.

l'être pour être connétable, & non pas pour être
maréchal de France : tel était l'ufage. L'épée de
connétable aurait pu être dans les mains d'un huguenot, comme la furintendance des finances y avait
été fi long-temps ; mais il ne fallait pas que le chef
des armées & des confeils profefsât la religion des
calviniftes en les combattant. Ce changement de
religion dans *Lefdiguieres* aurait déshonoré tout particulier qui n'eût eu qu'un petit intérêt ; mais les
grands objets de l'ambition ne connaiffent point la
honte.

Louis XIII était donc obligé d'acheter fans ceffe
des ferviteurs, & de négocier avec des rebelles. Il
met le fiége devant Montpellier ; &, craignant la
même difgrace que devant Montauban, il confent à
n'être reçu dans la ville qu'à condition qu'il confir-
mera l'édit de Nantes & tous les priviléges. Il femble
qu'en laiffant d'abord aux autres villes calviniftes
leurs priviléges, & en fuivant les confeils de *Dupleffis-
Mornai*, il fe ferait épargné la guerre ; & on voit que
malgré fa victoire de Riès, il gagnait peu de chofe à
la continuer.

Le duc de *Rohan*, voyant que tout le monde
négociait, traita auffi. Ce fut lui-même qui obtint
des habitans de Montpellier qu'ils recevraient le roi
dans leur ville. Il entama & il conclut, à Privas, la
paix générale avec le connétable de *Lefdiguieres*. Le
roi le paya comme les autres, & lui donna le duché
de Valois en engagement.

Tout refta dans les mêmes termes où l'on était
avant la prife d'armes : ainfi il en coûta beaucoup

*Intrigues ;
paix avec les
huguenots.*

1622.

au roi & au royaume pour ne rien gagner. Il y eut, dans le cours de la guerre, quelques malheureux citoyens de pendus, & les chefs rebelles eurent des récompenses.

Le conseil de *Louis XIII*, pendant cette guerre civile, avait été auffi agité que la France. Le prince de *Condé* accompagnait le roi, & voulait conduire l'armée & l'Etat. Les ministres étaient partagés ; ils n'avaient preffé le roi de donner l'épée de connétable à *Lesdiguières* que pour diminuer l'autorité du prince de *Condé*. Ce prince, laffé de combattre dans le cabinet, alla à Rome dès que la paix fut faite, pour obtenir que les bénéfices qu'il poffédait fuffent héréditaires dans fa maifon. Il pouvait les faire paffer à fes enfans, fans le bref qu'il demanda & qu'il n'eut point. A peine put-il obtenir qu'on lui donnât à Rome le titre d'*alteffe ;* & tous les cardinaux prêtres prirent fans difficulté la main fur lui. Ce fut-là tout le fruit de fon voyage à Rome.

Le prince de Condé à Rome.

La cour, délivrée du fardeau d'une guerre civile, ruineufe & infructueufe, fut en proie à de nouvelles intrigues. Les ministres étaient tous ennemis déclarés les uns des autres, & le roi fe défiait d'eux tous.

Il parut bien, après la mort du connétable de *Luines*, que c'était lui plutôt que le roi qui avait perfécuté la reine-mère. Elle fut à la tête du confeil dès que le favori eut expiré. Cette princeffe, pour mieux affermir fon autorité renaiffante, voulait faire entrer dans le confeil le cardinal de *Richelieu*, fon favori, fon furintendant, & qui lui devait la pourpre. Elle comptait gouverner par lui, & ne ceffait de preffer

Le cardinal de Richelieu au confeil.

le roi de l'admettre dans le ministère. Presque tous les mémoires de ce temps-là font connaître la répugnance du roi. Il traitait de fourbe celui en qui il mit depuis toute sa confiance : il lui reprochait jusqu'à ses mœurs.

Ce prince, dévot, scrupuleux & soupçonneux, avait plus que de l'aversion pour les galanteries du cardinal ; elles étaient éclatantes, & même accompagnées de ridicule. Il s'habillait en cavalier ; &, après avoir écrit sur la théologie, il fesait l'amour en plumet. Les mémoires de *Retz* confirment qu'il mêlait encore de la pédanterie à ce ridicule. Vous n'avez pas besoin de ce témoignage du cardinal de *Retz*, puisque vous avez les thèses d'amour que *Richelieu* fit soutenir, chez sa nièce, dans la forme des thèses de théologie qu'on soutient sur les bancs de sorbonne. Les mémoires du temps disent encore qu'il porta l'audace de ses désirs, ou vrais ou affectés, jusqu'à la reine régnante, *Anne d'Autriche*, & qu'il en essuya des railleries qu'il ne pardonna jamais. Je vous remets sous les yeux ces anecdotes qui ont influé sur les grands événemens. Premièrement, elles font voir que dans ce cardinal si célèbre, le ridicule de l'homme galant n'ôta rien à la grandeur de l'homme d'Etat, & que les petitesses de la vie privée peuvent s'allier avec l'héroïsme de la vie publique. En second lieu, elles font une espèce de démonstration, parmi bien d'autres, que le testament politique qu'on a publié sous son nom ne peut avoir été fabriqué par lui. Il n'était pas possible que le cardinal de *Richelieu*, trop connu de *Louis XIII* par ses intrigues galantes, & que l'amant public de *Marion Delorme* eût eu le front de recommander la

Introduit par la reine-mère.

chafteté au chafte *Louis XIII*, âgé de quarante ans, & accablé de maladies.

La répugnance du roi était fi forte, qu'il fallut encore que la reine gagnât le furintendant *la Vieuville*, qui était alors le miniftre le plus accrédité, & à qui ce nouveau compétiteur donnait plus d'ombrage encore qu'il n'infpirait d'averfion à *Louis XIII*.

29 avril 1624.

L'archevêque de Touloufe, *Montchal*, rapporte que le cardinal jura fur l'hoftie une amitié & une fidélité inviolable au furintendant *la Vieuville*. Il eut donc enfin part au miniftère, malgré le roi & malgré les miniftres; mais il n'eut ni la première place que le cardinal de *la Rochefoucauld* occupait, ni le premier crédit que *la Vieuville* conferva quelque temps encore; point de département, point de fupériorité fur les autres : *Il fe bornait*, dit la reine *Marie de Médicis*, dans une lettre au roi fon fils, *à entrer quelquefois au confeil*. C'eft ainfi que fe pafsèrent les premiers mois de fon introduction dans le miniftère.

Je fais, encore une fois, combien toutes ces petites particularités font indignes par elles-mêmes d'arrêter vos regards; elles doivent être anéanties fous les grands événemens : mais ici elles font néceffaires pour détruire ce préjugé qui a fubfifté fi long-temps dans le public, que le cardinal de *Richelieu* fut premier miniftre & maître abfolu dès qu'il fut

Le cardinal de *Richelieu* n'eft & ne peut être l'auteur du teftament politique.

dans le confeil. C'eft ce préjugé qui fait dire à l'impofteur auteur du teftament politique : *Lorfque votre majefté réfolut de me donner en même temps l'entrée de fes confeils, & grande part dans fa confiance, je lui promis d'employer mes foins pour rabaiffer l'orgueil des grands, ruiner les huguenots & relever son nom dans les nations étrangères.*

Il est manifeste que le cardinal de *Richelieu* n'a pu parler ainsi, puisqu'il n'eut point d'abord la confiance du roi. Je n'insiste pas sur l'imprudence d'un ministre qui aurait débuté par dire à son maître : *Je reléverai votre nom*, & par lui faire sentir que ce nom était avili. Je n'entre point ici dans la multitude des raisons invincibles qui prouvent que le *Testament politique*, attribué au cardinal de *Richelieu*, n'est & ne peut être de lui ; & je reviens à son ministère.

Ce qu'on a dit depuis à l'occasion de son mausolée élevé dans la sorbonne, *magnum disputandi argumentum*, est le vrai caractère de son génie & de ses actions. Il est très-difficile de connaître un homme dont ses flatteurs ont dit tant de bien & ses ennemis tant de mal. Il eut à combattre la maison d'Autriche, les calvinistes, les grands du royaume, la reine-mère sa bienfaitrice, le frère du roi, la reine régnante dont il osa être l'amant, enfin le roi lui-même, auquel il fut toujours nécessaire & souvent odieux. Il était impossible qu'on ne cherchât pas à le décrier par des libelles ; il y fesait répondre par des panégyriques. Il ne faut croire ni les uns ni les autres, mais se représenter les faits.

Pour être sûr des faits, autant qu'on le peut, on doit discerner les livres. Que penser, par exemple, de l'écrivain de la vie du père *Joseph*, qui rapporte une lettre du cardinal à ce fameux capucin, écrite, dit-il, immédiatement après son entrée dans le conseil ? ,, Comme vous êtes le principal agent dont ,, DIEU s'est servi pour me conduire dans tous les ,, honneurs où je me vois élevé, je me sens obligé

,, de vous apprendre qu'il a plu au roi de me donner
,, la charge de fon premier miniftre , à la prière de
,, la reine. ,,

Le cardinal n'eut les patentes de premier miniftre
qu'en 1629. Cette place ne s'appelle point une charge,
& le capucin *Jofeph* ne l'avait conduit ni aux honneurs
ni *dans les honneurs*.

Les livres ne font que trop pleins de fuppofitions
pareilles ; & ce n'eft pas un petit travail de démêler
le vrai d'avec le faux. Fefons - nous ici un précis du
miniftère orageux du cardinal de *Richelieu*, ou plutôt
de fon règne.

CHAPITRE CLXXVI.

Du miniftère du cardinal de Richelieu.

La Vieuville
en prifon.
LE furintendant *la Vieuville*, qui avait prêté la main
au cardinal de *Richelieu* pour monter au miniftère,
en fut écrafé le premier, au bout de fix mois , & le
ferment fur l'hoftie ne le fauva pas. On l'accufa
fecrètement des malverfations dont on peut toujours
charger un furintendant.

La Vieuville devait fa grandeur au chancelier de
Silleri, & l'avait fait difgracier. Il eft ruiné à fon tour
par *Richelieu* qui lui devait fa place. Ces viciffitudes,
fi communes dans toutes les cours, l'étaient encore
plus dans celle de *Louis XIII* que dans aucune autre.
Ce miniftre eft mis en prifon au château d'Amboife.
Il avait commencé la négociation du mariage entre

la sœur de *Louis XIII*, *Henriette*, & *Charles*, prince de Galles, qui fut bientôt après roi de la Grande-Bretagne : le cardinal finit le traité malgré les cours de Rome & de Madrid.

Il favorise fous main les proteftans d'Allemagne, & il n'en eft pas moins dans le deffein d'accabler ceux de France.

Avant fon miniftère, on négociait vainement avec tous les princes d'Italie, pour empêcher la maifon d'Autriche, fi puiffante alors, de demeurer maîtreffe de la Valteline. La Valteline.

Cette petite province, alors catholique, appartenait aux ligues grifes qui font réformées. Les Efpagnols voulaient joindre ces vallées au Milanais. Le duc de Savoie & Venife, de concert avec la France, s'oppofaient à tout agrandiffement de la maifon d'Autriche en Italie. Le pape *Urbain VIII* avait enfin obtenu qu'on féqueftrât cette province entre fes mains, & ne défefpérait pas de la garder.

Marquemont, ambaffadeur de France à Rome, écrit à *Richelieu* une longue dépêche dans laquelle il étale toutes les difficultés de cette affaire. Celui-ci répond par cette fameufe lettre : *Le roi a changé de confeil*, *& le miniftère de maxime : on enverra une armée dans la Valteline*, *qui rendra le pape moins incertain & les Efpagnols plus traitables*. Auffitôt le marquis de *Cœuvres* entre dans la Valteline avec une armée. On ne refpecte point les drapeaux du pape, & on affranchit ce pays de l'invafion autrichienne. C'eft-là le premier événement qui rend à la France fa confidération chez les étrangers. Belle & courte lettre du cardinal de Richelieu.

1625.   L'argent manquait sous les précédens ministères, & l'on en trouve assez pour prêter aux Hollandais trois millions deux cents mille livres, afin qu'ils soient en état de soutenir la guerre contre la branche d'Autriche-Espagnole, leur ancienne souveraine. On fournit de l'argent à ce fameux chef *Mansfeld*, qui soutenait presque seul alors la cause de la maison palatine, & des protestans contre la maison impériale.

Les huguenots français animés par les espagnols, comme les protestans allemands l'ont été par la France.

     Il fallait bien s'attendre, en armant ainsi les protestans étrangers, que le ministère espagnol exciterait ceux de France, & qu'il leur rendrait (comme disait *Mirabel*, ambassadeur d'Espagne,) l'argent donné aux Hollandais. Les huguénots en effet, animés & payés par l'Espagne, recommencent la guerre civile en France. C'est depuis *Charles-Quint* & *François I* que dure cette politique entre les princes catholiques, d'armer les protestans chez autrui, & de les poursuivre chez soi. Cette conduite prouve assez manifestement que le zèle de la religion n'a jamais été dans les cours que le masque de la religion & de la perfidie.

     Pendant cette nouvelle guerre contre le duc de *Rohan* & son parti, le cardinal négocie encore avec les puissances qu'il a outragées ; & ni l'empereur *Ferdinand II*, ni *Philippe IV*, roi d'Espagne, n'attaquent la France.

La Rochelle capitale du calvinisme.

     La Rochelle commençait à devenir une puissance ; elle avait alors presque autant de vaisseaux que le roi. Elle voulait imiter la Hollande, & aurait pu y parvenir ; si elle avait trouvé parmi les peuples de sa religion des alliés qui la secourussent. Mais le cardinal de *Richelieu* fut d'abord armer contre elle ces

mêmes

mêmes Hollandais qui, par les intérêts de leur fecte,
devaient prendre parti pour elle, & jufqu'aux Anglais
qui, par l'intérêt d'Etat, femblaient encore plus la
devoir défendre. Ce qu'on avait donné d'argent aux
Provinces - Unies, & ce qu'on devait leur donner
encore, les engagea à fournir une flotte contre ceux
qu'elles appelaient leurs frères ; de forte que le roi
catholique fecourait les calviniftes de fon argent, &
les Hollandais calviniftes combattaient pour la religion
catholique, tandis que le cardinal de *Richelieu* chaffait 1 6 2 5.
les troupes du pape de la Valteline, en faveur des
Grifons huguenots.

C'eft un fujet de furprife que *Soubife*, à la tête de
la flotte rochelloife, ofât attaquer la flotte hollan-
daife auprès de l'île de Ré, & qu'il remportât l'avan- 1 6 2 5.
tage fur ceux qui paffaient alors pour les meilleurs
marins du monde. Ce fuccès, en d'autres temps,
aurait fait de la Rochelle une république affermie &
puiffante.

Louis XIII alors avait un amiral & point de flotte.
Le cardinal, en commençant fon miniftère, avait
trouvé dans le royaume tout à réparer ou à faire ; &
il n'avait pu, dans l'efpace d'une année, établir une
marine. A peine dix ou douze petits vaiffeaux de
guerre pouvaient être armés. Le duc de *Montmorenci*,
alors amiral, celui-là même qui finit depuis fa vie
fi tragiquement, fut obligé de monter fur le vaiffeau
amiral des Provinces-Unies ; & ce ne fut qu'avec des
vaiffeaux hollandais & anglais qu'il battit la flotte de
la Rochelle.

Cette victoire même montrait qu'il fallait fe rendre
puiffant fur mer & fur terre, quand on avait le parti

Effai fur les mœurs, &c. Tome IV.   F

calvinifte à foumettre en France, & la puiffance autrichienne à miner dans l'Europe. Le miniftre accorda
donc la paix aux huguenots, pour avoir le temps de
s'affermir.

Le cardinal de *Richelieu* avait dans la cour de
plus grands ennemis à combattre. Aucun prince
du fang ne l'aimait ; *Gafton*, frère de *Louis XIII*, le
déteftait ; *Marie de Médicis* commençait à voir fon
ouvrage d'un œil jaloux : prefque tous les grands
cabalaient.

Il ôte la place d'amiral au duc de *Montmorenci*,
pour fe la donner bientôt à lui-même fous un autre
nom, & par-là il fe fait un ennemi irréconciliable.
Deux fils de *Henri IV*, *Céfar de Vendôme* & le grand-
prieur, veulent fe foutenir contre lui, & il les fait
enfermer à Vincennes. Le maréchal *Ornano*, &
Tallerand-Chalais animent contre lui *Gafton*. Il les
fait accufer de vouloir attenter contre le roi même.
Il enveloppe dans l'accufation le comte de *Soiffons*,
prince du fang, *Gafton*, frère du roi, & jufqu'à la
reine régnante, dont il avait ofé être amoureux, &
dont il avait été rebuté avec mépris. On voit par-là
combien il favait foumettre l'infolence de fes paffions
paffagères à l'intérêt permanent de fa politique.

On dépofe, tantôt que le deffein des conjurés a
été de tuer le roi, tantôt qu'on a formé le deffein
de le déclarer impuiffant, de l'enfermer dans un
cloître, & de donner fa femme à *Gafton*, fon frère.
Ces deux accufations fe contredifaient, & ni l'une ni
l'autre n'étaient vraifemblables. Le véritable crime
était de s'être uni contre le miniftre, & d'avoir parlé
même d'attenter à fa vie. Des commiffaires jugent

1 6 2 6.

Le cardinal
de *Richelieu*
brave tous les
grands & en
fait enfermer
plufieurs.

1 6 2 6.

1 6 2 6.

Chalais à mort ; il eſt exécuté à Nantes. Le maréchal *Ornano* meurt à Vincennes ; le comte de *Soiſſons* fuit en Italie ; la ducheſſe de *Chevreuſe*, courtiſée auparavant par le cardinal, & maintenant accuſée d'avoir cabalé contre lui, près d'être arrêtée, pourſuivie par ſes gardes, échappe à peine, & paſſe en Angleterre. (*a*) Le frère du roi eſt maltraité & obſervé. *Anne d'Autriche* eſt mandée au conſeil ; on lui défend de parler à aucun homme chez elle qu'en préſence du roi ſon mari ; & on la force de ſigner qu'elle eſt coupable.

La reine, femme du roi, perſécutée.

Les ſoupçons, la crainte, la déſolation, étaient dans la famille royale & dans toute la cour. *Louis XIII* n'était pas l homme de ſon royaume le moins malheureux ; réduit à craindre ſa femme & ſon frère, embarraſſé devant ſa mère qu'il avait autrefois ſi maltraitée, & qui en laiſſait toujours échapper quelque ſouvenir ; plus embarraſſé encore devant le cardinal, dont il commençait à ſentir le joug ; la criſe des affaires étrangères était encore pour lui un nouveau ſujet de peine ; le cardinal de *Richelieu* le liait à lui par la crainte & par les intrigues domeſtiques, par la néceſſité de réprimer les complots de la cour, & de ne pas perdre ſon crédit chez les nations.

Trois miniſtres également puiſſans feſaient alors preſque tout le deſtin de l'Europe ; *Olivarès* en Eſpagne, *Buckingham* en Angleterre, *Richelieu* en France. Tous trois ſe haïſſaient réciproquement,

Richelieu, *Buckingham*, *Olivarès*.

(*a*) Elle traverſa la rivière de Somme à la nage pour aller gagner Calais.

& tous trois négociaient toujours à la fois les uns contre les autres. Le cardinal de *Richelieu* se brouillait avec le duc de *Buckingham*, dans le temps même que l'Angleterre lui fournissait des vaisseaux contre la Rochelle , & il se liguait avec le comte-duc *Olivarès* , lorsqu'il venait d'enlever la Valteline au roi d'Espagne.

Caractère de *Buckingham*.

De ces trois ministres, le duc de *Buckingham* passait pour être le moins ministre ; il brillait comme un favori & un grand seigneur , libre , franc , audacieux, non comme un homme d'Etat ; ne gouvernant pas le roi *Charles I* par l'intrigue , mais par l'ascendant qu'il avait eu sur le père , & qu'il avait conservé sur le fils. C'était l'homme le plus beau de son temps, le plus fier & le plus généreux. Il pensait que ni les femmes ne devaient résister aux charmes de sa figure, ni les hommes à la supériorité de son caractère. Enivré de ce double amour propre , il avait conduit le roi *Charles*, encore prince de Galles, en Espagne, pour lui faire épouser une infante , & pour briller dans cette cour. C'est là que , joignant la galanterie espagnole à l'audace de ses entreprises , il attaqua la femme du premier ministre *Olivarès*, & fit manquer, par cette indiscrétion , le mariage du prince. Etant depuis venu en France , en 1625 , pour conduire la princesse *Henriette* qu'il avait obtenue pour *Charles I,* il fut encore sur le point de faire échouer l'affaire par

Il ose se déclarer amoureux de la reine.

une indiscrétion plus hardie. Cet anglais fit à la reine *Anne d'Autriche* une déclaration , & ne se cacha pas de l'aimer , ne pouvant espérer dans cette aventure que le vain honneur d'avoir osé s'expliquer. La reine, élevée dans les idées d'une galanterie permise alors en Espagne, ne regarda les témérités du duc de *Buckingham* que comme un hommage à sa beauté, qui ne pouvait offenser sa vertu.

L'éclat du duc de *Buckingham* déplut à la cour de France, sans lui donner de ridicule, parce que l'audace & la grandeur n'en sont pas susceptibles. Il mena *Henriette* à Londres, & y rapporta dans son cœur sa passion pour la reine, augmentée par la vanité de l'avoir déclarée. Cette même vanité le porta à tenter un second voyage à la cour de France : le prétexte était de faire un traité contre le duc *Olivarès*, comme le cardinal en avait fait un avec *Olivarès* contre lui. La véritable raison qu'il laissait assez voir était de se rapprocher de la reine : non-seulement on lui en refusa la permission, mais le roi chassa d'auprès de sa femme plusieurs domestiques accusés d'avoir favorisé la témérité du duc de *Buckingham*. Cet anglais fit déclarer la guerre à la France, uniquement parce qu'on lui refusa la permission d'y venir parler de son amour. Une telle aventure semblait être du temps des *Amadis*. Les affaires du monde sont tellement mêlées, sont tellement enchaînées, que les amours romanesques du duc de *Buckingham* produisirent une guerre de religion & la prise de la Rochelle.

1627.

Un chef de parti profite de toutes les circonstances. Le duc de *Rohan*, aussi profond dans ses desseins que *Buckingham* était vain dans les siens, obtient du dépit de l'anglais l'armement d'une flotte de cent vaisseaux de transport. La Rochelle & tout le parti étaient tranquilles ; il les anime, & engage les Rochellois à recevoir la flotte anglaise, non pas dans la ville même, mais dans l'île de Ré. Le duc de *Buckingham* descend

Nouvelle guerre civile des huguenots contre la cour.

dans l'île avec environ fept mille hommes. Il n'y avait qu'un petit fort à prendre pour fe rendre maître de l'île, & pour féparer à jamais la Rochelle de la France. Le parti calvinifte devenait alors indomptable. Le royaume était divifé, & tous les projets du cardinal de *Richelieu* auraient été évanouis, fi le duc de *Buckingham* avait été auffi grand homme de guerre, ou du moins auffi heureux qu'il était audacieux.

Juillet 1627. Le marquis, depuis maréchal de *Thoiras*, fauva la gloire de la France, en confervant l'île de Ré avec peu de troupes, contre les Anglais très-fupérieurs. *Louis XIII* a le temps d'envoyer une armée devant la Rochelle. Son frère *Gaflon* la commande d'abord. Le roi y vient bientôt avec le cardinal. *Buckingham* eft forcé de ramener en Angleterre fes troupes diminuées de moitié, fans même avoir jeté du fecours dans la Rochelle, & n'ayant paru que pour en hâter la ruine. Le duc de *Rohan* était abfent de cette ville, qu'il avait armée & expofée. Il foutenait la guerre dans le Languedoc contre le prince de *Condé* & le duc de *Montmorenci*.

Tous trois combattaient pour eux-mêmes : le duc de *Rohan*, pour être toujours chef de parti; le prince de *Condé*, à la tête des troupes royales, pour regagner à la cour fon crédit perdu; le duc de *Montmorenci*, à la tête des troupes levées par lui-même & de fa feule autorité, pour devenir le maître dans le Languedoc dont il était gouverneur, & pour rendre fa fortune indépendante, à l'exemple de *Lefdiguières*. La Rochelle n'a donc qu'elle feule pour fe foutenir. Les citoyens, animés par la religion & par la liberté, ces deux puiffans motifs des peuples, élurent un maire nommé *Guiton*, encore plus déterminé qu'eux. Celui-ci, avant d'accepter une place qui lui donnait la magiſtrature & le commandement des armes, prend un poignard, & le tenant à la main : *Je n'accepte, dit-il, l'emploi de votre maire qu'à condition d'enfoncer ce poignard dans le cœur du premier qui parlera de ſe rendre ; & qu'on s'en ſerve contre moi ſi jamais je ſonge à capituler.*

Pendant que la Rochelle ſe prépare ainſi à une réſiſtance invincible, le cardinal de *Richelieu* emploie toutes les reſſources pour la ſoumettre ; vaiſſeaux bâtis à la hâte, troupes de renfort, artillerie, enfin juſqu'au ſecours de l'Eſpagne ; & profitant avec célérité de la haine du duc *Olivarès* contre le duc de *Buckingham*, feſant valoir les intérêts de la religion, promettant tout, & obtenant des vaiſſeaux du roi d'Eſpagne, alors l'ennemi naturel de la France, pour ôter aux Rochellois l'eſpérance d'un nouveau ſecours d'Angleterre. Le comte-duc envoie *Fréderic de Tolède* avec quarante vaiſſeaux devant le port de la Rochelle.

Siége de la Rochelle.

L'amiral eſpagnol arrive. Croirait-on que le cérémonial rendît ce ſecours inutile, & que *Louis XIII*, pour n'avoir pas voulu accorder à l'amiral de ſe couvrir en ſa préſence, vit la flotte eſpagnole retourner dans ſes ports ? Soit que cette petiteſſe décidât d'une affaire ſi importante, comme il n'arrive que trop ſouvent, ſoit qu'alors de nouveaux différens au ſujet de la ſucceſſion de Mantoue aigriſſent la cour eſpagnole, ſa flotte parut & s'en retourna ; & peut-être le miniſtre eſpagnol ne l'avait

1628.
1629.

F 4

envoyée que pour montrer fes forces au miniftre de France.

Le duc de *Buckingham* prépare un nouvel armement pour fauver la ville. Il pouvait en très-peu de temps rendre tous les efforts du roi de France inutiles. La cour a toujours été perfuadée que le cardinal de *Richelieu*, pour parer ce coup, fe fervit de l'amour même de *Buckingham* pour *Anne d'Autriche*, & qu'on exigea de la reine qu'elle écrivît au duc. Elle le pria, dit-on, de différer au moins l'embarquement, & on affure que la faibleffe de *Buckingham* l'emporta fur fon honneur & fur fa gloire.

Cette anecdote fingulière a acquis tant de crédit, qu'on ne peut s'empêcher de la rapporter : elle ne dément ni le caractère de *Buckingham*, ni l'efprit de la cour ; & en effet on ne peut comprendre comment le duc de *Buckingham* fe borne à faire partir feulement quelques vaiffeaux, qui fe montrent inutilement, & qui reviennent dans les ports d'Angleterre. Les intérêts publics font fi fouvent facrifiés à des intrigues fecrètes, qu'on ne doit point du tout s'étonner que le faible *Charles I*, en feignant alors de protéger la Rochelle, la trahît pour complaire à la paffion romanefque & paffagère de fon favori. Le général *Ludlow*, qui examina les papiers du roi, lorfque le parlement s'en fut rendu maître, affure qu'il a vu la lettre fignée *Charles rex*, par laquelle ce monarque ordonnait au chevalier *Pennington*, commandant de l'efcadre, de fuivre en tout les ordres du roi de France, quand il ferait devant la Rochelle, & de couler à fond les vaiffeaux anglais, dont les capitaines ne voudraient pas obéir. Si quelque chofe pouvait juſtifier la cruauté avec laquelle les Anglais traitèrent depuis leur roi, ce ſerait une telle lettre.

Il n'eſt pas moins ſingulier que le cardinal ait ſeul commandé au ſiége, tandis que le roi était retourné à Paris. Il avait des patentes de général. Ce fut ſon coup d'eſſai. Il montra que la réſolution & le génie ſuppléent à tout ; auſſi exact à mettre la diſcipline dans les troupes qu'appliqué dans Paris à établir l'ordre, & l'un & l'autre étant également difficile. On ne pouvait réduire la Rochelle tant que ſon port ſerait ouvert aux flottes anglaiſes ; il fallait le fermer & dompter la mer. *Pompe Targon*, ingénieur italien, avait, dans la précédente guerre civile, imaginé de conſtruire une eſtacade, dans le temps que *Louis XIII* voulait aſſiéger cette ville & que la paix fut conclue. Le cardinal de *Richelieu* ſuit cette vue : la mer renverſe l'ouvrage : il n'en eſt pas moins ferme à le faire recommencer. Il commanda une digue, dans la mer, d'environ quatre mille ſept cents pieds de long ; les vents la détruiſent. Il ne ſe rebuta pas, & ayant à la main ſon Quinte-Curce & la deſcription de la digue d'*Alexandre*, devant Tyr, il recommence encore la digue. Deux français, *Métézeau* & *Teriot* mettent la digue en état de réſiſter aux vents & aux vagues.

Louis XIII vient au ſiége, & y reſte depuis le mois de mars 1628 juſqu'à ſa reddition. Souvent préſent aux attaques, & donnant l'exemple aux officiers, il preſſe le grand ouvrage de la digue ; mais il eſt toujours à craindre que bientôt une nouvelle flotte anglaiſe ne vienne la renverſer. La fortune ſeconde en tout cette entrepriſe. Le duc de *Buckingham*, s'étant

Le cardinal de *Richelieu* général d'armée.

Mars 1628.

encore brouillé avec *Richelieu*, était prêt enfin à partir & à conduire une flotte redoutable devant la Rochelle, lorfqu'un anglais fanatique, nommé *Felton*, l'affaffina d'un coup de couteau, fans que jamais on ait pu découvrir fes inftigateurs.

Septembre 1628.

Cependant la Rochelle, fans fecours, fans vivres, tenait par fon feul courage. La mère & la fœur du duc de *Rohan*, fouffrant comme les autres la plus dure difette, encourageaient les citoyens. Des malheureux prêts à expirer de faim déploraient leur état devant le maire *Guiton*, qui répondait : *Quand il ne reftera plus qu'un feul homme, il faudra qu'il ferme les portes.*

L'efpérance renaît dans la ville, à la vue de la flotte préparée par *Buckingham*, qui paraît enfin fous le commandement de l'amiral *Lindfey*. Elle ne peut percer la digue. Quarante pièces de canon, établies fur un fort de bois, dans la mer, écartaient les vaiffeaux. *Louis* fe montrait fur ce fort expofé à toute l'artillerie de la flotte ennemie, dont tous les efforts furent inutiles.

La Rochelle prife.

28 octobre 1628.

La famine vainquit enfin le courage des Rochellois, &, après une année entière d'un fiége où ils fe foutinrent par eux-mêmes, ils furent obligés de fe rendre; malgré le poignard du maire, qui reftait toujours fur la table de l'hôtel-de-ville, pour percer quiconque parlerait de capituler. On peut remarquer que ni *Louis XIII* comme roi, ni le cardinal de *Richelieu* comme miniftre, ni les maréchaux de France en qualité d'officiers de la couronne, ne fignèrent la capitulation. Deux maréchaux de camp

fignèrent. La Rochelle ne perdit que fes priviléges ;
il n'en coûta la vie à perfonne. La religion catholique
fut rétablie dans la ville & dans le pays , & on laiſſa
aux habitans leur calvinifme, la feule chofe qui leur
refta.

Le cardinal de *Richelieu* ne voulait pas laiſſer fon
ouvrage imparfait. On marchait vers les autres provinces où les réformés avaient tant de places de
fureté, & où leur nombre les rendait encore puiſſans.
Il fallait abattre & défarmer tout le parti , avant de
pouvoir déployer en fureté toutes fes forces contre
la maifon d'Autriche, en Allemagne , en Italie , en
Flandre & vers l'Efpagne. Il importait que l'Etat
fût uni & tranquille , pour troubler & divifer les
autres Etats.

Déjà l'intérêt de donner à Mantoue un duc dépen-
dant de la France & non de l'Efpagne, après la mort
du dernier fouverain, appelait les armes de la France
en Italie. *Guſtave-Adolphe* voulait defcendre déjà en
Allemagne , & il fallait l'appuyer.

Dans ces circonftances épineufes, le duc de *Rohan*, ferme fur les ruines de fon parti , traite avec le roi d'Efpagne, qui lui promet des fecours, après en avoir donné contre lui, un an auparavant. *Philippe IV*, roi catholique, ayant confulté fon confeil de confcience, promet trois cents mille ducats par an au chef des calviniftes de France ; mais cet argent vient à peine. Les troupes du roi défolent le Languedoc. Privas eft abandonnée au pillage, & tout y eft tué. Le duc de *Rohan*, ne pouvant foutenir la guerre, trouve encore le fecret de faire une paix générale pour

Les cal-
viniftes trai-
tent avec les
Efpagnols fi
catholiques.

tout le parti, auffi bonne qu'on le pouvait. Le même homme qui venait de traiter avec le roi d'Efpagne, en qualité de chef de parti, traite de même avec le roi de France fon maître, dans le temps qu'il eft condamné par le parlement comme rebelle; &, après avoir reçu de l'argent de l'Efpagne pour entretenir fes troupes, il exige & reçoit cent mille écus de *Louis XIII*, pour achever de les payer & pour les congédier.

1628.

Les villes calviniftes font traitées comme la Rochelle; on leur ôte leurs fortifications & tous les droits qui pouvaient être dangereux; on leur laiffe la liberté de confcience, leurs temples, leurs lois municipales, les chambres de l'édit qui ne pouvaient pas nuire. Tout eft apaifé. Le grand parti calvinifte, au lieu d'établir une domination, eft défarmé & abattu fans reffource. La Suiffe, la Hollande, n'étaient pas fi puiffantes que ce parti, quand elles s'érigèrent en fouverainetés indépendantes. Genève, qui était peu de chofe, fe donna la liberté & la conferva. Les calviniftes de France fuccombèrent: la raifon en eft que leur parti même était difperfé dans leurs provinces, que la moitié des peuples & les parlemens étaient catholiques, que la puiffance royale tombait fur leurs pays tout ouverts, qu'on les attaquait avec des troupes fupérieures & difciplinées, & qu'ils eurent à faire au cardinal de *Richelieu*.

Les calvinif-tes terraffés.

Jamais *Louis XIII*, qu'on ne connaît point affez, ne mérita tant de gloire par lui-même; car, tandis qu'après la prife de la Rochelle, les armées forçaient les huguenots à l'obéiffance, il foutenait fes alliés en Italie ; il marchait au fecours du duc de Mantoue, au travers des Alpes, au milieu d'un hiver rigoureux, Mars 1629. forçait trois barricades, au pas de Suze, s'emparait de Suze, obligeait le duc de Savoie à s'unir à lui, & chaffait les Efpagnols de Cafal. Ce roi avait de la bravoure, mais n'avait nul courage d'efprit.

Cependant le cardinal de *Richelieu* négociait avec tous les fouverains, & contre la plus grande partie des fouverains. Il envoyait un capucin à la diète de Ratisbonne pour tromper les Allemands, & pour lier les mains à l'empereur dans les affaires d'Italie. En même temps *Charnacé* était chargé d'encourager le roi de Suède, *Guſtave-Adolphe*, à defcendre en Allemagne : entreprife à laquelle *Guſtave* était déjà très-difpofé. *Richelieu* fongeait à ébranler l'Europe, tandis que la cabale de *Gaſton* & des deux reines tentait en vain de le perdre à la cour. Sa faveur caufait encore plus de trouble dans le cabinet que fes intrigues n'en excitaient dans les autres Etats. Il ne faut pas croire que ces troubles de la cour fuffent le fruit d'une profonde politique & de deffeins bien concertés, qui uniffent contre lui un parti habilement formé pour le faire tomber, & pour lui donner un fuccceffeur capable de le remplacer. L'humeur, qui domine fouvent les hommes, même dans les plus grandes affaires, produifit en grande partie ces divifions fi funeftes. La reine-mère, quoiqu'elle eût toujours fa place au confeil, quoiqu'elle eût été régente des provinces en-deçà de la Loire, pendant l'expédition de fon fils à la Rochelle, était toujours aigrie contre le cardinal de *Richelieu*, qui affeétait de ne plus dépendre d'elle. Les mémoires compofés

Grands deffeins du cardinal de Richelieu.

Il brave la reine-mère fa bienfaitrice.

pour la défenſe de cette princeſſe rapportent que le cardinal étant venu la voir, & ſa majeſté lui demandant des nouvelles de ſa ſanté, il lui répondit, enflammé de colère & les lèvres tremblantes : *Je me porte mieux que ceux qui ſont ici ne voudraient.* La reine fut indignée ; le cardinal s'emporta : il demanda pardon ; la reine s'adoucit ; & deux jours après ils s'aigrirent encore : la politique, qui ſurmonte les paſſions dans le cabinet, n'en étant pas toujours maîtreſſe dans la converſation.

1629.

Marie de Médicis ôte alors au cardinal la place de ſurintendant de ſa maiſon. Le premier fruit de cette querelle fut la patente de premier miniſtre que le roi écrivit de ſa main en faveur du cardinal, lui adreſſant la parole, exaltant ſa valeur & ſa magnanimité, & laiſſant en blanc les appointemens de la place pour les faire remplir par le cardinal même. Il était déjà grand-amiral de France, ſous le nom de ſurintendant de la navigation ; & ayant ôté aux calviniſtes leurs places de ſureté, il s'aſſurait pour lui-même de Saumur, d'Angers, de Honfleur, du Havre-de-Grace, d'Oleron, de l'île de Ré, qui devenaient ſes places de ſureté contre ſes ennemis : il avait des gardes ; ſon faſte effaçait la dignité du trône : tout l'extérieur royal l'accompagnait, & toute l'autorité réſidait en lui.

21 novembre 1629.

Le cardinal premier miniſtre.

Les affaires de l'Europe le rendaient plus que jamais néceſſaire à ſon maître & à l'Etat. L'empereur *Ferdinand II*, depuis la bataille de Prague, s'était rendu deſpotique en Allemagne, & devenait alors puiſſant en Italie. Ses troupes aſſiégeaient Mantoue. La Savoie héſitait entre la France & la maiſon

Le cardinal généraliſſime.

d'Autriche. Le marquis de *Spinola* occupait le Mont-
ferrat avec une armée efpagnole. Le cardinal veut
lui-même combattre *Spinola* ; il fe fait nommer
généraliffime de l'armée qui marche en Italie , & le
roi ordonne , dans fes provifions , qu'on lui obéiffe
comme à fa *propre perfonne*. Ce premier miniftre
fefant les fonctions de connétable , ayant fous lui
deux maréchaux de France , marche en Savoie. Il
négocie dans la route , mais en roi , & veut que le
duc de Savoie vienne le trouver à Lyon ; il ne peut   1630.
l'obtenir. L'armée françaife s'empare de Pignerol &
de Chambéri en deux jours. Le roi prend enfin lui-
même le chemin de la Savoie ; il amène avec lui les
deux reines, fon frère & toute une cour ennemie du
cardinal , mais qui n'eft que témoin de fes triomphes.
Le cardinal revient trouver le roi à Grenoble ; ils
marchent enfemble en Savoie. Une maladie conta-
gieufe attaqua dans ce temps *Louis XIII* , & l'obligea
de retourner à Lyon. C'eft pendant ce temps-là que
le duc de *Montmorenci* remporte, avec peu de troupes,
une victoire fignalée , au combat de Végliane , fur les   Combat de
Impériaux , les Efpagnols & les Savoifiens : il bleffe   Végliane.
& prend lui-même le général *Doria*. Cette action le
combla de gloire. Le roi lui écrivit : *Je me fens obligé* Juillet 1630.
envers vous autant qu'un roi le puiffe être. Cette obligation n'empêcha pas que *Montmorenci* ne mourût, deux
ans après , fur un échafaud.

Il ne fallait pas moins qu'une telle victoire pour
foutenir la gloire & les intérêts de la France , tandis
que les Impériaux prenaient & faccageaient Mantoue,
pourfuivaient le duc protégé par *Louis XIII* , & battaient les Vénitiens fes alliés. Le cardinal , dont les

plus grands ennemis étaient à la cour, laiffait le duc de *Montmorenci* combattre les ennemis de la France, & obfervait les fiens auprès du roi. Ce monarque était alors mourant à Lyon. Les confidens de la reine régnante, trop empreffés, propofaient déjà à *Gafton* d'époufer la femme de fon frère, qui devait être bientôt veuve. Le cardinal fe préparait à fe retirer dans Avignon. Le roi guérit ; & tous ceux qui avaient fondé des efpérances fur fa mort furent confondus. Le cardinal le fuivit à Paris ; il y trouva beaucoup plus d'intrigues qu'il n'y en avait en Italie entre l'Empire, l'Efpagne, Venife, la Savoie, Rome & la France.

Intrigues de cour.

Mirabel, l'ambaffadeur efpagnol, était ligué contre lui avec les deux reines. Les deux frères *Marillac*, l'un maréchal de France, l'autre garde des fceaux, qui lui devaient leur fortune, fe flattaient de le perdre & de fuccéder à fon crédit. Le maréchal de *Baffompierre*, fans prétendre à rien, était dans leur confidence ; le premier valet de chambre, *Beringhen*, inftruifait la cabale de ce qui fe paffait chez le roi. La reine-mère ôte une feconde fois au cardinal la charge de furintendant de fa maifon, qu'elle avait été forcée de lui rendre ; emploi qui, dans l'efprit du cardinal, était au-deffous de fa fortune & de fa fierté, mais que par une autre fierté il ne voulait pas perdre. Sa nièce, depuis ducheffe d'*Aiguillon*, eft renvoyée ; & *Marie de Médicis*, à force de plaintes & de prières redoublées, obtient de fon fils qu'il dépouillera le cardinal du miniftère.

Il n'y a dans ces intrigues que ce qu'on voit tous les jours dans les maifons des particuliers qui

ont

ont un grand nombre de domeſtiques ; ce ſont des *Le cardinal diſgracié.* petiteſſes communes ; mais ici elles entraînaient le deſtin de la France & de l'Europe. Les négociations avec les princes d'Italie, avec le roi de Suède, *Guſtave - Adolphe*, avec les Provinces - Unies & les princes d'Orange, contre l'empereur & l'Eſpagne, étaient dans les mains de *Richelieu*, & n'en pouvaient guère ſortir ſans danger pour l'Etat. Cependant la *10 novembre 1630.* faibleſſe du roi, appuyée en ſecret dans ſon cœur par ce dépit que lui inſpirait la ſupériorité du cardinal, abandonne ce miniſtre néceſſaire ; il promet ſa diſgrace aux empreſſemens opiniâtres & aux larmes de ſa mère. Le cardinal entra par une fauſſe-porte dans la chambre où l'on concluait ſa ruine. Le roi ſort ſans lui parler ; il ſe croit perdu, & prépare ſa retraite au Havre-de-Grace, comme il l'avait déjà préparée pour Avignon, quelques mois auparavant. Sa ruine paraiſſait d'autant plus ſûre, que le roi, le jour même, donne pouvoir au maré-chal de *Marillac*, ennemi déclaré du cardinal, de faire la guerre & la paix dans le Piémont. Alors le cardinal preſſe ſon départ, ſes mulets avaient déjà porté ſes tréſors à trente-cinq lieues, ſans paſſer par aucune ville ; précaution priſe contre la haine publique. Ses amis lui conſeillent de tenter enfin auprès du roi un nouvel effort.

Le cardinal va trouver le roi à Verſailles, alors *Journée des dupes.* petite maiſon de chaſſe, achetée par *Louis XIII* vingt mille écus, devenue depuis, ſous *Louis XIV*, *11 novembre 1630.* un des plus grands palais de l'Europe & un abyme de dépenſes. Le roi, qui avait ſacrifié ſon miniſtre par faibleſſe, ſe remet par faibleſſe entre ſes mains,

Eſſai ſur les mœurs, &c. Tome IV.   G

& il lui abandonne ceux qui l'avaient perdu. Ce jour, qui eſt encore à préſent appelé *la journée des dupes*, fut celui du pouvoir abſolu du cardinal. Dès le lendemain le garde des ſceaux eſt arrêté, & conduit priſonnier à Châteaudun, où il mourut de douleur. Le jour même, le cardinal dépêche un huiſſier du cabinet, de la part du roi, aux maréchaux de *la Force* & *Schomberg*, pour faire arrêter le maréchal de *Marillac* au milieu de l'armée qu'il allait commander ſeul. L'huiſſier arrive une heure après que ce maré-chal de *Marillac* avait reçu la nouvelle de la diſgrace de *Richelieu*. Le maréchal eſt priſonnier, dans le temps qu'il ſe croyait maître de l'Etat avec ſon frère. *Richelieu* réſolut de faire mourir ce général ignominieuſement par la main du bourreau ; & ne pouvant l'accuſer de trahiſon, il s'aviſa de lui imputer d'être concuſſionnaire. Le procès dura près de deux années : il faut en rapporter ici les ſuites, pour ne point rompre le fil de cette affaire, & pour faire voir ce que peut la vengeance armée du pouvoir ſuprême, & colorée des apparences de la juſtice.

Le maréchal de *Marillac* jugé à mort dans la maiſon de campagne du cardinal.

Le cardinal ne ſe contenta pas de priver le maré-chal du droit d'être jugé par les deux chambres du parlement aſſemblé, droit qu'on avait déjà violé tant de fois : ce ne fut pas aſſez de lui donner dans Verdun des commiſſaires dont il eſpérait de la ſévérité. Ces premiers juges ayant, malgré les pro-meſſes & les menaces, conclu que l'accuſé ſerait reçu à ſe juſtifier, le miniſtre fit caſſer l'arrêt : il lui donna d'autres juges, parmi leſquels on comptait les plus violens ennemis de *Marillac*, & ſurtout ce

Paul Hay du Chaſtelet, connu par une ſatire atroce
contre les deux frères. Jamais on n'avait mépriſé
davantage les formes de la juſtice & les bienſéances.
Le cardinal leur inſulta au point de transférer l'accuſé,
& de continuer le procès à Ruel, dans ſa propre maiſon
de campagne.

Il eſt expreſſément défendu par les lois du royaume
de détenir un priſonnier dans une maiſon particulière;
mais il n'y avait point de lois pour la vengeance &
pour l'autorité. Celles de l'Egliſe ne furent pas moins
violées dans ce procès que celles de l'Etat & celles
de la bienſéance. Le nouveau garde des ſceaux,
Châteauneuf, qui venait de ſuccéder au frère de l'accuſé, préſida au tribunal ; où la décence devait
l'empêcher de paraître ; &, quoiqu'il fût ſous-diacre
& revêtu de bénéfices, il inſtruiſit un procès criminel :
le cardinal lui fit venir une diſpenſe de Rome, qui
lui permettait de juger à mort. Ainſi, un prêtre verſe
le ſang avec le glaive de la juſtice, & il tient ce glaive
en France de la main d'un autre prêtre qui demeure
au fond de l'Italie.

Ce procès fait bien voir que la vie des infortunés   *Marillac*
dépend du déſir de plaire aux hommes puiſſans: Il   exécuté en
fallut rechercher toutes les actions du maréchal. On   1632.
déterra quelques abus dans l'exercice de ſon commandement, quelques anciens profits illicites & ordinaires,
faits autrefois par lui ou par ſes domeſtiques, dans
la conſtruction de la citadelle de Verdun : *Choſe*
étrange, diſait-il à ſes juges, *qu'un homme de mon rang*
ſoit perſécuté avec tant de rigueur & d'injuſtice; il ne s'agit
dans tout mon procès que de foin, de paille, de pierre &
de chaux.

G 2

Cependant ce général , chargé de bleſſures & de quarante années de ſervices , fut condamné à la mort, ſous le même roi qui avait donné des récompenſes à trente ſujets rebelles.

Pendant les premières inſtructions de ce procès étrange , le cardinal fait donner ordre à *Beringhen* de ſortir du royaume. Il met en priſon tous ceux qui ont voulu lui nuire ou qu'il ſoupçonne. Toutes ces cruautés , & en même temps toutes ces petiteſſes de la vengeance ne ſemblaient pas faites pour une grande ame occupée de la deſtinée de l'Europe.

Traité avec *Guſtave Adol-phe : léger ſubſide.*

Il concluait alors avec *Guſtave-Adolphe* le traité qui devait ébranler le trône de l'empereur *Ferdinand II.* Il n'en coûtait à la France que trois cents mille livres de ce temps-là une fois payées, & neuf cents mille par an pour diviſer l'Allemagne, & pour accabler deux empereurs de ſuite, juſqu'à la paix de Veſtphalie ; & déjà *Guſtave - Adolphe* commençait le cours de ſes victoires, qui donnaient à la France tout le temps d'établir en liberté ſa propre grandeur. La cour de France devait être alors paiſible par les embarras des autres nations. Mais le miniſtre, en manquant de modération, excita la haine publique, & rendit ſes ennemis implacables. Le duc d'Orléans, *Gaſton*, frère du roi, fuit de la cour, ſe retire dans ſon apanage d'Orléans, & de là en Lorraine ; & proteſte qu'il ne rentrera point dans le royaume tant que le cardinal, ſon perſécuteur & celui de ſa mère, y règnera. *Richelieu* fait déclarer, par un arrêt du conſeil, tous les amis de *Gaſton* criminels de lèſe-majeſté. Cet arrêt eſt envoyé au parlement : les voix y furent partagées. Le roi, indigné de ce partage, manda au

Troubles à la cour.

1632.

louvre le parlement, qui vint à pied & qui parla à
genoux : fa procédure fut déchirée en fa préfence,
& trois principaux membres de ce corps furent
exilés.

Le cardinal de *Richelieu* ne fe bornait pas à foutenir ainfi fon autorité liée déformais à celle du
roi ; ayant forcé l'héritier préfomptif de la couronne
à fortir de la cour, il ne balança plus à faire arrêter
la reine, *Marie de Médicis.* C'était une entreprife déli-
cate, depuis que le roi fe repentait d'avoir attenté
fur fa mère, & de l'avoir facrifiée à un favori. Le
cardinal fit valoir l'intérêt de l'Etat pour étouffer la
voix du fang, & fit jouer les refforts de la religion
pour calmer les fcrupules. C'eft dans cette occafion
furtout qu'il employa le capucin *Jofeph du Tremblai*,
homme, en fon genre, auffi fingulier que *Richelieu*
même, enthoufiafte & artificieux, tantôt fanatique,
tantôt fourbe, voulant à la fois établir une croifade
contre le Turc, fonder les religieufes du Calvaire,
faire des vers, négocier dans toutes les cours, &
s'élever à la pourpre & au miniftère. Cet homme
admis dans un de ces confeils fecrets de confcience,
inventés pour faire le mal en confcience, remontra
au roi qu'il pouvait & qu'il devait fans fcrupule
mettre fa mère hors d'état de s'oppofer à fon miniftre.
La cour était alors à Compiègne. Le roi en part, &
y laiffe fa mère entourée de gardes qui la retiennent.
Ses amis, fes créatures, fes domeftiques, fon
médecin même, font conduits à la baftille & dans
d'autres prifons. La baftille fut toujours remplie
fous ce miniftère. Le maréchal de *Baffompierre*, foupçonné feulement de n'être pas dans les intérêts du

Capucin
Jofeph.

La reine-
mère arrêtée.
Févr. 1631.

cardinal, y fut renfermé pendant le refte de la vie du miniftre.

Juillet 1631. Depuis ce moment, *Marie* ne revit plus ni fon fils ni Paris qu'elle avait embelli. Cette ville lui devait le palais du Luxembourg, ces aqueducs dignes de Rome, & la promenade publique qui porte encore le nom de la *Reine*. Toujours immolée à des favoris, elle paffa le refte de fes jours dans un exil volontaire, mais douloureux. La veuve de *Henri le grand*, la mère d'un roi de France, la belle-mère de trois fouverains, manqua quelquefois du néceffaire. Le fond de toutes ces querelles était qu'il fallait que *Louis XIII* fût gouverné, & qu'il aimait mieux l'être par fon miniftre que par fa mère.

La reine-mère fugitive pour le refte de fa vie. Cette reine, qui avait fi long-temps dominé en France, alla d'abord à Bruxelles, & de cet afile elle crie à fon fils; elle demande juftice aux tribunaux du royaume contre fon ennemi. Elle eft fuppliante auprès du parlement de Paris, dont elle avait tant de fois rejeté les remontrances, & qu'elle avait renvoyé au foin de juger des procès tandis qu'elle fut régente; tant la manière de penfer change avec la fortune. On voit encore aujourd'hui fa requête: *Supplie Marie, reine de France & de Navarre, difant que depuis le 23 février elle aurait été arrêtée prifonnière au château de Compiègne, fans être ni accufée ni foupçonnée, &c.* Toutes fes plaintes réitérées contre le cardinal furent affaiblies, par cela même qu'elles étaient trop fortes, & que ceux qui les diftaient, mêlant leurs reffentimens à fa douleur, joignaient trop d'accufations fauffes aux véritables; enfin, en déplorant fes malheurs, elle ne fit que les augmenter.

Pour réponſe aux requêtes de la reine, envoyées 1631.
contre le miniſtre, il ſe fait créer duc & pair, & Succès du cardinal.
nommer gouverneur de Bretagne. Tout lui réuſſiſſait
dans le royaume, en Italie, en Allemagne, dans les
Pays-Bas. *Jules Mazarin*, miniſtre du pape dans l'affaire
de Mantoue, était devenu le miniſtre de la France,
par la dextérité heureuſe de ſes négociations; &, en
ſervant le cardinal de *Richelieu*, il jetait, ſans le pré-
voir, les fondemens de la fortune qui le deſtinait à
devenir le ſucceſſeur de ce miniſtre. Un traité avantageux venait d'être conclu avec la Savoie; elle cédait
pour jamais Pignerol à la France.

Vers les Pays-Bas, le prince d'Orange, ſecouru
de l'argent de la France, feſait des conquêtes ſur les
Eſpagnols, & le cardinal avait des intelligences juſque,
dans Bruxelles.

En Allemagne, le bonheur extraordinaire des Proſcrip-
armes de *Guſtave-Adolphe* rehauſſait encore les ſervices tions.
du cardinal en France. Enfin toutes les proſpérités
de ſon miniſtère tenaient tous ſes ennemis dans
l'impuiſſance de lui nuire, & laiſſaient un libre cours
à ſes vengeances que le bien de l'Etat ſemblait
autoriſer. Il établit une chambre de juſtice, où tous
les partiſans de la mère & du frère du roi ſont condamnés. La liſte des proſcrits eſt prodigieuſe : on
voit chaque jour des poteaux chargés de l'effigie des
hommes ou des femmes qui avaient ou ſuivi ou
conſeillé *Gaſton* & la reine; on rechercha juſqu'à des
médecins & des tireurs d'horoſcopes, qui avaient dit
que le roi n'avait pas long-temps à vivre ; & deux
furent envoyés aux galères. Enfin, les biens, le
douaire de la reine-mère, furent confiſqués. *Je ne*

veux point vous attribuer, écrivit-elle à son fils, *la saisie de mon bien, ni l'inventaire qui en a été fait, comme si j'étais morte; il n'est pas croyable que vous ôtiez les alimens à celle qui vous a donné la vie.*

Tout le royaume murmurait, mais presque personne n'osait élever la voix. La crainte retenait ceux qui pouvaient prendre le parti de la reine-mère & du duc d'*Orléans*. Il n'y eut guère alors que le maréchal duc de *Montmorenci*, gouverneur du Languedoc, qui crut pouvoir braver la fortune du cardinal; il se flatta d'être chef de parti. Mais son grand courage ne suffisait pas pour ce dangereux rôle : il n'était point maître de sa province, comme *Lesdiguières* avait su l'être du Dauphiné : ses profusions l'avaient mis hors d'état d'acheter un assez grand nombre de serviteurs; son goût pour les plaisirs ne pouvait le laisser tout entier aux affaires : enfin, pour être chef d'un parti il fallait un parti, & il n'en avait pas.

Gaston le flattait du titre de vengeur de la famille royale. On comptait sur un secours considérable du duc de Lorraine, *Charles IV*, dont *Gaston* avait épousé la sœur; mais ce duc ne pouvait se défendre lui-même contre *Louis XIII*, qui s'emparait alors d'une partie de ses Etats. La cour d'Espagne faisait espérer à *Gaston*, dans les Pays-Bas & vers Trèves, une armée qu'il conduirait en France; & il put à peine rassembler deux ou trois mille cavaliers allemands, qu'il ne put payer, & qui ne vécurent que de rapines. Dès qu'il paraîtrait en France avec ce secours, tous les peuples devaient se joindre à lui, & il n'y eut pas une ville qui remuât en sa faveur dans toute sa route, des frontières de la Franche-Comté aux provinces de la Loire & jusqu'en Languedoc. Il espérait que le duc d'*Epernon*, qui avait autrefois traversé tout le royaume pour délivrer la reine sa mère, & qui avait soutenu la guerre & fait la paix en sa faveur, se déclarerait aujourd'hui pour la même reine, & pour un de ses fils, héritier présomptif du royaume, contre un ministre dont l'orgueil avait souvent mortifié l'orgueil du duc d'*Epernon*. Cette ressource, qui était grande, manqua encore. Le duc d'*Epernon* s'était presque ruiné pour secourir la reine-mère, & se plaignait d'avoir été négligé par elle après l'avoir si bien servie. Il haïssait le cardinal plus que personne, mais il commençait à le craindre.

Le prince de *Condé*, qui avait fait la guerre au maréchal d'*Ancre*, était bien loin de se déclarer contre *Richelieu ;* il cédait au génie de ce ministre ; & uniquement occupé du soin de sa fortune, il briguait le commandement des troupes au-delà de la Loire, contre *Montmorenci*, son beau-frère. Le comte de *Soissons* n'avait encore qu'une haine impuissante contre le cardinal, & n'osait éclater.

Gaston abandonné, parce qu'il n'était pas assez fort, traversa le royaume, plutôt comme un fugitif suivi de bandits étrangers que comme un prince qui venait combattre un roi. Il arrive enfin dans le Languedoc. Le duc de *Montmorenci* y a rassemblé, à ses dépens & à force de promesses, six à sept mille hommes que l'on compte pour une armée. La division, qui se met toujours dans les partis, affaiblit les forces de *Gaston*, dès qu'elles purent agir. Le duc

d'*Elbeuf*, favori de *Monſieur*, voulait partager le commandement avec le duc de *Montmorenci*, qui avait
tout fait, & qui ſe trouvait dans ſon gouvernement.

*Caſtelnau-
dari, 1 ſep-
tembre 1632.*

La journée de Caſtelnaudari commença par des
reproches entre *Gaſton* & *Montmorenci*. Cette journée
fut à peine un combat ; ce fut une rencontre, une
eſcarmouche, où le duc ſe porta, avec quelques
ſeigneurs du parti, contre un petit détachement
de l'armée royale, commandée par le maréchal de
Schomberg : ſoit impétuoſité naturelle, ſoit dépit &
déſeſpoir, ſoit encore débauche de vin, qui n'était
alors que trop commune, il franchit un large foſſé
ſuivi ſeulement de cinq ou ſix perſonnes : c'était là
manière de combattre de l'ancienne chevalerie, &
non pas celle d'un général. Ayant pénétré dans les
rangs ennemis, il y tomba percé de coups, & fut
pris à la vue de *Gaſton* & de ſa petite armée qui
ne fit aucun mouvement pour le ſecourir.

Gaſton n'était pas le ſeul fils de *Henri IV* préſent
à cette journée ; le comte de *Moret*, bâtard de ce
monarque & de mademoiſelle de *Beuil*, ſe haſarda
plus que le fils légitime ; il ne voulut point abandonner le duc de *Montmorenci*, & fut tué à ſes côtés.
C'eſt ce même comte de *Moret* qu'on a fait revivre
depuis, & qu'on a prétendu avoir été long-temps
ermite ; vaine fable mêlée à ces triſtes événemens.

Le moment de la priſe de *Montmorenci* fut celui du
découragement de *Gaſton*, & de la diſperſion d'une
armée que *Montmorenci* ſeul lui avait donnée.

*Le duc de
Montmorenci
pris & exé-
cuté.*

Alors ce prince ne put que ſe ſoumettre. La cour
lui envoie le conſeiller d'Etat, *Bullion*, contrôleur
général des finances, qui lui promet la grace du

duc de *Montmorenci*. Cependant le roi ne ſtipula point cette grace dans le traité qu'il fit avec ſon frère, ou plutôt dans l'amniſtie qu'on lui accorda ; ce n'eſt pas agir avec grandeur que de tromper les malheureux & les faibles ; mais le cardinal voulait, par tous les moyens, l'aviliſſement de *Monſieur*, & la mort de *Montmorenci*. *Gaſton* même promit par un article du traité *d'aimer le cardinal de Richelieu*.

On n'ignore point la triſte fin du maréchal duc de *Montmorenci*. Son ſupplice fut juſte, ſi celui de *Marillac* ne l'avait pas été : mais la mort d'un homme de ſi grande eſpérance, qui avait gagné des batailles, & que ſon extrême valeur, ſa généroſité, ſes graces avaient rendu cher à toute la France, rendit le cardinal plus odieux que n'avait fait la mort de *Marillac*. On a écrit que, lorſqu'il fut conduit en priſon, on lui trouva un bracelet au bras, avec le portrait de la reine *Anne d'Autriche* : cette particularité a toujours paſſé pour conſtante, à la cour ; elle eſt conforme à l'eſprit du temps. Madame de *Motteville*, confidente de cette reine, avoue dans ſes mémoires que le duc de *Montmorenci* avait, comme *Buckingham*, fait vanité d'être touché de ſes charmes ; c'était le *galantear* des Eſpagnols, quelque choſe d'approchant des *Sigisbès* d'Italie, un reſte de chevalerie, mais qui ne devait pas adoucir la ſévérité de *Louis XIII*. *Montmorenci*, avant d'aller à la mort, légua un fameux tableau du *Carache* au cardinal. Ce n'était pas-là l'eſprit du temps, mais un ſentiment étranger, inſpiré aux approches de la mort, regardé par les uns comme un chriſtianiſme héroïque, & par les autres comme une faibleſſe.

30 octobre 1632.

13 novembre 1632.
Monfieur, n'étant revenu en France que pour faire périr fur l'échafaud fon ami & fon défenfeur, réduit à n'être qu'exilé de la cour par grace, & craignant pour fa liberté, fort encore du royaume, & va chez les Efpagnols, rejoindre fa mère à Bruxelles.

Sous un autre miniftère, une reine, un héritier préfomptif de la France, retirés chez les ennemis de l'Etat, tous les ordres du royaume mécontens, cent familles qui avaient du fang à venger, euffent pu déchirer le royaume dans les nouvelles circonftances où fe trouvait l'Europe. *Guftave-Adolphe*, le fléau de 16 novembre 1632. la maifon d'Autriche, fut tué alors, au milieu de fa victoire de Lutzen, auprès de Leipzick ; & l'empereur, délivré de cet ennemi, pouvait avec l'Efpagne accabler la France. Mais, ce qui n'était prefque jamais arrivé, les Suédois fe foutinrent dans un pays étranger après la mort de leur chef. L'Allemagne fut auffi troublée, auffi fanglante qu'auparavant, & l'Efpagne devint tous les jours plus faible. Toute cabale devait donc être écrafée fous le pouvoir du cardinal. Cependant il n'y eut pas un jour fans intrigues & fans factions. Lui-même y donnait lieu par des faibleffes fecrètes qui fe mêlent toujours fourdement aux grandes affaires, & qui, malgré tous les déguifemens qui les cachent, décèlent les petiteffes de la grandeur.

Intrigues ridicules.   On prétend que la ducheffe de *Chevreufe*, toujours intrigante & belle encore, engageait le cardinal miniftre, par fes artifices, dans la paffion qu'elle voulait lui infpirer, & qu'elle le facrifiait au garde des fceaux, *Châteauneuf*. Le commandeur de *Jars* & d'autres entraient dans la confidence. La reine *Anne*, femme de *Louis XIII*, n'avait d'autre confolation, dans la

perte de fon crédit, que d'aider la ducheffe de *Chevreufe*
à rabaiffer par le ridicule celui qu'elle ne pouvait
perdre. La ducheffe feignait du goût pour le cardinal,
& formait des intrigues, dans l'attente de fa mort que
de fréquentes maladies fefaient voir auffi prochaine
qu'on la fouhaitait. Un terme injurieux, dont on
fe fervait dans cette cabale pour défigner le cardinal,
fut ce qui l'offenfa davantage. (*b*)

Le garde des fceaux fut mis en prifon fans forme
de procès, parce qu'il n'y avait point de procès à lui
faire. Le commandeur de *Jars* & d'autres, qu'on
accufa de conferver quelques intelligences avec le
frère & la mère du roi, furent condamnés par des
commiffaires à perdre la tête. Le commandeur eut fa
grace fur l'échafaud, mais les autres furent exécutés.

On ne pourfuivait pas feulement les fujets qu'on
pouvait accufer d'être dans les intérêts de *Gafton*;
le duc de Lorraine, *Charles IV*, en fut la victime.
Louis XIII s'empara de Nanci, & promit de lui rendre
fa capitale, quand ce prince lui mettrait entre les
mains fa fœur *Marguerite de Lorraine*, qui avait fecrètement époufé *Monfieur*. Ce mariage était une nouvelle
fource de difputes & de querelles dans l'Etat & dans
l'Eglife. Ces difputes mêmes pouvaient un jour
entraîner une grande révolution. Il s'agiffait de la
fucceffion à la couronne; & depuis la queftion de la
loi falique, on n'en avait point débattu de plus
importante.

Le roi voulait que le mariage de fon frère avec
Marguerite de Lorraine fût déclaré nul. *Gafton* n'avait
qu'une fille de fon premier mariage avec l'héritière

Le frère de Louis XIII, marié fans le confentement de fon frère, était-il bien marié ?

1633.

(*b*) La reine *Anne* & la ducheffe l'appelaient *cul-pourri.*

de *Montpenfier*. Si l'héritier préfomptif du royaume perfiftait dans fon nouveau mariage, s'il en naiffait un prince, le roi prétendait que ce prince fût déclaré bâtard & incapable d'hériter.

C'était évidemment infulter les ufages de la religion; mais la religion n'ayant pu être inftituée que pour le bien des Etats, il eft certain que quand ces ufages font nuifibles ou dangereux, il faut les abolir.

Le mariage de *Monfieur* avait été célébré en préfence de témoins, autorifé par le père & par toute la famille de fon époufe, confommé, reconnu juridiquement par les parties, confirmé folennellement par l'archevêque de Malines. Toute la cour de Rome, toutes les univerfités étrangères regardaient ce mariage comme valide & indiffoluble; la faculté même de Louvain déclara depuis qu'il n'était pas au pouvoir du pape de le caffer, & que c'était un facrement ineffaçable.

Le bien de l'Etat exigeait qu'il ne fût point permis aux princes du fang de difpofer d'eux fans la volonté du roi; ce même bien de l'Etat pouvait, dans la fuite, exiger qu'on reconnût pour roi légitime de France le fruit de ce mariage déclaré illégitime; mais ce danger était éloigné, l'intérêt préfent parlait; & il importait qu'il fût décidé, malgré l'Eglife, qu'un facrement tel que le mariage doit être annullé, quand il n'a pas été précédé de l'aveu de celui qui tient lieu du père de famille.

Le mariage caffé. Septembre 1634. Un édit du confeil fit ce que Rome & les conciles n'euffent pas fait, & le roi vint avec le cardinal faire vérifier cet édit au parlement de Paris. Le cardinal parla dans ce lit de juftice en qualité de premier miniftre & de pair de France. Vous faurez quelle était Harangue ridicule. l'éloquence de ces temps-là, par deux ou trois traits de la harangue du cardinal ; il dit : que *convertir une ame c'était plus que créer le monde ;* que *le roi n'ofait toucher à la reine fa mère, non plus qu'à l'arche ;* & qu'il *n'arrive jamais plus de deux ou trois rechutes aux grandes maladies fi les parties nobles ne font gâtées :* prefque toute la harangue eft dans ce ftyle, & encore était-elle une des moins mauvaifes qu'on prononçât alors. Ce faux goût qui régna fi long-temps n'ôtait rien au génie du miniftre, & l'efprit du gouvernement a toujours été compatible avec la fauffe éloquence & le faux bel efprit. Le mariage de *Monfieur* fut folennellement caffé ; & même l'affemblée générale du clergé, en 1635, fe conformant à l'édit, déclara nuls les mariages des princes du fang, contractés fans la volonté du roi. Rome ne vérifia pas cette loi de l'Etat & de l'Eglife de France.

L'état de la maifon royale devenait problématique en Europe. Si l'héritier préfomptif du royaume perfiftait dans un mariage réprouvé en France, les enfans nés de ce mariage étaient bâtards en France, & auraient befoin d'une guerre civile pour hériter : s'il prenait une autre femme, les enfans nés de ce nouveau mariage étaient bâtards à Rome, & ils fefaient une guerre civile contre les enfans du premier lit. Ces extrémités furent prévenues par la fermeté de *Monfieur ;* il n'en eut qu'en cette occafion ; & le roi confentit enfin, au bout de quelques années, à reconnaître la femme de fon frère ; mais l'édit qui caffe tous les mariages des princes du fang, contractés fans l'aveu du roi, eft demeuré dans toute fa force.

Complot contre la vie du cardinal.
Cette opiniâtreté du cardinal à pourſuivre le frère du roi juſque dans l'intérieur de ſa maiſon, à lui ôter ſa femme, à dépouiller le duc de *Lorraine*, ſon beau-frère, à tenir la reine-mère dans l'exil & dans l'indigence, ſoulève enfin les partiſans de ces princes, & il y eut un complot de l'aſſaſſiner ; on accuſa juridiquement le père *Chanteloube* de l'oratoire, aumônier de *Marie de Médicis*, d'avoir ſuborné des meurtriers, dont l'un fut roué à Metz. Ces attentats furent très-rares : on avait conſpiré bien plus ſouvent contre la vie de *Henri IV* ; mais les plus grandes inimitiés produiſent moins de crimes que le fanatiſme.

Le cardinal, mieux gardé que *Henri IV*, n'avait rien à craindre ; il triomphait de tous ſes ennemis. La cour de la reine *Marie* & de *Monſieur*, errante & déſolée, était encore plongée dans les diſſentions qui ſuivent la faction & le malheur.

Il déclare la guerre à toute la maiſon d'Autriche.
Le cardinal de *Richelieu* avait de plus puiſſans ennemis à combattre. Il réſolut, malgré tous les troubles ſecrets qui agitaient l'intérieur du royaume, d'établir la force & la gloire de la France au dehors, & de remplir le grand projet de *Henri IV*, en feſant une guerre ouverte à toute la maiſon d'Autriche, en Allemagne, en Italie, en Eſpagne. Cette guerre le rendait néceſſaire à un maître qui ne l'aimait pas, & auprès duquel on était ſouvent près de le perdre. Sa gloire était intéreſſée dans cette entrepriſe ; le temps paraiſſait venu d'accabler la puiſſance d'Autriche dans ſon déclin. La Picardie & la Champagne étaient les bornes de la France : on pouvait les reculer, tandis que les Suédois étaient encore dans l'Empire. Les Provinces-Unies étaient prêtes d'attaquer le roi d'Eſpagne dans

la

la Flandre, pour peu que la France les secondât. Ce
sont-là les seuls motifs de la guerre contre l'empereur,
qui ne finit que par les traités de Veſtphalie ; & de
celle contre le roi d'Eſpagne, qui dura long-temps
après, juſqu'au traité des Pyrénées. Toutes les autres
raiſons ne furent que des prétextes.

La cour de France juſqu'alors, ſous le nom d'alliée 6 décembre
des Suédois & de médiatrice dans l'Empire, avait 1634.
cherché à profiter des troubles de l'Allemagne. Les
Suédois avaient perdu une grande bataille à Nortlingue ; leur défaite même ſervit à la France, car elle
les mit dans ſa dépendance. Le chancelier *Oxenſtiern*
vint rendre hommage, dans Compiègne, à la fortune
du cardinal qui dès-lors fut le maître des affaires en
Allemagne, au lieu qu'*Oxenſtiern* l'était auparavant.
Il fait en même temps un traité avec les Etats généraux, pour partager d'avance avec eux les Pays-Bas
eſpagnols, qu'il comptait ſubjuguer aiſément.

Louis XIII envoya déclarer la guerre à Bruxelles Héraut d'ar-
par un héraut d'armes. Ce héraut devait préſenter mes envoyé
un cartel au cardinal infant, fils de *Philippe III*, gou- à Bruxelles.
verneur des Pays-Bas. On peut obſerver que ce prince
cardinal, ſuivant l'uſage du temps, commandait des
armées. Il avait été l'un des chefs qui gagnèrent la
bataille de Nortlingue contre les Suédois. On vit dans
ce ſiècle les cardinaux de *Richelieu*, de *la Valette* & de Prêtres gé-
Sourdis, endoſſer la cuiraſſe, & marcher à la tête des néraux d'ar-
troupes : tous ces uſages ont changé. La déclaration mée.
de guerre par un héraut d'armes ne ſe renouvela plus
depuis ce temps-là : on ſe contenta de publier la guerre
chez ſoi, ſans l'aller ſignifier à ſes ennemis.

Eſſai ſur les mœurs, &c. Tome IV. H

Le cardinal de *Richelieu* attira encore le duc de *Savoie* & le duc de *Parme* dans cette ligue : il s'assura surtout du duc *Bernard de Veimar*, en lui donnant quatre millions de livres par an, & lui promettant le landgraviat d'Alsace. Aucun des événemens ne répondit aux arrangemens qu'avait pris la politique. Cette Alsace, que *Veimar* devait posséder, tomba long-temps après dans les mains de la France ; & *Louis XIII*, qui devait partager en une campagne les Pays-Bas espagnols avec les Hollandais, perdit son armée, & fut près de voir toute la Picardie en proie aux Espagnols. Ils avaient pris Corbie. Le comte de *Galas*, général de l'empereur, & le duc de Lorraine, étaient déjà auprès de Dijon. Les armes de la France furent d'abord malheureuses de tous les côtés. Il fallut faire de grands efforts pour résister à ceux qu'on croyait si facilement abattre.

Enfin, le cardinal fut en peu de temps sur le point d'être perdu, par cette guerre même qu'il avait suscitée pour sa grandeur & pour celle de la France. Le mauvais succès des affaires publiques diminua quelque temps sa puissance à la cour. *Gaston*, dont la vie était un reflux perpétuel de querelles & de raccommodemens avec le roi, son frère, était revenu en France ; & le cardinal fut obligé de laisser à ce prince & au comte de *Soissons* le commandement de l'armée qui reprit Corbie. Il se vit alors exposé au ressentiment des deux princes. C'était, comme on l'a déjà dit, le temps des conspirations ainsi que des duels. Les mêmes personnes, qui depuis excitèrent avec le cardinal de *Retz* les premiers troubles de la Fronde, & qui firent les barricades, embrassaient dès-lors toutes les occasions d'exercer cet esprit de faction qui les dévorait. *Gaston* & le comte de *Soissons* consentirent à tout ce que ces conspirateurs pourraient attenter contre le cardinal. Il fut résolu de l'assassiner chez le roi même ; mais le duc d'*Orléans*, qui ne fesait jamais rien qu'à demi, effrayé de l'attentat, ne donna point le signal dont les conjurés étaient convenus. Ce grand crime ne fut qu'un projet inutile.

Les Impériaux furent chassés de la Bourgogne, les Espagnols de la Picardie : le duc de *Veimar* réussit en Alsace, & s'empara de presque tout ce landgraviat que la France lui avait garanti. Enfin, après plus d'avantages que de malheurs, la fortune, qui sauva la vie du cardinal de tant de conspirations, sauva aussi sa gloire qui dépendait des succès.

Cet amour de la gloire lui fesait rechercher l'empire des lettres & du bel esprit jusque dans la crise des affaires publiques & des siennes, & parmi les attentats contre sa personne. Il érigeait dans ce temps-là même l'académie française, & donnait dans son palais des pièces de théâtre auxquelles il travaillait quelquefois. Il reprenait sa hauteur & sa fierté sévère dès que le péril était passé. Car ce fut encore dans ce temps qu'il fomenta les premiers troubles d'Angleterre, & qu'il écrivit au comte d'*Estrades* ce billet, avant-coureur des malheurs de *Charles I* : *Le roi d'Angleterre, avant qu'il soit un an, verra qu'il ne faut pas me mépriser.*

Académie.
1637.

Lorsque le siége de Fontarabie fut levé par le prince de *Condé*, son armée battue, & le duc de *la Valette* accusé de n'avoir pas secouru le prince de *Condé*, il fit condamner *la Valette* fugitif par des commissaires

1638,

auxquels le roi préfida lui-même. C'était l'ancien ufage du gouvernement de la pairie, quand les rois n'étaient encore regardés que comme les chefs des pairs ; mais fous un gouvernement purement monarchique, la préfence, la voix du fouverain dirigeait trop l'opinion des juges.

1638.   Cette guerre, excitée par le cardinal, ne réuffit que quand le duc de *Veimar* eut enfin gagné une bataille complète, dans laquelle il fit quatre généraux de l'empereur prifonniers, qu'il s'établit dans Fribourg & dans Brifac, & qu'enfin la branche d'Autriche-efpagnole eut perdu le Portugal par la feule confpiration heureufe de ces temps-là, & qu'elle perdit encore la Catalogne par une révolte ouverte, fur la fin de 1640. Mais avant que la fortune eût difpofé de tous ces événemens extraordinaires en faveur de la France, le pays était expofé à la ruine ; les troupes commençaient à être mal payées. *Grotius*, ambaffadeur de Suède à Paris, dit que les finances étaient mal adminiftrées. Il avait bien raifon, car le cardinal fut obligé, quelque temps après la perte de Corbie, de créer vingt-quatre nouveaux confeillers du parlement & un préfident. Certainement on n'avait pas befoin de nouveaux juges, & il était honteux de n'en faire que pour tirer quelque argent de la vente des charges. Le parlement fe plaignit. Le cardinal, pour toute réponfe, fit mettre en prifon cinq magiftrats qui s'étaient plaints en hommes libres. Tout ce qui lui réfiftait dans la cour, dans le parlement, dans les armées, était difgracié, exilé ou emprifonné.

Remarquez cela.   C'eft une chofe peu digne d'attention, qu'il ne fe trouva que vingt perfonnes qui achetaffent ces places de juges : mais ce qui fait connaître l'esprit des hommes, & surtout des Français, c'est que ces nouveaux membres furent long-temps l'objet de l'aversion & du mépris de tout le corps ; c'est que, dans la guerre de la Fronde, ils furent obligés de payer chacun quinze mille livres, pour obtenir les bonnes graces de leurs confrères, par cette contribution à la guerre contre le gouvernement ; c'est, comme vous le verrez, qu'ils en eurent le sobriquet de *Quinze-vingts* ; c'est qu'enfin, de nos jours, quand on a voulu supprimer des conseillers inutiles, le parlement, qui avait éclaté contre l'introduction des membres surnuméraires, a éclaté contre la suppression. C'est ainsi que les mêmes choses sont bien ou mal reçues, selon les temps, & qu'on se plaint souvent autant de la guérison que de la blessure.

Louis XIII avait toujours besoin d'un confident, qu'on appelle un *favori*, qui pût amuser son humeur triste, & recevoir les confidences de ses amertumes. Le duc de *Saint-Simon* occupait ce poste ; mais n'ayant pas assez ménagé le cardinal, il fut éloigné de la cour & relégué à Blayes.

Favori, maîtresse & confesseur. Lisez & profitez.

Le roi s'attachait quelquefois à des femmes : il aimait mademoiselle de *la Fayette*, fille d'honneur de la reine régnante, comme un homme faible, scrupuleux & peu voluptueux peut aimer. Le jésuite *Caussin*, confesseur du roi, favorisait cette liaison, qui pouvait servir à faire rappeler la reine-mère. Mademoiselle de *la Fayette*, en se laissant aimer du roi, était dans les intérêts des deux reines, contre le cardinal : mais le ministre l'emporta sur la maîtresse & sur le confesseur, comme il l'avait emporté sur les

H 3

deux reines. Mademoifelle de *la Fayette*, intimidée, fut obligée de fe jeter dans un couvent, & bientôt après le confeffeur *Cauffin* fut arrêté & relégué en Baffe-Bretagne.

Ce même jéfuite *Cauffin* avait confeillé à *Louis XIII* de mettre le royaume fous la protection de la Vierge, pour fanctifier l'amour du roi & de mademoifelle de *la Fayette*, qui n'était regardé que comme une liaifon du cœur, à laquelle les fens avaient très-peu de part. Le confeil fut fuivi, & le cardinal de *Richelieu* remplit cette idée, l'année fuivante, tandis que *Cauffin* célébrait en mauvais vers, à Quimpercorentin, l'attachement particulier de la Vierge pour le royaume de France. Il eft vrai que la maifon d'*Autriche* avait auffi *Marie* pour protectrice, de forte que, fans les armes des Suédois & du duc de *Veimar*, proteftans, la fainte Vierge eût été apparemment fort indécife.

La ducheffe de Savoie, *Chriftine*, fille de *Henri IV*, veuve de *Louis-Amédée*, & régente de la Savoie, avait auffi un confeffeur jéfuite qui cabalait dans cette cour, & qui irritait fa pénitente contre le cardinal de *Richelieu*. Le miniftre préféra la vengeance & l'intérêt de l'Etat au droit des gens ; il ne balança pas à faire faifir ce jéfuite dans les Etats de la ducheffe.

Remarquez ici que vous ne verrez jamais dans l'hiftoire aucun trouble, aucune intrigue de cour, dans lefquels les confeffeurs des rois ne foient entrés ; & que fouvent ils ont été difgraciés. Un prince eft affez faible pour confulter fon conféffeur fur les affaires d'Etat, (& c'eft-là le plus grand inconvénient de la confeffion auriculaire.) Le confeffeur, qui eft, prefque toujours d'une faction, tâche de faire regarder à fon pénitent cette faction comme la volonté de DIEU. Le miniftre en eft bientôt inftruit ; le confeffeur eft puni, & on en prend un autre qui emploie le même artifice.

Les intrigues de cour, les cabales continuent toujours. La reine *Anne d'Efpagne*, que nous nommons *Anne d'Autriche*, pour avoir écrit à la ducheffe de *Chevreufe*, ennemie du cardinal & fugitive, eft traitée comme une fujette criminelle. Ses papiers font faifis, & elle fubit un interrogatoire devant le chancelier *Séguier*. Il n'y avait point d'exemple en France d'un pareil procès criminel.

La reine prête interrogatoire. 1637.

Tous ces traits rapprochés forment le tableau qui peint ce miniftère. Le même homme femblait deftiné à dominer fur toute la famille de *Henri IV*, à perfécuter fa veuve dans les pays étrangers ; à maltraiter *Gafton*, fon fils ; à foulever des partis contre la reine d'Angleterre, fa fille ; à fe rendre maître de la ducheffe de Savoie, fon autre fille ; enfin, à humilier *Louis XIII* en le rendant puiffant, & à faire trembler fon époufe.

Tout le temps de fon miniftère fe paffa ainfi à exciter la haine & à fe venger ; & l'on vit prefque chaque année des rebellions & des châtimens. La révolte du comte de *Soiffons* fut la plus dangereufe ; elle était appuyée par le duc de *Bouillon*, fils du maréchal, qui le reçut dans Sédan ; par le duc de *Guife*, petit-fils du *balafré* qui, avec le courage de fes ancêtres, voulait en faire revivre la fortune ; enfin, par l'argent du roi d'Efpagne, & par fes troupes des

Pays-Bas. Ce n'était pas une tentative hafardée comme celles de *Gafton.*

Guerre civile.

Le comte de *Soiffons* & le duc de *Bouillon* avaient une bonne armée ; ils favaient la conduire ; &, pour plus grande fureté, tandis que cette armée devait s'avancer, on devait affaffiner le cardinal, & faire foulever Paris. Le cardinal de *Retz*, encore très-jeune, fefait dans ce complot fon apprentiffage de confpirations. La bataille de la Marfée, que le comte de *Soiffons* gagna, près de Sédan, contre les troupes du roi, devait encourager les conjurés : mais la mort de ce prince, tué dans la bataille, tira encore le cardinal de ce nouveau danger. Il fut, cette fois feule, dans l'impuiffance de punir. Il ne favait pas la confpiration contre fa vie, & l'armée révoltée était victorieufe. Il fallut négocier avec le duc de *Bouillon*, poffeffeur de Sédan. Le feul duc de *Guife*, le même qui depuis fe rendit maître de Naples, fut condamné par contumace au parlement de Paris.

1631.

Confpiration

Le duc de *Bouillon*, reçu en grace à la cour, & raccommodé en apparence avec le cardinal, jura d'être fidelle, & dans le même temps il tramait une nouvelle confpiration. Comme tout ce qui approchait du roi haïffait le miniftre, & qu'il fallait toujours au roi un favori, *Richelieu* lui avait donné lui-même le jeune d'*Efiat Cinq-Mars*, afin d'avoir fa propre créature auprès du monarque. Ce jeune homme, devenu bientôt grand-écuyer, prétendit entrer dans le confeil ; & le cardinal, qui ne le voulut pas fouffrir, eut auffitôt en lui un ennemi irréconciliable. Ce qui enhardit le plus *Cinq-Mars* à confpirer, ce fut le roi lui-même. Souvent mécontent de fon miniftre, offenfé de fon fafte, de fa hauteur, de fon mérite même, il confiait fes chagrins à fon favori, qu'il appelait *cher ami*, & parlait de *Richelieu* avec tant d'aigreur, qu'il enhardit *Cinq-Mars* à lui propofer plus d'une fois de l'affaffiner ; & c'eft ce qui eft prouvé par une lettre de *Louis XIII* lui-même au chancelier *Séguier*. Mais ce même roi fut enfuite fi mécontent de fon favori, qu'il le bannit fouvent de fa préfence ; de forte que bientôt *Cinq-Mars* haït également *Louis XIII* & *Richelieu*. Il avait eu déjà des intelligences avec le comte de *Soiffons* : il les continuait avec le duc de *Bouillon*; & enfin *Monfieur*, qui, après fes entreprifes malheureufes, fe tenait tranquille dans fon apanage de Blois, ennuyé de cette oifiveté, & preffé par fes confidens, entra dans le complot. Il ne s'en fefait point qui n'eût pour bafe la mort du cardinal; & ce projet, tant de fois tenté, ne fut exécuté jamais.

Louis XIII & *Richelieu*, tous deux attaqués déjà 1642. d'une maladie plus dangereufe que les confpirations, & qui les conduifit bientôt au tombeau, marchaient en Rouffillon, pour achever d'ôter cette province à la maifon d'*Autriche*. Le duc de *Bouillon*, à qui l'on n'aurait pas dû donner une armée à commander, lorfqu'il fortait d'une bataille contre les troupes du roi, en commandait pourtant une en Piémont, contre les Efpagnols ; & c'eft dans ce temps-là même qu'il confpirait avec *Monfieur* & avec *Cinq-Mars*. Les conjurés fefaient un traité avec le comte-duc *Olivarès*, pour introduire une armée efpagnole en France, & pour y mettre tout en confufion, dans une régence qu'on croyait prochaine, & dont chacun efpérait profiter. *Cinq-Mars* alors, ayant fuivi le roi à Narbonne, était mieux que jamais dans fes bonnes graces ; & *Richelieu*, malade à Tarafcon, avait perdu toute fa faveur, & ne confervait que l'avantage d'être néceffaire.

Confpiration décou-verte.

1642.

Le bonheur du cardinal voulut encore que le complot fût découvert, & qu'une copie du traité lui tombât entre les mains. Il en coûta la vie à *Cinq-Mars*. C'était une anecdote tranfmife par les courtifans de ce temps-là, que le roi, qui avait fi fouvent appelé le grand - écuyer *cher ami*, tira fa montre de fa poche à l'heure deftinée pour l'exécution, & dit: *Je crois que* cher ami *fait à préfent une vilaine mine*. Le

Duc de Bouillon.

duc de *Bouillon* fut arrêté au milieu de fon armée, à Cafal. Il fauva fa vie, parce qu'on avait plus befoin de fa principauté de Sédan que de fon fang. Celui qui avait deux fois trahi l'Etat conferva fa dignité de prince, & eut en échange de Sédan des terres d'un plus grand revenu. *De Thou*, à qui on ne reprochait que d'avoir fu la confpiration, & qui l'avait défapprouvée, fut condamné à mort pour ne l'avoir pas révélée. En vain il repréfenta qu'il n'aurait pu prouver fa dépofition, & que s'il avait accufé le frère du roi d'un crime d'Etat dont il n'avait point de preuves, il aurait bien plus mérité la mort. Une juftification fi évidente ne fut point reçue du car-

De Thou tué juridique-ment.

dinal, fon ennemi perfonnel. Les juges le condamnèrent fuivant une loi de *Louis XI*, dont le feul nom fuffit pour faire voir que la loi était cruelle. (7)

(7) Le fils de *Barnevelt* fut condamné, en Hollande, fur une femblable accufation ; le florentin *Nera* l'avait été de même à Florence, en 1497 : cependant le jurifconfulte milanais, *Gigas*, s'était élevé contre cette exceffive févérité, *qui tales condemnant*, dit-il, *non funt judices, fed carnifices*. *Huyghens*

La reine elle-même était dans le fecret de la confpiration ; mais, n'étant point accufée, elle échappa aux
mortifications qu'elle aurait effuyées. Pour *Gaflon*,
duc d'Orléans, il accufa fes complices, à fon ordinaire,
s'humilia, confentit à refter à Blois, fans gardes, fans
honneurs ; & fa deftinée fut toujours de traîner fes
amis à la prifon ou à l'échafaud.

Le cardinal déploya dans fa vengeance, autorifée
de la juftice, toute fa rigueur hautaine. On le vit
traîner le grand-écuyer à fa fuite, de Tarafcon à
Lyon, fur le Rhône, dans un bateau attaché au fien,
frappé lui-même à mort, & triomphant de celui qui
allait mourir par le dernier fupplice. De-là le cardinal fe fit porter à Paris, fur les épaules de fes
gardes, dans une chambre ornée, où il pouvait tenir
deux hommes à côté de fon lit : fes gardes fe
relayaient ; on abattait des pans de muraille pour le
faire entrer plus commodément dans les villes ; c'eft
ainfi qu'il alla mourir à Paris, à cinquante-huit ans, 4 décembre.
& qu'il laiffa le roi fatisfait de l'avoir perdu & embar-   1642.
raffé d'être le maître.

On dit que ce miniftre régna encore après fa
mort, parce qu'on remplit quelques places vacantes
de ceux qu'il avait nommés ; mais les brevets étaient
expédiés avant fa mort ; & ce qui prouve fans
réplique qu'il avait trop régné, & qu'il ne régnait

---

de Zuylichem, père du célèbre *Huyghens*, fit, fur la mort de M. de *Thou*,
ce diftique latin :

O legum fubtile nefas ; quibus inter amicos
Nolle fidem fruftrà prodere, proditio eft.

Le duc de *Bouillon* était neveu du Stathouder, allié de la France, & qui
de plus avait fervi le cardinal auprès de *Louis XIII.*

plus, c'eſt que tous ceux qu'il avait fait enfermer à la Baſtille en ſortirent, comme des victimes déliées qu'il ne fallut plus immoler à ſa vengeance. Il légua au roi trois millions de notre monnaie d'aujourd'hui, à cinquante livres le marc, ſomme qu'il tenait toujours en réſerve. La dépenſe de ſa maiſon, depuis qu'il était premier miniſtre, montait à mille écus par jour. Tout chez lui était ſplendeur & faſte, tandis que chez le roi tout était ſimplicité & négligence ; ſes gardes entraient juſqu'à la porte de la chambre, quand il allait chez ſon maître ; il précédait partout les princes du ſang. Il ne lui manquait que la couronne ; & même, lorſqu'il était mourant, & qu'il ſe flattait encore de ſurvivre au roi, il prenait des meſures pour être régent du royaume. La veuve de *Henri IV* l'avait précédé de cinq mois, & *Louis XIII* le ſuivit cinq mois après.

Il était difficile de dire lequel des trois fut le plus malheureux. La reine-mère, long-temps errante, mourut à Cologne, dans la pauvreté. Le fils, maître d'un beau royaume, ne goûta jamais ni les plaiſirs de la grandeur, s'il en eſt, ni ceux de l'humanité ; toujours ſous le joug, & toujours voulant le ſecouer ; malade, triſte, ſombre, inſupportable à lui-même ; n'ayant pas un ſerviteur dont il fût aimé ; ſe défiant de ſa femme ; haï de ſon frère ; quitté par ſes maîtreſſes, ſans avoir connu l'amour ; trahi par ſes favoris ; abandonné ſur le trône ; preſque ſeul au milieu d'une cour qui n'attendait que ſa mort, qui la prédiſait ſans ceſſe, qui le regardait comme incapable d'avoir des enfans : le ſort du moindre citoyen paiſible dans ſa famille était bien préférable au ſien.

Marginal notes:

Le cardinal avait toujours de l'argent comptant, ſans quoi....

3 juillet 1642.

mai 1643.

Qui était le plus malheureux, du roi, de la reine, ou du cardinal ?

Le cardinal de *Richelieu* fut peut-être le plus malheureux des trois, parce qu'il était le plus haï, & qu'avec une mauvaise fanté, il avait à foutenir, de fes mains teintes de fang, un fardeau immenfe dont il fut fouvent près d'être écrafé.

Dans ce temps de confpirations & de fupplices, le royaume fleurit pourtant ; & , malgré tant d'afflictions, le fiècle de la politeffe & des arts s'annonçait. *Louis XIII* n'y contribua en rien ; mais le cardinal de *Richelieu* fervit beaucoup à ce changement. La philofophie ne put, il eft vrai, effacer la rouille Arts, mœurs fcolaftique ; mais *Corneille* commença, en 1636, par & ufages. la tragédie du *Cid*, le fiècle qu'on appelle celui de *Louis XIV*. Le *Pouffin* égala *Raphaël* d'Urbin dans quelques parties de la peinture. La fculpture fut bientôt perfectionnée par *Girardon*, & le maufolée même du cardinal de *Richelieu* en eft une preuve. Les Français commencèrent à fe rendre recommandables, furtout par les graces & les politeffes de l'efprit : c'était l'aurore du bon goût.

La nation n'était pas encore ce qu'elle devint depuis ; ni le commerce n'était bien cultivé, ni la police générale établie. L'intérieur du royaume était encore à régler ; nulle belle ville, excepté Paris qui manquait encore de bien des chofes néceffaires, comme on peut le voir ci-après, dans le fiècle de *Louis XIV*. Tout était auffi différent, dans la manière de vivre que dans les habillemens, de tout ce qu'on voit aujourd'hui. Si les hommes de nos jours voyaient les hommes de ce temps-là, ils ne croiraient pas voir leurs pères. Les petites bottines, le pourpoint, le manteau, le grand collet de point, les mouftaches

& une petite barbe en pointe, les rendraient auſſi méconnaiſſables pour nous, que leurs paſſions pour les complots, leur fureur des duels, leurs feſtins au cabaret, leur ignorance générale, malgré leur eſprit naturel.

La nation n'était pas auſſi riche qu'elle l'eſt devenue en eſpèces monnayées, & en argent travaillé : auſſi le miniſtère, qui tirait ce qu'il pouvait du peuple, n'avait guère par année que la moitié du revenu de *Louis XIV*. On était encore moins riche en induſtrie. Les manufactures groſſières de draps de Rouen & d'Elbeuf étaient les plus belles qu'on connût en France : point de tapiſſeries, point de cryſtaux, point de glaces. L'art de l'horlogerie était faible, & conſiſtait à mettre une corde à la fuſée d'une montre; on n'avait point encore appliqué le pendule aux horloges : le commerce maritime dans les Echelles du Levant était dix fois moins conſidérable qu'aujourd'hui ; celui de l'Amérique ſe bornait à quelques pelleteries du Canada : nul vaiſſeau n'allait aux Indes orientales, tandis que la Hollande y avait des royaumes, & l'Angleterre de grands établiſſemens.

Preuves que le teſtament politique n'eſt point du cardinal. Ainſi la France poſſédait bien moins d'argent que ſous *Louis XIV;* le gouvernement empruntait à un plus haut prix ; les moindres intérêts qu'il donnait pour la conſtitution des rentes, étaient de ſept & demi pour cent, à la mort du cardinal de *Richelieu.* On peut tirer de-là une preuve invincible, parmi tant d'autres, que le teſtament qu'on lui attribue ne peut être de lui. Le fauſſaire ignorant & abſurde, qui a pris ſon nom, dit, au chap. I de la ſeconde partie, que la jouiſſance fait le rembourſement entier de ces

rentes en fept années & demie : il a pris le denier
fept & demi, pour la feptième & demi-partie de cent;
& il n'a pas vu que le rembourfement d'un capital
fuppofé fans intérêt, en fept années & demie, ne donne
pas fept & demi par année, mais près de quatorze.
Tout ce qu'il dit dans ce chapitre eft d'un homme qui
n'entend pas mieux les premiers élémens de l'arith-
métique que ceux des affaires. J'entre ici dans ce
petit détail, feulement pour faire voir combien les
noms en impofent aux hommes : tant que cette œuvre
de ténèbres a paffé pour être du cardinal de *Richelieu*,
on l'a loué comme un chef-d'œuvre ; mais quand
on a reconnu la foule des anachronifmes, des erreurs
fur les pays voifins, des fauffes évaluations, & l'ignorance abfurde avec laquelle il eft dit que la France
avait plus de ports fur la Méditerranée que la
monarchie efpagnole ; quand on a vu, enfin, que
dans un prétendu teftament politique du cardinal
de *Richelieu*, il n'était pas dit un feul mot de la
manière dont il fallait fe conduire dans la guerre
qu'on avait à foutenir ; alors on a méprifé ce chef-
d'œuvre qu'on avait admiré fans examen.

CHAPITRE CLXXVII.

*Du gouvernement & des mœurs de l'Efpagne, depuis
Philippe II jufqu'à Charles II.*

ON voit depuis la mort de *Philippe II* les monarques
efpagnols affermir leur pouvoir abfolu dans leurs
Etats, & perdre infenfiblement leur crédit dans
l'Europe. Le commencement de la décadence fe fit

sentir dès les premières années du règne de *Philippe III*:
la faibleffe de son caractère se répandit sur toutes
les parties de son gouvernement. Il était difficile
d'étendre toujours des soins vigilans sur l'Amérique,
sur les vastes possessions en Asie, sur celles d'Afrique,
sur l'Italie & les Pays-Bas ; mais son père avait
vaincu ces difficultés, & les tréfors du Mexique,
du Pérou, du Bréfil, des Indes orientales, devaient
surmonter tous les obstacles. La négligence fut si
grande, l'administration des deniers publics si infidelle, que dans la guerre qui continuait toujours
contre les Provinces-Unies, on n'eut pas de quoi
payer les troupes espagnoles ; elles se mutinèrent,
elles pafsèrent, au nombre de trois mille hommes,

1604.   sous les drapeaux du prince *Maurice*. Un simple
stathouder, avec un esprit d'ordre, payait mieux ses
troupes que le souverain de tant de royaumes.
Philippe III aurait pu couvrir les mers de vaisseaux,
& les petites provinces de Hollande & de Zélande
en avaient plus que lui : leur flotte lui enlevait les

1606.   principales îles moluques, & surtout Amboine, qui
produit les plus précieuses épiceries, dont les Hollandais sont restés en possession. Enfin ces sept petites
provinces rendaient sur terre les forces de cette
vaste monarchie inutiles, & sur mer elles étaient
plus puissantes.

Philippe III   *Philippe III*, en paix avec la France, avec l'An-
conclut une
trève de 12   gleterre, n'ayant la guerre qu'avec cette république
ans avec la   naissante, est obligé de conclure avec elle une trève
Hollande.
1609.   de douze années, de lui laisser tout ce qui était en
sa possession, de lui affurer la liberté du commerce
dans les grandes Indes, & de rendre enfin à la

maison

maison de *Naſſau* ſes biens ſituës dans les terres de
la monarchie. *Henri IV* eût la gloire de conclure
cette trève par ſes ambaſſadeurs. C'eſt d'ordinaire le
parti le plus faible qui déſire une trève, & cependant
le prince *Maurice* ne la voulait pas. Il fut plus difficile de l'y faire conſentir que d'y réſoudre le roi
d'Eſpagne.

L'expulſion des Maures fit bien plus de tort à la
monarchie. *Philippe III* ne pouvait venir à bout d'un
petit nombre de hollandais, & il put malheureuſement chaſſer ſix à ſept cents mille maures de ſes
Etats. Ces reſtes des anciens vainqueurs de l'Eſpagne
étaient la plupart déſarmés, occupés du commerce
& de la culture des terres, bien moins formidables
en Eſpagne que les proteſtans ne l'étaient en France,
& beaucoup plus utiles, parce qu'ils étaient laborieux dans le pays de la pareſſe. On les forçait à
paraître chrétiens; l'inquiſition les pourſuivait ſans
relâche. Cette perſécution produiſit quelques révoltes,
mais faibles & bientôt apaiſées. *Henri IV* voulut
prendre ces peuples ſous ſa protection; mais ſes intelligences avec eux furent découvertes par la trahiſon
d'un commis du bureau des affaires étrangères; cet
incident hâta leur diſperſion. On avait déja pris la
réſolution de les chaſſer : ils propoſèrent en vain
d'acheter de deux millions de ducats d'or, la permiſ-
ſion de reſpirer l'air de l'Eſpagne; le conſeil fut
inflexible : vingt mille de ces proſcrits ſe réfugièrent
dans des montagnes; mais n'ayant pour armes que
des frondes & des pierres, ils y furent bientôt forcés.
On fut occupé, deux années entières, à tranſporter
des citoyens hors du royaume, & à dépeupler l'Etat,

*Expulſion
des Maures.
1609.*

1609.

Philippe se priva ainsi des plus laborieux de ses sujets, au lieu d'imiter les Turcs, qui savent contenir les Grecs, & qui sont bien éloignés de les forcer à s'établir ailleurs.

La plus grande partie des maures espagnols se réfugièrent en Afrique leur ancienne patrie ; quelques-uns passèrent en France, sous la régence de *Marie de Médicis* ; ceux qui ne voulurent pas renoncer à leur religion s'embarquèrent en France pour Tunis ; quelques familles, qui firent profession du christianisme, s'établirent en Provence, en Languedoc ; il en vint à Paris même, & leur race n'y a pas été inconnue. Mais enfin ces fugitifs se sont incorporés à la nation, qui a profité de la faute de l'Espagne, & qui ensuite l'a imitée dans l'émigration des réformés. C'est ainsi que tous les peuples se mêlent, & que toutes les nations sont absorbées les unes dans les autres, tantôt par les persécutions, tantôt par les conquêtes.

Elle affaiblit la monarchie. Cette grande émigration, jointe à celle qui arriva sous *Isabelle* & aux colonies que l'avarice transplantait dans le nouveau monde, épuisait insensiblement l'Espagne d'habitans, & bientôt la monarchie ne fut plus qu'un vaste corps sans substance. La superstition, ce vice des ames faibles, avilit encore le règne de *Philippe III* ; sa cour ne fut qu'un chaos d'intrigues, comme celle de *Louis XIII*. Ces deux rois ne pouvaient vivre sans favoris, ni régner sans premiers ministres. Le duc de *Lerme*, depuis cardinal, gouverna long-temps le roi & le royaume : la confusion où tout était le chassa de sa place. Son fils lui succéda, & l'Espagne ne s'en trouva pas mieux.

Le défordre augmenta fous *Philippe IV*, fils de
Philippe III. Son favori, le comte-duc *Olivarès*, lui fit
prendre le nom de *grand* à fon avénement : s'il l'avait
été, il n'eût point eu de premier miniftre. L'Europe
& fes fujets lui refusèrent ce titre ; & quand il eut
perdu depuis le Rouffillon par la faibleffe de fes
armes, le Portugal par fa négligence, la Catalogne
par l'abus de fon pouvoir, la voix publique lui
donna pour devife un foffé, avec ces mots : *Plus on
lui ôte, plus il eft grand*.

Ce beau royaume était alors peu puiffant au
dehors, & miférable au dedans. On n'y connaiffait
nulle police. Le commerce intérieur était ruiné par
les droits qu'on continuait de lever d'une province
à une autre. Chacune de ces provinces ayant été
autrefois un petit royaume, les anciennes douanes
fubfiftaient : ce qui avait été autrefois une loi regardée
comme néceffaire devenait un abus onéreux. On
ne fut point faire de toutes ces parties du royaume
un tout régulier. Le même abus a été introduit en
France ; mais il était porté en Efpagne à un tel
excès qu'il n'était pas permis de tranfporter de
l'argent de province à province. Nulle induftrie ne
fecondait, dans ces climats heureux, les préfens de
la nature : ni les foies de Valence, ni les belles laines
de l'Andaloufie & de la Caftille, n'étaient préparées
par les mains efpagnoles : les toiles fines étaient un
luxe très-peu connu : les manufactures flamandes,
refte des monumens de la maifon de Bourgogne,
fourniffaient à Madrid ce que l'on connaiffait alors
de magnificence. Les étoffes d'or & d'argent étaient
défendues dans cette monarchie, comme elles le

Marginal notes:
1621.
Philippe IV.
prend le nom
de grand.

I 2

L'Espagne
pauvre mal-
gré tout l'or
du nouveau
monde.
feraient dans une république indigente qui craindrait
de s'appauvrir. En effet, malgré les mines du nouveau
monde, l'Espagne était si pauvre que le ministère de
Philippe IV se trouva réduit à la nécessité de la monnaie de cuivre, à laquelle on donna un prix presque
aussi fort qu'à l'argent; il fallut que le maître du
Mexique & du Pérou fît de la fausse monnaie pour
payer les charges de l'Etat. On n'osait, si on en croit
le sage *Gourville*, imposer dès taxes personnelles,
parce que ni les bourgeois ni les gens de la campagne, n'ayant presque point de meubles, n'auraient
jamais pu être contraints à payer. Jamais ce que dit
Charles-Quint ne se trouva si vrai : *En France tout
abonde, tout manque en Espagne.*

Le règne de *Philippe IV* ne fut qu'un enchaînement de pertes & de disgraces ; & le comte-duc
Olivarès fut aussi malheureux dans son administration que le cardinal de *Richelieu* fut heureux dans
la sienne.

1625.
Les Hollan-
dais enlèvent
le Brésil à
l'Espagne.
Les Hollandais, qui commencèrent la guerre à
l'expiration de la trève de douze années, enlèvent
le Brésil à l'Espagne : il leur en est resté Surinam :
Ils prennent Mastricht, qui leur est enfin demeuré.
Les armées de *Philippe* sont chassées de la Valteline
& du Piémont par les Français, sans déclaration de
guerre ; & enfin, lorsque la guerre est déclarée en
1635, *Philippe IV* est malheureux de tous côtés :
1639.
1640.
1641.
l'Artois est envahi ; la Catalogne entière, jalouse
de ses privilèges auxquels il attentait, se révolte &
se donne à la France ; le Portugal secoue le joug ; une
conspiration, aussi-bien exécutée que bien conduite,
mit sur le trône la maison de *Bragance*. Le premier

miniftre, *Olivarès*, eut la confufion d'avoir contribué lui-même à cette grande révolution, en envoyant de l'argent au duc de *Bragance*, pour ne point laiffer de prétexte au refus de ce prince de venir à Madrid. Cet argent même fervit à payer les conjurés.

La révolution n'était pas difficile. *Olivarès* avait eu l'imprudence de retirer une garnifon efpagnole de la fortereffe de Lisbonne. Peu de troupes gardaient le royaume. Les peuples étaient irrités d'un nouvel impôt ; & enfin, le premier miniftre, qui croyait tromper le duc de *Bragance*, lui avait donné le commandement des armes. La ducheffe de Mantoue vice-reine, fut chaffée, fans que perfonne prît fa défenfe. Un fecrétaire d'Etat efpagnol, & un de fes commis furent les feules victimes immolées à la vengeance publique. Toutes les villes du Portugal imitèrent l'exemple de Lisbonne prefque dans le même jour. *Jean de Bragance* fut par-tout proclamé roi fans le moindre tumulte : un fils ne fuccède pas plus paifiblement à fon père. Des vaiffeaux partirent de Lisbonne pour toutes les villes de l'Afie & de l'Afrique, pour toutes les îles qui appartenaient à la couronne de Portugal : il n'y en a aucune qui héfitât à chaffer les gouvernemens efpagnols. Tout ce qui reftait du Bréfil, ce qui n'avait point été pris par les Hollandais fur les Efpagnols, retourna aux Portugais ; & enfin les Hollandais, unis avec le nouveau roi, dom *Jean de Bragance*, lui rendirent ce qu'ils avaient pris à l'Efpagne dans le Bréfil.

Les îles Açores, Mozambique, Goa, Macao, furent animées du même efprit que Lisbonne. Il femblait que la confpiration eût été tramée dans

11 décembre 1640.

Le Portugal fecoue le joug de l'Efpagne.

I 3

toutes ces villes. On vit par-tout combien une domination étrangère eſt odieuſe, & en même temps combien peu le miniſtère eſpagnol avait pris de meſures pour conſerver tant d'Etats.

On vit auſſi comme on flatte les rois dans leurs malheurs, comme on leur déguiſe des vérités triſtes. La manière dont *Olivarès* annonça à *Philippe IV* la perte du Portugal eſt célèbre. *Je viens vous annoncer*, dit-il, *une heureuſe nouvelle : votre majeſté a gagné tous les biens du duc de Bragance; il s'eſt aviſé de ſe faire proclamer roi, & la confiſcation de ſes terres vous eſt acquiſe par ſon crime.* La confiſcation n'eut pas lieu. Le Portugal devint un royaume conſidérable, ſurtout lorſque les richeſſes du Bréſil commencèrent à lui procurer un commerce qui eût été très-avantageux, ſi l'amour du travail avait pu animer l'induſtrie de la nation portugaiſe.

Parallèle d'Olivarès & de Richelieu. Le comte-duc *Olivarès*, long-temps le maître de la monarchie eſpagnole, & l'émule du cardinal de *Richelieu*, fut enfin diſgracié pour avoir été malheureux. Ces deux miniſtres avaient été long-temps également rois, l'un en France, l'autre en Eſpagne, tous deux ayant pour ennemis la maiſon royale, les grands & le peuple; tous deux très-différens dans leurs caractères, dans leurs vertus & dans leurs vices; le comte-duc auſſi réſervé, auſſi tranquille & auſſi doux que le cardinal était vif, hautain & ſanguinaire. Ce qui conſerva *Richelieu* dans le miniſtère, & ce qui lui donna preſque toujours l'aſcendant ſur *Olivarès*, ce fut ſon activité. Le miniſtre eſpagnol perdit tout par ſa négligence; il mourut de la mort des miniſtres déplacés : on dit que le chagrin les tue ; ce n'est pas seulement le chagrin de la solitude après le tumulte , mais celui de sentir qu'ils sont haïs & qu'ils ne peuvent se venger. Le cardinal de *Richelieu* avait abrégé ses jours d'une autre manière, par les inquiétudes qui le dévorèrent dans la plénitude de sa puissance.

Avec toutes les pertes que fit la branche d'Autriche-espagnole , il lui resta encore plus d'Etats que le royaume d'Espagne n'en possède aujourd'hui. Le Milanais, la Flandre, la Franche-Comté , le Roussillon , Naples & Sicile appartenaient à cette monarchie ; & quelque mauvais que fût son gouvernement , elle fit encore beaucoup de peine à la France, jusqu'à la paix des Pyrénées.

Le dépopulation de l'Espagne a été si grande que le célèbre *Uslaris*, homme d'Etat, qui écrivait en 1723 pour le bien de son pays, n'y compte qu'environ sept millions d'habitans , un peu moins des deux cinquièmes de ceux de la France ; & en se plaignant de la diminution des citoyens , il se plaint aussi que le nombre des moines soit toujours resté le même. Il avoue que les revenus du maître des mines d'or & d'argent ne se montaient pas à quatre-vingt millions de nos livres d'aujourd'hui.

Les Espagnols , depuis le temps de *Philippe II* jusqu'à *Philippe IV*, se signalèrent dans les arts de génie. Leur théâtre , tout imparfait qu'il était, l'emportait sur celui des autres nations ; il servit de modèle à celui d'Angleterre ; & lorsqu'ensuite la tragédie commença à paraître en France avec quelque éclat , elle emprunta beaucoup de la scène

Sciences , mœurs, arts.

I 4

efpagnole. L'hiftoire, les romans agréables, les fictions ingénieufes, la morale, furent traités en Efpagne avec un fuccès qui paffa beaucoup celui du théâtre; mais la faine philofophie y fut toujours ignorée. L'inquifition & la fuperftition y perpétuèrent les erreurs fcolaftiques : les mathématiques furent peu cultivées, & les Efpagnols, dans leurs guerres, employèrent prefque toujours des ingénieurs italiens. Ils eurent quelques peintres du fecond rang, & jamais d'école de peinture. L'architecture n'y fit point de grands progrès. L'Efcurial fut bâti fur les deffins d'un français. Les arts mécaniques y étaient tous très-groffiers. La magnificence des grands feigneurs confiftait dans de grands amas de vaiffelle d'argent, & dans un nombreux domeftique. Il régnait chez les grands une générofité d'oftentation qui en impofait aux étrangers, & qui n'était en ufage que dans l'Efpagne; c'était de partager l'argent qu'on gagnait au jeu avec tous les affiftans, de quelque condition qu'ils fuffent. *Montréfor* rapporte que quand le duc de *Lerme* reçut *Gafton*, frère de *Louis XIII*, & fa fuite dans les Pays-Bas, il étala une magnificence bien plus fingulière. Ce premier miniftre, chez qui *Gafton* refta plufieurs jours, fefait mettre après chaque repas deux mille louis d'or fur une grande table de jeu. Les fuivans de *Monfieur*, & ce prince lui-même jouaient avec cet argent.

Les fêtes des combats des taureaux étaient très-fréquentes, comme elles le font encore aujourd'hui; & c'était le fpectacle le plus magnifique & le plus galant, comme le plus dangereux. Cependant, rien de ce qui rend la vie commode n'était connu. Cette difette de l'utile & de l'agréable augmenta depuis l'expulfion des Maures. De-là vient qu'on voyage en Efpagne comme dans les déferts de l'Arabie, & que dans les villes on trouve peu de reffource. La fociété ne fut pas plus perfectionnée que les arts de la main. Les femmes, prefque auffi renfermées qu'en Afrique, comparant cet efclavage avec la liberté de la France, en étaient plus malheureufes. Cette contrainte avait perfectionné un art ignoré parmi nous, celui de parler avec les doigts : un amant ne s'expliquait pas autrement fous les fenêtres de fa maîtreffe, qui ouvrait en ce moment-là ces petites grilles de bois nommées jaloufies, tenant lieu de vîtres, pour lui répondre dans la même langue. Tout le monde jouait de la guitare, & la trifteffe n'en était pas moins répandue fur la face de l'Efpagne. Les pratiques de dévotion tenaient lieu d'occupation à des citoyens défœuvrés.

On difait alors que la fierté, la dévotion, l'amour & l'oifiveté compofaient le caractère de la nation; mais auffi il n'y eut aucune de ces révolutions fanglantes, de ces confpirations, de ces châtimens cruels, qu'on voyait dans les autres cours de l'Europe. Ni le duc de *Lerme*, ni le comte *Olivarès* ne répandirent le fang de leurs ennemis fur les échafauds : les rois n'y furent point affaffinés, comme en France ; & ne périrent point par la main du bourreau, comme en Angleterre. Enfin, fans les horreurs de l'inquifition, on n'aurait eu alors rien à reprocher à l'Efpagne.

Après la mort de *Philippe IV*, arrivée en 1666, l'Efpagne fut très-malheureufe. *Marie d'Autriche*, fa veuve, fœur de l'empereur *Léopold*, fut régente dans la minorité de dom *Carlos*, ou *Charles II* du nom, son fils. Sa régence ne fut pas si orageuse que celle d'*Anne d'Autriche*, en France ; mais elles eurent ces tristes conformités, que la reine d'Espagne s'attira la haine des Espagnols, pour avoir donné le ministère à un prêtre étranger, comme la reine de France révolta l'esprit des Français, pour les avoir mis sous le joug d'un cardinal italien ; les grands de l'Etat s'élevèrent dans l'une & dans l'autre monarchie contre ces deux ministres, & l'intérieur des deux royaumes fut également mal administré.

Le jésuite Nitard, premier ministre. Le premier ministre, qui gouverna quelque temps l'Espagne, dans la minorité de dom *Carlos*, ou *Charles II*, était le jésuite *Evrard Nitard*, allemand, confesseur de la reine, & grand inquisiteur. L'incompatibilité que la religion semble avoir mise entre les vœux monastiques & les intrigues du ministère excita d'abord les murmures contre le jésuite.

Son caractère augmenta l'indignation publique. *Nitard*, capable de dominer sur sa pénitente, ne l'était pas de gouverner un Etat, n'ayant rien d'un ministre & d'un prêtre que la hauteur & l'ambition, & pas même la dissimulation : il avait osé dire un jour au duc de *Lerme*, même avant de gouverner : *C'est vous qui me devez du respect ; j'ai tous les jours votre Dieu dans mes mains ; & votre reine à mes pieds.* Avec cette fierté si contraire à la vraie grandeur, il laissait le trésor sans argent, les places de toute la monarchie en ruine, les ports sans vaisseaux, les armées sans discipline, destituées de chefs qui sussent commander : c'est-là surtout ce qui contribua aux premiers succès de *Louis XIV*, quand il attaqua son beau-frère & sa belle-mère, en 1667, & qu'il leur ravit la moitié de la Flandre & toute la Franche-Comté.

On se souleva contre le jésuite, comme en France on s'était soulevé contre *Mazarin*. *Nitard* trouva surtout dans dom *Juan d'Autriche*, bâtard de *Philippe IV*, un ennemi aussi implacable que le grand *Condé* le fut du cardinal. Si *Condé* fut mis en prison, dom *Juan* fut exilé. Ces troubles produisirent deux factions qui partagèrent l'Espagne ; cependant il n'y eut point de guerre civile. Elle était sur le point d'éclater, lorsque la reine la prévint, en chassant, malgré elle, le père *Nitard*, ainsi que la reine *Anne d'Autriche* fut obligée de renvoyer *Mazarin*, son ministre ; mais *Mazarin* revint plus puissant que jamais. Le père *Nitard*, renvoyé en 1669, ne put revenir en Espagne : la raison en est que la régente d'Espagne eut un autre confesseur qui s'opposait au retour du premier, & la régente de France n'eut point de ministre qui lui tînt lieu de *Mazarin*.

Le jésuite Nitard bouleverse tout.

Nitard alla à Rome, où il sollicita le chapeau de cardinal, qu'on ne donne point à des ministres déplacés. Il y vécut peu accueilli de ses confrères, qui marquent toujours quelque ressentiment à quiconque s'est élevé au-dessus d'eux. Mais enfin il obtint par ses intrigues, & par la faveur de la reine d'Espagne, cette dignité de cardinal que tous les ecclésiastiques ambitionnent ; alors ses confrères les jésuites devinrent ses courtisans.

On le chasse : il est fait cardinal.

Le règne de dom *Carlos*, *Charles II*, fut aussi faible que celui de *Philippe III* & de *Philippe IV*, comme vous le verrez dans le *Siècle de Louis XIV*.

CHAPITRE CLXXVIII.

Des Allemands fous Rodolphe II, Mathias &
Ferdinand II. Des malheurs de Fréderic, électeur
palatin. Des conquêtes de Guftave-Adolphe. Paix
de Veftphalie, &c.

Pendant que la France reprenait une nouvelle
vie fous *Henri IV*, que l'Angleterre floriffait fous
Elifabeth, & que l'Efpagne était la puiffance prépon-
dérante de l'Europe fous *Philippe II*, l'Allemagne &
le Nord ne jouaient pas un fi grand rôle.

Plus de cou-
ronnément
des
empereurs à
Rome.
    Si on regarde l'Allemagne comme le fiége de
l'Empire, cet Empire n'était qu'un vain nom, & on
peut obferver que, depuis l'abdication de *Charles-*
Quint jufqu'au règne de *Léopold*, elle n'a eu aucun
crédit en Italie. Les couronnemens à Rome & à
Milan furent fupprimés comme des cérémonies inutiles; on les regardait auparavant comme effentielles:
mais depuis que *Ferdinand I*, frère & fucceffeur de
l'empereur *Charles-Quint*, négligea le voyage de Rome,
on s'accoutuma à s'en paffer. Les prétentions des
empereurs fur Rome, celles des papes de donner
l'Empire, tombèrent infenfiblement dans l'oubli:
tout s'eft réduit à une lettre de félicitation que le
fouverain pontife écrit à l'empereur élu. L'Allemagne
refta avec le titre d'empire, mais faible, parce qu'elle
fut toujours divifée. Ce fut une république de princes,
à laquelle préfidait l'empereur : & ces princes,
ayant tous des prétentions les uns contre les autres,

entretinrent prefque toujours une guerre civile, tantôt fourde, tantôt éclatante, nourrie par leurs intérêts oppofés, & par les trois religions de l'Allemagne, plus oppofées encore que les intérêts des princes. Il était impoffible que ce vafte Etat, partagé en tant de principautés défunies, fans commerce alors & fans richeffes, influât beaucoup fur le fyftême de l'Europe. Il n'était point fort au dehors, mais il l'était au dedans, parce que la nation fut toujours laborieufe & belliqueufe. Si la conftitution germanique avait fuccombé, fi les Turcs avaient envahi une partie de l'Allemagne, & que l'autre eût appelé des maîtres étrangers, les politiques n'auraient pas manqué de prouver que l'Allemagne, déjà déchirée par elle-même, ne pouvait fubfifter : ils auraient démontré que la forme fingulière de fon gouvernement, la multitude de fes princes, la pluralité des religions ne pouvaient que préparer une ruine & un efclavage inévitable. Les caufes de la décadence de l'ancien empire romain n'étaient pas, à beaucoup près, fi palpables; cependant le corps de l'Allemagne eft refté inébranlable, en portant dans fon fein tout ce qui femblait devoir le détruire; il eft difficile d'attribuer cette permanence d'une conftitution fi compliquée à une autre caufe qu'au génie de la nation.

L'Allemagne avait perdu Metz, Toul & Verdun, en 1552, fous l'empereur *Charles-Quint;* mais ce territoire, qui était l'ancienne France, pouvait être regardé plutôt comme une excrefcence du corps germanique, que comme une partie naturelle de cet Etat. *Ferdinand I* ni fes fucceffeurs ne firent aucune

L'Allemagne fubfifte; l'Empire, non.

tentative pour recouvrer ces villes. Les empereurs de la maison d'Autriche, devenus rois de Hongrie, eurent toujours les Turcs à craindre, & ne furent pas en état d'inquiéter la France, quelque faible qu'elle fût depuis *François II* jusqu'à *Henri IV*. Des princes d'Allemagne purent venir la piller, & le corps de l'Allemagne ne put se réunir pour l'accabler.

Etat de l'Allemagne.

Ferdinand I voulut en vain réunir les trois religions qui partageaient l'Empire, & les princes qui se fesaient quelquefois la guerre. L'ancienne maxime, *Diviser pour régner*, ne lui convenait pas. Il fallait que l'Allemagne fût réunie pour qu'il fût puissant : mais loin d'être unie, elle fut démembrée. Ce fut précisément de son temps que les chevaliers teutoniques donnèrent aux Polonais la Livonie, réputée province impériale, dont les Russes sont à présent en possession. Les évêchés de la Saxe & du Brandebourg, tous sécularisés, ne furent pas un démembrement de l'Etat, mais un grand changement qui rendit ces princes plus puissans, & l'empereur plus faible.

Maximilien II fut encore moins souverain que *Ferdinand I*. Si l'Empire avait conservé quelque vigueur, il aurait maintenu ses droits sur les Pays-Bas, qui étaient réellement une province impériale. L'empereur & la diète étaient les juges naturels. Ces peuples, qu'on appela rebelles si long-temps, devaient être mis par les lois au ban de l'Empire : cependant *Maximilien II* laissa le prince d'Orange, *Guillaume le taciturne*, faire la guerre dans les Pays-Bas, à la tête des troupes allemandes, sans se mêler de la querelle. En vain cet empereur se fit élire roi de Pologne, en 1575, après le départ du roi de France, *Henri III*, départ regardé comme une abdication, *Battori*, vaivode de Tranfilvanie, vaffal de l'empereur, l'emporta fur fon fouverain ; & la protection de la porte-ottomane, fous laquelle était ce *Battori*, fut plus puiffante que la cour de Vienne.

Rodolphe II, fucceffeur de fon père *Maximilien II*, tint les rènes de l'Empire d'une main encore plus faible. Il était à la fois empereur, roi de Bohème & de Hongrie ; & il n'influa en rien ni fur la Bohème, ni fur la Hongrie, ni fur l'Allemagne, & encore moins fur l'Italie. Les temps de *Rodolphe* femblent prouver qu'il n'eft point de règle générale en politique.

Rodolphe, empereur très-médiocre ; bon chimifte.

Ce prince paffait pour être beaucoup plus incapable de gouverner que le roi de France, *Henri III*. La conduite du roi de France lui coûta la vie, & perdit prefque le royaume ; la conduite de *Rodolphe*, beaucoup plus faible, ne caufa aucun trouble en Allemagne. La raifon en eft qu'en France tous les feigneurs voulurent s'établir fur les ruines du trône, & que les feigneurs allemands étaient déjà tout établis.

Il y a des temps où il faut qu'un prince foit guerrier. *Rodolphe*, qui ne le fut pas, vit toute la Hongrie envahie par les Turcs. L'Allemagne était alors fi mal adminiftrée qu'on fut obligé de faire une quête publique pour avoir de quoi s'oppofer aux conquérans ottomans. Des troncs furent établis aux portes de toutes les églifes : c'eft la première guerre qu'on ait faite avec des aumônes ; elle fut regardée comme fainte, & n'en fut pas plus heureufe : fans les troubles du férail, il eft vraifemblable

Guerre faite par aumônes.

que la Hongrie reſtait pour jamais ſous le pouvoir de Conſtantinople.

Ligue ca-
tholique &
proteſtante
en Allema-
gne cauſe la
mort du roi
Henri IV.

On vit préciſément en Allemagne ſous cet emperẹur, ce qu'on venait de voir en France ſous *Henri III*, une ligue catholique contre une ligue proteſtante, ſans que le ſouverain pût arrêter les efforts ni de l'une ni de l'autre. La religion, qui avait été ſi long-temps la cauſe de tant de troubles dans l'Empire, n'en était plus que le prétexte. Il s'agiſſait de la ſucceſſion aux duchés de Clèves & de Juliers. C'était encore une ſuite du gouvernement féodal ; on ne pouvait guère décider que par les armes à qui ces fiefs appartenaient. Les maiſons de Saxe, de Brandebourg, de Neubourg, les diſputaient. L'archiduc *Léopold*, couſin de l'empereur, s'était mis en poſſeſſion de Clèves, en attendant que l'affaire fût jugée. Cette querelle fut, comme nous l'avons vu, l'unique cauſe de la mort de *Henri IV*. Il allait marcher au ſecours de la ligue proteſtante. Ce prince victorieux, ſuivi de troupes aguerries, des plus grands généraux & des meilleurs miniſtres de l'Europe, était près de profiter de la faibleſſe de *Rodolphe* & de *Philippe III*.

La mort de *Henri IV*, qui fit avorter cette grande entrepriſe, ne rendit pas *Rodolphe* plus heureux. Il avait cédé la Hongrie, l'Autriche, la Moravie, à ſon frère *Mathias*, lorſque le roi de France ſe préparait à marcher contre lui ; & lorſqu'il fut délivré d'un ennemi ſi redoutable, il fut encore obligé de céder la Bohème à ce même *Mathias ;* & en conſervant le titre d'empereur, il vécut en homme privé.

Tout ſe fit ſans lui ſous ſon empire : il ne s'était pas même mêlé de la ſingulière affaire de *Gerhard de Truchſès*,

Truchsès, électeur de Cologne, qui voulut garder son archevêché & sa femme, & qui fut chassé de son électorat par les armes de ses chanoines & de son compétiteur. Cette inaction singulière venait d'un principe plus singulier encore dans un empereur. La philosophie qu'il cultivait lui avait appris tout ce qu'on pouvait savoir alors, excepté à remplir ses devoirs de souverain. Il aimait beaucoup mieux s'instruire avec le fameux *Ticho-Brahé* que tenir les Etats de Hongrie & de Bohème.

Les fameuses tables astronomiques de *Ticho-Brahé* & de *Kepler* portent le nom de cet empereur; elles sont connues sous le nom de *Tables Rodolphines*, comme celles qui furent composées, au douzième siècle, en Espagne par deux arabes, portèrent le nom du roi *Alfonse*. Les Allemands se distinguaient principalement dans ce siècle par les commencemens de la véritable physique. Ils ne réussirent jamais dans les arts de goût, comme les Italiens; à peine même s'y adonnèrent-ils. Ce n'est jamais qu'aux esprits patiens & laborieux qu'appartient le don de l'invention dans les sciences naturelles. Ce génie se remarquait depuis long-temps en Allemagne, & s'étendait à leurs voisins du Nord. *Ticho-Brahé* était danois. Ce fut une chose bien extraordinaire, surtout dans ce temps-là, de voir un gentilhomme danois dépenser cent mille écus de son bien à bâtir, avec le secours de *Fréderic II*, roi de Danemarck, non-seulement un observatoire, mais une petite ville habitée par plusieurs savans : elle fut nommée *Uranibourg, la ville du ciel. Ticho-Brahé* avait, à la vérité, la faiblesse commune d'être persuadé de l'astrologie judiciaire ; mais il

L'empereur Rodolphe astronome.

Ticho-Brahé.

n'en était ni moins bon aftronome, ni moins habile mécanicien. Sa deftinée fut celle des grands hommes; il fut perféçuté dans fa patrie après la mort du roi fon protecteur; mais il en trouva un autre dans l'empereur *Rodolphe*, qui le dédommagea de toutes fes pertes & de toutes les injuftices des cours.

Copernic.   *Copernic* avait trouvé le vrai fyftême du monde, avant que *Ticho-Brahé* inventât le fien, qui n'eft qu'ingénieux. Le trait de lumière qui éclaire aujourd'hui le monde partit de la petite ville de Thorn, dans la Pruffe polonaife, dès le milieu du feizième fiècle.

Kepler.   *Kepler*, né dans le duché de Virtemberg, devina, au commencement du dix-feptième fiècle, les lois mathématiques du cours des aftres, & fut regardé comme un légiflateur en aftronomie. Le chancelier *Bacon* propofait alors de nouvelles fciences; mais *Copernic* & *Kepler* en inventaient. L'antiquité n'avait point fait de plus grands efforts, & la Grèce n'avait pas été illuftrée par de plus belles découvertes; mais les autres arts fleurirent à la fois en Grèce, au lieu qu'en Allemagne la phyfique feule fut cultivée par un petit nombre de fages inconnus à la multitude : cette multitude était groffière; il y avait de vaftes provinces où les hommes penfaient à peine, & on ne favait que fe haïr pour la religion.

Caufes de la   Enfin la ligue catholique & la proteftante plon-
guerre de   gèrent l'Allemagne dans une guerre civile de trente
trente ans.   années, qui la réduifit dans un état plus déplorable que n'avait été celui de la France, avant le règne paifible & heureux de *Henri IV*.

En l'an 1619, époque de la mort de l'empereur *Mathias*, fucceffeur de *Rodolphe*, l'Empire allait échapper à la maifon d'Autriche ; mais *Ferdinand*, archiduc de Gratz, réunit enfin les fuffrages en fa faveur. *Maximilien de Bavière*, qui lui difputait l'Empire, le lui céda : il fit plus, il foutint le trône impérial aux dépens de fon fang & de fes tréfors, & affermit la grandeur d'une maifon qui depuis écrafa la fienne. Deux branches de la maifon de Bavière réunies auraient pu changer le fort de l'Allemagne ; ces deux branches font celles des électeurs palatins & des ducs de Bavière. Deux grands obftacles s'oppofaient à leur intelligence, la rivalité & la différence des religions. L'electeur palatin, *Fréderic*, était réformé ; le duc de Bavière catholique. Cet électeur palatin fut un des plus malheureux princes de fon temps, & la caufe des longs malheurs de l'Allemagne.

Jamais les idées de liberté n'avaient prévalu dans l'Europe que dans ces temps-là. La Hongrie, la Bohème & l'Autriche même étaient auffi jaloufes que les Anglais de leurs priviléges. Cet efprit dominait en Allemagne depuis les derniers temps de *Charles-Quint*. L'exemple des fept Provinces-Unies était fans ceffe préfent à des peuples qui prétendaient avoir les mêmes droits, & qui croyaient avoir plus de force que la Hollande. *Liberté germanique.*

Quand l'empereur *Mathias* fit élire, en 1618, fon coufin, *Ferdinand de Gratz*, roi défigné de Hongrie & de Bohème ; quand il lui fit céder l'Autriche par les autres archiducs, la Hongrie, la Bohème, l'Autriche fe plaignirent également qu'on n'eût pas affez d'égard au droit des états. La religion entra dans les

K 2

griefs des Bohémiens, & alors la fureur fut extrême. Les proteftans voulurent rétablir des temples que les catholiques avaient fait abattre. Le confeil d'Etat de *Mathias* & de *Ferdinand* fe déclara contre les proteftans ; ceux-ci entrèrent dans la chambre du confeil, & précipitèrent de la falle dans la rue trois principaux magiftrats. Cet emportement ne caractérife que la violence du peuple, violence toujours plus grande que les tyrannies dont il fe plaint ; mais ce qu'il y eut de plus étrange, c'eft que les révoltés prétendirent par un manifefte qu'ils n'avaient fait que fuivre les lois, & qu'ils avaient le droit de jeter par les fenêtres des confeillers qui les opprimaient. L'Autriche prit le parti de la Bohème, & ce fut parmi ces troubles que *Ferdinand de Gratz* fut élu empereur.

Guerre de trente ans. Sa nouvelle dignité n'en impofa point aux proteftans de Bohème, qui étaient alors très-redoutables : ils fe crurent en droit de deftituer le roi qu'ils avaient élu, & ils offrirent leur couronne à l'électeur palatin, gendre du roi d'Angleterre, *Jacques I*. Il accepta ce trône, fans avoir affez de force pour s'y maintenir. Son parent, *Maximilien de Bavière*, avec les troupes impériales & les fiennes, lui fit perdre à la bataille de Prague & fa couronne & fon palatinat.

19 novembre 1620.

Cette journée fut le commencement d'un carnage de trente années. La victoire de Prague décida pour quelque temps l'ancienne querelle des princes de l'Empire & de l'empereur : elle rendit *Ferdinand II* defpotique. Il mit l'électeur palatin au ban de l'Empire, par un fimple arrêt de fon confeil aulique, & profcrivit tous les princes & tous les feigneurs de

1621.

fon parti, au mépris des capitulations impériales, qui ne pouvaient être un frein que pour les faibles.

L'électeur palatin fuyait en Siléfie, en Danemarck, en Hollande, en Angleterre, en France ; il fut au nombre des princes malheureux à qui la fortune manqua toujours, privé de toutes les reffources fur lefquelles il devait compter. Il ne fut point fecouru par fon beau-père, le roi d'Angleterre, qui fe refufa aux cris de fa nation, aux follicitations de fon gendre & aux intérêts du parti proteftant, dont il pouvait être le chef; il ne fut point aidé par *Louis XIII,* malgré l'intérêt vifible qu'avait ce prince à empêcher les princes d'Allemagne d'être opprimés. *Louis XIII* n'était point alors gouverné par le cardinal de *Richelieu.* Il ne refta bientôt à la maifon palatine, & à l'union proteftante d'Allemagne, d'autres fecours que deux guerriers qui avaient chacun une petite armée vagabonde, comme les *Condottieri* d'Italie : l'un était un prince de Brunfvick, qui n'avait pour tout Etat que l'adminiftration ou l'ufurpation de l'évêché d'Halberftad ; il s'intitulait *ami de* D I E U, *& ennemi des prêtres,* & méritait ce dernier titre, puifqu'il ne fubfiftait que du pillage des églifes : l'autre, foutien de ce parti alors ruiné, était un aven-turier, bâtard de la maifon de Mansfeld, auffi digne du titre d'*ennemi des prêtres* que le prince de Brunfvick. Ces deux fecours pouvaient bien fervir à défoler une partie de l'Allemagne, mais non pas à rétablir le palatin & l'équilibre des princes.

L'empereur, affermi alors en Allemagne, affemble une diète à Ratisbonne, dans laquelle il déclare que *l'électeur palatin s'étant rendu criminel de lèfe-majefté,*

Malheurs de l'électeur palatin.

Deux prin-ces déclarent la guerre à tous les prê-tres.

1623. Empereur abfolu.

K 3

ſes Etats, ſes biens, ſes dignités ſont dévolus au domaine impérial ; mais que ne voulant pas diminuer le nombre des électeurs, il veut, commande & ordonne que Maximilien de Bavière ſoit inveſti de l'électorat palatin. Il donna en effet cette inveſtiture du haut du trône ; & ſon vice-chancelier prononça que l'empereur conférait cette dignité de *ſa pleine puiſſance.*

Dévaſtion de l'Allemagne. La ligue proteſtante, près d'être écraſée, fit de nouveaux efforts pour prévenir ſa ruine entière. Elle mit à ſa tête le roi de Danemarck, *Chriſtiern IV.* L'Angleterre fournit quelque argent ; mais ni l'argent des Anglais, ni les troupes de Danemarck, ni *Brunſ-vick,* ni *Mansfeld,* ne prévalurent contre l'empereur, & ne ſervirent qu'à dévaſter l'Allemagne. *Ferdinand II* triomphait de tout par les mains de ſes deux géné-raux, le duc de *Valſtein* & le comte *Tilly.* Le roi de Danemarck était toujours battu à la tête de ſes armées, & *Ferdinand,* ſans ſortir de ſa maiſon, était victorieux & tout-puiſſant.

L'Italie eſ-clave. Il mettait au ban de l'Empire le duc de *Meckel-bourg,* l'un des chefs de l'union proteſtante, & don-nait ce duché à *Valſtein* ſon général. Il proſcrivait de même le duc *Charles de Mantoue,* pour s'être mis en poſſeſſion, ſans ſes ordres, de ſon pays qui lui appar-tenait par les droits du ſang. Les troupes impériales ſurprirent & ſaccagèrent Mantoue ; elles répandirent la terreur en Italie. Il commençait à reſſerrer cette ancienne chaîne qui avait lié l'Italie à l'Empire, & qui était relâchée depuis ſi long-temps. Cent cin-quante mille ſoldats, qui vivaient à diſcrétion dans l'Allemagne, rendaient ſa puiſſance abſolue. Cette puiſſance s'exerçait alors ſur un peuple bien malheureux; on en peut juger par la monnaie, dont la valeur numéraire était alors quatre fois au-deſſus de la valeur ancienne, & qui était encore altérée. Le duc de *Valſtein* diſait publiquement que le temps était venu de réduire les électeurs à la condition des ducs & pairs de France, & les évêques à la qualité de chapelains de l'empereur. C'eſt ce même *Valſtein* qui voulut depuis ſe rendre indépendant, & qui ne voulait aſſervir ſes ſupérieurs que pour s'élever ſur eux.

L'uſage que *Ferdinand II* feſait de ſon bonheur & de ſa puiſſance, fut ce qui détruiſit l'un & l'autre. Il voulut ſe mêler en maître des affaires de la Suède & de la Pologne, & prendre parti contre le jeune *Guſtave-Adolphe*, qui ſoûtenait alors ſes prétentions contre le roi de Pologne, *Sigiſmond,* ſon parent. Ainſi ce fut lui-même qui, en forçant ce prince à venir en Allemagne, prépara ſa propre ruine. Il hâta encore ſon malheur, en réduiſant les princes proteſtans au déſeſpoir.

Ferdinand II ſe crut avec raiſon aſſez puiſſant pour caſſer la paix de Paſſau, faite par *Charles-Quint*, pour ordonner de ſa ſeule autorité à tous les princes, à tous les ſeigneurs, de rendre les évêchés & les bénéfices dont ils s'étaient emparés. Cet édit eſt encore plus fort que celui de la révocation de l'édit de Nantes, qui a fait tant de bruit ſous *Louis XIV.* Ces deux entrepriſes ſemblables ont eu des ſuccès bien différens. *Guſtave-Adolphe*, appelé alors par les princes proteſtans que le roi de Danemarck n'oſait plus ſecourir, vint les venger en ſe vengeant lui-même.

L'empereur voulait rétablir l'Egliſe pour en être

Ferdinand II ſe croit arbitre de l'Europe.

1629.

K 4

Tout s'unit contre *Ferdinand II.* le maître ; & le cardinal de *Richelieu* se déclara contre lui. Rome même le traversa. La crainte de sa puissance était plus forte que l'intérêt de la religion. Il n'était pas plus extraordinaire que le ministre du roi très-chrétien, & la cour de Rome même soutinssent le parti protestant contre un empereur redoutable, qu'il ne l'avait été de voir *François I* & *Henri II* ligués avec les Turcs contre *Charles - Quint.* C'est la plus forte démonstration que la religion se tait quand l'intérêt parle.

Le grand *Gustave* en Allemagne. On aime à attribuer toutes les grandes choses à un seul homme, quand il en a fait quelques-unes. C'est un préjugé fort commun en France, que le cardinal de *Richelieu* attira les armes de *Gustave-Adolphe* en Allemagne, & prépara seul cette révolution ; mais il est évident qu'il ne fit autre chose que profiter des conjectures. *Ferdinand II* avait en effet déclaré la guerre à *Gustave ;* il voulait lui enlever la Livonie, dont ce jeune conquérant s'était emparé ; il soutenait contre lui *Sigismond*, son compétiteur au royaume de Suède ; il lui refusait le titre de roi. L'intérêt, la vengeance & la fierté appelaient *Gustave* en Allemagne; & quand même, lorsqu'il fut en Poméranie, le ministère de France ne l'eût pas assisté de quelque argent, il n'en aurait pas moins tenté la fortune des armes dans une guerre déjà commencée.

1631. Il était vainqueur en Poméranie, quand la France fit son traité avec lui. Trois cents mille francs une fois payés, & neuf cents mille par an qu'on lui donna, n'étaient ni un objet important, ni un grand Succès de *Gustave.* effort de politique, ni un secours suffisant. *Gustave-Adolphe* fit tout par lui-même. Arrivé en Allemagne avec moins de quinze mille hommes, il en eut bientôt près de quarante mille, en recrutant dans le pays qui les nourriſſait, en feſant ſervir l'Allemagne même à ſes conquêtes en Allemagne. Il force l'électeur de Brandebourg à lui aſſurer la fortereſſe de Spandau & tous les paſſages; il force l'électeur de Saxe à lui donner ſes propres troupes à commander.

L'armée impériale commandée par *Tilly* eſt entiè-rement défaite aux portes de Leipſick. Tout ſe ſou-met à lui des bords de l'Elbe à ceux du Rhin Il rétablit tout d'un coup le duc de Meckelbourg dans ſes Etats, à un bout de l'Allemagne; & il eſt déjà à l'autre bout, dans le Palatinat, après avoir pris Maïence.

Bataille de Leipſick, 17 ſeptembre 1631.

L'empereur immobile dans Vienne, tombé, en moins d'une campagne, de ce haut degré de grandeur qui avait paru ſi redoutable, eſt réduit à demander au pape *Urbain VIII* de l'argent & des troupes: on lui refuſa l'un & l'autre. Il veut engager la cour de Rome à publier une croiſade contre *Guſtave*. Le ſaint-père promet un jubilé au lieu de croiſade. *Guſtave* traverſe en victorieux toute l'Allemagne; il amène dans Munich l'électeur palatin, qui eut du moins la conſolation d'entrer dans le palais de celui qui l'avait dépoſſédé. Cet électeur allait être rétabli dans ſon palatinat, & même dans le royaume de Bohème, par les mains du conquérant, lorſqu'à la ſeconde bataille auprès de Leipſick, dans les plaines de Lutzen, *Guſtave* fut tué au milieu de ſa victoire. Cette mort fut fatale au palatin, qui étant alors malade, & croyant être ſans reſſource, termina ſa malheureuſe vie.

Le pape bien aiſe.

Guſtave tué, 6 novembre 1631.

Si l'on demande comment autrefois des essaims venus du Nord conquirent l'empire romain, qu'on voie ce que *Gustave* a fait, en deux ans, contre des peuples plus belliqueux que n'était alors cet empire, & l'on ne sera point étonné.

Suédois toujours vainqueurs. C'est un événement bien digne d'attention, que ni la mort de *Gustave*, ni la minorité de sa fille *Christine*, reine de Suède, ni la sanglante défaite des Suédois à Nortlingue, ne nuisit point à la conquête. Ce fut alors que le ministère de France joua en effet le rôle principal : il fit la loi aux Suédois, & aux princes protestans d'Allemagne, en les soutenant ; & ce fut ce qui valut depuis l'Alsace au roi de France, aux dépens de la maison d'Autriche.

Gustave-Adolphe avait laissé après lui de très-grands généraux qu'il avait formés : c'est ce qui est arrivé à presque tous les conquérans. Ils furent secondés par un héros de la maison de Saxe, *Bernard de Veimar*, descendant de l'ancienne branche électorale dépossédée par *Charles-Quint*, & respirant encore la haine contre la maison d'Autriche. Ce prince n'avait pour tout bien qu'une petite armée qu'il avait levée dans ces temps de trouble, formée & aguerrie par lui, & dont la solde était au bout de leurs épées. La France payait cette armée, & payait alors les Suédois. L'empereur, qui ne sortait point de son cabinet, n'avait plus de grand général à leur opposer. Il s'était défait lui-même du seul homme qui pouvait rétablir ses armes & son trône ; il craignit que **Valstein assassiné, le 3 février 1634.** ce fameux duc de *Valstein*, auquel il avait donné un pouvoir sans bornes sur ses armées, ne se servît contre lui de ce pouvoir dangereux. Il fit affassiner ce général qui voulait être indépendant.

C'est ainsi que *Ferdinand I* s'était défait par un affassinat du cardinal *Martinusius*, trop puissant en Hongrie, & que *Henri III* avait fait périr le cardinal & le duc de *Guise*.

Si *Ferdinand II* avait commandé lui-même ses armées, comme il le devait dans ces conjectures critiques, il n'eût point eu besoin de recourir à cette vengeance des faibles, qu'il crut nécessaire, & qui ne le rendit pas plus heureux.

Jamais l'Allemagne ne fut plus humiliée que dans ce temps : un chancelier suédois y dominait & y tenait fous sa main tous les princes protestans. Ce chancelier *Oxenstiern*, animé d'abord de l'esprit de *Gustave-Adolphe*, son maître, ne voulait point que les Français partageassent le fruit des conquêtes de *Gustave*; mais, après la bataille de Nortlingue, il fut obligé de prier le ministre français de daigner s'emparer de l'Alsace, sous le titre de protecteur. Le cardinal de *Richelieu* promit l'Alsace à *Bernard de Veimar*, & fit ce qu'il put pour l'assurer à la France. Jusque-là ce ministre avait temporisé & agi fous main; mais alors il éclata. Il déclara la guerre aux deux branches de la maison d'Autriche, affaiblies toutes les deux en Espagne & dans l'Empire. C'est-là le fort de cette guerre de trente années. La France, la Suède, la Hollande, la Savoie attaquaient à la fois la maison d'Autriche, & le vrai système de *Henri IV* était suivi.

Ferdinand II mourut dans ces tristes circonstances, à l'âge de cinquante-neuf ans, après dix - huit ans d'un règne toujours troublé par des guerres intestines

Oxenstiern.

Veimar.

Mort de *Ferdinand II.* 15 février 1637.

& étrangères, n'ayant jamais combattu que de son cabinet. Il fut très-malheureux, puisque dans ses succès il se crut obligé d'être sanguinaire, & qu'il fallut soutenir ensuite de grands revers. L'Allemagne était plus malheureuse que lui ; ravagée tour à tour par elle-même, par les Suédois & les Français, éprouvant la famine, la disette, & plongée dans la barbarie, suite inévitable d'une guerre si longue & si malheureuse.

Ferdinand II a été loué comme un grand empereur, & l'Allemagne ne fut jamais plus à plaindre que sous son gouvernement ; elle avait été heureuse sous ce *Rodolphe II* qu'on méprise.

Ferdinand III.   *Ferdinand II* laissa l'Empire à son fils, *Ferdinand III*, déjà élu roi des Romains ; mais il ne lui laissa qu'un empire déchiré, dont la France & la Suède partagèrent les dépouilles.

Sous le règne de *Ferdinand III* la puissance autrichienne déclina toujours. Les Suédois établis dans l'Allemagne n'en sortirent plus ; la France, jointe à eux, soutenait toujours le parti protestant de son argent & de ses armes ; & quoiqu'elle fût elle-même embarrassée dans une guerre d'abord malheureuse contre l'Espagne, quoique le ministère eût souvent des conspirations ou des guerres civiles à étouffer, cependant elle triompha de l'Empire, comme un homme blessé terrasse avec du secours un ennemi plus blessé que lui.

Veimar.   Le duc *Bernard de Veimar*, descendant de l'infortuné duc de Saxe dépossédé par *Charles-Quint*, vengea sur l'Autriche les malheurs de sa race. Il avait été l'un des généraux de *Gustave*, & il n'y eut pas un seul de ces généraux qui depuis sa mort ne soutînt la gloire de la Suède. Le duc de *Veimar* fut le plus fatal de tous à l'empereur. Il avait commencé, à la vérité, par perdre la grande bataille de Nortlingue ; mais ayant depuis raffemblé avec l'argent de la France une armée qui ne reconnaiffait que lui, il gagna quatre batailles, en moins de quatre mois, contre les Impériaux. Il comptait fe faire une fouveraineté le long du Rhin. La France même lui garantiffait par fon traité la poffeffion de l'Alface.

Ce nouveau conquérant mourut à trente-cinq ans, & légua fon armée à fes frères, comme on légue fon patrimoine ; mais la France, qui avait plus d'argent que les frères du duc de *Veimar*, acheta l'armée, & continua les conquêtes pour elle. Le maréchal de *Guébriant*, le vicomte de *Turenne*, & le duc d'*Enghien*, depuis le grand *Condé*, achevèrent ce que le duc de *Veimar* avait commencé. Les généraux fuédois, *Bannier* & *Torftenfon*, preffaient l'Autriche d'un côté, tandis que *Turenne* & *Condé* l'attaquaient de l'autre.

Ferdinand III, fatigué de tant de fecouffes, fut obligé de conclure enfin la paix de Veftphalie. Les Suédois & les Français furent par ce fameux traité les légiflateurs de l'Allemagne dans la politique & dans la religion. La querelle des empereurs & des princes de l'Empire, qui durait depuis fept cents ans, fut enfin terminée. L'Allemagne fut une grande ariftocratie compofée d'un roi, des électeurs, des princes & des villes impériales. Il fallut que l'Allemagne épuifée payât encore cinq millions de rixdalers aux Suédois, qui l'avaient dévaftée & pacifiée. Les rois de Suède devinrent princes de l'Empire, en fe

1639.

Paix de Veft-phalie.

fefant céder la plus belle partie de la Poméranie, Stetin, Vifmar, Rugen, Verden, Brème & des territoires confidérables. Le roi de France devint landgrave d'Alface, fans être prince de l'Empire.

La maifon palatine fut enfin rétablie dans fes droits, excepté dans le haut Palatinat, qui demeura à la branche de Bavière. Les prétentions des moindres gentilshommes furent difcutées devant les plénipotentiaires, comme dans une cour fuprême de juftice. Il y eut cent quarante reftitutions d'ordonnées, & qui furent faites. Les trois religions, la romaine, la luthérienne & la calvinifte, furent également autorifées. La chambre impériale fut compofée de vingt-quatre membres proteftans, & de vingt-fix catholiques, & l'empereur fut obligé de recevoir fix proteftans jufque dans fon confeil aulique à Vienne.

Etat de l'Allemagne. L'Allemagne fans cette paix ferait devenue ce qu'elle était fous les defcendans de *Charlemagne*, un pays prefque fauvage. Les villes étaient ruinées de la Siléfie jufqu'au Rhin, les campagnes en friche, les villages déferts : la ville de Magdebourg, réduite en cendres par le général impérial *Tilly*, n'était point rebâtie : le commerce d'Augsbourg & de Nuremberg avait péri. Il ne reftait guère de manufactures que celles de fer & d'acier : l'argent était d'une rareté extrême ; toutes les commodités de la vie ignorées ; les mœurs fe reffentaient de la dureté que trente ans de guerre avaient mife dans tous les efprits. Il a fallu un fiècle entier pour donner à l'Allemagne tout ce qui lui manquait. Les réfugiés de France ont commencé à y porter cette réforme ; & c'eft de tous les pays celui qui a retiré le plus d'avantage

de la révocation de l'édit de Nantes. Tout le reste
s'est fait de foi-même & avec le temps. Les arts se
communiquent toujours de proche en proche ; &
enfin l'Allemagne est devenue aussi florissante que
l'était l'Italie au seizième siècle, lorsque tant de
princes entretenaient à l'envi dans leurs cours la
magnificence & la politesse.

CHAPITRE CLXXIX.

De l'Angleterre jusqu'à l'année 1641.

Si l'Espagne s'affaiblit par *Philippe II*, si la France
tomba dans la décadence & dans le trouble après
Henri IV, jusqu'aux grands succès du cardinal de
Richelieu, l'Angleterre déchut long-temps depuis le
règne d'*Elisabeth*. Son successeur, *Jacques I*, devait
avoir plus d'influence qu'elle dans l'Europe, puisqu'il
joignait à la couronne d'Angleterre celle d'Ecosse ;
& cependant son règne fut bien moins glorieux.

 Il est à remarquer que les lois de la succession au
trône n'avaient pas, en Angleterre, cette sanction &
cette force incontestable qu'elles ont en France &
en Espagne. On compte pour un des droits de
Jacques le testament d'*Elisabeth*, qui l'appelait à la
couronne ; & *Jacques* avait craint de n'être pas
nommé dans le testament d'une reine respectée,
dont les dernières volontés auraient pu diriger la
nation.

 Malgré ce qu'il devait au testament d'*Elisabeth*,
il ne porta point le deuil de la meurtrière de sa mère.

Décadence passagère de l'Angleterre.

1603.

Dès qu'il fut reconnu roi, il crut l'être de droit divin ; il se fefait traiter, par cette raifon, de *facrée majefté*. Ce fut-là le premier fondement du mécontentement de la nation, & des malheurs inouis de fon fils & de fa poftérité.

Confpiration des poudres. Dans le temps paifible des premières années de fon règne, il fe forma la plus horrible confpiration qui foit jamais entrée dans l'efprit humain : tous les autres complots qu'ont produits la vengeance, la politique, la barbarie des guerres civiles, le fanatifme même, n'approchent pas de l'atrocité de la conjuration des poudres. Les catholiques romains d'Angleterre s'étaient attendus à des condefcendances que le roi n'eut point pour eux ; quelques-uns, poffédés plus que les autres de cette fureur de parti, & de cette mélancolie fombre qui détermine aux grands crimes, réfolurent de faire régner leur religion en Angleterre, en exterminant d'un feul coup le roi, la famille royale & tous les pairs du royaume. Un *Perci*, de la maifon de Northumberland, un *Catesbi*, & plufieurs autres, conçurent l'idée de mettre trente-fix tonneaux de poudre fous la chambre où le roi devait haranguer fon parlement. Jamais crime ne fut d'une exécution plus facile, & jamais fuccès ne parut plus affuré. Perfonne ne pouvait foupçonner une entreprife fi inouie ; aucun empêchement n'y pouvait mettre obftacle. Les trente-fix barils de poudre, achetés en Hollande, en divers temps, étaient déjà placés fous les folives de la chambre, dans une cave de charbon louée depuis plufieurs mois par *Perci*. On n'attendait que le jour de l'affemblée;

Février 1605,

il

il n'y aurait eu à craindre que le remords de quelque conjuré ; mais les jéfuites *Garnet* & *Oldecorne*, auxquels ils s'étaient confeffés, avaient écarté les remords. *Perci*, qui allait fans pitié faire périr la nobleffe & le roi, eut pitié d'un de fes amis, nommé *Monteagle*, pair du royaume ; & ce feul mouvement d'humanité fit avorter l'entreprife. Il écrivit par une main étrangère à ce pair : *Si vous aimez votre vie, n'affiftez point à l'ouverture du parlement ;* DIEU & *les hommes concourent à punir la perverfité du temps : le danger fera paffé en auffi peu de temps que vous en mettrez à brûler cette lettre.*

Perci, dans fa fécurité, ne croyait pas poffible qu'on devinât que le parlement entier devait périr par un amas de poudre : cependant, la lettre ayant été lue dans le confeil du roi, & perfonne n'ayant pu conjecturer la nature du complot, dont il n'y avait pas le moindre indice, le roi, réfléchiffant fur le peu de temps que le danger devait durer, imagina précifément quel était le deffein des conjurés. On va par fon ordre, la nuit même qui précédait le jour de l'affemblée, vifiter les caves fous la falle : on trouve un homme à la porte, avec une mèche, & un cheval qui l'attendait : on trouve les trente-fix tonneaux.

Perci & les chefs, au premier avis de la découverte, eurent encore le temps de raffembler cent cavaliers catholiques, & vendirent chèrement leurs vies. Huit conjurés feulement furent pris & exécutés. Les deux jéfuites périrent du même fupplice. Le roi foutint publiquement qu'ils avaient été légitimement condamnés : leur ordre les foutint innocens, & en fit

Jéfuites exécutés.

des martyrs. Tel était l'efprit du temps dans tous les pays où les querelles de la religion aveuglaient & pervertiffaient les hommes.

Cependant la confpiration des poudres fut le feul grand exemple d'atrocité que les Anglais donnèrent au monde, fous le règne de *Jacques I*. Loin d'être perfécuteur, il embraffait ouvertement le tolérantifme ; il cenfura vivement les presbytériens, qui enfeignaient alors que l'enfer eft néceffairement le partage de tout catholique romain.

Son règne fut une paix de vingt-deux années : le commerce floriffait ; la nation vivait dans l'abondance. Ce règne fut pourtant méprifé au dehors & au dedans ; il le fut au dehors, parce qu'étant à la tête du parti proteftant en Europe, il ne le foutint pas contre le parti catholique dans la grande crife de la guerre de Bohème, & que *Jacques* abandonna fon gendre l'électeur palatin ; négociant quand il fallait combattre ; trompé à la fois par la cour de Vienne & par celle de Madrid ; envoyant toujours de célèbres ambaffades, & n'ayant jamais d'alliés.

Jacques fans crédit. Son peu de crédit chez les nations étrangères contribua beaucoup à le priver de celui qu'il devait avoir chez lui. Son autorité en Angleterre éprouva un grand déchet par le creufet où il la mit lui-même, en voulant lui donner trop de poids & trop d'éclat, ne ceffant de dire à fon parlement que DIEU l'avait fait maître abfolu, que tous leurs priviléges n'étaient que des conceffions de la bonté des rois. Par-là il excita les parlemens à examiner les bornes de l'autorité royale & l'étendue des droits de la

nation. On chercha dès-lors à poser des limites qu'on
ne connaissait pas bien encore.

L'éloquence du roi ne servit qu'à lui attirer des
critiques sévères : on ne rendit pas à son érudition
toute la justice qu'il croyait mériter. *Henri IV* ne
l'appelait jamais que *Maître Jacques*, & ses sujets ne
lui donnaient pas des titres plus flatteurs : aussi il
disait à son parlement : *Je vous ai joué de la flûte, &
vous n'avez point dansé ; je vous ai chanté des lamentations,
& vous n'avez point été attendris.* Mettant ainsi ses droits
en compromis par de vains discours mal reçus, il
n'obtint presque jamais l'argent qu'il demandait. Ses
libéralités & son indigence l'obligèrent, comme plusieurs autres princes, de vendre des dignités & des titres
que la vanité paie toujours chèrement. Il créa deux
cents chevaliers baronnets héréditaires ; ce faible honneur fut payé deux mille livres sterling par chacun d'eux.
Toute la prérogative de ces baronnets consistait à passer
devant les chevaliers : ni les uns ni les autres n'entraient
dans la chambre des pairs ; & le reste de la nation fit
peu de cas de cette distinction nouvelle.

Ce qui aliéna surtout les Anglais de lui, ce fut son
abandonnement à ses favoris. *Louis XIII, Philippe III*
& *Jacques* avaient en même temps le même faible ; &,
tandis que *Louis XIII* était absolument gouverné par
Cadenet, créé duc de *Luines*, *Philippe III* par *Sandoval*,
fait duc de *Lerme*, *Jacques* l'était par un écossais,
nommé *Carr*, qu'il fit comte de *Sommerset* ; & depuis
il quitta ce favori pour *George Villiers*, comme une
femme abandonne un amant pour un autre.

Ce *George Villiers* est ce même *Buckingham*, fameux
alors dans l'Europe par les agrémens de sa figure,

*Favoris gou-
vernent l'Eu-
rope.*

L 2

par fes galanteries & par fes prétentions. Il fut le
premier gentilhomme qui fut duc en Angleterre,
fans être parent ou allié des rois. C'était un de ces
caprices de l'efprit humain, qu'un roi théologien,
écrivant fur la controverfe, fe livrât fans réferve à
un héros de roman. *Buckingham* mit dans la tête du
prince de Galles, qui fut depuis l'infortuné *Charles I*,
d'aller déguifé & fans aucune fuite faire l'amour, dans
Madrid, à l'infante d'Efpagne dont on ménageait
alors le mariage avec ce jeune prince ; s'offrant à
lui fervir d'écuyer dans ce voyage de chevalerie
errante. *Jacques*, que l'on appelait le *Salomon d'Angleterre*, donna les mains à cette bizarre aventure,
dans laquelle il hafardait la fureté de fon fils. Plus
il fut obligé de ménager alors la branche d'Autriche,
moins il put fervir la caufe proteftante, & celle du
palatin, fon gendre.

Pour rendre l'aventure complète, le duc de
Buckingham, amoureux de la ducheffe d'*Olivarès*,
outragea de paroles le duc, fon mari, premier
miniftre, rompit le mariage avec l'infante & ramena
le prince de Galles en Angleterre auffi précipitam-
ment qu'il en était parti. Il négocia auffitôt le
mariage de *Charles* avec *Henriette* fille de *Henri IV*
& fœur de *Louis XIII* ; & quoiqu'il fe laifsât emporter en France à de plus grandes témérités qu'en
Efpagne, il réuffit : mais *Jacques* ne regagna jamais
dans fa nation le crédit qu'il avait perdu. Ces
prérogatives de la majefté royale, qu'il mêlait dans
tous fes difcours, & qu'il ne foutint point par
fes actions, firent naître une faction qui renverfa
le trône, & en difpofa plus d'une fois après l'avoir

fouillé de fang. Cette faction fut celle des puritains, qui a fubfifté long-temps fous le nom de
Wighs; & le parti oppofé, qui fut celui de l'Eglife
anglicane & de l'autorité royale, a pris le nom de
Toris. Ces animofités infpirèrent dès-lors à la nation
un efprit de dureté, de violence & de trifteffe, qui
étouffa le germe des fciences & des arts à peine
développé.

Quelques génies, du temps d'*Elifabeth*, avaient
défriché le champ de la littérature, toujours inculte
jufqu'alors en Angleterre. *Shakefpeare*, & après lui
Ben-Johnfon paraiffaient dégroffir le théâtre barbare
de la nation. *Spenfer* avait reffufcité la poëfie épique.
François Bacon, plus eftimable dans fes travaux littéraires que dans fa place de chancelier, ouvrait une
carrière toute nouvelle à la philofophie. Les efprits
fe poliffaient, s'éclairaient. Les difputes du clergé
& les animofités entre le parti royal & le parlement
ramenèrent la barbarie.

*Sciences &
arts.*

Les limites du pouvoir royal, des priviléges
parlementaires, & des libertés de la nation, étaient
difficiles à difcerner, tant en Angleterre qu'en Ecoffe.
Celles des droits de l'épifcopat anglican & écoffais
ne l'étaient pas moins. *Henri VIII* avait renverfé
toutes les barrières; *Elifabeth* en trouva quelques-
unes nouvellement pofées, qu'elle abaiffa & qu'elle
releva avec dextérité. *Jacques I* difputa; il ne les
abattit point, mais il prétendit qu'il fallait les abattre
toutes; & la nation, avertie par lui, fe préparait à les
défendre. *Charles I*, bientôt après fon avénement,
voulut faire ce que fon père avait trop propofé &
qu'il n'avait point fait.

*Querelles de
religion.*

1625 & fuiv.

Argent, autre querelle plus forte.

L'Angleterre était en poſſeſſion, comme l'Allemagne, la Pologne, la Suède, le Danemarck, d'accorder à ſes ſouverains les ſubſides, comme un don libre & volontaire. *Charles I* voulut ſecourir l'électeur palatin ſon beau-frère, & les proteſtans contre l'empereur. *Jacques*, ſon père, avait enfin entamé ce deſſein, la dernière année de ſa vie, lorſqu'il n'en était plus temps. Il fallait de l'argent pour envoyer des troupes dans le bas Palatinat; il en fallait pour les autres dépenſes: ce n'eſt qu'avec ce métal qu'on eſt puiſſant, depuis qu'il eſt devenu le ſigne repréſentatif de toutes choſes. Le roi en demandait comme une dette; le parlement n'en voulait accorder que comme un don gratuit; & avant de l'accorder, il voulait que le roi réformât des abus. Si l'on attendait dans chaque royaume que tous les abus fuſſent réformés pour avoir de quoi lever des troupes, on ne ferait jamais la guerre. *Charles I* était déterminé par ſa ſœur, la princeſſe palatine, à cet armement; c'était elle qui avait forcé le prince, ſon mari, à recevoir la couronne de Bohème, qui enſuite avait, pendant cinq ans entiers, ſollicité le roi ſon père à la ſecourir, & qui enfin obtenait, par les inſpirations du duc de *Buckingham*, un ſecours ſi long-temps différé. Le parlement ne donna qu'un très-léger ſubſide. Il y avait quelques exemples en Angleterre de rois qui, ne voulant point aſſembler de parlement, & ayant beſoin d'argent, en avaient extorqué des particuliers par voie d'emprunt. Le prêt était forcé: celui qui prêtait perdait d'ordinaire ſon argent, & celui qui ne prêtait pas était mis en priſon. Ces moyens tyranniques avaient été mis en uſage dans des occaſions où un roi affermi & armé pouvait exercer impunément quelques vexations. *Charles I* se servit de cette voie qu'il adoucit ; il emprunta quelques deniers, avec lesquels il eut une flotte & des soldats qui revinrent sans avoir rien fait.

Il fallut assembler un parlement nouveau. La chambre des communes, au lieu de secourir le roi, poursuivit son favori, le duc de *Buckingham*, dont la puissance & la fierté révoltaient la nation. *Charles*, loin de souffrir l'outrage qu'on lui fesait dans la personne de son ministre, fit mettre en prison deux membres de la chambre, des plus ardens à l'accuser. Cet acte de despotisme, qui violait les lois, ne fut pas soutenu ; & la faiblesse avec laquelle il relâcha les deux prisonniers enhardit contre lui les esprits, que la détention de ces deux membres avait irrités. Il mit en prison pour le même sujet un pair du royaume, & le relâcha de même. Ce n'était pas le moyen d'obtenir des subsides : aussi n'en eut-il point. Les emprunts forcés continuèrent. On logea des gens de guerre chez les bourgeois qui ne voulurent pas prêter, & cette conduite acheva d'aliéner tous les cœurs. Le duc de *Buckingham* augmenta le mécontentement général par son expédition infructueuse à la Rochelle. Un nouveau parlement fut convoqué ; mais c'était assembler des citoyens irrités : ils ne songeaient qu'à rétablir les droits de la nation & du parlement ; ils votèrent que la fameuse loi *Habeas corpus*, la gardienne de la liberté, ne devait jamais recevoir d'atteinte ; qu'aucune levée de deniers ne devait être faite que par acte du parlement, & que c'était violer la liberté & la propriété, de loger

1626.

Parlement, autre querelle.

1627.

L 4

les gens de guerre chez les bourgeois. Le roi s'opi-
niâtrant toujours à foutenir fon autorité , & à
demander de l'argent, affaibliffait l'une & n'obtenait
point l'autre. On voulait toujours faire le procès
au duc de *Buckingham*. Un fanatique, nommé *Felton*,
comme on l'a déjà dit, rendu furieux par cette ani-
mofité générale, affaffina le premier miniftre dans
fa propre maifon & au milieu de fes courtifans :
ce coup fit voir quelle fureur commençait dès-lors
à faifir la nation.

1628.
Affaffinat.

Il y avait un petit droit fur l'importation & l'exportation des marchandifes, qu'on nommait *droit de
tonnage & de pontage*. Le feu roi en avait toujours
joui par acte du parlement, & *Charles* croyait n'avoir
pas befoin d'un fecond acte. Trois marchands de
Londres ayant refufé de payer cette petite taxe ,
les officiers de la douane faifirent leurs marchandifes. Un de ces trois marchands était membre de
la chambre baffe. Cette chambre , ayant à foutenir à
la fois fes libertés & celles du peuple , pourfuivit
les commis du roi. Le roi irrité caffa le parlement ,
& fit emprifonner quatre membres de la chambre.
Ce font-là les faibles & premiers principes qui
bouleversèrent tout l'Etat, & qui enfanglantèrent
le trône.

Impôts ,
autre que-
relle.

A ces fources du malheur public fe joignit le
torrent des diffentions eccléfiaftiques en Ecoffe.
Charles voulut remplir les projets de fon père dans la
religion comme dans l'Etat. L'épifcopat n'avait point
été aboli en Ecoffe au temps de la réformation, avant
Marie Stuart ; mais ces évêques proteftans étaient
fubjugués par les presbytériens. Une république

Eglife d'E-
coffe , autre
querelle.

de prêtres égaux entre eux gouvernait le peuple écossais. C'était le seul pays de la terre où les honneurs & les richesses ne rendaient pas les évêques puissans. La séance au parlement, les droits honorifiques, les revenus de leur siége leur étaient conservés; mais ils étaient pasteurs sans troupeau, & pairs sans crédit. Le parlement écossais, tout presbytérien, ne laissait subsister les évêques que pour les avilir. Les anciennes abbayes étaient entre les mains des séculiers, qui entraient au parlement en vertu de ce titre d'abbé. Peu à peu le nombre de ces abbés titulaires diminua. *Jacques I* rétablit l'épiscopat dans tous ses droits. Le roi d'Angleterre n'était pas reconnu chef de l'Eglise en Ecosse; mais étant né dans le pays, & prodiguant l'argent anglais, les pensions & les charges à plusieurs membres, il était plus maître à Edimbourg qu'à Londres. Le rétablissement de l'épiscopat n'empêcha pas l'assemblée presbytérienne de subsister. Ces deux corps se choquèrent toujours, & la république synodale l'emporta toujours sur la monarchie épiscopale. *Jacques*, qui regardait les évêques comme attachés au trône, & les calvinistes presbytériens comme ennemis du trône, crut qu'il réunirait le peuple écossais aux évêques en fesant recevoir une liturgie nouvelle, qui était précisément la liturgie anglicane. Il mourut avant d'accomplir ce dessein que *Charles* son fils voulut exécuter.

La liturgie consistait dans quelques formules de prières, dans quelques cérémonies, dans un surplis que les célébrans devaient porter à l'église. A peine l'évêque d'Edimbourg eut fait lecture dans l'église

Liturgie, autre querelle.

des canons qui établissaient ces usages indifférens, que le peuple s'éleva contre lui en fureur, & lui jeta des pierres. La sédition passa de ville en ville. Les presbytériens firent une ligue, comme s'il s'était agi du renversement de toutes les lois divines & humaines. D'un côté, cette passion si naturelle aux grands de soutenir leurs entreprises, & de l'autre, la fureur populaire, excitèrent une guerre civile en Ecosse.

Le cardinal de Richelieu fomente toutes les querelles. On ne sut pas alors ce qui la fomentait, & ce qui prépara la fin tragique de *Charles;* c'était le cardinal de *Richelieu.* Ce ministre-roi, voulant empêcher *Marie de Médicis* de trouver un asile en Angleterre chez sa fille, & engager *Charles* dans les intérêts de la France, essuya du monarque anglais, plus fier que politique, des refus qui l'aigrirent. On lit dans une lettre du cardinal au comte d'*Estrades*, alors envoyé en Angleterre, ces propres mots bien remarquables, que nous avons déjà rapportés : *Le roi & la reine d'Angleterre se repentiront, avant qu'il soit un an, d'avoir négligé mes offres; on connaîtra bientôt qu'on ne doit pas me mépriser.*

1637.

Il envoie un prêtre pour faire révolter l'Ecosse. Il avait parmi ses secrétaires un prêtre irlandais, qu'il envoya à Londres & à Edimbourg semer la discorde avec de l'argent parmi les puritains; & la lettre au comte d'*Estrades* est encore un monument de cette manœuvre. Si l'on ouvrait toutes les archives, on y verrait toujours la religion immolée à l'intérêt & à la vengeance.

Les Ecossais armèrent. *Charles* eut recours au clergé anglican, & même aux catholiques d'Angleterre, qui tous haïssaient également les puritains. Ils ne

lui fournirent de l'argent que parce que c'était une guerre de religion ; & il eut même jusqu'à vingt mille hommes pour quelques mois. Ces vingt mille hommes ne lui fervirent guère qu'à négocier ; & quand la plus grande partie de cette armée fut diffipée, faute de paye, les négociations devinrent plus difficiles. Il fallut donc fe réfoudre encore à la guerre. 1638 & fuiv.
On trouve peu d'exemples dans l'hiftoire d'une grandeur d'ame pareille à celle des feigneurs qui compofaient le confeil fecret du roi : ils lui facrifièrent tous une grande partie de leurs biens. Le célèbre *Laud*, archevêque de Cantorbéri; le marquis *Hamilton*, furtout, fe fignalèrent dans cette générofité ; & le fameux comte de *Straffort* donna feul vingt mille livres fterling ; mais ces libéralités n'étant pas à beaucoup près fuffifantes, le roi fut encore obligé de convoquer un parlement.

La chambre des communes ne regardait pas les Nouveaux troubles. Ecoffais comme des ennemis, mais comme des frères qui lui enfeignaient à défendre fes privilèges. Le roi ne recueillit d'elle que des plaintes amères contre tous les moyens dont il fe fervait pour avoir des fecours qu'elle lui refufait. Tous les droits que le roi s'était arrogés furent déclarés abufifs : impôt de tonnage & pontage, impôt de marine, vente de privilèges exclufifs à des marchands, logement de foldats par billets chez les bourgeois, enfin tout ce qui gênait la liberté publique. On fe plaignit furtout d'une cour de juftice nommée la *Chambre étoilée*, dont les arrêts avaient condamné trop févèrement plufieurs citoyens. *Charles* caffa ce nouveau parlement, & aggrava ainfi les griefs de la nation.

Roi opiniâ-
tre; heureux,
il eût été ap-
pelé ferme.

Il semblait que *Charles* prît à tâche de révolter tous les esprits; car, au lieu de ménager la ville de Londres dans des circonstances si délicates, il lui fit intenter un procès devant la *Chambre étoilée*, pour quelques terres en Irlande, & la fit condamner à une amende considérable. Il continua à exiger toutes les taxes contre lesquelles le parlement s'était récrié. Un roi despotique, qui en aurait usé ainsi, aurait révolté ses sujets; à plus forte raison, un roi d'une monarchie limitée. Mal secouru par les Anglais, secrètement inquiété par les intrigues du cardinal de *Richelieu*, il ne put empêcher l'armée des puritains écossais de pénétrer jusqu'à Newcastle. Ayant ainsi

1640.

préparé ses malheurs, il convoqua enfin le parlement qui acheva sa ruine.

Requêtes
pour faire la
guerre
civile.

Cette assemblé commença, comme toutes les autres, par lui demander la réparation des griefs, abolition de la *Chambre étoilée*, suppression des impôts arbitraires, & particulièrement de celui de la marine; enfin elle voulut que le parlement fût convoqué tous les trois ans. *Charles* ne pouvant plus résister accorda tout. Il crut regagner son autorité en pliant, & il se trompa. Il comptait que son parlement l'aiderait à se venger des Ecossais qui avaient fait une irruption en Angleterre; & ce même parlement leur fit présent de trois cents mille livres sterling, pour les récompenser de la guerre civile. Il se flattait d'abaisser en Angleterre le parti des puritains, & presque toute la chambre des communes était puritaine. Il aimait tendrement le comte de *Strafford*, dévoué si généreusement à son service; & la chambre des communes, pour ce dévouement même, accusa

Strafford de haute trahifon. On lui imputa quelques malverfations inévitables dans ces temps de troubles, mais commifes toutes pour le fervice du roi, & furtout effacées par la grandeur d'ame avec laquelle il l'avait fecouru. Les pairs le condamnèrent ; il fallait le confentement du roi pour l'exécution. Le peuple féroce demandait ce fang à grands cris. *Strafford* pouffa la vertu jufqu'à fupplier lui-même le roi de confentir à fa mort ; & le roi pouffa la faibleffe jufqu'à   1641. figner cet acte fatal, qui apprit aux Anglais à répandre un fang plus précieux. On ne voit point dans les grands hommes de *Plutarque* une telle magnanimité dans un citoyen, ni une telle faibleffe dans un monarque.

CHAPITRE CLXXX.

Des malheurs & de la mort de Charles I.

L'ANGLETERRE, l'Ecoffe & l'Irlande étaient alors   Caractère partagées en factions violentes, ainfi que l'était la   des troubles France ; mais celles de la France n'étaient que des   d'Angle-cabales de princes & de feigneurs contre un premier   terre. miniftre qui les écrafait ; & les partis qui divifaient le royaume de *Charles I* étaient des convulfions géné-rales dans tous les efprits, une ardeur violente & réfléchie de changer la conftitution de l'Etat, un deffein mal conçu chez les royaliftes d'établir le pouvoir defpotique, la fureur de la liberté dans la nation, la foif de l'autorité dans la chambre des communes, le défir vague dans les évêques d'écrafer le parti calvinifte-puritain, le projet formé chez les puritains d'humilier les évêques, & enfin le plan fuivi & caché de ceux qu'on appelait *indépendans*, qui confiftait à fe fervir des fautes de tous les autres pour devenir leurs maîtres.

Octob. 1641.
Maffacres
catholiques
en Irlande.

Au milieu de tous ces troubles, les catholiques d'Irlande crurent avoir trouvé enfin le temps de fecouer le joug de l'Angleterre. La religion & la liberté, ces deux fources des plus grandes actions, les précipitèrent dans une entreprife horrible, dont il n'y a d'exemple que dans la Saint-Barthelemi. Il complotèrent d'affaffiner tous les proteftans de leur île, & en effet ils en égorgèrent plus de quarante mille. Ce maffacre n'a pas dans l'hiftoire des crimes la même célébrité que la Saint-Barthelemi ; il fut pourtant auffi général & auffi diftingué par toutes les horreurs qui peuvent fignaler un tel fanatifme. Mais cette dernière confpiration de la moitié d'un peuple contre l'autre, pour caufe de religion, fe fefait dans une île alors peu connue des autres nations ; elle ne fut point autorifée par des perfonnages auffi confidérables qu'une *Catherine de Médicis*, un roi de France, un duc de *Guife* : les victimes immolées n'étaient pas auffi illuftres, quoiqu'auffi nombreufes. La fcène ne fut pas moins fouillée de fang ; mais le théâtre n'attirait pas les yeux de l'Europe. Tout retentit encore des fureurs de la Saint-Barthelemi, & les maffacres d'Irlande font prefque oubliés.

Maffacres re-
ligieux, four-
ce de dépo-
pulation.

Si on comptait les meurtres que le fanatifme a commis depuis les querelles d'*Athanafe* & d'*Arius* jufqu'à nos jours, on verrait que ces querelles ont plus fervi que les combats à dépeupler la terre :

car dans les batailles on ne détruit que l'espèce mâle, toujours plus nombreuse que la femelle ; mais dans les massacres faits pour la religion , les femmes sont immolées comme les hommes.

Pendant qu'une partie du peuple irlandais égorgeait l'autre , le roi *Charles I* était en Ecosse, à peine pacifiée, & la chambre des communes gouvernait l'Angleterre. Ces catholiques irlandais, pour se justifier de ce massacre , prétendirent avoir reçu une commission du roi même pour prendre les armes ; & *Charles* , qui demandait du secours contre eux à l'Ecosse & à l'Angleterre , se vit accusé du crime même qu'il voulait punir. Le parlement d'Ecosse le renvoie avec raison au parlement de Londres , parce que l'Irlande appartient en effet à l'Angleterre, & non pas à l'Ecosse. Il retourne donc à Londres. La chambre basse croyant, ou feignant de croire qu'il a part en effet à la rébellion des Irlandais , n'envoie que peu d'argent & peu de troupes dans cette île , pour ne pas dégarnir le royaume , & fait au roi la remontrance la plus terrible.

Elle lui signifie ,, qu'il faut désormais qu'il n'ait ,, pour conseil que ceux que le parlement lui nom- ,, mera ; & , en cas de refus, elle le menace de ,, prendre des mesures. ,, Trois membres de la chambre allèrent lui présenter à genoux cette requête qui lui déclarait la guerre. *Olivier Cromwell* était déjà dans ce temps-là admis dans la chambre basse ; & il dit que , *si ce projet de remontrance ne passait pas dans la chambre , il vendrait le peu qu'il avait de bien , & se retirerait de l'Angleterre.*

Chambre basse, puissante.

Ce difcours prouve qu'il était alors fanatique de la liberté que fon ambition développée foula depuis aux pieds.

1 6 4 1. *Charles* n'ofait pas alors diffoudre le parlement : on ne lui eût pas obéi. Il avait pour lui plufieurs officiers de l'armée affemblée auparavant contre l'Ecoffe, affidus auprès de fa perfonne. Il était foutenu par les évêques & les feigneurs catholiques épars dans Londres ; eux qui avaient voulu, dans la confpiration des poudres, exterminer la famille royale, fe livraient alors à fes intérêts ; tout le refte était contre le roi. Déjà le peuple de Londres, excité par les puritains de la chambre baffe, rempliffait la ville de féditions : il criait à la porte de la chambre des pairs : *Point d'évêques, point d'évêques.* Douze prélats intimidés réfolurent de s'abfenter, & proteftèrent contre tout ce qui fe ferait pendant leur abfence. La chambre des pairs les envoya à la Tour ; &, bientôt après, les autres évêques fe retirèrent du parlement.

Conduite du roi, mauvaife. Dans ce déclin de la puiffance du roi, un de fes favoris, le lord *Digby*, lui donna le fatal confeil de la foutenir par un coup d'autorité. Le roi oublia que c'était précifément le temps où il ne fallait pas la compromettre. Il alla lui-même dans la chambre des communes, pour y faire arrêter cinq fénateurs les plus oppofés à fes intérêts, & qu'il accufait de haute trahifon. Ces cinq membres s'étaient évadés ; toute la chambre fe récria fur la violation de fes priviléges. Le roi, comme un homme égaré qui ne fait plus à quoi fe prendre, va de la chambre des communes à l'hôtel-de-ville, lui demander du

fecours.

fecours. Le confeil de la ville ne lui répond que par des plaintes contre lui - même. Il fe retire à Vindfor; & là, ne pouvant plus foutenir la démarche qu'on lui avait confeillée, il écrit à la chambre baffe *qu'il fe désifte de fes procédures contre fes membres, & qu'il prendra autant de foin des priviléges du parlement que de fa propre vie.* Sa violence l'avait rendu odieux, & le pardon qu'il en demandait le rendait méprifable.

La chambre baffe commençait alors à gouverner l'Etat. Les pairs font en parlement *pour eux-mêmes;* c'eft l'ancien droit des barons & des feigneurs de fiefs; les communes font en parlement pour les villes & les bourgs dont elles font députées. Le peuple avait bien plus de confiance dans fes députés, qui le repréfentent, que dans les pairs. Ceux-ci, pour regagner le crédit qu'ils perdaient infenfiblement, entraient dans les fentimens de la nation, & foutenaient l'autorité d'un parlement dont ils étaient originairement la partie principale.

Pendant cette anarchie, les rebelles d'Irlande triomphent, & teints du fang de leurs compatriotes, ils s'autorifent encore du nom du roi, & furtout de celui de la reine fa femme, parce qu'elle était catholique. Les deux chambres du parlement propofent d'armer les milices du royaume; bien entendu Guerre qu'elles ne mettront à leur tête que des officiers civile. dépendans du parlement. On ne pouvait rien faire, felon la loi au fujet des milices, fans le confentement du roi. Le parlement s'attendait bien qu'il ne foufcrirait pas à un établiffement fait contre lui-même. Ce prince fe retire, ou plutôt fuit vers le nord d'Angleterre. Sa femme, *Henriette de France*, fille de *Henri IV*, qui avait prefque toutes les qualités du roi fon père, l'activité & l'intrépidité, l'infinuation & même la galanterie, fecourut en héroïne un époux à qui d'ailleurs elle était infidelle. Elle vend fes meubles & fes pierreries, emprunte de l'argent en Angleterre, en Hollande, donne tout à fon mari, paffe en Hollande elle-même pour folliciter des fecours par le moyen de la princeffe *Marie*, fa fille, femme du prince d'Orange. Elle négocie dans les cours du Nord, elle cherche par-tout de l'appui, excepté dans fa patrie, où le cardinal de *Richelieu*, fon ennemi, & le roi, fon frère, étaient mourans.

La guerre civile n'était point encore déclarée. Le parlement avait de fon autorité mis un gouverneur, nommé le chevalier *Hotham*, dans Hull, petite ville maritime de la province d'Yorck. Il y avait depuis long-temps des magafins d'armes & de munitions.

Hotham à ge-noux chaffe fon roi. Le roi s'y tranfporte, & veut y entrer. *Hotham* fait fermer les portes, & confervant encore du refpect pour la perfonne du roi, il fe met à genoux fur les remparts, en lui demandant pardon de lui défobéir. On lui réfifta depuis moins refpectueufement. Les manifeftes du roi & du parlement inondent l'Angleterre. Les feigneurs attachés au roi fe rendent auprès de lui. Il fait venir de Londres le grand fceau du royaume, fans lequel on avait cru qu'il n'y a point de loi; mais les lois que le parlement fefait contre lui n'en étaient pas moins promulguées. Il arbora fon étendard royal à Nottingham; mais cet étendard ne fut d'abord entouré que de quelques milices fans armes. Enfin, avec les fecours que lui fournit la reine fa femme, avec les préfens de l'univerfité d'Oxford qui lui donna toute fon argenterie, & avec tout ce que fes amis lui fournirent, il eut une armée d'environ quatorze mille hommes.

Le parlement, qui difpofait de l'argent de la nation, en avait une plus confidérable. *Charles* protefta d'abord, en préfence de la fienne, qu'il *maintiendrait les lois du royaume, & les priviléges mêmes du parlement armé contre lui; & qu'il vivrait & mourrait dans la véritable religion proteftante* C'eft ainfi que les princes, en fait de religion, obéiffent plus aux peuples que les peuples ne leur obéiffent. Quand une fois ce qu'on appelle *le dogme* eft enraciné dans une nation, il faut que le fouverain dife qu'il mourra pour ce dogme. Il eft plus aifé de tenir ce difcours que d'éclairer le peuple. (8)

Les armées du roi furent prefque toujours commandées par le prince *Robert*, frère de l'infortuné

(8) Le dernier parti ferait le plus noble & le plus fûr. Les princes ont cru faire un grand trait de politique, en fe parant d'un zèle religieux; & ils n'ont fait par-là que fe mettre dans la dépendance des fanatiques de leur fecte, & affurer aux partis politiques, foulevès contre eux, l'appui du fanatifme de toutes les autres; or cet appui feul a pu donner à ces partis la force de réfifter à l'autorité royale ou de la détruire.

Il n'eft pas même néceffaire, pour la fureté & l'indépendance d'un prince, qu'il s'occupe directement du foin d'éclairer fes fujets; il fuffit qu'il ceffe de protéger, & furtout de payer ceux dont le métier eft de les tromper.

Dans l'état actuel de l'Europe, toute révolution prompte eft impoffible, à moins que le fanatifme religieux n'en foit un des mobiles. Ainfi tous les foins que prend un prince pour protéger la religion, & empêcher le peuple de fecouer le joug des prêtres, n'ont d'autre effet que de conferver aux factieux de fes Etats le feul moyen de renverfer fon trône qu'ils puiffent employer avec fuccès.

Fréderic, électeur palatin, prince d'un grand courage, renommé d'ailleurs pour fes connaiffances dans la phyfique, dans laquelle il fit des découvertes.

1 6 4 2.
Le roi quel-
que temps
vainqueur,
mais inuti-
lement.

Les combats de Vorcefter & d'Edgehill furent d'abord favorables à la caufe du roi. Il s'avança jufqu'auprès de Londres. La reine fa femme lui amena de Hollande des foldats, de l'artillerie, des armes, des munitions. Elle repartit fur le champ pour aller chercher de nouveaux fecours, qu'elle amena quelques mois après. On reconnaiffait, dans cette activité courageufe, la fille de *Henri IV*. Les parlementaires ne furent point découragés; ils fentaient leurs reffources: tout vaincus qu'ils étaient, ils agiffaient comme des maîtres contre lefquels le roi était révolté.

Ils condamnaient à la mort, pour crime de haute trahifon, les fujets qui voulaient rendre au roi des villes; & le roi ne voulut point alors ufer de repréfailles contre fes prifonniers. Cela feul peut juftifier, aux yeux de la poftérité, celui qui fut fi criminel aux yeux de fon peuple. Les politiques le juftifient moins d'avoir trop négocié, tandis qu'il devait, felon eux, profiter d'un premier fuccès, & n'employer que ce courage actif & intrépide qui feul peut finir de pareils débats.

1 6 4 3.
Parlement
plus ferme
que le roi.

Charles & le prince *Robert*, quoique battus à Newbury, eurent pourtant l'avantage de la campagne. Le parlement n'en fut que plus opiniâtre. On voyait, ce qui eft très-rare, une compagnie plus ferme & plus inébranlable dans fes vues qu'un roi à la tête de fon armée.

Les puritains, qui dominaient dans les deux chambres, levèrent enfin le mafque: ils s'unirent solennellement avec l'Ecoffe, & fignèrent le fameux 1648. Convenant, par lequel ils s'engagèrent à détruire l'épifcopat. Il était vifible, par ce convenant, que l'Ecoffe & l'Angleterre puritaines voulaient s'ériger en république. C'était l'efprit du calvinifme : il tenta long-temps en France cette grande entreprife ; il l'exécuta en Hollande ; mais en France & en Angleterre on ne pouvait arriver à ce but fi cher aux peuples qu'à travers des flots de fang.

Tandis que le presbytérianifme armait ainfi l'Angleterre & l'Ecoffe, le catholicifme fervait encore de prétexte aux rebelles d'Irlande qui, teints du fang de quarante mille compatriotes, continuaient à fe défendre contre les troupes envoyées par le parlement de Londres. Les guerres de religion, fous *Louis XIII*, étaient toutes récentes, & l'invafion des Suédois en Allemagne, fous prétexte de religion, durait encore dans toute fa force. C'était une chofe bien déplorable que les chrétiens euffent cherché, durant tant de fiècles, dans le dogme, dans le culte, dans la difcipline, dans la hiérarchie, de quoi enfanglanter prefque fans relâche la partie de l'Europe où ils font établis.

La fureur de la guerre civile était nourrie par cette auftérité fombre & atroce que les puritains affectaient. Le parlement prit ce temps pour faire brûler par le bourreau un petit livre du roi *Jacques I*, dans lequel ce monarque favant foutenait qu'il était permis de fe divertir le dimanche, après le fervice divin. On croyait par-là fervir la religion & outrager le roi régnant. Quelque temps après, ce même

Excès de ridicule.

parlement s'avifa d'indiquer un jour de jeûne par femaine, & d'ordonner qu'on payât la valeur du repas qu'on fe retranchait, pour fubvenir à la guerre civile. L'empereur *Rodolphe* avait cru fe foutenir contre les Turcs par des aumônes : le parti parlementaire effaya dans Londres de vaincre par des jeûnes.

De tant de troubles qui ont fi fouvent bouleverfé l'Angleterre avant qu'elle ait pris la forme ftable & heureufe qu'elle a de nos jours, les troubles de ces années, jufqu'à la mort du roi, furent les feuls où l'excès du ridicule fe mêla aux excès de la fureur. Ce ridicule, que les réformateurs avaient tant reproché à la communion romaine, devint le partage des presbytériens. Les évêques fe conduifirent en lâches; ils devaient mourir pour défendre une caufe qu'ils croyaient jufte : mais les presbytériens fe conduifirent en infenfés; leurs habillemens, leurs difcours, leurs baffes allufions aux paffages de l'évangile, leurs contorfions, leurs fermons, leurs prédictions, tout en eux aurait mérité, dans des temps plus tranquilles, d'être joué à la foire de Londres, fi cette farce n'avait pas été trop dégoûtante. Mais malheureufement l'abfurdité de ces fanatiques fe joignait à la fureur; les mêmes hommes, dont les enfans fe feraient moqués, imprimaient la terreur en fe baignant dans le fang; & ils étaient à la fois les plus fous de tous les hommes, & les plus redoutables.

Efprit des fectes.

Il ne faut pas croire que dans aucune des factions, ni en Angleterre, ni en Irlande, ni en Ecoffe, ni auprès du roi, ni parmi fes ennemis, il y eut beaucoup de ces efprits déliés qui, dégagés des préjugés de leur parti, fe fervent des erreurs & du fanatifme des autres pour les gouverner ; ce n'était pas-là le génie de ces nations. Presque tout le monde était de bonne foi dans le parti qu'il avait embrassé. Ceux qui en changeaient, pour des mécontentemens particuliers, changeaient presque tous avec hauteur. Les indépendans étaient les seuls qui cachassent leurs desseins ; premièrement, parce qu'étant à peine comptés pour chrétiens, ils auraient trop révolté les autres sectes ; en second lieu, parce qu'ils avaient des idées fanatiques de l'égalité primitive des hommes, & que ce système d'égalité choquait trop l'ambition des autres.

Une des grandes preuves de cette atrocité inflexible, répandue alors dans les esprits, c'est le supplice de l'archevêque de Cantorbéri, *Guillaume Laud*, qui, après avoir été quatre ans en prison, fut enfin condamné par le parlement. Le seul crime bien constaté qu'on lui reprocha, était de s'être servi de quelques cérémonies de l'Eglise romaine en consacrant une église de Londres. La sentence porta qu'il serait pendu, & qu'on lui arracherait le cœur pour lui en battre les joues ; supplice ordinaire des traîtres : on lui fit grace en lui coupant la tête.

Charles, voyant les parlemens d'Angleterre & d'Ecosse réunis contre lui, pressé entre les armées de ces deux royaumes, crut devoir faire au moins une trève avec les catholiques rebelles d'Irlande, afin d'engager à sa cause une partie des troupes anglaises qui servaient dans cette île. Cette politique lui réussit. Il eut à son service, non-seulement beaucoup d'anglais de l'armée d'Irlande, mais encore un grand nombre d'irlandais qui vinrent grossir son

Archevêque à l'échafaud.

M 4

armée. Alors le parlement l'accufa hautement d'avoir été l'auteur de la rebellion d'Irlande & du maffacre. Malheureufement ces troupes nouvelles, fur lefquelles il devait tant compter, furent entièrement

1644. défaites par le lord *Fairfax*, l'un des généraux parlementaires ; & il ne refta au roi que la douleur d'avoir donné à fes ennemis le prétexte de l'accufer d'être complice des Irlandais.

Il marchait d'infortune en infortune. Le prince *Robert*, ayant foutenu long-temps l'honneur des armes royales, eft battu auprès d'Yorck, & fon armée eft

1644. diffipée par *Manchefter* & *Fairfax*. *Charles* fe retire dans Oxford, où il eft bientôt affiégé. La reine fuit en France. Le danger du roi excite, à la vérité, fes amis à faire de nouveaux efforts. Le fiége d'Oxford fut levé. Il raffembla des troupes ; il eut quelques fuccès. Cette apparence de fortune ne dura pas. Le parlement était toujours en état de lui oppofer une armée plus forte que la fienne. Les généraux *Effex*, *Manchefter* & *Waller*, attaquèrent *Charles* à Newbury, fur le chemin d'Oxford. *Cromwell* était colonel dans leur armée ; il s'était déjà fait connaître par des actions d'une valeur extraordinaire. On a écrit qu'à

Cromwell gagne une bataille. cette bataille de Newbury, le corps que *Manchefter* commandait ayant plié, & *Manchefter* lui-même étant

27 octobre 1644. entraîné dans la fuite, *Cromwel* courut à lui, tout bleffé, & lui dit : *Vous vous trompez, milord, ce n'eft pas de ce côté que font les ennemis ;* qu'il le ramena au combat, & qu'enfin on ne dut qu'à *Cromwell* le fuccès de cette journée. Ce qui eft certain, c'eft que *Cromwell*, qui commençait à avoir autant de crédit dans la chambre des communes, qu'il avait de réputation dans l'armée, accusa son général de n'avoir pas fait son devoir.

Le penchant des Anglais pour des choses inouies fit éclater alors une étrange nouveauté, qui développa le caractère de *Cromwell*, & qui fut à la fois l'origine de sa grandeur, de la chute du parlement & de l'épiscopat, du meurtre du roi & de la destruction de la monarchie. La secte des *indépendans* commençait à faire quelque bruit. Les presbytériens les plus emportés s'étaient jetés dans ce parti : ils ressemblaient aux quakers, en ce qu'ils ne voulaient d'autres prêtres qu'eux-mêmes, ni d'autre explication de l'Evangile que celle de leurs propres lumières : ils différaient d'eux en ce qu'ils étaient aussi turbulens que les quakers étaient pacifiques. Leur projet chimérique était l'égalité entre tous les hommes ; mais ils allaient à cette égalité par la violence. *Olivier Cromwell* les regarda comme des instrumens propres à favoriser ses desseins.

La ville de Londres, partagée entre plusieurs factions, se plaignait alors du fardeau de la guerre civile que le parlement appesantissait sur elle. *Cromwell* fit proposer à la chambre des communes, par quelques indépendans, de réformer l'armée, & de s'engager eux & les pairs à renoncer à tous les emplois civils & militaires. Tous ces emplois étaient entre les mains des membres des deux chambres. Trois pairs étaient généraux des armées parlementaires. La plupart des colonels & des majors, des trésoriers, des munitionnaires, des commissaires de toute espèce, étaient de la chambre des communes. Pouvait-on se flatter d'engager, par la force de la parole, tant d'hommes

Désintéressement du parlement ; chose unique.

puiffans à facrifier leurs dignités & leurs revenus ? C'eft pourtant ce qui arriva dans une feule féance. La chambre des communes furtout fut éblouie de l'idée de régner fur les efprits du peuple par un défintéreffement fans exemple. On appela cet acte *l'acte du renoncement à foi-même.* Les pairs héfitèrent ; mais la chambre des communes les entraîna. Les

1645. lords *Effex*, *Damby*, *Fairfax*, *Manchefter*, fe déposèrent eux-mêmes du généralat ; & le chevalier *Fairfax*, fils du général, n'étant point de la chambre des communes, fut nommé feul commandant de l'armée.

C'était ce que voulait *Cromwell :* il avait un empire abfolu fur le chevalier *Fairfax :* il en avait un fi grand dans la chambre, qu'on lui conferva un régiment, quoiqu'il fût membre du parlement ; & même il fut ordonné au général de lui confier le commandement de la cavalerie qu'on envoyait alors à Oxford. Le même homme, qui avait eu l'adreffe d'ôter à tous les fénateurs tous les emplois militaires, eût celle de faire conferver dans leurs poftes les officiers du parti des indépendans ; & dès-lors on s'aperçut bien que l'armée devait gouverner le parlement. Le nouveau général *Fairfax*, aidé de *Cromwell*, réforma toute l'armée, incorpora des régimens dans d'autres, changea tous les corps, établit une difcipline nouvelle : ce qui, dans tout autre temps, eût excité une révolte, fe fit alors fans réfiftance.

Victoire décifive de Cromwell. 14 juin 1645. Cette armée, animée d'un nouvel efprit, marcha droit au roi, près d'Oxford ; & alors fe donna la bataille décifive de Nazeby, non loin d'Oxford. *Cromwell*, général de la cavalerie, après avoir mis en déroute celle du roi, revint défaire fon infanterie,

& eut prefque feul l'honneur de cette célèbre journée. L'armée royale, après un grand carnage, fut
ou prifonnière, ou difperfée. Toutes les villes fe
rendirent à *Fairfax* & à *Cromwell.* Le jeune prince de
Galles, qui fut depuis *Charles II*, partageant de
bonne heure les infortunes de fon père, fut obligé
de s'enfuir dans la petite île de Scilley. Le roi fe
retira enfin dans Oxford avec les débris de fon
armée, & demanda au parlement la paix, qu'on
était bien loin de lui accorder. La chambre des communes infultait à fa difgrace. Le général avait envoyé
à cette chambre la caffette du roi, trouvée fur le
champ de bataille, remplie de lettres de la reine fa
femme. Quelques-unes de ces lettres n'étaient que
des expreffions de tendreffe & de douleur. La chambre
les lut avec ces railleries amères qui font le partage
de la férocité.

Le roi était dans Oxford, ville prefque fans fortifications, entre l'armée victorieufe des Anglais, &
celle des Ecoffais, payée par les Anglais. Il crut
trouver fa fureté dans l'armée écoffaife moins achar-
née contre lui. Il fe livra entre fes mains ; mais la
chambre des communes ayant donné à l'armée
écoffaife deux cents mille livres fterling d'arrérages,
& lui en devant encore autant, le roi ceffa dès-lors
d'être libre.

Le roi livré par les Ecof-fais.

Les Ecoffais le livrèrent au commiffaire du parlement anglais, qui d'abord ne fut comment il devait
traiter fon roi prifonnier. La guerre paraiffait finie ;
l'armée d'Ecoffe payée retournait en fon pays ; le
parlement n'avait plus à craindre que fa propre
armée qui l'avait rendu victorieux. *Cromwell* & fes

16 février 1654.

Cromwell commence à tyranniser. indépendans y étaient les maîtres. Ce parlement, ou plutôt la chambre des communes, toute-puissante encore à Londres, & sentant que l'armée allait l'être, voulut se débarrasser de cette armée devenue si dangereuse à ses maîtres : elle vota d'en faire marcher une partie en Irlande, & de licencier l'autre. On peut bien croire que *Cromwell* ne le souffrit pas. C'était-là le moment de la crise ; il forma un conseil d'officiers, & un autre de simples soldats nommés *agitateurs*, qui d'abord firent des remontrances, & qui bientôt donnèrent des lois. Le roi était entre les mains de quelques commissaires du parlement, dans un château nommé Holmby. Des soldats du conseil des agitateurs allèrent l'enlever au parlement dans ce château, & le conduisirent à Newmarket.

Après ce coup d'autorité, l'armée marcha vers Londres. *Cromwell*, voulant mettre dans ses violences des formes usitées, fit accuser, par l'armée, onze membres du parlement, ennemis ouverts du parti indépendant. Ces membres n'osèrent plus, dès ce moment, rentrer dans la chambre. La ville de Londres ouvrit enfin les yeux, mais trop tard & trop inutilement, sur tant de malheurs : elle voyait un parlement oppresseur opprimé par l'armée, son roi captif entre les mains des soldats, ses citoyens exposés. Le conseil de ville assemble ses milices ; on entoure à la hâte Londres de retranchemens ; mais l'armée étant arrivée aux portes, Londres les ouvrit, & se tut. Le parlement remit la tour au général *Fairfax*, remercia l'armée d'avoir désobéi, & lui donna de l'argent.

1647.

Il restait toujours à savoir ce qu'on ferait du roi prisonnier, que les indépendans avaient transféré à la maison royale de Hamptoncourt. *Cromwell* Le roi prifonnier. d'un côté, les presbytériens de l'autre, traitaient fecrètement avec lui. Les Ecoffais lui propofaient de l'enlever. *Charles*, craignant également tous les partis, trouva le moyen de s'enfuir de Hamptoncourt & de paffer dans l'île de Vight, où il crut trouver un afile, & où il ne trouva qu'une nouvelle prifon.

Dans cette anarchie d'un parlement factieux & Aplaniffeurs. méprifé, d'une ville divifée, d'une armée audacieufe, d'un roi fugitif & prifonnier ; le même efprit qui animait depuis long-temps les indépendans faifit tout-à-coup plufieurs foldats de l'armée ; ils fe nommèrent les *aplaniffeurs*, nom qui fignifiait qu'ils voulaient tout mettre au niveau, & ne reconnaître aucun maître au-deffus d'eux, ni dans l'armée, ni dans l'Etat, ni dans l'Eglife. Ils ne fefaient que ce qu'avait fait la chambre des communes : ils imitaient leurs officiers ; & leur droit paraiffait auffi bon que celui des autres ; leur nombre était confidérable. *Cromwell* voyant qu'ils étaient d'autant plus dangereux, qu'ils fe fervaient de fes principes, & qu'ils allaient lui ravir le fruit de tant de politique & de tant de travaux, prit tout d'un coup le parti de les exterminer au péril de fa vie. Un jour qu'ils s'affem- Audace de *Cromwell*. blaient, il marche à eux, à la tête de fon régiment des *Frères rouges*, avec lefquels il avait toujours été victorieux ; leur demande *au nom de* D I E U ce qu'ils veulent, & les charge avec tant d'impétuofité, qu'ils réfiftèrent à peine. Il en fit pendre plufieurs, & diffipa ainfi une faction dont le crime était de l'avoir imité.

Cette action augmenta encore son pouvoir dans l'armée, dans le parlement & dans Londres. Le chevalier *Fairfax* était toujours général, mais avec bien moins de crédit que lui. Le roi, prisonnier dans l'île de Vight, ne cessait de faire des propositions de paix, comme s'il eût fait encore la guerre, & comme si on eût voulu l'écouter. Le duc d'Yorck, un de ses fils, qui fut depuis *Jacques II*, âgé alors de quinze ans, prisonnier au palais de Saint-James, se sauva plus heureusement de sa prison que son père ne s'était sauvé de Hamptoncourt: il se retira en Hollande; & quelques partisans du roi ayant dans ce temps-là même gagné une partie de la flotte anglaise, cette flotte fit voile au port de la Brille où ce jeune prince était retiré. Le prince de Galles, son frère, & lui montèrent sur cette flotte pour aller au secours de leur père, & ce secours hâta sa perte.

Les Ecossais, honteux de passer dans l'Europe pour avoir vendu leur maître, assemblaient de loin quelques troupes en sa faveur. Plusieurs jeunes seigneurs les secondaient en Angleterre. *Cromwell* marche à eux à grandes journées, avec une partie de l'armée. Il les défait entièrement à Preston, & prend prisonnier le duc *Hamilton*, général des Ecossais. La ville de Colchester, dans le comté d'Essex, ayant pris le parti du roi, se rendit à discrétion au général *Fairfax;* & ce général fit exécuter à ses yeux, comme des traîtres, plusieurs seigneurs qui avaient soulevé la ville en faveur de leur prince.

1648.

L'armée demande qu'on fasse justice du roi.

Pendant que *Fairfax* & *Cromwell* achevaient ainsi de tout soumettre, le parlement qui craignait encore plus *Cromwell* & les indépendans qu'il n'avait craint le roi, commençait à traiter avec lui, & cherchait tous les moyens possibles de se délivrer d'une armée dont il dépendait plus que jamais. Cette armée qui revenait triomphante demande enfin qu'on mette le roi en justice, comme la cause de tous les maux, que ses principaux partisans soient punis, qu'on ordonne à ses enfans de se soumettre, sous peine d'être déclarés traîtres. Le parlement ne répond rien. *Cromwell* se fait présenter des requêtes par tous les régimens de son armée, pour qu'on fasse le procès au roi. Le général *Fairfax*, assez aveuglé pour ne pas voir qu'il agissait pour *Cromwell*, fait transférer le monarque prisonnier, de l'île de Vight au château de Hulst, & de-là à Vindsor, sans daigner seulement en rendre compte au parlement. Il mène l'armée à Londres, saisit tous les postes, oblige la ville de payer quarante mille livres sterling.

Le lendemain la chambre des communes veut s'assembler; elle trouve des soldats à la porte, qui chassent la plupart de ces membres presbytériens, les anciens auteurs de tous les troubles dont ils étaient alors les victimes; on ne laisse entrer que les indépendans & les presbytériens rigides, ennemis toujours implacables de la royauté. Les membres exclus protestent; on déclare leur protestation séditieuse. Ce qui restait de la chambre des communes n'était plus qu'une troupe de bourgeois esclaves de l'armée; les officiers, membres de cette chambre, y dominaient; la ville était asservie à l'armée; & ce même conseil de ville, qui naguère avait pris le parti du roi, dirigé alors par les vainqueurs, demanda par une requête qu'on lui fît son procès.

Parlement méprisé & forcé.

Juges du roi.   La chambre des communes établit un comité de
trente-huit perſonnes, pour dreſſer contre le roi des
accuſations juridiques : on érige une cour de juſtice
nouvelle, compoſée de *Fairfax*, de *Cromwell*, d'*Ireton*,
gendre de *Cromwell*, de *Waller*, & de cent quarante-
ſept autres juges. Quelques pairs qui s'aſſemblaient
encore dans la chambre-haute, ſeulement pour la
forme, tous les autres s'étant retirés, furent ſommés
de joindre leur aſſiſtance juridique à cette chambre
illégale ; aucun d'eux n'y voulut conſentir. Leur
refus n'empêcha point la nouvelle cour de juſtice
de continuer ſes procédures.

Puiſſance   Alors la chambre baſſe déclara enfin que le pou-
reconnue ori-
ginaire dans voir ſouverain réſide originairement dans le peuple,
le peuple.   & que les repréſentans du peuple avaient l'autorité
légitime : c'était une queſtion que l'armée jugeait
par l'organe de quelques citoyens ; c'était renverſer
toute la conſtitution de l'Angleterre. La nation eſt,
à la vérité, repréſentée légalement par la chambre
des communes ; mais elle l'eſt auſſi par un roi &
par les pairs. On s'eſt toujours plaint dans les autres
Etats, quand on a vu des particuliers jugés par
des commiſſaires ; & c'étaient ici des commiſſaires
nommés par la moindre partie du parlement, qui
jugeaient leur ſouverain. Il n'eſt pas douteux que
la chambre des communes ne crût en avoir le droit ;
elle était compoſée d'indépendans, qui penſaient tous
que la nature n'avait mis aucune différence entre
le roi & eux, & que la ſeule qui ſubſiſtait était celle
de la victoire. Les mémoires de *Ludlow*, colonel alors
dans l'armée, & l'un des juges, font voir combien
leur fierté était flattée en ſecret de condamner en

maîtres

maîtres celui qui avait été le leur. Ce même *Ludlow*, presbytérien rigide, ne laisse pas douter que le fanatisme n'eût part à cette cataftrophe. Il développe tout l'esprit du temps, en citant ce passage de l'ancien testament : *Le pays ne peut être purifié de sang que par le sang de celui qui l'a répandu.*

Enfin *Fairfax*, *Cromwell*, les indépendans, les presbytériens croyaient la mort du roi nécessaire à leur dessein d'établir une république. *Cromwell* ne se flattait certainement pas alors de succéder au roi ; il n'était que lieutenant-général dans une armée pleine de factions. Il espérait, avec grande raison, dans cette armée & dans la république, le crédit attaché à ses grandes actions militaires & à son ascendant sur les esprits ; mais s'il avait formé dès-lors le dessein de se faire reconnaître pour le souverain de trois royaumes, il n'aurait pas mérité de l'être. L'esprit humain dans tous les genres ne marche que par degrés, & ces degrés amenèrent nécessairement l'élévation de *Cromwell*, qui ne la dut qu'à sa valeur & à la fortune.

Procès criminel du roi, janv. 1648.

Charles I, roi d'Ecosse, d'Angleterre & d'Irlande, fut exécuté par la main du bourreau, dans la place de Vittehall ; son corps fut transporté à la chapelle de Vindsor, mais on n'a jamais pu le retrouver. Plus d'un roi d'Angleterre avait été dépofé anciennement par des arrêts du parlement ; des femmes de rois avaient péri par le dernier supplice ; des commissaires anglais avaient jugé à mort la reine d'Ecosse, *Marie Stuart*, sur laquelle ils n'avaient d'autre droit que celui des brigands sur ceux qui tombent entre leurs mains ; mais on n'avait vu encore aucun peuple

On lui tranche la tête. 10 février 1649.

faire périr fon propre roi fur un échafaud, avec l'appareil de la juftice. Il faut remonter jufqu'à trois cents ans avant notre ère pour trouver dans la perfonne d'*Agis*, roi de Lacédémone, l'exemple d'une pareille cataftrophe. (9)

CHAPITRE CLXXXI.

De Cromwell.

République. APRÈS le meurtre de *Charles I*, la chambre des communes défendit, fous peine de mort, de reconnaître pour roi ni fon fils ni aucun autre. Elle abolit la chambre-haute où il ne fiégeait plus que feize pairs du royaume, & refta ainfi fouveraine en apparence de l'Angleterre & de l'Irlande.

Cette chambre, qui devait être compofée de cinq cents treize membres, ne l'était alors que d'environ

(9) On a confervé les actes de cette procédure. Un tribunal légitime qui condamnerait un garnement à un mois de bicêtre; fur une pareille inftruction, commettrait un acte de tyrannie : & fi on ajoute que ni fuivant le droit particulier d'Angleterre, ni (en fuppofant alors les Anglais abfolument libres) fuivant aucun principe de droit public qu'un homme de bon fens puiffe admettre, ce tribunal ne pouvait être regardé comme légitime; on aura une idée jufte de ce jugement extraordinaire.

Charles répondit avec une modération & une fermeté qui honorent fa mémoire, & qui contraftent avec la dureté & la mauvaife foi de fes juges.

On prétend que des voleurs de grand chemin fe font avifés quelquefois de condamner en cérémonie, avant de les affaffiner, des juges qui étaient tombés entre leurs mains. Rien ne reffemble mieux à la conduite de *Cromwell* & de fes amis. Il a fallu toute l'atrocité du fanatifme pour que cette fentence ne foulevât point tous les partis, & que l'indignation générale n'en rendît pas l'exécution impoffible; & le fanatifme feul en a pu faire l'apologie.

quatre-vingts. Elle fit un nouveau grand fceau, fur lequel étaient gravés ces mots : *Le parlement de la république d'Angleterre.* On avait déjà abattu la ftatue du roi, élevée dans la bourfe de Londres, & on avait mis en fa place cette infcription : *Charles le dernier roi, & le premier tyran.*

Cette même chambre condamna à mort plufieurs feigneurs qui avaient été faits prifonniers en combattant pour le roi. Il n'était pas étonnant qu'on violât les lois de la guerre, après avoir violé celles des nations ; & pour les enfreindre plus pleinement encore, le duc *Hamilton*, écoffais, fut du nombre des condamnés. Cette nouvelle barbarie fervit beaucoup à déterminer les Ecoffais à reconnaître pour leur roi *Charles II ;* mais en même temps, l'amour de la liberté était fi profondément gravé dans tous les cœurs qu'ils bornèrent le pouvoir royal autant que le parlement d'Angleterre l'avait limité dans les premiers troubles. L'Irlande reconnaiffait le nouveau roi fans conditions. *Cromwell* alors fe fit nommer gouverneur d'Irlande : il partit avec l'élite de fon armée, & fut fuivi de fa fortune ordinaire. 1649.

Cependant *Charles II* était rappelé en Ecoffe par le parlement, mais aux mêmes conditions que ce parlement écoffais avait faites au roi fon père. On voulait qu'il fût presbytérien, comme les Parifiens avaient voulu que *Henri IV*, fon grand-père, fût catholique. On reftreignait en tout l'autorité royale ; *Charles* la voulait pleine & entière. L'exemple de fon père n'affaibliffait point en lui des idées qui femblent nées dans le cœur des monarques. Le premier fruit de fa nomination au trône d'Ecoffe était déjà une guerre civile. Le marquis de *Montrofs*, homme célèbre dans ces temps-là par fon attachement à la famille royale, & par fa valeur, avait amené d'Allemagne & du Danemarck quelques foldats dans le nord d'Ecoffe ; & fuivi des montagnards, il prétendait joindre aux droits du roi celui de conquête : il fut défait, pris & condamné par le parlement d'Ecoffe à être pendu à une potence haute de trente pieds, à être enfuite écartelé, & fes membres à être attachés aux portes des quatre principales villes, pour avoir contrevenu à ce qu'on appelait la *loi nouvelle*, ou *convenant presbytérien*. Ce brave homme dit à fes juges qu'il n'était fâché que de n'avoir pas affez de membres pour être attachés à toutes les portes des villes de l'Europe, comme des monumens de fa fidélité pour fon roi. Il mit même cette penfée en affez beaux vers, en allant au fupplice. C'était un des plus agréables efprits qui cultivaffent alors les lettres, & l'ame la plus héroïque qui fût dans les trois royaumes. Le clergé presbytérien le conduifit à la mort, en l'infultant & en prononçant fa damnation.

1650.   *Charles II*, n'ayant pas d'autre reffource, vint de Hollande fe remettre à la difcrétion de ceux qui venaient de faire pendre fon général & fon appui ; & entra dans Edimbourg par la porte où les membres de *Montrofs* étaient expofés.

La nouvelle république d'Angleterre fe prépara dès ce moment à faire la guerre à l'Ecoffe, ne voulant pas que dans la moitié de l'île il y eût un roi qui prétendît l'être de l'autre. Cette nouvelle république foutenait la révolution avec autant de conduite qu'elle l'avait faite avec fureur. C'était une chofe inouie de voir un petit nombre de citoyens obfcurs, fans aucun chef à leur tête, tenir tous les pairs du royaume dans l'éloignement & dans le filence, dépouiller tous les évêques, contenir les peuples, entretenir en Irlande environ feize mille combattans & autant en Angleterre, maintenir une grande flotte bien pourvue, & payer exactement toutes les dépenfes, fans qu'aucun des membres de la chambre s'enrichît aux dépens de la nation. Pour fubvenir à tant de frais, on employait avec une économie févère les revenus autrefois attachés à la couronne, & les terres des évêques & des chapitres qu'on vendit pour dix années. Enfin la nation payait une taxe de cent vingt mille livres fterling par mois, taxe dix fois plus forte que cet impôt de la marine que *Charles I* s'était arrogé, & qui avait été la première caufe de tant de défaftres.

Ce parlement d'Angleterre n'était pas gouverné par *Cromwell*, qui alors était en Irlande avec fon gendre *Ireton ;* mais il était dirigé par la faction des indépendans, dans laquelle il confervait toujours un grand crédit. La chambre réfolut de faire marcher une armée contre l'Ecoffe, & d'y faire fervir *Cromwell* fous le général *Fairfax. Cromwell* reçut ordre de quitter l'Irlande qu'il avait prefque foumife. Le général *Fairfax* ne voulut point marcher contre l'Ecoffe : il n'était point indépendant, mais presbytérien. Il prétendait qu'il ne lui était pas permis d'aller attaquer fes frères qui n'attaquaient point l'Angle-terre. Quelques repréfentations qu'on lui fît, il demeura inflexible, & fe démit du généralat pour paſſer le reſte de ſes jours en paix. Cette réſolution n'était point extraordinaire dans un temps & dans un pays où chacun ſe conduiſait ſuivant ſes principes.

Juin 1650. C'eſt-là l'époque de la grande fortune de *Cromwell*. Il eſt nommé général à la place de *Fairfax*. Il ſe rend en Ecoſſe avec une armée accoutumée à vaincre depuis près de dix ans. D'abord il bat les Ecoſſais à Dombar, & ſe rend maître de la ville d'Edimbourg. De-là il ſuit *Charles II*, qui s'était avancé juſqu'à Vorceſter, en Angleterre, dans l'eſpérance que les Anglais de ſon parti viendraient l'y joindre; mais ce prince n'avait avec lui que de nouvelles

13 ſeptembre troupes ſans diſcipline. *Cromwell* l'attaqua ſur les
1650. bords de la Saverne, & remporta preſque ſans réſiſtance la victoire la plus complète qui eût jamais ſignalé ſa fortune. Environ ſept mille priſonniers furent menés à Londres, & vendus pour aller travailler aux plantations anglaiſes en Amérique. C'eſt, je crois, la première fois qu'on a vendu des hommes comme des eſclaves chez les chrétiens, depuis l'abolition de la ſervitude. L'armée victorieuſe ſe rend maîtreſſe de l'Ecoſſe entière. *Cromwell* pourſuit le roi par-tout.

L'imagination, qui a produit tant de romans, n'a guère inventé d'aventures plus ſingulières, ni des dangers plus preſſans, ni des extrémités plus cruelles que tout ce que *Charles II* eſſuya en fuyant la pourſuite du meurtrier de ſon père. Il fallut qu'il marchât preſque ſeul par les routes les moins fréquentées, exténué de fatigue & de faim, juſque dans le comté de Strafford. Là, au milieu d'un bois, pourſuivi par les ſoldats de *Cromwell*, il ſe cacha dans le creux d'un chêne, où il fut obligé de paffer un jour & une nuit. Ce chêne fe voyait encore au commencement de ce fiècle. Les aftronomes l'ont placé dans les conftellations du pôle auftral, & ont ainfi éternifé la mémoire de tant de malheurs. Ce prince errant de village en village, déguifé, tantôt en poftillon, tantôt en bûcheron, fe fauva enfin dans une petite barque, & arriva en Normandie, après fix femaines d'aventures incroyables. Remarquons ici que fon petit neveu, *Charles Edouard*, a éprouvé de nos jours des aventures pareilles, & encore plus inouies. On ne peut trop remettre ces terribles exemples devant les yeux des hommes vulgaires qui voudraient intéreffer le monde entier à leurs malheurs, quand ils ont été traverfés dans leurs petites prétentions, ou dans leurs vains plaifirs.

Cromwell cependant revint à Londres en triomphe. La plupart des députés du parlement, leur orateur à la tête, le confeil de ville, précédé du maire, allèrent au-devant de lui à quelques milles de Londres. Son premier foin, dès qu'il fut dans la ville, fut de porter le parlement à un abus de la victoire dont les Anglais devaient être flattés. La chambre réunit l'Ecoffe à l'Angleterre comme un pays de conquête, & abolit la royauté chez les vaincus, comme elle l'avait exterminée chez les vainqueurs.

Jamais l'Angleterre n'avait été plus puiffante que depuis qu'elle était république. Ce parlement tout républicain forma le projet fingulier de joindre les fept Provinces-Unies à l'Angleterre, comme il venait d'y joindre l'Ecoffe. Le ftathouder, *Guillaume II*, gendre de *Charles I*, venait de mourir, après avoir

Novembre 1650.

1651.

N 4

voulu fe rendre fouverain en Hollande , comme
Charles en Angleterre , & n'ayant pas mieux réuffi
que lui. Il laiffait un fils au berceau ; & le parlement efpérait que les Hollandais fe pafferaient
de ftathouder , comme l'Angleterre fe paffait de
monarque , & que la nouvelle république de l'Angleterre, de l'Ecoffe & de la Hollande pourrait tenir
la balance de l'Europe ; mais les partifans de la
maifon d'Orange s'étant oppofés à ce projet , qui
tenait beaucoup de l'enthoufiafme de ces temps-là,
ce même enthoufiafme porta le parlement anglais à
déclarer la guerre à la Hollande. On fe battit fur
mer avec des fuccès balancés. Les plus fages du parlement, redoutant le grand crédit de *Cromwell*, ne
continuaient cette guerre que pour avoir un prétexte
d'augmenter la flotte aux dépens de l'armée , & de
détruire ainfi peu à peu la puiffance dangereufe du
général.

　Cromwell les pénétra comme ils l'avaient pénétré :
ce fut alors qu'il développa tout fon caractère : *Je
fuis*, dit-il au major-général, *Vernon, pouffé à un dénoue-
ment qui me fait dreffer les cheveux à la tête.* Il fe rendit

30 avril
1653.

au parlement , fuivi d'officiers & de foldats choifis
qui s'emparèrent de la porte. Dès qu'il eut pris fa
place : *Je crois*, dit-il, *que ce parlement eft affez mûr pour
être diffous.* Quelques membres lui ayant reproché
fon ingratitude, il fe met au milieu de la chambre :
Le Seigneur, dit-il, *n'a plus befoin de vous ; il a choifi
d'autres inftrumens pour accomplir fon ouvrage.* Après ce
difcours fanatique, il les charge d'injures, dit à l'un
qu'il eft un ivrogne, à l'autre qu'il mène une vie
fcandaleufe , que l'évangile les condamne, & qu'ils

aient à fe diffoudre fur le champ. Ses officiers & fes
foldats entrent dans la chambre : *Qu'on emporte la
maffe du parlement*, dit-il ; *qu'on nous défaffe de cette
marotte*. Son major-général, *Harriffon*, va droit à l'orateur, & le fait defcendre de la chaire avec violence.
Vous m'avez forcé, s'écria *Cromwell*, *à en ufer ainfi ; car
j'ai prié le Seigneur, toute la nuit, qu'il me fît plutôt mourir
que de commettre une telle action*. Ayant dit ces paroles,
il fit fortir tous les membres du parlement l'un après
l'autre, ferma la porte lui-même, & emporta la clef
dans fa poche.

Ce qui eft bien plus étrange, c'eft que le parlement
étant détruit avec cette violence, & nulle autorité
légiflative n'étant reconnue, il n'y eut point de
confufion. *Cromwell* affembla le confeil des officiers.
Ce furent eux qui changèrent véritablement la conftitution de l'Etat ; & il n'arrivait en Angleterre que
ce qu'on a vu dans tous les pays de la terre, où le
fort a donné la loi au faible. *Cromwell* fit nommer,
par ce confeil, cent quarante-quatre députés du
peuple, qu'on prit pour la plupart dans les boutiques
& dans les atteliers des artifans. Le plus accrédité
de ce nouveau parlement d'Angleterre, était un mar-
chand de cuir, nommé *Barebone ;* c'eft ce qui fit qu'on
appela cette affemblée *le parlement des Barebones*. (*a*)
Cromwell, en qualité de général, écrivit une lettre
circulaire à tous ces députés, & les fomma de venir
gouverner l'Angleterre, l'Ecoffe & l'Irlande. Au bout
de cinq mois ce prétendu parlement, auffi méprifé
qu'incapable, fut obligé de fe caffer lui-même, &

_____

(*a*) Cela fignifie *os décharné*.

de remettre à son tour le pouvoir souverain au
conseil de guerre. Les officiers seuls déclarèrent alors
Cromwell protecteur des trois royaumes. On envoya
chercher le maire de Londres & les aldermans.
Cromwell fut installé à Vittehall, dans le palais des
rois, où il prit dès-lors son logement. On lui donna
le titre d'*Alteffe*, & la ville de Londres l'invita à un
festin, avec les mêmes honneurs qu'on rendait aux
monarques. C'est ainsi qu'un citoyen obscur du pays
de Galles parvint à se faire roi, sous un autre nom,
par sa valeur secondée de son hypocrisie.

22 décembre
1653.

Il était âgé alors de près de cinquante ans, & en
avait passé quarante sans aucun emploi, ni civil ni
militaire. A peine était-il connu en 1642, lorsque
la chambre des communes, dont il était membre,
lui donna une commiffion de major de cavalerie.
C'est de là qu'il parvint à gouverner la chambre &
l'armée, & que, vainqueur de *Charles I* & de
Charles II, il monta en effet sur leur trône, & régna
fans être roi, avec plus de pouvoir & plus de bonheur qu'aucun roi. Il choisit d'abord, parmi les
seuls officiers compagnons de ses victoires, quatorze
conseillers, à chacun desquels il affigna mille livres
sterling de pension. Les troupes étaient toujours
payées un mois d'avance, les magasins fournis de
tout ; le tréfor public, dont il disposait, était rempli
de trois cents mille livres sterling : il en avait cent
cinquante mille en Irlande. Les Hollandais lui demandèrent la paix, & il en dicta les conditions, qui furent,
qu'on lui payerait trois cents mille livres sterling,
que les vaifseaux des Provinces-Unies baifseraient
pavillon devant les vaifseaux anglais, & que le jeune

prince d'Orange ne ferait jamais rétabli dans les charges de fes ancêtres. C'eſt ce même prince qui détrôna depuis *Jacques II*, dont *Cromwell* avait détrôné le père.

Toutes les nations courtisèrent à l'envi le pro-teĉteur. La France rechercha fon alliance contre l'Efpagne, & lui livra la ville de Dunkerque. (*b*) Ses flottes prirent fur les Efpagnols la Jamaïque, qui eſt reſtée à l'Angleterre. L'Irlande fut entièrement foumife, & traitée comme un pays de conquête. On donna aux vainqueurs les terres des vaincus, & ceux qui étaient le plus attachés à leur patrie périrent par la main des bourreaux.

Cromwell, gouvernant en roi, aſſemblait des parle-mens ; mais il s'en rendait le maître, & les caſſait à fa volonté. Il découvrit toutes les conſpirations contre lui, & prévint tous les foulèvemens. Il n'y eut aucun pair du royaume dans ces parlemens qu'il convoquait : tous vivaient obfcurément dans leurs 1656. terres. Il eut l'adreſſe d'engager un de ces parlemens à lui offrir le titre de roi, afin de le refufer & de mieux conferver la puiſſance réelle. Il menait dans le palais des rois une vie fombre & retirée, fans aucun faſte, fans aucun excès. Le général *Ludlow*, fon lieutenant en Irlande, rapporte que, quand le proteĉteur y envoya fon fils, *Henri Cromwell*, il l'en-voya avec un feul domeſtique. Ses mœurs furent toujours auſtères ; il était fobre, tempérant, éco-nome fans être avide du bien d'autrui, laborieux & exaĉt dans toutes les affaires. Sa dextérité ménageait

(*b*) Voyez le *Siècle de Louis XIV.*

toutes les fectes, ne perfécutant ni les catholiques ni les anglicans, qui alors à peine ofaient paraître; il avait des chapelains de tous les partis; enthoufiafte avec les fanatiques, maintenant les presbytériens qu'il avait trompés & accablés, & qu'il ne craignait plus; ne donnant fa confiance qu'aux indépendans qui ne pouvaient fubfifter que par lui, & fe moquant d'eux quelquefois avec les *théiftes*. Ce n'eft pas qu'il vît de bon œil la religion du théifme, qui, étant fans fanatifme, ne peut guère fervir qu'à des philofophes, & jamais à des conquérans.

Il y avait peu de ces philofophes, & il fe délaffait quelquefois avec eux aux dépens des infenfés qui lui avaient frayé le chemin du trône, l'évangile à la main. C'eft par cette conduite qu'il conferva jufqu'à fa mort fon autorité cimentée de fang, & maintenue par la force & par l'artifice.

13 feptembre 1658.

La nature, malgré fa fobriété, avait fixé la fin de fa vie à cinquante-cinq ans. Il mourut d'une fièvre ordinaire, caufée probablement par l'inquiétude attachée à la tyrannie; car dans les derniers temps il craignait toujours d'être affaffiné; il ne couchait jamais deux nuits de fuite dans la même chambre. Il mourut après avoir nommé *Richard Cromwell* fon fuccelfeur. A peine eut-il expiré qu'un de fes chapelains, presbytérien, nommé *Herry*, dit aux affiftans: *Ne vous alarmez pas; s'il a protégé le peuple de* DIEU *tant qu'il a été parmi nous, il le protégera bien davantage à préfent qu'il eft monté au ciel, où il fera affis à la droite de* JESUS-CHRIST. Le fanatifme était fi puiffant, & *Cromwell* fi refpecté, que perfonne ne rit d'un pareil difcours.

Quelques intérêts divers qui partageaffent tous les efprits , *Richard Cromwell* fut proclamé paifiblement protecteur dans Londres. Le confeil ordonna des funérailles plus magnifiques que pour aucun roi d'Angleterre. On choifit pour modèle les folennités pratiquées à la mort du roi d'Efpagne, *Philippe II*. Il eft à remarquer qu'on avait repréfenté *Philippe II* en purgatoire pendant deux mois , dans un appartement tendu de noir, éclairé de peu de flambeaux , & qu'enfuite on l'avait repréfenté dans le ciel, le corps fur un lit brillant d'or , dans une falle tendue de même, éclairée de cinq cents flambeaux , dont la lumière, renvoyée par des plaques d'argent, égalait l'éclat du foleil. Tout cela fut pratiqué pour *Olivier Cromwell :* on le vit fur fon lit de parade, la couronne en tête & un fceptre d'or à la main. Le peuple ne fit nulle attention ni à cette imitation d'une pompe catholique , ni à la profufion. Le cadavre embaumé , que *Charles II* fit exhumer depuis & porter au gibet , fut enterré dans le tombeau des rois.

CHAPITRE CLXXXII.

De l'Angleterre fous Charles II.

LE fecond protecteur , *Richard Cromwell* , n'ayant pas les qualités du premier , ne pouvait en avoir la fortune. Son fceptre n'était point foutenu par l'épée ; & n'ayant ni l'intrépidité ni l'hypocrifie d'*Olivier* , il ne fut ni fe faire craindre de l'armée ni en impofer aux partis & aux fectes qui divifaient l'Angleterre. Le conseil guerrier d'*Olivier Cromwell* brava d'abord *Richard*. Ce nouveau protecteur prétendit s'affermir en convoquant un parlement, dont une chambre, composée d'officiers, représentait les pairs d'Angleterre, & dont l'autre, formée de députés anglais, écossais & irlandais, représentait les trois royaumes; mais les chefs de l'armée le forcèrent de dissoudre ce parlement. Ils rétablirent eux-mêmes l'ancien parlement qui avait fait couper la tête à *Charles I*, & qu'ensuite *Olivier Cromwell* avait dissous avec tant de hauteur. Ce parlement était tout républicain, aussi-bien que l'armée. On ne voulait point de roi, mais on ne voulait pas non plus de protecteur. Ce parlement, qu'on appela le *croupion*, semblait idolâtre de la liberté; & malgré son enthousiasme fanatique, il se flattait de gouverner, haïssant également les noms de roi, de protecteurs, d'évêques & de pairs, ne parlant jamais qu'au nom du peuple. Les officiers demandèrent à la fois au parlement établi par eux, que tous les partisans de la maison royale fussent à jamais privés de leurs emplois, & que *Richard Cromwell* fût privé du protectorat. Ils le traitaient honorablement, demandant pour lui vingt mille livres sterling de rente, & huit mille pour sa mère; mais le parlement ne donna à *Richard Cromwell* que deux mille livres une fois payées, & lui ordonna de sortir dans six jours de la maison des rois; il obéit sans murmure, & vécut en particulier paisible.

12 mai 1659.

On n'entendait point alors parler des pairs ni des évêques. *Charles II* paraissait abandonné de tout le monde, aussi bien que *Richard Cromwell*; & on croyait, dans toutes les cours de l'Europe, que la république anglaife fubfifterait. Le célèbre *Monck*, officier général fous *Cromwell* ; fut celui qui rétablit le trône : il commandait en Ecoffe l'armée qui avait fubjugué le pays. Le parlement de Londres ayant voulu caffer quelques officiers de cette armée, ce général fe réfolut à marcher en Angleterre pour tenter la fortune. Les trois royaumes alors n'étaient qu'une anarchie. Une partie de l'armée de *Monck*, reftée en Ecoffe, ne pouvait la tenir dans la fujétion. L'autre partie, qui fuivait *Monck* en Angleterre, avait en tête celle de la république. Le parlement redoutait ces deux armées, & voulait en être le maître. Il y avait là de quoi renouveler toutes les horreurs des guerres civiles.

Monck ne fe fentant pas affez puiffant pour fuccéder aux deux protecteurs, forma le deffein de rétablir la famille royale ; & au lieu de répandre du fang, il embrouilla tellement les affaires par fes négociations, qu'il augmenta l'anarchie, & mit la nation au point de défirer un roi. A peine y eut-il du fang répandu. *Lambert*, un des généraux de *Cromwell*, & des plus ardens républicains, voulut en vain renouveler la guerre ; il fut prévenu avant qu'il eût raffemblé un affez grand nombre des anciennes troupes de *Cromwell*, & fut battu & pris par celles de *Monck*. On affembla un nouveau parlement. Les pairs, fi long-temps oififs & oubliés, revinrent enfin dans la chambre-haute. Les deux chambres reconnurent *Charles II* pour roi, & il fut proclamé dans Londres.

Charles II, rappelé ainfi en Angleterre, fans y avoir 8 mai 1660. contribué que de fon confentement, & fans qu'on lui eût fait aucune condition, partit de Bréda où il était retiré. Il fut reçu aux acclamations de toute l'Angleterre : il ne paraiffait pas qu'il y eût eu de guerre civile. Le parlement exhuma le corps d'*Olivier Cromwell*, d'*Ireton*, fon gendre, d'un nommé *Bradshaw*, préfident de la chambre qui avait jugé *Charles I*. On les traîna au gibet fur la claie. De tous les juges de *Charles I*, qui vivaient encore, il n'y en eut que dix qu'on exécuta ; aucun d'eux ne témoigna le moindre repentir, aucun ne reconnut le roi régnant : tous remercièrent DIEU *de mourir martyr pour la plus jufte & la plus noble des caufes*. Non-feulement ils étaient de la faction intraitable des indépendans, mais de la fecte des anabaptiftes qui attendaient fermement le feçond avénement de JESUS-CHRIST, & la cinquième monarchie. (10)

Il n'y avait plus que neuf évêques en Angleterre; le roi en compléta bientôt le nombre. L'ordre ancien fut rétabli; on vit les plaifirs & la magnificence d'une cour fuccéder à la trifte férocité qui avait régné fi long-temps. *Charles II* introduifit la galanterie & fes fêtes dans le palais de Vittehall, fouillé du fang de fon père. Les indépendans ne parurent plus; les puritains furent contenus. L'efprit de la nation parut d'abord fi changé, que la guerre civile précédente fut tournée en ridicule. Ces fectes fombres & févères,

_____

(10) *Charles II* eût montré une meilleure politique en ne permettant aucune recherche contre ces miférables., & en ne leur laiffant pas l'honneur de mourir avec un courage qui diminuait l'horreur de leur crime. Il eût été plus noble de vaincre *Cromwell*, que de faire traîner fon cadavre fur la claie. On a prétendu que *Charles II* avait même payé des affaffins pour faire périr quelques-uns des meurtriers qui s'étaient retirés dans les pays étrangers. Cette conduite augmenta la haine du parti qui avait détrôné fon père, parti dont les reftes troublèrent fon règne, & contribuèrent à l'expulfion de fa famille.

qui

qui avaient mis tant d'enthoufiafme dans les efprits, furent l'objet de la raillerie des courtifans & de toute la jeuneffe.

Le théifme, dont le roi fefait une profeffion affez ouverte, fut la religion dominante au milieu de tant de religions. Ce théifme a fait depuis des progrès prodigieux dans le refte du monde. Le comte de *Shaftesburi*, le petit-fils du miniftre, l'un des plus grands foutiens de cette religion, dit formellement dans fes *caractériftiques* qu'on ne faurait trop refpecter ce grand nom de *théifte*. Une foule d'illuftres écrivains en ont fait profeffion ouverte. La plupart des fociniens fe font enfin rangés à ce parti. On reproche à cette fecte fi étendue de n'écouter que la raifon, & d'avoir fecoué le joug de la foi : il n'eft pas poffible à un chrétien d'excufer leur indocilité : mais la fidélité de ce grand tableau que nous traçons de la vie humaine ne permet pas qu'en condamnant leur erreur, on ne rende juftice à leur conduite. Il faut avouer que de toutes les fectes c'eft la feule qui n'ait point troublé la fociété par des difputes, la feule qui, en fe trompant, ait toujours été fans fana-tifme ; il eft impoffible même qu'elle ne foit pas pai-fible. Ceux qui la profeffent font unis avec tous les hommes, dans le principe commun à tous les fiècles & à tous les pays, dans l'adoration d'un feul DIEU ; ils diffèrent des autres hommes, en ce qu'ils n'ont ni dogmes ni temples, ne croyant qu'un DIEU jufte, tolérant tout le refte, & découvrant rarement leur fentiment. Ils difent que cette religion pure eft auffi ancienne que le monde, qu'elle était celle du peuple hébreu, avant que *Moïfe* lui donnât un culte

Effai fur les mœurs, &c. Tome IV.   O

Théifme.

particulier. Ils fe fondent fur ce que les lettrés de
la Chine l'ont toujours profeffée ; mais ces lettrés
de la Chine ont un culte public, & les théiftes
d'Europe n'ont qu'un culte fecret, chacun adorant
DIEU en particulier, & ne fefant aucun fcrupule
d'affifter aux cérémonies publiques ; du moins, il
n'y a eu jufqu'ici qu'un très-petit nombre de ceux
qu'on nomme *unitaires* qui fe foient affemblés ; mais
ceux-là fe difent chrétiens primitifs plutôt que
théiftes.

Théiftes.

La fociété royale de Londres déjà formée, mais
qui ne s'établit par des lettres-patentes qu'en 1660,
commença à adoucir les mœurs en éclairant les
efprits. Les belles-lettres renaquirent & fe perfec-
tionnèrent de jour en jour. On n'avait guère connu,
du temps de *Cromwell*, d'autre fcience & d'autre
littérature que celle d'appliquer des paffages de
l'ancien & du nouveau teftament aux diffentions
publiques, & aux révolutions les plus atroces. On
s'appliqua alors à connaître la nature, & à fuivre
la route que le chancelier *Bacon* avait montrée. La
fcience des mathématiques fut portée bientôt à un
point que les *Archimède* n'auraient pu même deviner.
Un grand homme a connu enfin les lois primitives,
jufqu'alors cachées, de la conftitution générale de
l'univers ; &, tandis que toutes les autres nations fe
repaiffaient de fables, les Anglais trouvèrent les plus
fublimes vérités. Tout ce que les recherches de
plufieurs fiècles avaient appris en phyfique n'approchait pas de la feule découverte de la nature de la
lumière. Les progrès furent rapides & immenfes en
vingt ans : c'eft-là un mérite, une gloire qui ne

Société
royale rend
fervice à l'ef-
prit humain.

passeront jamais. Le fruit du génie & de l'étude reste;
& les effets de l'ambition, du fanatisme & des passions
s'anéantissent avec les temps qui les ont produits.
L'esprit de la nation acquit sous le règne de *Charles II*,
une réputation immortelle, quoique le gouvernement
n'en eût point.

L'esprit français qui régnait à la cour la rendit *Esprit fran-*
aimable & brillante; mais en l'assujettissant à des *çais à la cour.*
mœurs nouvelles, elle l'asservit aux intérêts de
Louis XIV; & le gouvernement anglais, vendu long-
temps à celui de France, fit quelquefois regretter le
temps où l'usurpateur *Cromwell* rendait sa nation
respectable.

Le parlement d'Angleterre & celui d'Ecosse rétablis
s'empressèrent d'accorder au roi, dans chacun de
ces deux royaumes, tout ce qu'ils pouvaient lui
donner, comme une espèce de réparation du meurtre *Revenu du*
de son père. Le parlement d'Angleterre surtout, *roi.*
qui seul pouvait le rendre puissant, lui assigna un
revenu de douze cents mille livres sterling, pour lui
& pour toutes les parties de l'administration, indépendamment des fonds destinés pour la flotte; jamais
Elisabeth n'en avait eu tant. Cependant *Charles II*,
prodigue, fut toujours indigent. La nation ne lui
pardonna pas de vendre pour moins de deux cents
quarante mille livres sterling Dunkerque, acquise
par les négociations & les armes de *Cromwell*.

La guerre qu'il eut d'abord contre les Hollandais
fut très-onéreuse, puisqu'elle coûta sept millions &
demi de livres sterling au peuple; & elle fut honteuse,
puisque l'amiral *Ruyter* entra jusque dans le port de
Chatam, & y brûla les vaisseaux anglais.

Accidens. Des accidens funeftes fe mêlèrent à ces défaftres.
1660. Une pefte ravagea Londres, au commencement de
ce règne, & la ville prefque entière fut détruite par
un incendie. Ce malheur, arrivé après la contagion,
& au fort d'une guerre malheureufe contre la Hollande, paraiffait irréparable; cependant, à l'étonnement de l'Europe, Londres fut rebâtie en trois
années beaucoup plus belle, plus régulière, plus
commode qu'elle n'était auparavant. Un feul impôt
fur le charbon, & l'ardeur des citoyens, fuffirent à
ce travail immenfe. Ce fut un grand exemple de
ce que peuvent les hommes, & qui rend croyable
ce qu'on rapporte des anciennes villes de l'Afie & de
l'Egypte, conftruites avec tant de célérité.

Ni ces accidens, ni ces travaux, ni la guerre
de 1672 contre la Hollande, ni les cabales dont
la cour & le parlement furent remplis, ne déro-
bèrent rien aux plaifirs & à la gaieté que *Charles II*
avait amenés en Angleterre, comme des productions
du climat de la France où il avait demeuré plufieurs
années. Une maîtreffe françaife, l'efprit français, &
furtout l'argent de la France, dominaient à la cour.

Troubles; Malgré tant de changemens dans les efprits, ni
conjuration l'amour de la liberté & de la faction ne changea
nommée pa- dans le peuple, ni la paffion du pouvoir abfolu
pifte. dans le roi & dans le duc d'*Yorck*, fon frère. On
vit enfin au milieu des plaifirs la confufion, la
divifion, la haine des partis & des fectes, défoler
encore les trois royaumes. Il n'y eut plus, à la
vérité, de grandes guerres civiles comme du temps
de *Cromwell*; mais une fuite de complots, de confpirations, de meurtres juridiques ordonnés en

vertu des lois interprétées par la haine, & enfin plusieurs affassinats auxquels la nation n'était point encore accoutumée, *funeftèrent* (*) quelque temps le règne de *Charles II.* Il femblait, par fon caractère doux & aimable, formé pour rendre fa nation heureufe, comme il fefait les délices de ceux qui l'approchaient. Cependant le fang coulait fur les échafauds fous ce bon prince, comme fous les autres. La religion feule fut la caufe de tant de défâftres, quoique *Charles* fût très-philofophe.

Il n'avait point d'enfant; & fon frère, héritier préfomptif de la couronne, avait embraffé ce qu'on appelle en Angleterre la *fecte papifte*, objet de l'exécration de prefque tout le parlement & de la nation. Dès qu'on fut cette défection, la crainte d'avoir un jour un papifte pour roi aliéna prefque tous les efprits. Quelques malheureux de la lie du peuple, apoftés par la faction oppofée à la cour, dénoncèrent une confpiration bien plus étrange encore que celle des poudres. Ils affirmèrent par ferment que les papiftes devaient tuer le roi, & donner la couronne à fon frère; que le pape *Clément X,* dans une congrégation qu'on appelle de *la propagande,* avait déclaré, en 1675, que le royaume d'Angleterre appartenait aux papes par un droit imprefcriptible; qu'il en donnait la lieutenance au jéfuite *Oliva,* général de l'ordre; que ce jéfuite remettait fon autorité au duc d'*Yorck,* vaffal du pape; qu'on devait lever une armée en Angleterre pour détrôner *Charles II;* que le jéfuite *la Chaife,* confeffeur de

Horreurs
ridicules.

_____

(*) Ce terme italien exprime mieux que tout autre ce qu'il veut dire.

Louis XIV, avait envoyé dix mille louis d'or à Londres pour commencer les opérations; que le jéſuite *Coniers* avait acheté un poignard une livre ſterling, pour aſſaſſiner le roi, & qu'on en avait offert dix mille à un médecin pour l'empoiſonner. Ils produiſaient les noms & les commiſſions de tous les officiers que le général des jéſuites avait nommés pour commander l'armée papiſte.

Jamais accuſation ne fut plus abſurde. Le fameux irlandais qui voyait à cinquante pieds ſous terre, la femme qui accoucha tous les huit jours d'un lapin dans Londres, celui qui promit à la ville aſſemblée d'entrer dans une bouteille de deux pintes; &, parmi nous, l'affaire de notre bulle *Unigenitus*, nos convulſions & nos accuſations contre les philoſophes, n'ont pas été plus ridicules. Mais quand les eſprits ſont échauffés, plus une opinion eſt impertinente, plus elle a de crédit.

Toute la nation fut alarmée. La cour ne put empêcher le parlement de procéder avec la ſévérité la plus prompte. Il ſe mêla une vérité à tous ces menſonges incroyables, & dès-lors tous ces menſonges parurent vrais. Les délateurs prétendaient que le général des jéſuites avait nommé pour ſon ſecrétaire d'État, en Angleterre, un nommé *Coleman*, attaché au duc d'*Yorck*; on ſaiſit les papiers de ce *Coleman*, on trouva des lettres de lui au père *la Chaiſe*, conçues en ces termes :

Nous pourſuivons une grande entrepriſe, il s'agit de convertir trois royaumes, & peut-être de détruire à jamais l'héréſie; nous avons un prince zélé, &c,... Il faut envoyer beaucoup d'argent au roi : l'argent eft la logique qui perfuade tout à notre cour.

Il eft évident par ces lettres que le parti catholique voulait avoir le deffus ; qu'il attendait beaucoup du duc d'*Yorck ;* que le roi lui-même favoriferait les catholiques, pourvu qu'on lui donnât de l'argent ; qu'enfin les jéfuites fefaient tout ce qu'ils pouvaient pour fervir le pape en Angleterre. Tout le refte était manifeftement faux ; les contradictions des délateurs étaient fi groffières, qu'en tout autre temps on n'aurait pu s'empêcher d'en rire.

Mais les lettres de *Coleman*, & l'affaffinat d'un de fes juges firent tout croire des papiftes. Plufieurs accufés périrent fur l'échafaud ; cinq jéfuites furent pendus & écartelés. Si on s'était contenté de les juger comme perturbateurs du repos public, entretenant des correfpondances illicites, & voulant abolir la religion établie par la loi, leur condamnation eût été dans toutes les règles ; mais il ne fallait pas les pendre en qualité de capitaines & d'aumôniers de l'armée papale qui devait fubjuguer trois royaumes. Le zèle contre le papifme fut porté fi loin que la chambre des communes vota prefque unanimement l'exclufion du duc d'*Yorck*, & le déclara incapable d'être jamais roi d'Angleterre. Ce prince ne confirma que trop, quelques années après, la fentence de la chambre des communes.

L'Angleterre, ainfi que tout le Nord, la moitié de l'Allemagne, les fept Provinces-Unies, & les trois quarts de la Suiffe s'étaient contentés jufques-là de regarder la religion catholique romaine comme une idolâtrie ; mais cette flétriffure n'avait encore paffé

Supplices.

Duc d'Yorck exclu du trône.

Le catholicifme déclaré idolâtrie.

O 4

nulle part en loi de l'Etat. Le parlement d'Angleterre ajouta à l'ancien ferment du teft l'obligation d'abhorrer le papifme comme une idolâtrie.

Quelles révolutions dans l'efprit humain ! Les premiers chrétiens accusèrent le fénat de Rome d'adorer des ftatues qu'il n'adorait certainement pas. Le chriftianifme fubfifta trois cents ans fans images; douze empereurs chrétiens traitèrent d'idolâtres ceux qui priaient devant des figures de faints. Ce culte fut reçu enfuite dans l'Occident & dans l'Orient, abhorré après dans la moitié de l'Europe. Enfin Rome chrétienne, qui fonde fa gloire fur la deftruction de l'idolâtrie, eft mife au rang des païens par les lois d'une nation puiffante, refpectée aujourd'hui dans l'Europe.

L'enthoufiafme de la nation ne fe borna pas à des démonftrations de haine & d'horreur contre le papifme; les accufations, les fupplices continuèrent.

Ce qu'il y eut de plus déplorable, ce fut la mort du lord *Stafford*, vieillard zélé pour l'Etat, attaché au roi, mais retiré des affaires, & achevant fa carrière honorable dans l'exercice paifible de toutes les vertus. Il paffait pour papifte, & ne l'était pas. Les délateurs l'accusèrent d'avoir voulu engager l'un d'eux à tuer le roi. L'accufateur ne lui avait jamais parlé, & cependant il fut tué; l'innocence du lord *Stafford* parut en vain dans tout fon jour; il fut condamné, & le roi n'ofa lui donner fa grace: faibleffe infame, dont fon père avait été coupable & qui perdit fon père. Cet exemple prouve que la tyrannie d'un corps eft toujours plus impitoyable que celle d'un roi : il y a mille moyens d'apaiſer un prince ; il n'y en a point d'adoucir la férocité d'un corps entraîné par les préjugés. Chaque membre, enivré de cette fureur commune , la reçoit & la redouble dans les autres membres, & ſe porte à l'inhumanité ſans crainte, parce que perſonne ne répond pour le corps entier.

Pendant que les papiſtes & les anglicans donnaient à Londres cette ſanglante ſcène , les presbytériens d'Ecoſſe en donnaient une non moins abſurde, & plus abominable. Ils aſſaſſinèrent l'archevêque de Saint-André , primat d'Ecoſſe; car il y avait encore des évêques dans ce pays , & l'archevêque de Saint-André avait conſervé ſes prérogatives. Les presbytériens aſſemblèrent le peuple après cette belle action , & la comparèrent hautement dans leurs ſermons à celle de *Jahel* , d'*Aod* & de *Judith* , auxquelles elle reſſemblait en effet. Ils menèrent leurs auditeurs, au ſortir du ſermon , tambour battant, à Glaſgow dont ils s'emparèrent. Ils jurèrent de ne plus obéir au roi comme chef ſuprême de l'Egliſe gallicane; de ne reconnaître jamais ſon frère pour roi ; de n'obéir qu'au Seigneur , & d'immoler au Seigneur tous les prélats qui s'oppoſeraient aux ſaints.

Le roi fut obligé d'envoyer contre les ſaints le duc de *Montmouth* , ſon fils naturel , avec une petite armée. Les presbytériens marchèrent contre lui au nombre de huit mille hommes , commandés par des miniſtres du ſaint Evangile. Cette armée s'appelait l'*armée du Seigneur*. Il y avait un vieux miniſtre qui monta ſur un petit tertre , & qui ſe fit ſoutenir les mains comme *Moïſe*, pour obtenir une victoire ſûre. 1679.

L'armée du Seigneur fut mife en déroute dès les premiers coups de canon. On fit douze cents prifonniers. Le duc de *Montmouth* les traita avec humanité ; il ne fit pendre que deux prêtres, & donna la liberté à tous les prifonniers qui voulurent jurer de ne plus troubler la patrie au nom de DIEU ; neuf cents firent le ferment, trois cents jurèrent qu'il valait mieux obéir à DIEU qu'aux hommes, & qu'ils aimaient mieux mourir que de ne pas tuer les anglicans & les papiftes. On les tranfporta en Amérique, & leur vaiffeau ayant fait naufrage, ils reçurent au fond de la mer la couronne du martyre.

Cet efprit de vertige dura encore quelque temps en Angleterre, en Ecoffe, en Irlande : mais enfin, le roi apaifa tout, moins par fa prudence, peut-être, que par fon caractère aimable dont la douceur & les graces prévalurent, & changèrent infenfiblement la férocité atrabilaire de tant de factieux en des mœurs plus fociables.

Charles II paraît être le premier roi d'Angleterre qui ait acheté par des penfions fecrètes les fuffrages des membres du parlement ; du moins dans un pays où il n'y a prefque rien de fecret cette méthode n'avait jamais été publique ; on n'avait point de preuve que les rois fes prédéceffeurs euffent pris ce parti, qui abrége les difficultés, & qui prévient les contradictions.

Le fecond parlement, convoqué en 1679, procéda contre dix-huit membres des communes du parlement précédent, qui avaient duré dix-huit années. On leur reprocha d'avoir reçu des penfions ; mais comme il n'y avait point de loi qui défendît de recevoir des gratifications de son souverain, on ne put les poursuivre.

Cependant *Charles II*, voyant que la chambre des communes, qui avait détrôné & fait mourir son père, voulait déshériter son frère de son vivant, & craignant pour lui-même les suites d'une telle entreprise, cassa le parlement, & régna sans en assembler désormais.

Plus de parlement.

Tout fut tranquille dès le moment que l'autorité royale & parlementaire ne se choquèrent plus. Le roi fut réduit enfin à vivre avec économie de son revenu, & d'une pension de cent mille livres sterling, que lui fesait *Louis XIV*. Il entretenait seulement quatre mille hommes de troupes, & on lui reprochait cette garde comme s'il eût eu sur pied une puissante armée. Les rois n'avaient communément, avant lui, que cent hommes pour leur garde ordinaire.

1681.

On ne connut alors en Angleterre que deux partis politiques, celui des *Torys* qui embrassaient une soumission entière aux rois, & celui des *Wighs* qui soutenaient les droits des peuples, & qui limitaient ceux du pouvoir souverain. Ce dernier parti l'a presque toujours emporté sur l'autre.

Mais ce qui a fait la puissance de l'Angleterre, c'est que tous les partis ont également concouru, depuis le temps d'*Elisabeth*, à favoriser le commerce. Le même parlement qui fit couper la tête à son roi fut occupé d'établissemens maritimes, comme si on eût été dans les temps les plus paisibles. Le sang de *Charles I* était encore fumant, quand ce parlement, quoique presque tout composé de fanatiques, fit, en 1650, le fameux acte de la navigation, qu'on

Etat florissant de l'Angleterre.

attribue au feul *Cromwell*, & auquel il n'eut d'autre part que celle d'en être fâché, parce que cet acte, très-préjudiciable aux Hollandais, fut une des caufes de la guerre entre l'Angleterre & les fept provinces, & que cette guerre, en portant toutes les grandes dépenfes du côté de la marine, tendait à diminuer l'armée de terre dont *Cromwell* était général. Cet acte de la navigation a toujours fubfifté dans toute fa force. L'avantage de cet acte confifte à ne permettre qu'aucun vaiffeau étranger puiffe apporter en Angleterre des marchandifes qui ne font pas du pays auquel appartient le vaiffeau. (11)

(11) On voulut par cet acte punir les Hollandais des gains qu'ils fefaient en fourniffant à l'Angleterre les marchandifes étrangères. L'économie qu'ils favaient mettre dans les frais de tranfport leur permettait de les donner à un prix plus bas que les négocians nationaux ou les commerçans du pays même dont les denrées étaient tirées : ainfi cet acte n'eut d'autre effet que de faire payer aux Anglais les marchandifes étrangères un peu plus cher, & d'augmenter le prix des tranfports par mer. La jaloufie des marchands anglais fit porter cette loi, que l'on a regardée depuis comme le fruit d'une profonde politique. M. de *Voltaire*, qui n'avait point fait fon étude principale des principes du commerce, fe conforme ici à l'opinion commune ; mais en partageant cette opiniou, il n'en affigne pas moins, dans l'article fuivant, les véritables caufes de la richeffe de l'Angleterre.

Quant à la prime propofée pour encourager l'exportation des grains, elle a deux inconvéniens ; l'un d'être un impôt levé fur la nation, l'autre d'élever un peu le prix moyen du blé pour l'Angleterre, comparée aux autres nations : mais ces deux inconvéniens font peu fenfibles. Cette loi n'a d'ailleurs aucun avantage, qu'une liberté abfolue n'eût procuré plus furement & plus complètement encore. Il eft poffible cependant que la faibleffe du gouvernement anglais, contre toute infurrection populaire, rende les emmagafinemens peu fûrs. Alors la loi pourrait être un véritable encouragement pour la culture ; mais elle ne ferait alors qu'un remède qu'on oppofe à un vice regardé comme incurable ; & quelque bon que puiffe être ce remède, il vaudrait mieux n'en avoir pas befoin.

Il y eut dès le temps de la reine *Elifabeth* une Commerce.
compagnie des Indes, antérieure même à celle de
Hollande, & on en forma même encore une nouvelle du temps du roi *Guillaume*. Depuis 1597
jufqu'en 1612, les Anglais furent feuls en poffeffion
de la pêche de la baleine; mais leurs plus grandes
richeffes vinrent toujours de leurs troupeaux. D'abord
ils ne furent que vendre les laines; mais depuis
Elifabeth ils manufacturèrent les plus beaux draps
de l'Europe. L'agriculture, long-temps négligée, leur Agriculture.
a tenu lieu enfin des mines du Potofe. La culture
des terres a été furtout encouragée, lorfqu'on a
commencé, en 1689, à donner des récompenfes à
l'exportation des grains. Le gouvernement a toujours
accordé depuis ce temps-là cinq fchellings pour
chaque mefure de froment portée à l'étranger, lorfque
cette mefure, qui contient vingt-quatre boiffeaux
de Paris, ne vaut à Londres que deux livres huit
fous fterling. La vente de tous les autres grains a
été encouragée à proportion ; & dans les derniers
temps il a été prouvé dans le parlement que l'exportation des grains avait valu en quatre années cent
foixante-dix millions trois cents trente mille livres
de France.

L'Angleterre n'avait pas encore toutes ces grandes
reffources du temps de *Charles II* : elle était encore
tributaire de l'induftrie de la France qui tirait d'elle
plus de huit millions chaque année par la balance
du commerce. Les manufactures de toiles, de glaces,
de cuivre, d'airain, d'acier, de papier, de chapeaux
même, manquaient aux Anglais C'eft la révocation

de l'édit de Nantes qui leur a donné presque toute
cette nouvelle industrie.

On peut juger par ce seul trait si les flatteurs de
Louis XIV ont eu raison de le louer d'avoir privé la
France de citoyens utiles. Aussi , en 1687 ; la nation
anglaise , sentant de quel avantage lui seraient les
ouvriers français réfugiés chez elle , leur a donné
quinze cents mille francs d'aumônes , & a nourri
treize mille de ces nouveaux citoyens dans la ville
de Londres , aux dépens du public , pendant une
année entière.

Cette application au commerce , dans une nation
guerrière , l'a mise enfin en état de soudoyer une
partie de l'Europe contre la France. Elle a de nos
jours multiplié son crédit , sans augmenter ses
fonds , au point que les dettes de l'Etat aux particuliers ont monté à cent de nos millions de rente.
C'est précisément la situation où s'est trouvé le
royaume de France, dans lequel l'Etat , sous le nom
du roi , doit à-peu-près la même somme par année
aux rentiers & à ceux qui ont acheté des charges.
Cette manœuvre, inconnue à tant d'autres nations,
& surtout à celles de l'Asie, a été le triste fruit de
nos guerres , & le dernier effort de l'industrie politique ; industrie non moins dangereuse que la guerre
même. Ces dettes de la France & de l'Angleterre
sont depuis augmentées prodigieusement.

CHAPITRE CLXXXIII.

De l'Italie, & principalement de Rome, à la fin du seizième siècle. Du concile de Trente. De la réforme du calendrier, &c.

AUTANT la France & l'Allemagne furent bouleversées à la fin du seizième & au commencement du dix-septième siècle, languissantes, sans commerce, privées des arts & de toute police, abandonnées à l'anarchie ; autant les peuples d'Italie commencèrent en général à jouir du repos, & cultivèrent à l'envi les arts de goût, qui ailleurs étaient ignorés, ou grossièrement exercés. Naples & Sicile furent sans révolutions ; on n'y eut même aucune inquiétude. Quand le pape *Paul IV*, poussé par ses neveux, voulut ôter ces deux royaumes à *Philippe II* par les armes de *Henri II*, roi de France, il prétendait les transférer au duc d'Anjou, qui fut depuis *Henri III*, moyennant vingt mille ducats de tribut annuel au lieu de six mille, & surtout à condition que ses neveux y auraient des principautés considérables & indépendantes.

Ce royaume était alors le seul au monde qui fût tributaire. On prétendait que la cour de Rome voulait qu'il cessât de l'être, & qu'il fût enfin réuni au saint-siége ; ce qui aurait pu rendre les papes assez puissans pour tenir en maîtres la balance de l'Italie. Mais il était impossible que ni *Paul IV*, ni toute l'Italie ensemble ôtassent Naples à *Philippe II*, pour

Papes veulent avoir Naples.

l'ôter enfuite au roi de France, & dépouiller les deux plus puiffans monarques de la chrétienté. L'entreprife de *Paul IV* ne fut qu'une témérité malheureufe. Le fameux duc d'*Albe*, alors vice-roi de Naples, infulta aux démarches de ce pontife, en fefant fondre les cloches & tout le bronze de Bénévent qui appartenait au faint-fiége, pour en faire des canons. Cette guerre fut prefque auffitôt finie que commencée. Le duc d'*Albe* fe flattait de prendre Rome, comme elle avait été prife fous *Charles-Quint*, & du temps des *Othon* & d'*Arnoud*, & de tant d'autres ; mais il alla, au bout de quelques mois, baifer les pieds du pontife ; on rendit les cloches à Bénévent, & tout fut fini.

Cardinaux pendus, mars 1560.

Ce fut un fpectacle affreux, après la mort de *Paul IV*, que la condamnation de fes deux neveux. le prince de *Palliana*, & le cardinal *Caraffa* : le facré collége vit avec horreur ce cardinal, condamné par les ordres de *Pie IV*, mourir par la corde, comme était mort le cardinal *Poli*, fous *Léon X* ; mais une action de cruauté ne fit pas un règne cruel, & la nation romaine ne fut pas tyrannifée : elle fe plaignit feulement que le pape vendît les charges du palais, abus qui augmenta dans la fuite.

Concile de Trente.

1563.

Le concile de Trente fut terminé fous *Pie IV* d'une manière paifible (*a*) ; il ne produifit aucun effet nouveau ni parmi les catholiques qui croyaient tous les articles de foi enfeignés par ce concile, ni parmi les proteftans qui ne les croyaient pas : il ne changea rien aux ufages des nations catholiques,

(*a*) La rédaction des difputes & des actes de ce concile fe trouve au chapitre CLXXII.

qui

qui adoptaient quelques règles de difcipline différentes de celles du concile.

La France furtout conferva ce qu'on appelle les Libertés gal-
libertés de fon Eglife, qui font en effet les libertés licanes.
de fa nation. Vingt-quatre articles, qui choquent
les droits de la juridiction civile, ne furent jamais
adoptés en France : les principaux de ces articles
donnaient aux feuls évêques l'adminiftration de tous
les hôpitaux, attribuaient au feul pape le jugement
des caufes criminelles de tous les évêques, fou-
mettaient les laïques en plufieurs cas à la juridiction
épifcopale. Voilà pourquoi la France rejeta toujours
le concile dans la difcipline qu'il établit. Les rois
d'Efpagne le reçurent dans tous leurs Etats avec le
plus grand refpect & les plus grandes modifications,
mais fecrètes & fans éclat. Venife imita l'Efpagne.
Les catholiques d'Allemagne demandèrent encore
l'ufage de la coupe & le mariage des prêtres. *Pie IV*
accorda la communion fous les deux efpèces, par
des brefs, à l'empereur *Maximilien II* & à l'archevêque de Maïence ; mais il fut inflexible fur le
célibat des prêtres. L'hiftoire des papes en donne
pour raifon que *Pie IV*, étant délivré du concile,
n'en avait plus rien à craindre : *de-là vient*, ajoute
l'auteur, *que ce pape, qui violait les lois divines & humaines,*
fefait le fcrupuleux fur le célibat. Il eft très-faux que
Pie IV violât les lois divines & humaines ; & il eft
très-évident qu'en confervant l'ancienne difcipline
du célibat facerdotal depuis fi long-temps établie
dans l'Occident, il fe conformait à une opinion
devenue une loi de l'Eglife.

Tous les autres ufages de la difcipline eccléfiaftique

Effai fur les mœurs, &c. Tome IV.   P

particulière à l'Allemagne subsistèrent. Les questions
préjudiciables à la puissance séculière ne réveillèrent
plus ces guerres qu'elles avaient autrefois fait naître.
Il y eut toujours des difficultés , des épines entre
la cour de Rome & les cours catholiques ; mais le
sang ne coula point pour ces petits démêlés. L'interdit de Venise sous *Paul V* a été depuis la seule
querelle éclatante. Les guerres de religion en Allemagne & en France occupaient alors assez ; & la
cour de Rome ménageait d'ordinaire les souverains
catholiques , de peur qu'ils ne devinssent protestans.
Malheur seulement aux princes faibles , quand ils
avaient en tête un prince puissant comme *Philippe*,
qui était le maître au conclave !

Italie sans police.

Il manqua à l'Italie la police générale : ce fut-là
son véritable fléau : elle fut infestée long-temps de
brigands au milieu des arts & dans le sein de la
paix, comme la Grèce l'avait été dans les temps
sauvages. Des frontières du Milanais au fond du
royaume de Naples , des troupes de bandits courans
sans cesse d'une province à une autre, achetaient la
protection des petits princes ; ou les forçaient à les
tolérer. On ne put les exterminer dans l'Etat du
saint-siége , jusqu'au règne de *Sixte-Quint;* & après lui
ils reparurent quelquefois. Ce fatal exemple encourageait les particuliers à l'assassinat : l'usage du stilet
n'était que trop commun dans les villes , tandis que
les bandits couraient les campagnes ; les écoliers de
Padoue s'étaient accoutumés à assommer les passans
sous les arcades qui bordent les rues.

Malgré ces désordres trop communs, l'Italie était
le pays le plus florissant de l'Europe, s'il n'était pas

le plus puiffant. On n'entendait plus parler de ces guerres étrangères qui l'avaient défolée depuis le règne du roi de France, *Charles VIII*, ni de ces guerres inteftines de principauté contre principauté, & de ville contre ville : on ne voyait plus de ces confpirations autrefois fi fréquentes. Naples, Venife, Rome, Florence attiraient les étrangers par leur magnificence & par la culture de tous les arts. Les plaifirs de l'efprit n'étaient encore bien connus que dans ce climat. La religion s'y montrait aux peuples fous un appareil impofant, néceffaire aux imaginations fenfibles. Ce n'était qu'en Italie qu'on avait élevé des temples dignes de l'antiquité ; & Saint-Pierre de Rome les furpaffait tous. Si les pratiques fuperftitieufes de fauffes traditions, des miracles fuppofés fubfiftaient encore, les fages les méprifaient, & favaient que les abus ont été de tous les temps l'amufement de la populace.

Arts cultivés.

Peut-être les écrivains ultramontains, qui ont tant déclamé contre ces ufages, n'ont pas affez diftingué entre le peuple & ceux qui le conduifent. Il n'aurait pas fallu méprifer le fénat de Rome, parce que les malades, guéris par la nature, tapiffaient de leurs offrandes les temples d'*Efculape*, parce que mille tableaux votifs de voyageurs échappés aux naufrages, ornaient ou défiguraient les autels de *Neptune*, & que dans Egnatia l'encens brûlait & fumait de lui-même fur une pierre facrée. Plus d'un proteftant, après avoir goûté les délices du féjour de Naples, s'eft répandu en invectives contre les trois miracles qui font à jour nommé dans cette ville, quand le fang de Sᵗ *Janvier*, de Sᵗ *Jean-Baptifte* & de Sᵗ *Etienne*,

Superftitions.

conservé dans des bouteilles, se liquéfie étant approché de leurs têtes. Ils accusent ceux qui président à ces églises d'imputer à la Divinité des prodiges inutiles. Le savant & sage *Addisson* dit qu'il n'a jamais vu *a more blouding trik*, un tour plus grossier. Tous ces auteurs pouvaient observer que ces institutions ne nuisent point aux mœurs, qui doivent être le principal objet de la police civile & ecclésiastique; que probablement les imaginations ardentes des climats chauds ont besoin de signes visibles qui les mettent continuellement sous la main de la Divinité; & qu'enfin ces signes ne pouvaient être abolis que quand ils seraient méprisés du même peuple qui les révère. (12)

(12) Ces superstitions ne nous paraissent pas aussi indifférentes qu'à M. de *Voltaire*. Comme le miracle réussit ou manque au gré du charlatan qui est chargé de le faire, & que le peuple entre en fureur lorsqu'il ne réussit pas ; le clergé de Naples a le pouvoir d'exciter à son gré des séditions parmi une populace nombreuse, dénuée de toute morale, que le sang n'effraie pas, & qui n'a rien à perdre. En sorte que la cérémonie de la liquéfaction met absolument le gouvernement de Naples dans la dépendance des prêtres. Toute réforme, toute loi qui déplaît aux prêtres devient impossible à établir. Il faudrait éclairer le peuple ; mais si un ministre était soupçonné d'en avoir l'idée, le miracle manquerait, & il se verrait exposé à toute la fureur du peuple.

Un seigneur napolitain avait imaginé de faire le miracle chez lui, ce moyen était un des plus sûrs pour le faire tomber ; mais le gouvernement eut peur des prêtres, & on lui défendit de continuer. Son secret se trouve décrit dans les mémoires de l'académie des sciences de Paris, 1757 ; mais il n'est pas sûr que ce soit exactement le même que celui des prêtres.

Espérons qu'un archevêque de Naples aura quelque jour assez de véritable piété & de courage pour avouer que ses prédécesseurs & son clergé ont abusé de la crédulité du peuple, pour révéler toute la fraude, & en exposer le secret au grand jour.

Il est bon de savoir que, si le miracle est retardé, il arrive souvent que le peuple s'en prend aux étrangers qui se trouvent dans l'église, &

A *Pie IV* fuccéda ce dominicain *Ghifleri*, *Pie V*, *Pie V.*
fi haï dans Rome même, pour y avoir fait exercer
avec trop de cruauté le miniftère de l'inquifition,
publiquement combattu ailleurs par les tribunaux
féculiers. La fameufe bulle, *In cœnâ Domini*, émanée
fous *Paul III*, & publiée par *Pie V*, dans laquelle on
brave tous les droits des fouverains, révolta plufieurs
cours, & fit élever contre elle les voix de plufieurs
univerfités.

L'extinction de l'ordre des *humiliés* fut un des prin- *St Charles*
Borromée.
cipaux événemens de fon pontificat. Les religieux
de cet ordre, établis principalement au Milanais,
vivaient dans le fcandale ; *St Charles Borromée*,
archevêque de Milan, voulut les réformer ; quatre
d'entre eux confpirèrent contre fa vie ; l'un des quatre
lui tira un coup d'arquebufe dans fon palais, pendant
qu'il fefait fa prière. Ce faint homme, qui ne fut que 1571.
légérement bleffé, demanda au pape la grace des
coupables : mais le pape punit leur attentat par le
dernier fupplice, & abolit l'ordre entier. Ce pontife
envoya quelques troupes en France au fecours du
roi *Charles IX*, contre les huguenots de fon royaume.
Elles fe trouvèrent à la bataille de Moncontour.
Le gouvernement de France était alors parvenu à
cet excès de fubvertiffement, que deux mille foldats
du pape étaient un fecours utile.

Mais ce qui confacra la mémoire de *Pie V*, ce fut
fon empreffement à défendre la chrétienté contre

qu'il foupçonne d'être des hérétiques. Alors ils font obligés de fe retirer,
& quelquefois le peuple les pourfuit à coups de pierres. Il n'y a pas quinze
ans que M. le prince de *S*. & M. le comte de *C*. effuyèrent ce traitement,
fans fe l'être attiré par aucune indifcrétion.

P 3

les Turcs., & l'ardeur dont il preſſa l'armement de la flotte qui gagna la bataille de Lépante. Son plus bel éloge vint de Conſtantinople même , où l'on fit des réjouiſſances publiques de ſa mort.

Réforme du calendrier. Grégoire XIII, Buoncompagno , ſucceſſeur de Pie V, rendit ſon nom immortel par la réforme du calendrier qui porte ſon nom ; & en cela il imita Jules Céſar. Ce beſoin où les nations furent toujours de réformer l'année montre bien la lenteur des arts les plus néceſſaires. Les hommes avaient ſu ravager le monde d'un bout à l'autre., avant d'avoir ſu connaître les temps & régler leurs jours. Les anciens Romains n'avaient d'abord connu que dix mois lunaires & une année de trois cents quatre jours.; enſuite leur année fut de trois cents cinquante-cinq. Tous les remèdes à cette fauſſe computation furent autant d'erreurs. Les pontifes, depuis Numa Pompilius, furent les aſtronomes de la nation , ainſi qu'ils l'avaient été chez les Babyloniens , chez les Egyptiens, chez les Perſes., chez preſque tous les peuples de l'Aſie. La ſcience des temps les rendait plus vénérables au peuple; rien ne conciliant plus l'autorité que la connaiſſance des choſes utiles inconnues au vulgaire.

Hiſtoire du calendrier. Comme chez les Romains le ſuprême pontificat était toujours entre les mains d'un ſénateur, Jules Céſar , en qualité de pontife , réforma le calendrier autant qu'il le put ; il ſe ſervit de Soſigènes , mathématicien , grec d'Alexandrie. Alexandre avait tranſporté dans cette ville les ſciences & le commerce.; c'était la plus célèbre école de mathématiques & c'était là que les Egyptiens, & même les Hébreux avaient enfin puifé quelques connaiffances réelles. Les Egyptiens avaient fu auparavant élever des maffes énormes de pierre ; mais les Grecs leur enfeignèrent tous les beaux arts, ou plutôt les exercèrent chez eux fans pouvoir former d'élèves égyptiens. En effet, on ne compte chez ce peuple d'efclaves efféminés aucun homme diftingué dans les arts de la Grèce.

Les pontifes chrétiens réglèrent l'année, ainfi que les pontifes de l'ancienne Rome, parce que c'était à eux d'indiquer les célébrations des fêtes. Le premier concile de Nicée, en 325, voyant le dérangement que le temps apportait au calendrier de *Céfar*, confulta comme lui les Grecs d'Alexandrie ; ces Grecs répondirent que l'équinoxe du printemps arrivait alors le 21 mars ; & les pères réglèrent le temps de la fête de Pâques fuivant ce principe.

Deux légers mécomptes dans le calcul de *Jules Céfar*, & dans celui des aftronomes confultés par le concile augmentèrent dans la fuite des fiècles. Le premier de ces mécomptes vient du fameux nombre d'or de l'athénien *Méton*; il donne dix-neuf années à la révolution par laquelle la lune revient au même point du ciel : il ne s'en manque qu'une heure & demie ; méprife infenfible dans un fiècle, & confidérable après plufieurs fiècles. Il en était de même de la révolution apparente du foleil, & des points qui fixent les équinoxes & les folftices. L'équinoxe du printemps au fiècle du concile de Nicée arrivait le 21 mars ; mais au temps du concile de Trente, l'équinoxe avait avancé de dix jours, & tombait à l'onze de ce mois. La caufe de cette préceffion

des équinoxes, inconnue à toute l'antiquité, n'a été
découverte que de nos jours : cette cause est un mouvement particulier à l'axe de la terre, mouvement
dont la période s'achève en vingt-cinq mille neuf
cents années, & qui fait passer successivement les équinoxes & les solstices par tous les points du zodiaque.
Ce mouvement est l'effet de la gravitation, dont le seul
Newton a connu & calculé les phénomènes qui semblaient hors de la portée de l'esprit humain.

Il ne s'agissait pas du temps de *Grégoire XIII* de
songer à deviner la cause de cette précession des
équinoxes, mais de mettre ordre à la confusion qui
commençait à troubler sensiblement l'année civile.
Grégoire fit consulter tous les célèbres astronomes
de l'Europe. Un médecin, nommé *Lilio*, né à Rome,
eut l'honneur de fournir la manière la plus simple &
la plus facile de rétablir l'ordre de l'année, telle
qu'on la voit dans le nouveau calendrier ; il ne fallait
que retrancher dix jours à l'année 1582, où l'on
était pour lors, & prévenir le dérangement dans les
siècles à venir par une précaution aisée. Ce *Lilio* a
été depuis ignoré ; & le calendrier porte le nom
du pape *Grégoire*, ainsi que le nom de *Sosigènes* fut
couvert par celui de *César*. Il n'en était pas ainsi chez
les anciens Grecs, la gloire de l'invention demeurait
aux artistes.

Résistance au
calendrier.

Grégoire XIII eut celle de presser la conclusion de
cette réforme nécessaire ; il eut plus de peine à la
faire recevoir par les nations qu'à la faire rédiger
par les mathématiciens. La France résista quelques

3 novembre
1582.

mois ; & enfin, sur un édit de *Henri III*, enregistré
au parlement de Paris, on s'accoutuma à compter

comme il le fallait; mais l'empereur *Maximilien II* ne put perfuader à la diète d'Augsbourg que l'équinoxe était avancé de dix jours. On craignait que la cour de Rome, en inftruifant les hommes, ne prît le droit de les maîtrifer. Ainfi l'ancien calendrier fubfifta encore quelque temps chez les catholiques même de l'Allemagne. Les proteftans de toutes les communions s'obftinèrent à ne pas recevoir des mains du pape une vérité qu'il aurait fallu recevoir des Turcs, s'ils l'avaient propofée.

Les derniers jours du pontificat de *Grégoire XIII* furent célèbres par cette ambaffade d'obédience qu'il reçut du Japon. Rome fefait des conquêtes fpirituelles à l'extrémité de la terre, tandis qu'elle fefait tant de pertes en Europe. Trois rois ou princes du Japon, alors divifé en plufieurs fouverainetés, envoyèrent chacun un de leurs plus proches parens faluer le roi d'Efpagne, *Philippe II*, comme le plus puiffant de tous les rois chrétiens, & le pape, comme père de tous les rois. Les lettres de ces trois princes au pape commençaient toutes par un acte d'adoration envers lui. La première, du roi de Bungo, était écrite, *A l'adorable qui tient fur terre la place du roi du ciel;* elle finit par ces mots: *Je m'adreffe avec crainte & refpeEt à votre fainteté, que j'adore & dont je baife les pieds très-faints.* Les deux autres difent à peu-près la même chofe. L'Efpagne fe flattait alors que le Japon deviendrait une de fes provinces, & le faint-fiége voyait déjà le tiers de cet empire foumis à fa juridiction eccléfiaftique.

Le peuple romain eût été très-heureux fous le gouvernement de *Grégoire XIII*, fi la tranquillité

Ambaffade du Japon au pape. 1575.

publique de fes Etats n'avait pas été quelquefois troublée par les bandits. Il abolit quelques impôts onéreux, & ne démembra point l'Etat en faveur de fon bâtard, comme avaient fait quelques-uns de fes prédéceffeurs. (13)

CHAPITRE CLXXXIV.

De Sixte-Quint.

LE règne de *Sixte-Quint* a plus de célébrité que celui de *Grégoire XIII* & de *Pie V*, quoique ces deux pontifes aient fait de grandes chofes ; l'un s'étant fignalé par la bataille de Lépante, dont il fut le premier mobile, & l'autre par la réforme des temps. Il arrive quelquefois que le caractère d'un homme, & la fingularité de fon élévation arrêtent fur lui les yeux de la poftérité plus que les actions mémorables des autres. La difproportion qu'on croit voir

Papes nés dans l'obfcurité. entre la naiffance de *Sixte-Quint*, fils d'un pauvre vigneron, & l'élévation à la dignité fuprême, augmente fa réputation ; cependant nous avons vu que jamais une naiffance obfcure & baffe ne fut regardée comme un obftacle au pontificat, dans une religion & dans une cour où toutes les places font réputées le prix du mérite, quoiqu'elles foient auffi celui de

(13) *Grégoire XIII* approuva le maffacre de la Saint-Barthelemi ; l'annonça dans un confiftoire comme un évènement confolant pour la religion, & voulut en confacrer & en éternifer le fouvenir par un tableau qu'il fit placer dans fon palais. Cette feule action fuffit pour rendre fa mémoire à jamais exécrable.

la brigue. *Pie V* n'était guère d'une famille plus relevée ; *Adrien VI* fut le fils d'un artisan ; *Nicolas V* était né dans l'obscurité ; le père du fameux *Jean XXII* qui ajouta un troisième cercle à la tiare, & qui porta trois couronnes, sans posséder aucune terre, raccommodait des souliers à Cahors ; c'était le métier du père d'*Urbain IV*. *Adrien IV*, l'un des plus grands papes, fils d'un mendiant, avait été mendiant lui-même. L'histoire de l'Eglise est pleine de ces exemples, qui encouragent la simple vertu, & qui confondent la vanité humaine. Ceux qui ont voulu relever la naissance de *Sixte-Quint* n'ont pas songé qu'en cela ils rabaissaient sa personne ; ils lui ôtaient le mérite d'avoir vaincu les premières difficultés. Il y a plus loin d'un gardeur de porcs, tel qu'il le fut dans son enfance, aux simples places qu'il eut dans son ordre, que de ces places au trône de l'Eglise. On a composé sa vie à Rome sur des journaux qui n'apprennent que des dates, & sur des panégyriques qui n'apprennent rien : le cordelier, qui a écrit la vie de *Sixte-Quint* commence par dire *qu'il a l'honneur de parler du plus haut, du meilleur, du plus grand des pontifes, des princes & des sages, du glorieux & de l'immortel Sixte.* Il s'ôte lui-même tout crédit par ce début.

Tempesti, cordelier a écrit en cordelier.

L'esprit de *Sixte-Quint* & de son règne est la partie essentielle de son histoire : ce qui le distingue des autres papes, c'est qu'il ne fit rien comme les autres. Agir toujours avec hauteur, & même avec violence, quand il est un simple moine ; dompter tout d'un coup la fougue de son caractère, dès qu'il est cardinal ; se donner quinze ans pour incapable d'affaires, & surtout de régner, afin de déterminer un jour

en fa faveur les fuffrages de tous ceux qui comp-
teraient régner fous fon nom ; reprendre toute fa
hauteur au moment même qu'il eft fur le trône ;
mettre dans fon pontificat une févérité inouie , &
de la grandeur dans toutes fes entreprifes ; embellir
Rome , & laiffer le tréfor pontifical très-riche ; licencier d'abord les foldats , les gardes même de fes
prédéceffeurs , & diffiper les bandits par la feule
force des lois , fans avoir de troupes ; fe faire craindre
de tout le monde par fa place & par fon caractère ;
c'eft-là ce qui mit fon nom parmi les noms illuftres ,
du vivant même de *Henri* & d'*Elifabeth*. Les autres
fouverains rifquaient alors leur trône , quand ils
tentaient quelque entreprife fans le fecours de ces
nombreufes armées qu'ils ont entretenues depuis : il
n'en était pas ainfi des fouverains de Rome qui ,
réuniffant le facerdoce & l'Empire , n'avaient pas
même befoin d'une garde.

Police de Rome. *Sixte-Quint* fe fit une grande réputation en
embelliffant & en poliçant Rome , comme *Henri IV*
embelliffait & poliçait Paris : mais ce fut-là le moindre
mérite de *Henri* , & c'était le premier de *Sixte*. Auffi
ce pape fit , en ce genre , de bien plus grandes chofes
que le roi de France : il commandait à un peuple
bien plus paifible , & alors infiniment plus induftrieux ;
& il avait dans les ruines & dans les exemples de
l'ancienne Rome , & encore dans les travaux de fes
prédéceffeurs , tout l'encouragement à fes grands
deffeins.

Ouvrages des Romains. Du temps des *Céfars* romains , quatorze aqueducs
immenfes , foutenus fur des arcades , voituraient des
fleuves entiers à Rome , l'efpace de plufieurs milles ,

& y entretenaient continuellement cent cinquante
fontaines jailliffantes, & cent dix-huit grands bains
publics, outre l'eau néceffaire à ces mers artificielles,
fur lefquelles on repréfentait des batailles navales.
Cent mille ftatues ornaient les places publiques,
les carrefours, les temples, les maifons. On voyait
quatre-vingt-dix coloffes élevés fur des portiques :
quarante-huit obélifques de marbre de granit, taillés
dans la haute Egypte, étonnaient l'imagination, qui
concevait à peine comment on avait pu tranfporter,
du tropique aux bords du Tibre, ces maffes prodi-
gieufes. Il reftait aux papes de reftaurer quelques
aqueducs, de relever quelques obélifques enfevelis
fous des décombres, de déterrer quelques ftatues.

Sixte-Quint rétablit la fontaine *Mazia*, dont la
fource eft à vingt milles de Rome, auprès de l'ancienne Prénefte, & il la fit conduire par un aqueduc de treize mille pas : il fallut élever des arcades
dans un chemin de fept milles de longueur ; un
tel ouvrage, qui eût été peu de chofe pour l'Empire
romain, était beaucoup pour Rome, pauvre &
refferrée.

Cinq obélifques furent relevés par fes foins. Le
nom de l'archite&te *Fontana* qui les rétablit, eft encore
célèbre à Rome ; celui des artiftes qui les taillèrent,
qui les tranfportèrent de fi loin, n'eft pas connu.
On lit dans quelques voyageurs, & dans cent auteurs
qui les ont copiés, que quand il fallut élever fur
fon piédeftal l'obélifque du vatican, les cordes
employées à cet ufage fe trouvèrent trop longues,
& que malgré la défenfe fous peine de mort de parler
pendant cette opération, un homme du peuple s'écria,

Mouillez les cordes. Ces contes, qui rendent l'hiftoire ridicule, font le fruit de l'ignorance ; les cabeftans, dont on fe fervait, ne pouvaient avoir befoin de ce ridicule fecours.

Coupole de Saint-Pierre. L'ouvrage qui donna quelque fupériorité à Rome moderne fur l'ancienne, fut la coupole de Saint-Pierre de Rome. Il ne reftait dans le monde que trois monumens antiques de ce genre, une partie du dôme du temple de Minerve dans Athènes, celui du Panthéon à Rome, & celui de la grande mofquée de Conftantinople, autrefois Sainte-Sophie, ouvrage de *Juftinien*. Mais ces coupoles, affez élevées dans l'intérieur, étaient trop écrafées au dehors. Le *Brunelefchi*, qui rétablit l'architecture en Italie, au quatorzième fiècle, remédia à ce défaut par un coup de l'art, en établiffant deux coupoles l'une fur l'autre, dans la cathédrale de Florence ; mais ces coupoles tenaient encore un peu du gothique, & n'étaient pas dans les nobles proportions. *Michel-Ange Buonaroti*, peintre, fculpteur, & architecte, également célèbre dans ces trois genres, donna, dès le temps de *Jules II*, le deffein des deux dômes de Saint-Pierre ; & *Sixte-Quint* fit conftruire, en vingt-deux mois, cet ouvrage dont rien n'approche.

Bibliothèque du vatican. La bibliothèque, commencée par *Nicolas V*, fut tellement augmentée alors, que *Sixte-Quint* peut paffer pour en être le vrai fondateur. Le vaiffeau qui la contient eft encore un beau monument. Il n'y avait point alors dans l'Europe de bibliothèque ni fi ample, ni fi curieufe : mais la ville de Paris l'a emporté depuis fur Rome en ce point ; & fi l'architecture de la bibliothèque royale de Paris n'eft pas comparable à celle du vatican, les livres y font

en beaucoup plus grand nombre, bien mieux arran‑
gés, & prêtés aux particuliers avec une toute autre
facilité.

Le malheur de *Sixte-Quint*, & de fes Etats, fut que toutes fes grandes fondations appauvrirent fon peuple, au lieu que *Henri IV* foulagea le fien. L'un & l'autre, à leur mort, laiſsèrent à peu-près la même fomme en argent comptant ; car quoi‑ qu'*Henri IV* eût quarante millions en réferve dont il pouvait difpofer, il n'y en avait qu'environ vingt dans les caves de la baſtille ; & les cinq millions d'écus d'or que *Sixte* mit dans le château Saint-Ange, revenaient à peu-près à vingt millions de nos livres d'alors. Cet argent ne pouvait être ravi à la circu‑ lation, dans un Etat prefque fans commerce & fans manufactures, tel que celui de Rome, fans appauvrir les habitans. *Sixte*, pour amaſser ce tréfor, & pour fubvenir à ces dépenfes, fut obligé de donner encore plus d'étendue à la vénalité des emplois que n'avaient fait fes prédéceſseurs. *Sixte IV*, *Jules II*, *Léon X* avaient commencé ; *Sixte* aggrava beaucoup ce far‑ deau : il créa des rentes à huit, à neuf, à dix pour cent, pour le payement defquelles les impôts furent augmentés. Le peuple oublia qu'il embelliſsait Rome ; il fentit feulement qu'il l'appauvriſsait, & ce pontife fut plus haï qu'admiré.

Peuple pau‑ vre.

Il faut toujours regarder les papes fous deux afpects ; comme fouverains d'un Etat, & comme chefs de l'Eglife. *Sixte-Quint*, en qualité de premier pontife, voulut renouveler les temps de *Grégoire VII*. Il déclara *Henri IV*, alors roi de Navarre, incapable de fuccéder à la couronne de France. Il priva la reine

Témérités de Sixte-Quint.

Elifabeth de fes royaumes par une bulle; & fi la flotte invincible de *Philippe II* eût abordé en Angleterre, la bulle eût pu être mife à exécution. La manière dont il fe conduifit avec *Henri III*, après l'affaffinat du duc de *Guife*, & du cardinal fon frère ne fut pas fi emportée. Il fe contenta de le déclarer excommunié, s'il ne fefait pénitence de ces deux meurtres. C'était imiter *St Ambroife*; c'était agir comme *Alexandre III*, qui exigea une pénitence publique du meurtre de *Becquet*, canonifé fous le nom de *Thomas de Cantorbéry*. Il était avéré que le roi de France, *Henri III*, venait d'affaffiner, dans fa propre maifon, deux princes dangereux, à la vérité, mais auxquels on n'avait point fait le procès, & qu'il eût été très-difficile de convaincre de crime en juftice réglée. Ils étaient les chefs d'une ligue funefte, mais que le roi lui-même avait fignée. Toutes les circonftances de ce double affaffinat étaient horribles; & fans entrer ici dans les juftifications prifes de la politique & du malheur des temps, la fureté du genre humain femblait demander un frein à de pareilles violences. *Sixte-Quint* perdit le fruit de fa démarche auftère & inflexible, en ne foutenant que les droits de la tiare & du facré collége, & non ceux de l'humanité, en ne blâmant pas le meurtre du duc de *Guife* autant que celui du cardinal; en n'infiftant que fur la prétendue immunité de l'Eglife, fur le droit que les papes réclamaient de juger les cardinaux; en commandant au roi de France de relâcher le cardinal de *Bourbon* & l'archevêque de Lyon, qu'il retenait en prifon par les raifons d'Etat les plus fortes; enfin en lui ordonnant de venir dans l'efpace de foixante

jours

jours expier fon crime dans Rome. Il eft très-vrai que *Sixte-Quint*, chef des chrétiens, pouvait dire à un prince chrétien : *Purgez-vous devant* DIEU *d'un double homicide* : mais il ne pouvait pas lui dire : *C'eft à moi feul de juger vos fujets eccléfiaftiques ; c'eft à moi de vous juger dans ma cour.*

Ce pape parut encore moins conferver la grandeur & l'impartialité de fon miniftère, quand, après le parricide du moine *Jacques Clément*, il prononça devant les cardinaux ces propres paroles, fidellement rapportées par le fecrétaire du confiftoire : *Cette mort, dit-il, qui donne tant d'étonnement & d'admiration fera crue à peine de la poftérité. Un très-puiffant roi, entouré d'une forte armée qui a réduit Paris à lui demander miféricorde, eft tué d'un feul coup de couteau par un pauvre religieux. Certes ce grand exemple a été donné, afin que chacun connaiffe la force des jugemens de* DIEU. Ce difcours du pape parut horrible, en ce qu'il femblait regarder le crime d'un fcélérat infenfé comme une infpiration de la providence.

Abus du pontificat.

Sixte était en droit de refufer les vains honneurs d'un fervice funèbre à *Henri III*, qu'il regardait comme exclus de la participation aux prières. Auffi, dit-il dans le même confiftoire : *Je les dois au roi de France, mais je ne les dois pas à Henri de Valois impénitent.*

Tout cède à l'intérêt : ce même pape qui avait privé fi fièrement *Elifabeth* & le roi de Navarre de leurs royaumes ; qui avait fignifié au roi *Henri III* qu'il fallait venir répondre à Rome dans foixante jours, ou être excommunié, refufa pourtant à la fin de prendre le parti de la ligue & de l'Efpagne contre *Henri IV*, alors hérétique. Il fentait que fi

Sixte-Quint refufe de fervir l'Efpagne & la ligue contre Henri IV.

Philippe II réuffiffait, ce prince, maître à la fois de la France, du Milanais & de Naples, le ferait bientôt du faint-fiége & de toute l'Italie. *Sixte-Quint* fit donc ce que tout homme fage eût fait à fa place ; il aima mieux s'expofer à tous les reffentimens de *Philippe II* que de fe ruiner lui-même en prêtant la main à la ruine de *Henri IV*. Il mourut dans ces inquiétudes, n'ofant fecourir *Henri IV*, & craignant *Philppe II*. Le peuple romain, qui gémiffait fous le fardeau des taxes, & qui haïffait un gouvernement trifte & dur, éclata à la mort de *Sixte* ; on eut beaucoup de peine à l'empêcher de troubler la pompe funèbre, de déchirer en pièces celui qu'il avait adoré à genoux. Prefque tous fes tréfors furent diffipés un an après fa mort, ainfi que ceux de *Henri IV*. Deftinée ordinaire qui fait voir affez la vanité des deffeins des hommes.

26 auguſte 1590.

CHAPITRE CLXXXV.

Des fucceffeurs de Sixte-Quint.

Grégoire XIV.

ON voit combien l'éducation, la patrie, tous les préjugés, gouvernent les hommes. *Grégoire XIV*, né milanais & fujet du roi d'Efpagne, fut gouverné par la faction efpagnole, à laquelle *Sixte*, né fujet de Rome, avait réfifté. Il immola tout à *Philippe II*. Une armée d'Italiens fut levée pour aller ravager la France aux dépens de ce même tréfor que *Sixte-Quint* avait amaffé pour défendre l'Italie ; & cette armée ayant été battue & diffipée, il ne refta à *Grégoire XIV* que la honte de s'être appauvri pour *Philippe II*, & d'être dominé par lui.

Clément VIII, *Aldobrandin*, fils d'un banquier flo- *Clément VIII*rentin, se conduisit avec plus d'esprit & d'adresse : il connut très-bien que l'intérêt du saint-siége était de tenir, autant qu'il pouvait, la balance entre la France & la maison d'Autriche. Ce pape accrut le domaine ecclésiastique du duché de Ferrare. C'était encore un effet de ces lois féodales si épineuses & si contestées, & c'était une suite évidente de la faiblesse de l'Empire. La comtesse *Mathilde*, dont nous avons tant parlé, avait donné aux papes Ferrare, Modène & Reggio, avec bien d'autres terres. Les empereurs réclamèrent toujours contre la donation de ces domaines, qui étaient des fiefs de la couronne de Lombardie. Ils devinrent, malgré l'Empire, fiefs du saint-siége, comme Naples qui relevait du pape après avoir relevé des empereurs. Ce n'est que de nos jours que Modène & Reggio ont été enfin solennellement déclarés fiefs impériaux. Mais depuis *Grégoire VII* ils étaient, ainsi que Ferrare, dépendans de Rome ; & la maison de *Modène*, autrefois propriétaire de ces terres, ne les possédait plus qu'à titre de vicaire du saint-siége. En vain la cour de Vienne, & les diètes impériales prétendaient toujours la suzeraineté. *Clément VIII* enleva Ferrare à la maison d'*Est*, & ce qui pouvait 1597. produire une guerre violente ne produisit que des protestations. Depuis ce temps Ferrare fut presque déserte. (*a*)

Ce pape fit la cérémonie de donner l'absolution & la discipline à *Henri IV*, en la personne des cardinaux

(*a*) Voyez l'article FERRARE, dans le *Dictionnaire philosophique*.

Clément donne la discipline à Henri IV sur le dos de du Perron & d'Offat.

1595.

du *Perron* & d'*Offat*; mais on voit combien la cour de Rome craignait toujours *Philippe II*, par les menagemens & les artifices dont ufa *Clément VIII*, pour parvenir à réconcilier *Henri IV* avec l'Eglife. Ce prince avait abjuré folennellement la religion réformée; & cependant les deux tiers des cardinaux perfiftèrent dans un confiftoire à lui refufer l'abfolution. Les ambaffadeurs du roi eurent beaucoup de peine à empêcher que le pape fe fervît de cette formule : *Nous réhabilitons Henri dans fa royauté.* Le miniftère de Rome voulait bien reconnaître *Henri* pour roi de France, & oppofer ce prince à la maifon d'Autriche; mais en même temps Rome foutenait, autant qu'elle pouvait, fon ancienne prétention de difpofer des royaumes.

Paul V.

1605.

Sous *Borghèfe*, *Paul V*, renaquit l'ancienne querelle de la juridiction féculière & de l'eccléfiaftique, qui avait fait verfer autrefois tant de fang. Le fénat de Venife avait défendu les nouvelles donations faites aux églifes fans fon concours, & furtout l'aliénation des biens-fonds en faveur des moines. Il fe crut auffi en droit de faire arrêter & de juger un chanoine de Vicence, & un abbé de Nervèfe, convaincus de rapines & de meurtres.

Querelle de *Paul V* avec Venife.

Le pape écrivit à la république que les décrets & l'emprifonnement des deux eccléfiaftiques bleffaient l'honneur de DIEU; il exigea que les ordonnances du fénat fuffent remifes à fon nonce, & qu'on lui rendît auffi les deux coupables, qui ne devaient être jufticiables que de la cour romaine.

Paul V, qui, peu de temps auparavant, avait fait plier la république de Gènes dans une occafion

pareille, crut que Venife aurait la même condefcen-
dance. Le fénat envoya un ambaffadeur extraordinaire pour foutenir fes droits. *Paul* répondit à
l'ambaffadeur que ni les droits, ni les raifons de
Venife ne valaient rien, & qu'il fallait obéir. Le
fénat n'obéit point. Le doge & les fénateurs furent
excommuniés, & tout l'Etat de Venife mis en
interdit, c'eft-à-dire, qu'il fut défendu au clergé,
fous peine de damnation éternelle, de dire la meffe,
de faire le fervice, d'adminiftrer aucun facrement,
& de prêter fon miniftère à la fépulture des morts.
C'était ainfi que *Grégoire VII* & fes fucceffeurs en
avaient ufé envers plufieurs empereurs, bien fûrs
alors que les peuples aimeraient mieux abandonner
leurs empereurs que leurs églifes, & comptant toujours fur des princes prêts à envahir les domaines
des excommuniés. Mais les temps étaient changés :
Paul V, par cette violence, hafardait qu'on lui défobéît,
que Venife fît fermer toutes les églifes, & renonçât
à la religion catholique : elle pouvait aifément embraffer la grecque, ou la luthérienne, ou la calvinifte,
& parlait en effet alors de fe féparer de la communion du pape. Le changement ne fe fût pas
fait fans troubles; le roi d'Efpagne aurait pu en
profiter. Le fénat fe contenta de défendre la publication du monitoire dans toute l'étendue de fes
terres. Le grand-vicaire de l'évêque de Padoue, à
qui cette défenfe fut fignifiée, répondit au podeftat
qu'il ferait ce que DIEU lui infpirerait; mais le
podeftat ayant repliqué que DIEU avait infpiré
au confeil des dix de faire pendre quiconque défo-
béirait, l'interdit ne fut publié nulle part; & la

17 avril
1606.

Q 3

cour de Rome fut affez heureufe pour que tous les Vénitiens continuaffent à vivre en catholiques malgré elle.

Il n'y eut que quelques ordres religieux qui obéirent. Les jéfuites ne voulurent pas donner l'exemple les premiers. Leurs députés fe rendirent à l'affemblée générale des capucins ; ils leur dirent que *dans cette grande affaire l'univers avait les yeux fur les capucins, & qu'on attendait leur démarche pour favoir quel parti on devait prendre.* Les capucins, qui fe crurent en fpectacle à l'univers, ne balancèrent pas à fermer leurs églifes. Les jéfuites & les théatins fermèrent alors les leurs. Le fénat les fit tous embarquer pour Rome, & les jéfuites furent bannis à perpétuité.

Parmi tant de moines qui, depuis leur fondation, avaient trahi leur patrie pour les intérêts des papes, il s'en trouva un à Venife qui fut citoyen, & qui acquit une gloire durable en défendant fes fouverains contre les prétentions romaines ; ce fut le célèbre *Sarpi*, fi connu fous le nom de *Fra-Paolo*. Il était théologien de la république ; ce titre de théologien ne l'empêcha pas d'être un excellent jurifconfulte. Il foutint la caufe de Venife avec toute la force de la raifon, & avec une modération & une fineffe qui rendaient cette raifon victorieufe. Deux fujets du pape & un prêtre de Venife fubornèrent deux affaffins pour tuer *Fra-Paolo*. Ils le percèrent de trois coups de ftilet, & s'enfuirent dans une barque à dix rames, qui leur était préparée. Un affaffinat fi bien concerté, la fuite des meurtriers affurée avec tant de précautions & de frais, marquaient évidemment qu'ils avaient obéi aux ordres de quelques hommes puissans ; on accusa les jésuites , on soupçonna le pape : le crime fut désavoué par la cour romaine & par les jésuites. *Fra-Paolo*, qui réchappa des ses blessures, garda long-temps un des stilets dont il avait été frappé, & mit au-dessous cette inscription : *stilo della chiesa romana.*

Le roi d'Espagne excitait le pape contre les Vénitiens, & le roi *Henri IV* se déclarait pour eux. Les Vénitiens armèrent à Vérone, à Padoue, à Bergame, à Brescia ; ils levèrent quatre mille soldats en France. Le pape, de son côté, ordonna la levée de quatre mille corses, & de quelques suisses catholiques. Le cardinal *Borghèse* devait commander cette petite armée. Les Turcs remercièrent DIEU solennellement de la discorde qui divisait le pape & Venise. Le roi *Henri IV* eut la gloire, comme je l'ai déjà dit, d'être l'arbitre du différent, & d'exclure *Philippe III* de la médiation. *Paul V* essuya la mortification de ne pouvoir même obtenir que l'accommodement se fît à Rome. Le cardinal de *Joyeuse*, envoyé par le roi de France à Venise, révoqua, au nom du pape, l'excommunication & l'interdit. Le pape, abandonné par l'Espagne, ne montra plus que de la modération, & les jésuites restèrent bannis de la république pendant plus de cinquante ans : ils n'y ont été rappelés qu'en 1657, à la prière du pape *Alexandre VII*, mais ils n'ont jamais pu y rétablir leur crédit.

Paul V, depuis ce temps, ne voulut pas faire aucune décision qui pût compromettre son autorité ; on le pressa en vain de faire un article de foi de

Henri IV médiateur entre Venise & Rome.

1609

l'immaculée conception de la *fainte Vierge* : il fe contenta de défendre d'enfeigner le contraire en public, pour ne pas choquer les dominicains, qui prétendent qu'elle a été conçue comme les autres dans le péché originel. Les dominicains étaient alors très-puiffans en Efpagne & en Italie.

Paul V em- Il s'appliqua à embellir Rome , à raffembler les
bellit Rome. plus beaux ouvrages de fculpture & de peinture. Rome lui doit fes plus belles fontaines , furtout celle qui fait jaillir l'eau d'un vafe antique tiré des thermes de *Vefpafien*, & celle qu'on appelle *l'Acqua Paola*, ancien ouvrage d'*Augufte*, que *Paul V* rétablit; il y fit conduire l'eau par un aqueduc de trente-cinq mille pas, à l'exemple de *Sixte-Quint*. C'était à qui laifferait dans Rome les plus nobles monumens. Il acheva le palais de Monte-Cavallo. Le palais Borghèfe eft un des plus confidérables. Rome embellie fous chaque pape devenait la plus belle ville du
Urbain auffi. monde. *Urbain VIII* conftruifit ce grand autel de Saint-Pierre, dont les colonnes & les ornemens paraîtraient par-tout ailleurs des ouvrages immenfes, & qui n'ont là qu'une jufte proportion : c'eft le chef-d'œuvre du florentin *Bernini* , digne de mêler fes ouvrages avec ceux de fon compatriote *Michel-Ange*.

Cet *Urbain VIII*, dont le nom était *Barberini*, aimait tous les arts : il réuffiffait dans la poëfie latine, Les Romains, dans une profonde paix, jouiffaient de toutes les douceurs que les talens répandent dans la fociété, & de la gloire qui leur eft attachée. *Urbain*
1644. réunit à l'Etat eccléfiaftique le duché d'Urbino, Pefaro , Sinigaglia, après l'extinction de la maifon

de *la Rovère*, qui tenait ces principautés en fief du saint-siège. La domination des pontifes romains devint donc toujours plus puissante depuis *Alexandre VI*. Rien ne troubla plus la tranquillité publique ; à peine s'aperçut-on de la petite guerre qu'*Urbain VIII*, ou plutôt ses deux neveux, firent à *Edouard*, duc de Parme, pour l'argent que ce duc devait à la chambre apostolique sur son duché de Castro. Ce fut une guerre peu sanglante & passagère, telle qu'on la devait attendre de ces nouveaux Romains, dont les mœurs doivent être nécessairement conformes à l'esprit de leur gouvernement. Le cardinal *Barberin*, auteur de ces troubles, marchait à la tête de sa petite armée avec des indulgences. La plus forte bataille qui se donna fut entre quatre ou cinq cents hommes de chaque parti. La forteresse de Piégaia se rendit à discrétion, dès qu'elle vit approcher l'artillerie ; cette artillerie consistait en deux coulevrines. Cependant il fallut pour étouffer ces troubles, qui ne méritent point de place dans l'histoire, plus de négociations que s'il s'était agi de l'ancienne Rome & de Carthage. On ne rapporte cet événement que pour faire connaître le génie de Rome moderne, qui finit tout par la négociation, comme l'ancienne Rome finissait tout par des victoires.

Petite guerre.

Les cérémonies de la religion, celles des préséances, les arts, les antiquités, les édifices, les jardins, la musique, les assemblées, occupèrent le loisir des Romains, tandis que la guerre de trente ans ruina l'Allemagne, que le sang des peuples & du roi coulait en Angleterre ; & que, bientôt après, la guerre civile de la fronde désola la France.

Petites occupations.

Misère des
peuples.

Mais si Rome était heureuse par sa tranquillité, & illustre par ses monumens, le peuple était dans la misère. L'argent qui servit à élever tant de chefs-d'œuvre d'architecture, retournait aux autres nations par le désavantage du commerce.

Les papes étaient obligés d'acheter, des étrangers, le blé dont manquent les Romains, & qu'on revendait en détail dans la ville. Cette coutume dure encore aujourd'hui : il y a des Etats que le luxe enrichit, il y en a d'autres qu'il appauvrit. La splendeur de quelques cardinaux, & des parens des papes, servait à faire mieux remarquer l'indigence des autres citoyens, qui pourtant, à la vue de tant de beaux édifices, semblaient s'énorgueillir, dans leur pauvreté, d'être habitans de Rome.

Les voyageurs, qui allaient admirer cette ville, étaient étonnés de ne voir, d'Orviette à Terracine, dans l'espace de plus de cent milles, qu'un terrain dépeuplé d'hommes & de bestiaux. La campagne de Rome, il est vrai, est un pays inhabitable, infecté par des marais croupissans, que les anciens Romains avaient desséchés. Rome, d'ailleurs, est dans un terrain ingrat, sur le bord d'un fleuve qui à peine est navigable. Sa situation entre sept montagnes était plutôt celle d'un repaire que d'une ville. Ses premières guerres furent les pillages d'un peuple qui ne pouvait guère vivre que de rapines ; & lorsque le dictateur *Camille* eut pris Veïes, à quelques lieues de Rome dans l'Ombrie, tout le peuple romain voulut quitter son territoire stérile & ses sept montagnes, pour se transplanter au pays de Veïes. On ne rendit depuis les environs de Rome fertiles qu'avec l'argent dès nations vaincues, & par le travail d'une foule d'esclaves : mais ce terrain fut plus couvert de palais que de moissons. Il a repris enfin son premier état de campagne déserte.

Le saint-siège possédait ailleurs de riches contrées, comme celle de Bologne. L'évêque de Salisbury, *Burnet*, attribue la misère du peuple, dans les meilleurs cantons de ce pays, aux taxes & à la forme du gouvernement. Il a prétendu, avec presque tous les écrivains, qu'un prince électif, qui règne peu d'années, n'a ni le pouvoir ni la volonté de faire de ces établissemens utiles qui ne peuvent devenir avantageux qu'avec le temps. Il a été plus aisé de relever les obélisques, & de construire des palais & des temples, que de rendre la nation commerçante & opulente. Quoique Rome fût la capitale des peuples catholiques, elle était cependant moins peuplée que Venise & Naples, & fort au-dessous de Paris & de Londres ; elle n'approchait pas d'Amsterdam pour l'opulence, & pour les arts nécessaires qui la produisent. On ne comptait, à la fin du dix-septième siècle, qu'environ cent vingt mille habitans dans Rome par le dénombrement imprimé des familles, & ce calcul se trouvait encore vérifié par les registres des naissances. Il naissait, année commune, trois mille six cents enfans : ce nombre des naissances, multiplié par trente-quatre, donne toujours à peu-près la somme des habitans, & cette somme est ici de cent vingt-deux mille quatre cents. *Paul Jove*, dans son histoire de *Léon X*, rapporte que, du temps de *Clément VII*, Rome ne possédait que trente-deux mille habitans. Quelle différence de ces temps avec ceux des *Trajan* & des

Dépopulation de Rome.

Antonin! Environ huit mille juifs, établis à Rome, n'étaient pas compris dans ce dénombrement : ces juifs ont toujours vécu paisiblement à Rome, ainsi qu'à Livourne. On n'a jamais exercé contre eux en Italie les cruautés qu'ils ont souffertes en Espagne & en Portugal. L'Italie était le pays de l'Europe où la religion inspirait alors le plus de douceur.

Rome fut le seul centre des arts & de la politesse jusqu'au siècle de *Louis XIV*, & c'est ce qui détermina la reine *Christine* à y fixer son séjour : mais bientôt l'Italie fut égalée dans plus d'un genre par la France, & surpassée de beaucoup dans quelques-uns. Les Anglais eurent sur elle autant de supériorité par les sciences que par le commerce. Rome conserva la gloire de ses antiquités & des travaux qui la distinguèrent depuis *Jules II*.

CHAPITRE CLXXXVI.

Suite de l'Italie, au dix-septième siècle.

De la Tof-cane.
LA Toscane était, comme l'Etat du pape, depuis le seizième siècle, un pays tranquille & heureux. Florence, rivale de Rome, attirait chez elle la même foule d'étrangers qui venaient admirer les chefs-d'œuvre antiques & modernes dont elle était remplie. On y voyait cent soixante statues publiques. Les deux seules qui décoraient Paris, celle de *Henri IV* & le cheval qui porte la statue de *Louis XIII*, avaient été fondues à Florence, & c'étaient des présens des grands-ducs.

Le commerce avait rendu la Tofcane fi florissante & fes souverains fi riches, que le grand-duc, *Cofme II*, fut en état d'envoyer vingt mille hommes au secours du duc de Mantoue, contre le duc de Savoie, en 1613, fans mettre aucun impôt fur fes fujets : exemple rare chez les nations plus puissantes.

La ville de Venife jouissait d'un avantage plus singulier ; c'eft que depuis le treizième siècle fa tranquillité intérieure ne fut pas altérée un seul moment ; nul trouble, nulle fédition, nul danger dans la ville. Si on allait à Rome & à Florence pour y voir les grands monumens des beaux arts, les étrangers s'empressaient d'aller goûter, dans Venife, la liberté & les plaisirs ; & on y admirait encore, ainfi qu'à Rome, d'excellens morceaux de peinture. Les arts de l'esprit y étaient cultivés ; les spectacles y attiraient les étrangers. Rome était la ville des cérémonies, & Venife la ville des divertissemens : elle avait fait la paix avec les Turcs après la bataille de Lépante, & fon commerce, quoique déchu, était encore confidérable dans le Levant : elle posédait Candie, & plufieurs îles, l'Iftrie, la Dalmatie, une partie de l'Albanie, & tout ce qu'elle conserve de nos jours en Italie.

Au milieu de fes prospérités elle fut fur le point d'être détruite par une confpiration qui n'avait point d'exemple depuis la fondation de la république. L'abbé de *Saint-Réal*, qui a écrit cet événement célèbre avec le ftyle de *Sallufte*, y a mêlé quelques embellissemens de roman ; mais le fond en eft très-vrai. Venife avait eu une petite guerre avec la maison d'Autriche fur les côtes de l'Iftrie. Le roi d'Espagne

Venife floriffante.

Conjuration de Bedmar.
1618.

Philippe III, poffeffeur du Milanais, était toujours l'ennemi fecret des Vénitiens. Le duc d'*Offone*, vice-roi de Naples, dom *Pèdre de Tolède*, gouverneur de Milan, & le marquis de *Bedmar*, ambaffadeur d'Efpagne à Venife, depuis cardinal de *la Cueva*, s'unirent tous trois pour anéantir la république; les mefures étaient fi extraordinaires, & le projet fi hors de vraifemblance que le fénat, tout vigilant &, tout éclairé qu'il était, ne pouvait en concevoir de foupçon. Venife était gardée par fa fituation, & par les lagunes qui l'environnent. La fange de ces lagunes, que les eaux portent tantôt d'un côté, tantôt d'un autre, ne laiffe jamais le même chemin ouvert aux vaiffeaux; il faut chaque jour indiquer une route nouvelle. Venife avait une flotte formidable fur les côtes de l'Iftrie, où elle fefait la guerre à l'archiduc d'Autriche, *Ferdinand*, qui fut depuis l'empereur *Ferdinand II.* Il paraiffait impoffible d'entrer dans Venife : cependant le marquis de *Bedmar* raffemble des étrangers dans la ville, attirés les uns par les autres jufqu'au nombre de cinq cents. Les principaux conjurés les engagent fous différens prétextes, & s'affurent de leur fervice avec l'argent que l'ambaffadeur fournit. On doit mettre le feu à la ville en plufieurs endroits à la fois; des troupes du Milanais doivent arriver par la terre ferme; des matelots gagnés doivent montrer le chemin à des barques chargées de foldats que le duc d'*Offone* a envoyées à quelques lieues de Venife; le capitaine *Jacques Pierre*, un des conjurés, officier de marine, au fervice de la république, & qui commandait douze vaiffeaux pour elle, fe charge de faire brûler ces vaiffeaux, &

d'empêcher, par ce coup extraordinaire, le reste de
la flotte de venir à temps au secours de la ville.
Tous les conjurés étant des étrangers de nations
différentes, il n'est pas surprenant que le complot ait
été découvert. Le procurateur *Nani*, historien célèbre
de la république, dit que le sénat fut instruit de
tout par plusieurs personnes : il ne parle point de
ce prétendu remords que sentit un des conjurés,
nommé *Jaffier*, quand *Renaud*, leur chef, les harangua
pour la dernière fois, & qu'il leur fit, dit-on, une
peinture si vive des horreurs de leur entreprise que
ce *Jaffier*, au lieu d'être encouragé, se livra au
repentir. Toutes ces harangues sont de l'imagination
des écrivains : on doit s'en défier en lisant l'histoire :
il n'est ni dans la nature des choses, ni dans aucune
vraisemblance, qu'un chef de conjurés leur fasse
une description pathétique des horreurs qu'ils vont
commettre, & qu'il effraie les imaginations qu'il
doit enhardir. Tout ce que le sénat put trouver de
conjurés fut noyé incontinent dans les canaux de
Venise. On respecta dans *Bedmar* le caractère d'ambassadeur, qu'on pouvait ne pas ménager ; & le sénat
le fit sortir secrètement de la ville, pour le dérober
à la fureur du peuple.

Venise, échappée à ce danger, fut dans un état
florissant jusqu'à la prise de Candie. Cette république
soutint seule la guerre contre l'Empire turc pendant
près de trente ans, depuis 1641 jusqu'à 1669. Le
siége de Candie, le plus long & le plus mémorable
dont l'histoire fasse mention, dura près de vingt
ans ; tantôt tourné en blocus, tantôt ralenti & abandonné, puis recommencé à plusieurs reprises, fait

enfin dans les formes, deux ans & demi fans relâche, jufqu'à ce que ce monceau de cendres fut rendu aux Turcs avec l'île prefque toute entière, en 1669.

Avec quelle lenteur, avec quelle difficulté le genre humain fe civilife, & la fociété fe perfectionne! On voyait auprès de Venife, aux portes de cette Italie, où tous les arts étaient en honneur, des peuples auffi peu policés que l'étaient alors ceux du Nord. L'Iftrie, la Croatie, la Dalmatie étaient prefque barbares : c'était pourtant cette même Dalmatie fi fertile & fi agréable fous l'Empire romain ; c'était cette terre délicieufe que *Dioclétien* avait choifie pour fa retraite, dans un temps où, ni la ville de Venife, ni ce nom n'exiftaient pas encore. Voilà quelle eft la viciffitude des chofes humaines. Les Morlaques furtout paffaient pour les peuples les plus farouches de la terre. C'eft ainfi que la Sardaigne, la Corfe ne fe reffentaient ni des mœurs, ni de la culture de l'efprit, qui fefaient la gloire des autres Italiens. Il en était comme de l'ancienne Grèce, qui voyait auprès de fes limites des nations encore fauvages.

Malthe.   Les chevaliers de Malthe fe foutenaient dans cette île que *Charles-Quint* leur donna après que *Soliman* les eut chaffés de Rhodes, en 1523. Le grand-maître *Villiers l'Ifle-Adam*, fes chevaliers & les rhodiens attachés à eux, furent d'abord errans de ville en ville, à Meffine, à Gallipoli, à Rome, à Viterbe. *L'Ifle Adam* alla jufqu'à Madrid implorer *Charles-Quint* ; il paffa en France, en Angleterre, tâchant de relever par-tout les débris de fon ordre qu'on croyait entièrement ruiné. *Charles-Quint* fit préfent de Malthe aux chevaliers, en 1525, auffi-bien que de

Tripoli ;

Tripoli ; mais Tripoli leur fut bientôt enlevé par les amiraux de *Soliman*. Malthe n'était qu'un rocher presque stérile : le travail y avait forcé autrefois la terre à être féconde , quand ce pays était possédé par les Carthaginois ; car les nouveaux possesseurs y trouvèrent des débris de colonnes , de grands édifices de marbre , avec des inscriptions en langue punique. Ces restes de grandeur étaient des témoignages que le pays avait été florissant. Les Romains ne dédaignèrent pas de le prendre sur les Carthaginois ; les Arabes s'en emparèrent au neuvième siècle ; & le normand *Roger* , comte de Sicile, l'annexa à la Sicile, vers la fin du douzième siècle. Quand *Villiers l'Isle-Adam* eut transporté le siége de son ordre dans cette île, le même *Soliman* , indigné de voir tous les jours ses vaisseaux exposés aux courses des ennemis qu'il avait cru détruire, voulut prendre Malthe comme il avait pris Rhodes. Il envoya trente mille soldats devant cette petite place , qui n'était défendue que par sept cents chevaliers. Le grand-maître , *Jean de la Valette* , âgé de soixante & onze ans , soutint 1565. quatre mois le siége.

Les Turcs montèrent à l'assaut en plusieurs endroits différens : on les repoussait avec une machine d'une nouvelle invention ; c'étaient de grands cercles de bois, couverts de laine enduite d'eau-de-vie, d'huile, de salpêtre & de poudre à canon , & on jetait ces cercles enflammés sur les assaillans. Enfin , environ six mille hommes de secours étant arrivés de Sicile , les Turcs levèrent le siége. Le principal bourg de Malthe, qui avait soutenu le plus d'assauts , fut nommé

Siége de Malthe.

la cité victorieuse , nom qu'il conserve encore aujour-
d'hui. Le grand-maître de *la Valette* fit bâtir une cité
nouvelle , qui porte le nom de *la Valette* , & qui rendit
Malthe imprenable. Cette petite île a toujours , depuis
ce temps , bravé toute la puissance ottomane ; mais
l'ordre n'a jamais été assez riche pour tenter de grandes
conquêtes , ni pour équiper des flottes nombreuses.
Ce monastère de guerriers ne subsiste guère que des
bénéfices qu'il possède dans les Etats catholiques , &
il a fait bien moins de mal aux Turcs que les corsaires
algériens n'en ont fait aux chrétiens.

CHAPITRE CLXXXVII.

De la Hollande , au dix-septième siècle.

Frugalité,
simplicité &
grandeur.

1609.

LA Hollande mérite d'autant plus d'attention que
c'est un état d'une espèce toute nouvelle , devenu
puissant sans posséder presque de terrain , riche en
n'ayant pas de son fonds de quoi nourrir la vingtième partie de ses habitans , & considérable en
Europe par ses travaux au bout de l'Asie. Vous
voyez cette république reconnue libre & souveraine
par le roi d'Espagne , son ancien maître , après avoir
acheté sa liberté par quarante ans de guerre. Le
travail & la sobriété furent les premiers gardiens de
cette liberté. On raconte que le marquis de *Spinola*
& le président *Richardot* , allant à la Haie , en 1608 ,
pour négocier chez les Hollandais mêmes cette première trève , ils virent sur leur chemin sortir d'un

petit bateau huit ou dix perſonnes qui s'aſſirent ſur l'herbe, & firent un repas de pain, de fromage & de bière, chacun portant ſoi-même ce qui lui était néceſſaire. Les ambaſſadeurs eſpagnols demandèrent à un payſan, qui étaient ces voyageurs ? Le payſan répondit : *Ce ſont les députés des Etats, nos ſouverains ſeigneurs & maîtres.* Les ambaſſadeurs eſpagnols s'écrièrent : *Voilà des gens qu'on ne pourra jamais vaincre, & avec leſquels il faut faire la paix.* C'eſt à peu-près ce qui était arrivé autrefois à des ambaſſadeurs de Lacédémone, & à ceux du roi de Perſe. Les mêmes mœurs peuvent avoir ramené la même aventure. En général les particuliers de ces provinces étaient pauvres alors, & l'Etat riche ; au lieu que depuis les citoyens ſont devenus riches, & l'Etat pauvre. C'eſt qu'alors les premiers fruits du commerce avaient été conſacrés à la défenſe publique.

Ce peuple ne poſſédait encore ni le cap de Bonne-Eſpérance, dont il ne s'empara qu'en 1653 ſur les Portugais, ni Cochin & ſes dépendances, ni Malaca. Il ne trafiquait point encore directement à la Chine. Le commerce du Japon, dont ils ſont aujourd'hui les maîtres, leur fut interdit juſqu'en 1609 par les Portugais, ou plutôt par l'Eſpagne, maîtreſſe encore du Portugal. Mais il avait déjà conquis les Moluques : ils commençaient à s'établir à Java ; & la compagnie des Indes, depuis 1602 juſqu'en 1609, avait déjà gagné plus de deux fois ſon capital. Des ambaſſadeurs de Siam avaient déjà fait à ce peuple de commerçans, en 1608, le même honneur qu'ils firent depuis à *Louis XIV.* Des ambaſſadeurs du Japon vinrent, en 1609, conclure un traité à la Haie, ſans que les Etats célébraffent cette ambaffade par des médailles. L'empereur de Maroc & de Fez leur envoya demander un fecours d'hommes & de vaiffeaux. Ils augmentaient, depuis quarante ans, leur fortune & leur gloire, par le commerce & par la guerre.

La douceur de ce gouvernement, & la tolérance de toutes les manières d'adorer. DIEU, dangereufe peut-être ailleurs, mais là néceffaire, peuplèrent la Hollande d'une foule d'étrangers, & furtout de Vallons que l'inquifition perfécutait dans leur patrie, & qui d'efclaves devinrent citoyens.

La religion réformée, dominante dans la Hollande, fervit encore à fa puiffance. Ce pays, alors fi pauvre, n'aurait pu ni fuffire à la magnificence des prélats, ni nourrir des ordres religieux ; & cette terre où il fallait des hommes, ne pouvait admettre ceux qui s'engagent par ferment à laiffer périr, autant qu'il eft en eux, l'efpèce humaine. On avait l'exemple de l'Angleterre, qui était d'un tiers plus peuplée, depuis que les miniftres des autels jouiffaient de la douceur du mariage, & que les efpérances des familles n'étaient point enfevelies dans le célibat du cloître.

Amfterdam, malgré les incommodités de fon port, devint le magafin du monde. Toute la Hollande s'enrichit & s'embellit par des travaux immenfes. Les eaux de la mer furent contenues par de doubles digues. Des canaux creufés dans toutes les villes furent revêtus de pierres ; les rues devinrent de larges quais ornés de grands arbres. Les barques chargées de marchandifes abordèrent aux portes des particuliers, & les étrangers ne fe laffent point d'admirer ce mélange singulier, formé par les faîtes des maisons, les cimes des arbres, & les banderoles des vaisseaux, qui donnent à la fois, dans un même lieu, le spectacle de la mer, de la ville & de la campagne.

Mais le mal est tellement mêlé avec le bien, les hommes s'éloignent si souvent de leurs principes, que cette république fut près de détruire elle-même la liberté pour laquelle elle avait combattu, & que l'intolérance fit couler le sang chez un peuple dont le bonheur & les lois étaient fondés sur la tolérance. Deux docteurs calvinistes firent ce que tant de docteurs avaient fait ailleurs. *Gomar* & *Armin* disputèrent dans Leyde, avec fureur, sur ce qu'ils n'entendaient pas; & ils divisèrent les Provinces-Unies. La querelle fut semblable, en plusieurs points, à celle des thomistes & des scotistes, des jansénistes & des molinistes, sur la prédestination, sur la grace, sur la liberté, sur des questions obscures & frivoles, dans lesquelles on ne sait pas même définir les choses dont on dispute. Le loisir dont on jouit pendant la trève, donna la malheureuse facilité à un peuple ignorant de s'entêter de ces querelles; & enfin, d'une controverse scolastique, il se forma deux partis dans l'Etat. Le prince d'Orange, *Maurice*, était à la tête des gomaristes; le pensionnaire *Barnevelt* favorisait les arminiens. Du *Maurier* dit avoir appris de l'ambassadeur, son père, que *Maurice* ayant fait proposer au pensionnaire *Barnevelt* de concourir à donner au prince un pouvoir souverain, ce zélé républicain n'en fit voir aux Etats que le danger & l'injustice, & que dès-lors la ruine de *Barnevelt* fut résolue. Ce qui est avéré, c'est que le stathouder prétendait accroître son autorité

Querelles théologiques impertinentes & affreuses.

1609 & suiv.

R 3

par les gomariftes , & *Barnevelt* la reftreindre par les arminiens : c'eft que plufieurs villes levèrent des foldats qu'on appelait *Attendans* , parce qu'ils *attendaient* les ordres du magiftrat , & qu'ils ne prenaient point l'ordre du ftathouder ; c'eft qu'il y eut des féditions fanglantes dans quelques villes , & que le prince *Maurice* pourfuivit fans relâche le parti contraire à fa puiffance. Il fit enfin affembler un concile calvinifte à Dordrecht , compofé de toutes les Eglifes réformées de l'Europe, excepté de celle de France, qui n'avait pas la permiffion de fon roi d'y envoyer des députés. Les pères de ce finode, qui avaient tant crié contre la dureté des pères de plufieurs conciles , & contre leur autorité, condamnèrent les arminiens, comme ils avaient été eux-mêmes condamnés par le concile de Trente. Plus de cent miniftres arminiens furent bannis des fept provinces. Le prince *Maurice* tira, du corps de la nobleffe & des magiftrats, vingt-fix commiffaires pour juger le grand penfionnaire *Barnevelt* , le célèbre *Grotius* & quelques autres du parti. On les avait retenus fix mois en prifon avant de leur faire leur procès.

Meurtre du vieillard *Barnevelt*. L'un des grands motifs de la révolte des fept provinces & des princes d'Orange, contre l'Efpagne, fut d'abord que le duc d'*Albe* fefait languir long-temps des prifonniers fans les juger, & qu'enfin il les fefait condamner par des commiffaires. Les mêmes griefs dont on s'était plaint fous la monarchie efpagnole, renaquirent dans le fein de la liberté. *Barnevelt* eut la tête tranchée dans la Haie, plus injuftement encore que les comtes d'*Egmont* & de *Horn* à Bruxelles. C'était un vieillard de foixante & douze ans, qui

1618.

1619.

avait fervi quarante ans fa république dans toutes les affaires politiques, avec autant de fuccès que *Maurice* & fes frères en avaient eu par les armes. La fentence portait *qu'il avait contrifté au poffible l'Eglife de* D I E U. *Grotius*, depuis ambaffadeur de Suède en France, & plus illuftre par fes ouvrages que par fon ambaffade, fut condamné à une prifon perpétuelle, dont fa femme eut la hardieffe & le bonheur de le tirer. Cette violence fit naître des confpirations qui attirèrent de nouveaux fupplices. Un fils de *Barnevelt* réfolut de venger le fang de fon père fur celui de *Maurice*. Le complot fut découvert. Ses complices, à la tête def- 1623. quels était un miniftre arminien, périrent tous par la main du bourreau. Ce fils de *Barnevelt* eut le bonheur d'échapper tandis qu'on faififfait les conjurés : mais fon jeune frère eut la tête tranchée, uniquement pour avoir fu la confpiration. De *Thou* mourut en France précifément pour la même caufe. La condamnation du jeune hollandais était bien plus cruelle ; c'était le comble de l'injuftice de le faire mourir parce qu'il n'avait pas été le délateur de fon frère. Si ces temps d'atrocité euffent continué, les Hollandais libres euffent été plus malheureux que leurs ancêtres efclaves du duc d'*Albe*. Ces perfécutions gomariennes reffem- blaient à ces premières perfécutions que les proteftans avaient fi fouvent reprochées aux catholiques, & que toutes les feétes avaient exercées les unes envers les autres.

Amfterdam, quoique rempli de gomariftes, favorifa toujours les arminiens, & embraffa le parti de la tolérance. L'ambition & la cruauté du prince *Maurice* laifsèrent une profonde plaie dans le cœur des

Hollandais ; & le souvenir de la mort de *Barnevelt* ne contribua pas peu dans la suite à faire exclure du stathoudérat le jeune prince d'Orange, *Guillaume III*, qui fut depuis roi d'Angleterre. Il était encore au berceau, lorsque le pensionnaire de *Witt* stipula, dans le traité de paix des Etats-généraux avec *Cromwell*, en 1653, qu'il n'y aurait plus de stathouder en Hollande. *Cromwell* poursuivait encore, dans cet enfant, le roi *Charles I*, son grand-père, & le pensionnaire de *Witt* vengeait le sang d'un pensionnaire. Cette manœuvre de *Witt* fut enfin la cause funeste de sa mort & de celle de son frère : mais voilà à peu-près toutes les catastrophes sanglantes, causées en Hollande par le combat de la liberté & de l'ambition.

Grands établissemens des Hollandais.

La compagnie des Indes, indépendante de ces factions, n'en bâtit pas moins Batavia, dès l'année 1618, malgré les rois du pays, & malgré les Anglais qui vinrent attaquer ce nouvel établissement. Là Hollande, marécageuse & stérile en plus d'un canton, se fesait, sous le cinquième degré de latitude septentrionale, un royaume dans la contrée la plus fertile de la terre, où les campagnes sont couvertes de riz, de poivre, de canelle, & où la vigne porte deux fois l'année. Elle s'empara depuis de Bantam dans la même île, & en chassa les Anglais. Cette seule compagnie eut huit grands gouvernemens dans les Indes, en y comptant le cap de Bonne-Espérance, quoiqu'à la pointe de l'Afrique, poste important qu'elle enleva aux Portugais, en 1653.

Dans le même temps que les Hollandais s'établissaient ainsi aux extrémités de l'Orient, ils commencèrent à étendre leurs conquêtes du côté de l'Occident en Amérique, après l'expiration de la trève de douze années avec l'Espagne. La compagnie d'Occident se rendit maîtresse de presque tout le Brésil ; depuis 1623 jusqu'en 1636. On vit, avec étonnement, par les registres de cette compagnie, qu'elle avait, dans ce court espace de temps, équipé huit cents vaisseaux, tant pour la guerre que pour le commerce, & qu'elle en avait enlevé cinq cents quarante-cinq aux Espagnols. Cette compagnie l'emportait alors sur celle des Indes orientales ; mais enfin lorsque le Portugal eut secoué le joug des rois d'Espagne, il défendit mieux qu'eux ses possessions, & regagna le Brésil, où il a trouvé des trésors nouveaux.

La plus fructueuse des expéditions hollandaises fut celle de l'amiral *Pierre Hein*, qui enleva tous les galions d'Espagne, revenans de la Havane ; & rapporta, dans ce seul voyage, vingt millions de nos livres à sa patrie. Les trésors du nouveau monde conquis par les Espagnols servaient à fortifier contre eux leurs anciens sujets, devenus leurs ennemis redoutables. La république, pendant quatre-vingts ans, si vous en exceptez une trève de douze années, soutint cette guerre dans les Pays-Bas, dans les grandes Indes & dans le nouveau monde ; & elle fut assez puissante pour conclure une paix avantageuse à Munster, en 1647, indépendamment de la France son alliée, & long-temps sa protectrice, sans laquelle elle avait promis de ne pas traiter.

Bientôt après, en 1652, & dans les années suivantes, elle ne craint point de rompre avec son alliée, l'Angleterre ; elle a autant de vaisseaux qu'elle ; son amiral *Tromp* ne cède au fameux amiral *Black* qu'en mourant dans une bataille. Elle secourt ensuite le roi de Danemarck, assiégé dans Copenhague par le roi de Suède, *Charles X.* Sa flotte, commandée par l'amiral *Oldam*, bat la flotte suédoise, & délivre Copenhague. Toujours rivale du commerce des Anglais, elle leur fait la guerre sous *Charles II* comme sous *Cromwell*, & avec de bien plus grands succès. Elle devient l'arbitre des couronnes, en 1668. *Louis XIV* est obligé par elle de faire la paix avec l'Espagne. Cette même république, auparavant si attachée à la France, est depuis ce temps-là, jusqu'à la fin du dix-septième siècle, l'appui de l'Espagne contre la France même. Elle est long-temps une des parties principales dans les affaires de l'Europe. Elle se relève de ses chutes; & enfin, quoiqu'affaiblie, elle subsiste par le seul commerce, qui a servi à sa fondation, sans avoir fait en Europe aucune conquête que celle de Maestricht & d'un très-petit & mauvais pays, qui ne sert qu'à défendre ses frontières; on ne l'a point vue s'agrandir depuis la paix de Munster; en cela plus semblable à l'ancienne république de Tyr, puissante par le seul commerce, qu'à celle de Carthage qui eut tant de possessions en Afrique, & à celle de Venise qui s'était trop étendue dans la terre ferme.

CHAPITRE CLXXXVIII.

Du Danemarck, de la Suède & de la Pologne, au dix-septième siècle.

Vous ne voyez point le Danemarck entrer dans le système de l'Europe au seizième siècle. Il n'y a rien de mémorable qui attire les yeux des autres nations, depuis la déposition solennelle du tyran *Christiern II*. Ce royaume, composé du Danemarck & de la Norvège, fut long-temps gouverné à peu-près comme la Pologne. Ce fut une aristocratie à laquelle présidait un roi électif. C'est l'ancien gouvernement de presque toute l'Europe. Mais, dans l'année 1660, les Etats assemblés défèrent au roi, *Fréderic III*, le droit héréditaire & la souveraineté absolue. Le Danemarck devient le seul royaume de la terre où les peuples aient établi le pouvoir arbitraire, par un acte solennel. La Norvège, qui a six cents lieues de long, ne rendait pas cet Etat puissant : un terrain de rochers stériles ne peut être beaucoup peuplé. Les îles qui composent le Danemarck font plus fertiles ; mais on n'en avait pas encore tiré les mêmes avantages qu'aujourd'hui. On ne s'attendait pas encore que les Danois auraient un jour une compagnie des Indes, & un établissement à Tranquebar ; que le roi pourrait entretenir aisément trente vaisseaux de guerre, & une armée de vingt-cinq mille hommes. Les gouvernemens font comme les hommes : ils se forment tard. L'esprit de commerce, d'industrie, d'économie s'est

Le roi de Danemarck despotique par contrat.

communiqué de proche en proche. Je ne parlerai point ici des guerres que le Danemarck a si souvent soutenues contre la Suède ; elles n'ont presque point laissé de grandes traces ; & vous aimez mieux considérer les mœurs & la forme des gouvernemens , que d'entrer dans le détail des meurtres qui n'ont point produit d'événemens dignes de la postérité.

Suède, tout au contraire. Les rois , en Suède, n'étaient pas plus despotiques qu'en Danemarck, aux seizième & dix-septième siècles. Les quatre états , composés de mille gentilshommes, de cent ecclésiastiques , de cent cinquante bourgeois, & d'environ deux cents cinquante paysans , fesaient les lois du royaume. On n'y connaissait , non plus qu'en Danemarck & dans le Nord , aucun de ces titres de comte , de marquis , de baron , si fréquens dans le reste de l'Europe. Ce fut le roi *Eric* , fils de *Gustave Vasa* , qui les introduisit , vers l'an 1561. Cet *Eric* cependant était bien loin de régner avec un pouvoir absolu , & il laissa au monde un nouvel exemple des malheurs qui peuvent suivre le désir d'être despotique , & l'incapacité de l'être. Le fils du *1569.* restaurateur de la Suède fut accusé de plusieurs crimes pardevant les états assemblés , & déposé par une sentence unanime , comme le roi *Christiern II* l'avait été en Danemarck : on le condamna à une prison perpétuelle , & on donna la couronne à *Jean* , son frère.

Crime atroce. Comme votre principal dessein , dans cette foule d'événemens , est de porter la vue sur ceux qui tiennent aux mœurs & à l'esprit du temps , il faut savoir que ce roi *Jean* , qui était catholique , craignant que les partisans de son frère ne le tirassent de sa prison,

& ne le remiſſent ſur le trône, lui envoya publiquement du poiſon , comme le ſultan envoie un cordeau,
& le fit enterrer avec ſolennité , le viſage découvert,
afin que perſonne ne doutât de ſa mort , & qu'on ne
pût ſe ſervir de ſon nom , pour troubler le nouveau
règne.

Le jéſuite *Poſſevin* , que le pape *Grégoire XIII* Pénitence
envoya dans la Suède & dans tout le Nord , en qualité ridicule.
de nonce , impoſa au roi *Jean* , pour pénitence de 1580.
cet empoiſonnement , de ne faire qu'un repas tous
les mercredis ; pénitence ridicule, mais qui montre ,
au moins, que le crime doit être expié. Ceux du roi
Eric avaient été punis plus rigoureuſement.

Ni le roi *Jean* , ni le nonce *Poſſevin* ne purent Uſages de la
réuſſir à faire dominer la religion catholique. Le roi Suède.
Jean , qui ne s'accommodait pas de la luthérienne ,
tenta de faire recevoir la grecque ; mais il n'y réuſſit
pas davantage. Ce roi avait quelque teinture des
lettres, & il était preſque le ſeul, dans ſon royaume ,
qui ſe mêlât de controverſe. Il y avait une univerſité
à Upſal , mais elle était réduite à deux ou trois pro-
feſſeurs ſans étudians. La nation ne connaiſſait que
les armes, ſans avoir pourtant fait encore de progrès
dans l'art militaire. On n'avait commencé à ſe ſervir
d'artillerie que du temps de *Guſtave Vaſa ;* les autres
arts étaient ſi inconnus que, quand ce roi *Jean* tomba
malade, en 1592 , il mourut ſans qu'on pût lui trouver
un médecin ; tout au contraire des autres rois, qui
quelquefois en ſont trop environnés. Il n'y avait
encore ni médecin ni chirurgien en Suède. Quelques
épiciers vendaient ſeulement des drogues médicinales
qu'on prenait au haſard. On en uſait ainſi dans

prefque tout le Nord. Les hommes, bien loin d'y être expofés à l'abus des arts, n'avaient pas fu encore fe procurer les arts néceffaires.

Cependant la Suède pouvait alors devenir très-puiffante. *Sigifmond*, fils du roi *Jean*, avait été élu roi de Pologne, huit ans avant la mort de fon père. La Suède s'empara alors de la Finlande & de l'Eftonie. *Sigifmond*, roi de Suède & de Pologne, pouvait conquérir toute la Mofcovie, qui n'était alors ni bien gouvernée ni bien armée ; mais *Sigifmond* étant catholique, & la Suède luthérienne, il ne conquit rien, & perdit la couronne de Suède. Les mêmes états qui avaient dépofé fon oncle *Eric*, le déposèrent auffi, & déclarèrent roi un autre de fes oncles, qui fut *Charles IX*, père du grand *Guftave-Adolphe*. Tout cela ne fe paffa pas fans les troubles, les guerres & les confpirations qui accompagnent de tels changemens. *Charles IX* n'était regardé que comme un ufurpateur par les princes alliés de *Sigifmond* ; mais en Suède il était roi légitime.

Guftave-Adolphe, fon fils, lui fuccéda fans aucun obftacle, n'ayant pas encore dix-huit ans accomplis, qui eft l'âge de la majorité des rois de Suède & de Danemarck, ainfi que des princes de l'Empire. Les Suédois ne poffédaient point alors la Scanie, la plus belle de leurs provinces ; elle avait été cédée au Danemarck dès le quatorzième fiècle, de forte que le territoire de Suède était prefque toujours le théâtre de toutes les guerres entre les Suédois & les Danois. La première chofe que fit *Guftave-Adolphe*, ce fut d'entrer dans cette province de Scanie ; mais il ne put jamais la reprendre. Ses premières guerres furent

1600.

1604.

1611.
Guftave-Adol-phe.

infructueufes : il fut obligé de faire la paix avec le 1613.
Danemarck. Il avait tant de penchant pour la guerre,
qu'il alla attaquer les Mofcovites au-delà de la Nerva,
dès qu'il fut délivré des Danois. Enfuite il fe jeta fur
la Livonie, qui appartenait alors aux Polonais ; &
attaquant par-tout *Sigifmond*, fon coufin, il pénétra
jufqu'en Lithuanie. L'empereur *Ferdinand II* était allié
de *Sigifmond*, & craignait *Guftave-Adolphe*. Il envoya
quelques troupes contre lui. On peut juger de-là
que le miniftère de France n'eut pas grande peine à
faire venir *Guftave* en Allemagne. Il fit avec *Sigifmond*
& la Pologne, une trève pendant laquelle il garda fes
conquêtes. Vous favez comme il ébranla le trône de
Ferdinand II, & comme il mourut à la fleur de fon
âge, au milieu de fes victoires.

Chriftine, fa fille, non moins célèbre que lui, ayant 1632.
régné auffi glorieufement que fon père avait com- *Chriftine.*
battu, & ayant préfidé aux traités de Veftphalie qui
pacifièrent l'Allemagne, étonna l'Europe par l'abdication de fa couronne, à l'âge de vingt-fept ans.
Puffendorf dit qu'elle fut obligée de fe démettre : mais
en même temps il avoue que, lorfque cette reine
communiqua pour la première fois fa réfolution au
fénat, en 1651, des fénateurs en larmes la conjurè-
rent de ne pas abandonner le royaume ; qu'elle n'en
fut pas moins ferme dans le mépris de fon trône,
& qu'enfin, ayant affemblé les états, elle quitta la 21 mai 1654.
Suède, malgré les prières de tous fes fujets. Elle
n'avait jamais paru incapable de porter le poids de
la couronne, mais elle aimait les beaux arts. Si elle
avait été reine en Italie, où elle fe retira, elle n'eût
point abdiqué. C'eft le plus grand exemple de la

fupériorité réelle des arts , de la politeffe & de la
fociété perfectionnée , fur la grandeur qui n'eft que
grandeur.

Charles X , fon coufin , duc de Deux-Ponts , fut
choifi par les états pour fon fucceffeur. Ce prince ne
connaiffait que la guerre. Il marche en Pologne , &
la conquit avec la même rapidité que nous avons
vu Charles XII, fon petit-fils , la fubjuguer , & il la
perdit de même. Les Danois, alors défenfeurs de la
Pologne , parce qu'ils étaient toujours ennemis de
1 6 5 8. la Suède, tombèrent fur elle : mais Charles X, quoique
chaffé de la Pologne , marcha fur la mer glacée ,
d'île en île , jufqu'à Copenhague. Cet événement
prodigieux fit enfin conclure une paix qui rendit à la
Suède la Scanie, perdue depuis trois fiècles.

Gouverne-
ment de la
Suède bien
changé.

Son fils, Charles XI, fut le premier roi abfolu, & fon
petit-fils , Charles XII, fut le dernier. Je n'obferverai
ici qu'une feule chofe , qui montre combien l'efprit
du gouvernement a changé dans le Nord, & combien
il a fallu de temps pour le changer. Ce n'eft qu'après
la mort de Charles XII que la Suède , toujours guerrière , s'eft enfin tournée à l'agriculture & au commerce , autant qu'un terrain ingrat & la médiocrité
de fes richeffes peuvent le permettre. Les Suédois ont
eu enfin une compagnie des Indes , & leur fer , dont
ils ne fe fervaient autrefois que pour combattre , a
été porté avec avantage fur leurs vaiffeaux , du port
de Gottembourg aux provinces méridionales du Mogol
& de la Chine.

Voici une nouvelle viciffitude , & un nouveau
contrafte dans le Nord. Cette Suède, defpotiquement
gouvernée , eft devenue de nos jours le royaume de

la

la terre le plus libre , & celui où les rois font les plus dépendans. Le Danemarck, au contraire, où le roi n'était qu'un doge, où la nobleffe était fouveraine, & le peuple efclave, devint dès l'an 1661, un royaume entièrement monarchique. Le clergé & les bourgeois aimèrent mieux un fouverain abfolu que cent nobles qui voulaient commander; ils forcèrent ces nobles à être fujets comme eux, & à déférer au roi, *Fréderic III*, une autorité fans bornes. Ce monarque fut le feul dans l'univers, qui par un confentement formel de tous les ordres de l'Etat fut reconnu pour fouverain abfolu des hommes & des lois , *pouvant les faire, les abroger, & les négliger à fa volonté.* On lui donna juridiquement ces armes terribles contre lefquelles il n'y a point de bouclier. Ses fucceffeurs en ont rarement abufé. Ils ont fenti que leur grandeur confiftait à rendre heureux leurs peuples. La Suède & le Danemarck font parvenus à cultiver le commerce par des routes diamétralement oppofées, la Suède en fe rendant libre, & le Danemarck en ceffant de l'être. (*)

CHAPITRE CLXXXIX.

De la Pologne, au dix-feptième fiècle, & des fociniens ou unitaires.

LA Pologne était le feul pays qui , joignant le nom de république à celui de monarchie, fe donnât toujours un roi étranger , comme les Vénitiens choififfent un général de terre. C'eft encore le feul royaume qui n'ait point eu l'efprit de conquête ,

Pologne fage, non conquéran- te.

(*) Ce chapitre a été écrit avant la révolution de 1772.

occupé feulement de défendre fes frontières contre les Turcs & contre les Mofcovites.

Les factions catholique & proteftante, qui avaient troublé tant d'Etats, pénétrèrent enfin chez cette nation. Les proteftans furent affez confidérables pour fe faire accorder la liberté de confcience, en 1587, & leur parti était déjà fi fort que le nonce du pape, *Annibal de Capoue*, n'employa qu'eux pour tâcher de donner la couronne à l'archiduc *Maximilien*, frère de l'empereur *Rodolphe II*. En effet les proteftans polonais élurent ce prince autrichien, tandis que la faction oppofée choififfait le fuédois *Sigifmond*, petit-fils de *Guftave Vafa*, dont nous avons parlé. *Sigifmond* devait être roi de Suède, fi les droits du fang avaient été confultés : mais vous avez vu que les états de la Suède difpofaient du trône. Il était fi loin de régner en Suède, que *Guftave-Adolphe*, fon coufin, fut fur le point de le détrôner en Pologne, & ne renonça à cette entreprife que pour aller tenter de détrôner l'empereur.

C'eft une chofe étonnante que les Suédois aient fouvent parcouru la Pologne en vainqueurs, & que les Turcs, bien plus puiffans, n'aient jamais pénétré beaucoup au-delà de fes frontières. Le fultan *Ofman* attaqua les Polonais avec deux cents mille hommes, au temps de *Sigifmond*, du côté de la Moldavie : les Cofaques, feuls peuples alors attachés à la république & fous fa protection, rendirent par une réfiftance opiniâtre l'irruption des Turcs inutile. Que peut-on conclure du mauvais fuccès d'un tel armement, finon que les capitaines d'*Ofman* ne favaient pas faire la guerre ?

Suédois plus dangereux a la Pologne que les Turcs.

Sigifmond mourut la même année que *Gustave-* 1632. *Adolphe.* Son fils *Ladiflas*, qui lui fuccéda, vit commencer la fatale défection de ces Cofaques qui, Cofaques, ayant été long-temps le rempart de la république, fe font enfin donnés aux Ruffes & aux Turcs. Ces peuples, qu'il faut diftinguer des Cofaques du Tanaïs, habitent les deux rives du Borifthène : leur vie eft entièrement femblable à celle des anciens Scythes & des Tartares des bords du Pont-Euxin. Au nord & à l'orient de l'Europe, toute cette partie du monde était encore agrefte : c'eft l'image de ces prétendus fiècles héroïques où les hommes, fe bornant au néceffaire, pillaient ce néceffaire chez leurs voifins. Les feigneurs polonais des palatinats qui touchent à l'Ukraine, voulurent traiter quelques cofaques comme leurs vaffaux, c'eft-à-dire, comme des ferfs. Toute la nation, qui n'avait de bien que fa liberté, fe fouleva unanimement, & défola long-temps les terres de la Pologne. Ces Cofaques étaient de la religion grecque, & ce fut encore une raifon de plus pour les rendre irréconciliables avec les Polonais. Les uns fe donnèrent aux Ruffes, les autres aux Turcs, toujours à condition de vivre dans leur libre anarchie. Ils ont confervé le peu qu'ils ont de la religion des Grecs, & ils ont enfin perdu prefque entièrement leur liberté fous l'empire de la Ruffie qui, après avoir été policée de nos jours, a voulu les policer auffi.

Le roi *Ladiflas* mourut fans laiffer d'enfans de fa Jéfuite devenu roi. femme, *Marie-Louife de Gonzague*, la même qui avait aimé le grand écuyer *Cinq-Mars*. *Ladiflas* avait deux frères, tous deux dans les ordres ; l'un jéfuite &

cardinal, nommé *Jean Cafimir* ; l'autre évêque de Breflau & de Kiovie. Le cardinal & l'évêque difpu-

1648. tèrent le trône. *Cafimir* fut élu. Il renvoya fon chapeau, prit la couronne de Pologne, & époufa la veuve de fon frère. Mais après avoir vu, pendant vingt années, fon royaume toujours troublé par des factions, dévafté tantôt par le roi de Suède, *Charles X,* tantôt par les Mofcovites & par les Cofaques, il fuivit

1668. l'exemple de la reine *Chrifline :* il abdiqua comme elle, mais avec moins de gloire, & alla mourir à Paris, abbé de Saint-Germain-des-Prés.

La Pologne ne fut pas plus heureufe fous fon fucceffeur *Michel Coribut.* Tout ce qu'elle a perdu en divers temps compoferait un royaume immenfe. Les Suédois lui avaient enlevé la Livonie, que les Ruffes pofsèdent encore aujourd'hui. Ces mêmes Ruffes, après leur avoir pris autrefois les provinces de Pleskou & de Smolenskou, s'emparèrent encore de prefque toute la Kiovie & de l'Ukraine. Les Turcs prirent,

1672. fous le règne de *Michel*, la Podolie & la Volhinie. La Pologne ne put fe conferver qu'en fe rendant tributaire de la Porte ottomane. Le grand maréchal de la couronne, *Jean Sobieski*, lava cette honte, à la vérité, dans le fang des Turcs à la bataille de

1674. Chokzim : cette célèbre bataille délivra la Pologne du tribut, & valut à *Sobieski* la couronne ; mais apparemment cette victoire fi célèbre ne fut pas auffi fanglante & auffi décifive qu'on le dit, puifque les Turcs gardèrent alors la Podolie & une partie de l'Ukraine, avec l'importante fortereffe de Kaminiek qu'ils avaient prife.

Sobieski. Il eft vrai que *Sobieski*, devenu roi, rendit depuis

fon nom immortel par la délivrance de Vienne :
mais il ne put jamais reprendre Kaminiek , & les
Turcs ne l'ont rendu qu'après fa mort, à la paix de
Carlovitz, en 1699. La Pologne, dans toutes ces
fecouffes , ne changea jamais ni de gouvernement,
ni de lois, ni de mœurs ; ne devint ni plus riche ni
plus pauvre ; mais fa difcipline militaire ne s'étant
point perfectionnée, & le czar *Pierre* ayant enfin ,
par le moyen des étrangers, introduit chez lui cette
difcipline fi avantageufe, il eft arrivé que les Ruffes,
autrefois méprifés de la Pologne , l'ont forcée, en
1733, à recevoir le roi qu'ils ont voulu lui donner,
& que dix mille ruffes ont impofé des lois à la
nobleffe polonaife affemblée.

L'impératrice-reine , *Marie-Thérèfe* , l'impératrice
de Ruffie, *Catherine II*, & *Frédéric*, roi de Pruffe, ont
impofé des lois plus dures à cette république , au
moment que nous écrivons.

Quant à la religion , elle caufa peu de troubles   Religion.
dans cette partie du monde. Les unitaires eurent
quelque temps des églifes dans la Pologne, dans la
Lithuanie, au commencement du dix-feptième fiècle.
Ces unitaires, qu'on appelle tantôt *fociniens*, tantôt Sociniens.
ariens, prétendaient foutenir la caufe de DIEU même,
en le regardant comme un être unique, incommu-
nicable, qui n'avait un fils que par adoption. Ce
n'était pas entièrement le dogme des anciens *eufé-
beïens*. Ils prétendaient ramener fur la terre la pureté
des premiers âges du chriftianifme, renonçant à la
magiftrature & à la profeffion des armes. Des
citoyens, qui fe fefaient un fcrupule de combattre,
ne femblaient pas propres pour un pays où l'on

était fans ceffe en armes contre les Turcs. Cependant cette religion fut affez floriffante en Pologne jufqu'à l'année 1658. On la profcrivit dans ce temps-là, parce que ces feétaires, qui avaient renoncé à la guerre, n'avaient pas renoncé à l'intrigue. Ils étaient liés avec *Ragotski*, prince de Tranfilvanie, alors ennemi de la république. Cependant ils font encore en grand nombre en Pologne, quoiqu'ils y aient perdu la liberté de faire une profeffion ouverte de leurs fentimens.

Une des erreurs de Maimbourg.

Le déclamateur *Maimbourg* prétend qu'ils fe réfugièrent en Hollande, où *il n'y a*, dit-il, *que la religion catholique qu'on ne tolère pas*. Le déclamateur *Maimbourg* fe trompe fur cet article comme fur bien d'autres. Les catholiques font fi tolérés dans les Provinces-Unies, qu'ils y compofent le tiers de la nation; & jamais les unitaires ou les fociniens n'y ont eu d'affemblée publique. Cette religion s'eft étendue fourdement en Hollande, en Tranfilvanie, en Siléfie, en Pologne, mais fur-tout en Angleterre. On peut compter, parmi les révolutions de l'efprit humain, que cette religion, qui a dominé dans l'Eglife à diverfes fois pendant trois cents cinquante années depuis *Conftantin*, fe foit reproduite dans l'Europe depuis deux fiècles, & foit répandue dans tant de provinces fans avoir aujourd'hui de temple en aucun endroit du monde. Il femble qu'on ait craint d'admettre, parmi les communions du chriftianifme, une feéte qui avait autrefois triomphé fi long-temps de toutes les autres communions.

C'eft encore une contradiction de l'efprit humain. Qu'importe, en effet, que les chrétiens reconnaiffent

dans JESUS-CHRIST un Dieu portion indivisible de
DIEU, & pourtant séparée, ou qu'ils révèrent dans
lui la première créature de DIEU! Ces deux syftêmes
font également incompréhensibles : mais les lois de
la morale, l'amour de DIEU & celui du prochain
font également à la portée de tout le monde, également
ment néceffaires.

CHAPITRE CXC.

De la Ruffie, aux feizième & dix-feptième fiècles.

Nous ne donnions point alors le nom de Ruffie
à la Mofcovie, & nous n'avions qu'une idée vague
de ce pays; la ville de Mofcou, plus connue en
Europe que le refte de ce vafte Empire, lui fefait
donner le nom de Mofcovie. Le fouverain prend le
titre d'empereur de toutes les Ruffies, parce qu'en
effet il y a plufieurs provinces de ce nom qui lui
appartiennent, ou fur lefquelles il a des prétentions. (a)

La Mofcovie ou Ruffie fe gouvernait, au feizième
fiècle, à peu-près comme la Pologne. Les boyards,
ainfi que les nobles polonais, comptaient pour toute
leur richeffe les habitans de leurs terres. Les cultivateurs étaient leurs efclaves. Le czar était quelquefois choifi par ces boyards; mais auffi ce czar
nommait fouvent fon fucceffeur; ce qui n'eft jamais
arrivé en Pologne. L'artillerie était très-peu en
ufage au feizième fiècle dans toute cette partie du

(a) Voyez l'hiftoire de *Pierre le grand.*

monde, la difcipline militaire inconnue; chaque boyard amenait fes payfans au rendez-vous des troupes, & les armait de flèches, de fabres, de bâtons ferrés en forme de piques, & de quelques fufils. Jamais d'opérations régulières en campagne, nuls magafins, point d'hôpitaux : tout fe fefait par incurfion ; & quand il n'y avait plus rien à piller, le boyard, ainfi que le ftarofte polonais, & le mirza tartare, ramenait fa troupe.

Labourer fes champs, conduire fes troupeaux & combattre, voilà la vie des Ruffes jufqu'au temps de *Pierre le grand*, & c'eft la vie des trois quarts des habitans de la terre.

Les Ruffes conquirent aifément, au milieu du feizième fiècle, les royaumes de Cafan & d'Aftracan fur les Tartares affaiblis, & plus mal difciplinés qu'eux encore : mais jufqu'à *Pierre le grand*, ils ne purent fe foutenir contre la Suède du côté de la Finlande ; des troupes régulières devaient néceffairement l'emporter fur eux. Depuis *Jean Bafilovitz*, ou *Bafilides*, qui conquit Aftracan & Cafan, une partie de la Livonie, Pleskou, Novogorod, jufqu'au czar *Pierre*, il n'y a rien eu de confidérable.

Ce *Bafilides* eut une étrange reffemblance avec *Pierre I.* C'eft que tous deux firent mourir leurs fils. *Jean Bafilides*, foupçonnant fon fils d'une confpiration pendant le fiége de Pleskou, le tua d'un coup de pique ; & *Pierre* ayant fait condamner le fien à la mort, ce jeune prince ne furvécut pas à fa condamnation & à fa grâce.

L'hiftoire ne fournit guère d'événement plus extraordinaire que celui des faux *Demetrius*, qui

agita si long-temps la Russie après la mort de *Jean* 1584.
Basilides. Ce czar laissa deux fils, l'un nommé *Fédor*,
ou *Théodor*; l'autre *Demetri*, ou *Demetrius*. *Fédor*
régna; *Demetri* fut confiné dans un village nommé
Uglis avec la czarine sa mère. Jusque-là les mœurs
de cette cour n'avaient point encore adopté la politique des sultans & des anciens empereurs grecs,
de sacrifier les princes du sang à la sûreté du trône.
Un premier ministre, nommé *Boris - Gudenou*, dont
Fédor avait épousé la sœur, persuada au czar *Fédor*
qu'on ne pouvait bien régner qu'en imitant les
Turcs, & en assassinant son frère. Ce premier ministre,
Boris, envoya un officier dans le village où était
élevé le jeune *Demetri*, avec ordre de le tuer. L'officier
de retour dit qu'il avait exécuté sa commission, &
demanda la récompense qu'on lui avait promise.
Boris, pour toute récompense, fit tuer le meurtrier,
afin de supprimer les preuves du crime. On prétend
que *Boris*, quelque temps après, empoisonna le czar
Fédor; & quoiqu'il en fut soupçonné, il n'en monta
pas moins sur le trône.

Il parut alors dans la Lithuanie un jeune homme 1597.
qui prétendait être le prince *Demetri* échappé à
l'assassin. Plusieurs personnes, qui l'avaient vu auprès
de sa mère, le reconnaissaient à des marques certaines.
Il ressemblait parfaitement au prince; il montrait la
croix d'or, enrichie de pierreries, qu'on avait attachée
au cou de *Demetri*, à son baptême. Un palatin de Premier *De-*
Sandomir le reconnut d'abord pour le fils de *Jean* *metri* impos-
Basilides, & pour le véritable czar. Une diète de teur.
Pologne examina solennellement les preuves de sa
naissance, & les ayant trouvées incontestables, lui

fournit une armée pour chaffer l'ufurpateur *Boris*, &
pour reprendre la couronne de fes ancêtres.

Cependant on traitait, en Ruffie, *Demetri* d'impofteur, & même de magicien. Les Ruffes ne pouvaient croire que *Demetri*, préfenté par des polonais
catholiques, & ayant deux jéfuites pour confeil, pût
être leur véritable roi. Les boyards le regardaient
tellement comme un impofteur, que le czar *Boris*
étant mort, ils mirent fans difficulté fur le trône le
fils de *Boris*, âgé de quinze ans.

1605.   Cependant *Demetri* s'avançait en Ruffie avec l'armée
polonaife. Ceux qui étaient mécontens du gouvernement mofcovite fe déclarèrent en fa faveur. Un
général ruffe, étant en préfence de l'armée de *Demetri*,
s'écria : *Il eſt le feul légitime héritier de l'Empire*, &
paffa de fon côté avec les troupes qu'il commandait.
La révolution fut bientôt pleine & entière; *Demetri*
ne fut plus un magicien. Le peuple de Mofcou
courut au château, & traîna en prifon le fils de
Boris & fa mère. *Demetri* fut proclamé czar fans
aucune contradiction. On publia que le jeune *Boris*
& fa mère s'étaient tués en prifon : il eft plus vraifemblable que *Demetri* les fit mourir.

La veuve de *Jean Bafilides*, mère du vrai ou faux
Demetri, était depuis long-temps reléguée dans le
nord de la Ruffie; le nouveau czar l'envoya chercher
dans une efpèce de carroffe auffi magnifique qu'on
en pouvait avoir alors. Il alla plufieurs milles au-
devant d'elle : tous deux fe reconnurent avec des
tranfports & des larmes, en préfence d'une foule
innombrable; perfonne alors dans l'Empire ne douta
1606.   que *Demetri* ne fût le véritable empereur. Il époufa

la fille du palatin de Sandomir, son premier protecteur, & ce fut ce qui le perdit. Le peuple vit avec
horreur une impératrice catholique, une cour composée d'étrangers, & sur-tout une église qu'on bâtissait
pour des jésuites. *Demetri* dès-lors ne passa plus pour
un russe.

Un boyard, nommé *Zuski*, se mit à la tête de
plusieurs conjurés, au milieu des fêtes qu'on donnait
pour le mariage du czar : il entre dans le palais le
sabre dans une main, & une croix dans l'autre ;
on égorge la garde polonaise. *Demetri* est chargé de
chaînes. Les conjurés amènent devant lui la czarine,
veuve de *Jean Basilides*, qui l'avait reconnu si solennellement pour son fils. Le clergé l'obligea de jurer
sur la croix, & de déclarer enfin si *Demetri* était son
fils ou non. Alors, soit que la crainte de la mort
forçât cette princesse à un faux serment, & l'emportât
sur la nature, soit qu'en effet elle rendît gloire à la
vérité, elle déclara en pleurant que le czar n'était point
son fils ; que le véritable *Demetri* avait été en effet
assassiné dans son enfance, & qu'elle n'avait reconnu
le nouveau czar qu'à l'exemple de tout le peuple,
& pour venger le sang de son fils sur la famille des
assassins. On prétendit alors que *Demetri* était un
homme du peuple, nommé *Griska Utropoya*, qui avait
été quelque temps moine dans un couvent de Russie.
On lui avait reproché auparavant de n'être pas du
rite grec, & de n'avoir rien des mœurs de son pays ;
& alors on lui reprocha d'être à la fois un paysan
russe & un moine grec. Quel qu'il fût, le chef des
conjurés, *Zuski*, le tua de sa main, & se mit à sa 1606.
place.

Ce nouveau czar, monté en un moment fur le trône, renvoya dans leur pays le peu de polonais échappés au carnage. Comme il n'avait d'autre droit au trône, ni d'autre mérite que d'avoir affaffiné *Demetri*, les autres boyards, qui de fes égaux devenaient fes fujets, prétendirent bientôt que le czar affaffiné n'était point un impofteur, qu'il était le véritable *Demetri*, & que fon meurtrier n'était pas digne de la couronne. Ce nom de *Demetri* devint cher aux Ruffes. Le chancelier de celui qu'on venait de tuer s'avifa de dire qu'il n'était pas mort, qu'il guérirait bientôt de fes bleffures, & qu'il reparaîtrait à la tête de fes fidèles fujets.

Second *Demetri* impofteur.

Ce chancelier parcourut la Mofcovie, menant avec lui, dans une litière, un jeune homme auquel il donnait le nom de *Demetri*, & qu'il traitait en fouverain. A ce nom feul les peuples fe foulevèrent; il fe donna des batailles au nom de ce *Demetri* qu'on ne voyait pas; mais le parti du chancelier ayant été battu, ce fecond *Demetri* difparut bientôt. Les imaginations étaient fi frappées de ce nom, qu'un

Troifième *Demetri* impofteur.

troifième *Demetri* fe préfenta en Pologne. Celui-là fut plus heureux que les autres : il fut foutenu par le roi de Pologne, *Sigifmond*, & vint affiéger le tyran *Zuski* dans Mofcou même. *Zuski*, enfermé dans Mofcou, tenait encore en fa puiffance la veuve du premier *Demetri*, & le palatin de Sandomir, père de cette veuve. Le troifième redemanda la princeffe comme fa femme: *Zuski* rendit la fille & le père, efpérant peut-être adoucir le roi de Pologne, ou fe flattant que la palatine ne reconnaîtrait pas fon mari dans un impofteur; mais cet impofteur était victorieux. La veuve du premier *Demetri* ne manqua pas de reconnaître ce troifième pour fon véritable époux ; & fi le premier trouva une mère, le troifième trouva auffi aifément une époufe. Le beau-père jura que c'était-là fon gendre, & les peuples ne doutèrent plus. Les boyards, partagés entre l'ufurpateur *Zuski*, & l'impofteur, ne reconnurent ni l'un ni l'autre. Ils déposèrent *Zuski*, & le mirent dans un couvent. C'était encore une fuperftition des Ruffes, comme de l'ancienne Eglife grecque, qu'un prince qu'on avait fait moine ne pouvait plus régner : ce même ufage s'était infenfiblement établi autrefois dans l'Eglife latine. *Zuski* ne reparut plus, & *Demetri* fut affaffiné dans un feftin par des tartares.

Les boyards alors offrirent leur couronne au prince *Ladiflas*, fils de *Sigifmond*, roi de Pologne. *Ladiflas* fe préparait à venir la recevoir, lorfqu'il parut encore un quatrième *Demetri* pour la lui dif- puter. Celui-ci publia que DIEU l'avait toujours confervé, quoiqu'il eût été affaffiné à Uglis par le tyran *Boris*, à Mofcou par l'ufurpateur *Zuski*, & enfuite par des tartares. Il trouva des partifans qui crurent ces trois miracles. La ville de Pleskou le reconnut pour czar ; il y établit fa cour quelques années, pendant que les Ruffes, fe repentant d'avoir appelé les Polonais, les chaffaient de tous côtés, & que *Sigifmond* renonçait à voir fon fils *Ladiflas* fur le trône des czars. Au milieu de ces troubles on mit fur le trône le fils du patriarche *Fédor Romanow*. Ce patriarche était parent, par les femmes, du czar *Jean Bafilides*. Son fils, *Michel Fédérovitz*, c'eft-à-dire, fils de *Fédor*, fut élu à l'âge de dix-fept ans par le

1610.

Quatrième *Demetri* impofteur.

crédit du père. Toute la Ruſſie reconnut ce *Michel*, & la ville de Pleskou lui livra le quatrième *Demetri*, qui finit par être pendu.

Cinquième *Demetri* impoſteur. Il en reſtait un cinquième ; c'était le fils du premier qui avait régné en effet, de celui-là même qui avait épouſé la fille du palatin de Sandomir : ſa mère l'enleva de Moſcou, lorſqu'elle alla trouver le troiſième *Demetri*, & qu'elle feignit de le reconnaître

1633. pour ſon véritable mari. Elle ſe retira enſuite chez les Coſaques avec cet enfant, qu'on regardait comme le petit-fils de *Jean Baſilides*, & qui en effet pouvait bien l'être. Mais dès que *Michel Fédérovitz* fut ſur le trône, il força les Coſaques à lui livrer la mère & l'enfant, & les fit noyer l'un & l'autre.

Sixième *Demetri* impoſteur. On ne s'attendait pas à un ſixième *Demetri*. Cependant ſous l'empire de *Michel Fédérovitz* en Ruſſie, & ſous le règne de *Ladiſlas* en Pologne, on vit encore un nouveau prétendant de ce nóm à la cour de Ruſſie. Quelques jeunes gens, en ſe baignant avec un coſaque de leur âge, aperçurent ſur ſon dos des caractères ruſſes, imprimés avec une éguille ; on y liſait, *Demetri, fils du czar Demetri*. Celui-ci paſſa pour ce même fils de la palatine de Sandomir, que le czar *Fédérovitz* avait fait noyer dans un étang glacé. DIEU avait opéré un miracle pour le ſauver ; il fut traité en fils du czar à la cour de *Ladiſlas*, & on prétendait bien ſe ſervir de lui pour exciter de nouveaux troubles en Ruſſie. La mort de *Ladiſlas*, ſon protecteur, lui ôta toute eſpérance. Il ſe retira en Suède, & de là dans le Holſtein ; mais malheureuſement pour lui, le duc de Holſtein ayant envoyé en Moſcovie une ambaſſade pour établir un commerce

de foie de Perfe, & fon ambaffadeur n'ayant réuffi
qu'à faire des dettes à Mofcou , le duc de Holftein
obtint quittance de la dette en livrant ce dernier
Demetri, qui fut mis en quartiers.

Toutes ces aventures, qui tiennent du fabuleux, &
qui font pourtant très-vraies , n'arrivent point
chez les peuples policés qui ont une forme de gouvernement régulière. Le czar *Alexis* , fils de *Michel*
Fédérovitz , & petit-fils du patriarche *Fédor Romanow* ,
couronné en 1645 , n'eft guère connu dans l'Europe
que pour avoir été le père de *Pierre le grand*. La
Ruffie . jufqu'au czar *Pierre*, refta prefque inconnue
aux peuples méridionaux de l'Europe , enfevelie fous
un defpotifme malheureux du prince fur les boyards,
& des boyards fur les cultivateurs. Les abus , dont fe
plaignent aujourd'hui les nations policées , auraient
été des lois divines pour les Ruffes. Il y a quelques
réglemens parmi nous qui excitent les murmures des
commerçans & des manufaturiers ; mais dans ces
pays du Nord il était très-rare d'avoir un lit : on
couchait fur des planches que les moines pauvres
couvraient d'un gros drap acheté aux foires éloignées,
ou bien d'une peau d'animal , foit domeftique , foit
fauvage. Lorfque le comte de *Carlile* , ambaffadeur
de *Charles II* d'Angleterre à Mofcou , traverfa tout
l'Empire ruffe d'Archangel en Pologne , en 1663 ,
il trouva par-tout cet ufage , & la pauvreté générale
que cet ufage fuppofe , tandis que l'or & les pierreries brillaient à la cour au milieu d'une pompe
groffière.

Un tartare de la Crimée, un cofaque du Tanaïs ,
réduit à la vie fauvage du citoyen ruffe , était bien

(marginal note:) Mœurs de la Ruffie en ces temps-là.

plus heureux que ce citoyen, puisqu'il était libre
d'aller où il voulait, & qu'il était défendu au russe
de sortir de son pays. Vous connaissez, par l'histoire
de *Charles II*, & par celle de *Pierre I* qui s'y trouve
renfermée, qu'elle différence immense un demi-siècle
a produite dans cet Empire. Trente siècles n'auraient
pu faire ce qu'a fait *Pierre* en voyageant quelques
années.

CHAPITRE CXCI.

*De l'Empire ottoman, au dix-septième siècle. Siége
de Candie. Faux messie.*

Amurat. III. APRÈS la mort de *Selim II*, les Ottomans consér-
1585. vèrent leur supériorité dans l'Europe & dans l'Asie.
Ils étendirent encore leurs frontières sous le règne
d'*Amurat III*. Ses généraux prirent d'un côté Raab
en Hongrie, & de l'autre Tibris en Perse. Les
janissaires, redoutables aux ennemis, l'étaient toujours
à leurs maîtres; mais *Amurat III* leur fit voir qu'il
1593. était digne de leur commander. Ils vinrent un jour
lui demander la tête du testerdar, c'est-à-dire, du
grand trésorier. Ils étaient répandus en tumulte à la
porte intérieure du sérail, & menaçaient le sultan
même; il leur fait ouvrir la porte, suivi de tous les
officiers du sérail, il fond sur eux le sabre à la main,
il en tue plusieurs; le reste se dissipe & obéit. Cette
milice si fière souffre qu'on exécute, à ses yeux, les
principaux auteurs de l'émeute : mais quelle milice
que des soldats que leur maître était obligé de

combattre !

combattre ! On pouvait quelquefois la réprimer, mais on ne pouvait ni l'accoutumer au joug, ni la discipliner, ni l'abolir, & elle disposa souvent de l'Empire.

Mahomet III, fils d'*Amurat*, méritait plus qu'aucun sultan que ses janissaires usassent contre lui du droit qu'ils s'arrogeaient de juger leurs maîtres. Il commença son règne, à ce qu'on dit, par faire étrangler dix-neuf de ses frères; & par faire noyer douze femmes de son père, qu'on croyait enceintes. On murmura à peine; il n'y a que les faibles de punis. Ce barbare gouverna avec splendeur. Il protégea la Transilvanie contre l'empereur *Rodolphe II*, qui abandonnait le soin de ses Etats & de l'Empire; il dévasta la Hongrie; il prit Agria en personne, à la vue de l'archiduc *Mathias*, & son règne affreux ne laissa pas de maintenir la grandeur ottomane.

Dix-neuf frères étranglés.

1596.

Pendant le règne d'*Achmet I*, son fils, depuis 1 6 0 3 jusqu'en 1 6 3 1, tout dégénère. *Sha-Abbas le grand*, roi de Perse, est toujours vainqueur des Turcs. Il reprend sur eux Tauris, ancien théâtre de la guerre entre les Turcs & les Persans; il les chasse de toutes leurs conquêtes, & par-là il délivre *Rodolphe*, *Mathias* & *Ferdinand II* d'inquiétude. Il combat pour les chrétiens sans le savoir. *Achmet* conclut, en 1 6 1 5. une paix honteuse avec l'empereur *Mathias* : il lui rend Agria, Canise, Pest, Albe-Royale conquise par ses ancêtres. Tel est le contrepoids de la fortune. C'est ainsi que vous avez vu *Ussum Cassan*, *Ismaël Sophi* arrêter les progrès des Turcs contre l'Allemagne & contre Venise; &, dans les temps antérieurs, *Tamerlan* sauver Constantinople.

Perses vainqueurs des Turcs.

1603.

Essai sur les mœurs, &c. Tome IV.   T

Gouverne-
ment turc,
pas si despo-
tique qu'on
le croit.

Ce qui se passe après la mort d'*Achmet* nous prouve bien que le gouvernement turc n'était pas cette monarchie absolue que nos historiens nous ont représentée comme la loi du despotisme, établie sans contradiction. Ce pouvoir était entre les mains du sultan, comme un glaive à deux tranchans qui blessait son maître quand il était manié d'une main faible. L'Empire était souvent, comme le dit le comte *Marsigli*, une démocratie militaire, pire encore que le pouvoir arbitraire. L'ordre de succession n'était point établi; les janissaires & le divan ne choisirent point, pour leur empereur, le fils d'*Achmet* qui s'appelait *Osman*, mais *Mustapha*, frère d'*Achmet*. Ils se dégoûtèrent au bout de deux mois de *Mustapha*, qu'on disait incapable de régner : ils le mirent en prison, & proclamèrent le jeune *Osman*, son neveu, âgé de douze ans : ils régnèrent en effet sous son nom.

1617.

Osman égor-
gé.

1622.

Mustapha, du fond de sa prison, avait encore un parti. Sa faction persuada aux janissaires que le jeune *Osman* avait dessein de diminuer leur nombre pour affaiblir leur pouvoir. On déposa *Osman* sur ce prétexte; on l'enferma aux sept tours, & le grand visir *Daout* alla lui-même égorger son empereur. *Mustapha* fut tiré de la prison pour la seconde fois, reconnu sultan, & au bout d'un an déposé encore par les mêmes janissaires qui l'avaient deux fois élu. Jamais prince, depuis *Vitellius*, ne fut traité avec plus d'ignominie. Il fut promené dans les rues de Constantinople, monté sur un âne, exposé aux outrages de la populace, puis conduit aux sept tours, & étranglé dans sa prison.

Mustapha
étranglé.

Amurat IV
conquérant.

Tout change sous *Amurat IV*, surnommé *Gasi l'intrépide*. Il se fait respecter des janissaires en les

occupant contre les Perfans, en les conduifant lui-
même. Il enlève Erzerom à la Perfe. Dix ans après 12 décembre
1628.
il prend d'affaut Bagdad, cette ancienne Séleucie,
capitale de la Méfopotamie, que nous appelons
Diarbekir, & qui eft demeurée aux Turcs ainfi qu'Erzerom. Les Perfans n'ont cru depuis pouvoir mettre 1638.
leurs frontières en fureté, qu'en dévaftant trente
lieues de leur propre pays par-delà Bagdad, & en
fefant une folitude ftérile de la plus fertile contrée
de la Perfe. Les autres peuples défendent leurs frontières par des citadelles; les Perfans ont défendu les
leurs par des déferts.

Dans le même temps qu'il prenait Bagdad, il
envoyait quarante mille hommes au fecours du
grand mogol, *Sha-Gean*, contre fon fils *Aurengzeb*. Si
ce torrent qui fe débordait en Afie fût tombé fur
l'Allemagne, occupée alors par les Suédois & les
Français, & déchirée par elle-même, l'Allemagne
était en rifque de perdre la gloire de n'avoir jamais
été entièrement fubjuguée.

Les Turcs avouent que ce conquérant n'avait de
mérite que la valeur, qu'il était cruel, & que la
débauche augmentait encore fa cruauté. Un excès de
vin termina fes jours & déshonora fa mémoire. 1639.

Ibrahim, fon fils, eût les mêmes vices, avec plus *Ibrahim.*
de faibleffe, & nul courage. Cependant c'eft fous ce
règne que les Turcs conquirent l'île de Candie, &
qu'il ne leur refta plus à prendre que la capitale &
quelques fortereffes qui fe défendirent vingt-quatre
années. Cette île de Crète, fi célèbre dans l'antiquité
par fes lois, par fes arts, & même par fes fables,

T 2

avait déjà été conquife par les mahométans Arabes, au commencement du neuvième fiècle. Ils y avaient bâti Candie, qui depuis ce temps donna fon nom à l'île entière. Les empereurs grecs les en avaient chaffés au bout de quatre-vingts ans ; mais, lorfque du temps des croifades les princes latins, ligués pour fecourir Conftantinople, envahirent l'Empire grec au lieu de le défendre, Venife fut affez riche pour acheter l'île de Candie, & affez heureufe pour la conferver.

Le révérend père *Ottoman* jacobin, fils d'*Ibrahim*. Une aventure fingulière, & qui tient du roman, attira les armes ottomanes fur Candie. Six galères de Malthe s'emparèrent d'un grand vaiffeau turc, & vinrent avec leur prife mouiller dans un petit port de l'île, nommée Califmène. On prétendit que le vaiffeau turc portait un fils du grand feigneur. Ce qui le fit croire, c'eft que le kiflar-aga, chef des eunuques noirs, avec plufieurs officiers du férail, était dans le navire, & que cet enfant était élevé par lui avec des foins & des refpects. Cet eunuque ayant été tué dans le combat, les officiers affurèrent que l'enfant appartenait à *Ibrahim*, & que fa mère l'envoyait en Egypte. Il fut long-temps traité à Malthe comme fils du fultan, dans l'efpérance d'une rançon proportionnée à fa naiffance. Le fultan dédaigna de propofer la rançon, foit qu'il ne voulût point traiter avec les chevaliers de Malthe, foit que le prifonnier ne fût point en effet fon fils. Ce prétendu prince, négligé enfin par les Malthois, fe fit dominicain : on l'a connu long-temps fous le nom du *père Ottoman* ; & les dominicains fe font toujours vantés d'avoir le fils d'un fultan dans leur ordre.

La Porte ne pouvant fe venger fur Malthe, qui de fon rocher inacceffible brave la puiffance turque, fit tomber fa colère fur les Vénitiens; elle leur reprochait d'avoir, malgré les traités de paix, reçu dans leur port la prife faite par les galères de Malthe. La flotte turque aborda en Candie. On prit la Canée, & en peu de temps prefque toute l'île.

1645.

Ibrahim n'eut aucune part à cet événement. On a fait quelquefois les plus grandes chofes fous les princes les plus faibles. Les janiffaires furent abfolument les maîtres du temps d'*Ibrahim* : s'ils firent des conquêtes, ce ne fut pas pour lui, mais pour eux & pour l'Empire. Enfin il fut dépofé fur une décifion du muphti, & fur un arrêt du divan. L'Empire turc fut alors une véritable démocratie; car après avoir enfermé le fultan dans l'appartement de fes femmes, on ne proclama point d'empereur; l'adminiftration continua au nom du fultan qui ne régnait plus.

Ibrahim dé-pofé.

1648

Nos hiftoriens prétendent qu'*Ibrahim* fut enfin étranglé par quatre muets; dans la fauffe fuppofition que les muets font employés à l'exécution des ordres fanguinaires qui fe donnent dans le férail; mais ils n'ont jamais été que fur le pied des bouffons & des nains; on ne les emploie à rien de férieux. Il ne faut regarder, que comme un roman, la relation de la mort de ce prince étranglé par quatre muets; les annales turques ne difent point comment il mourut : ce fut un fecret du férail. Toutes les fauffetés qu'on nous a débitées fur le gouvernement des Turcs, dont nous fommes fi voifins, doivent

1649.

Menfonges hiftoriques fur les Turcs.

T 3

bien redoubler notre défiance fur l'hiftoire ancienne. Comment peut-on efpérer de nous faire connaître les Scythes, les Gomérites & les Celtes, quand on nous inftruit fi mal de ce qui fe paffe autour de nous ? Tout nous confirme que nous devons nous en tenir aux événemens publics dans l'hiftoire des nations, & qu'on perd fon temps à vouloir approfondir les détails fecrets, quand ils ne nous ont pas été tranfmis par des témoins oculaires & accrédités.

Par une fatalité fingulière, ce temps funefte à *Ibrahim* l'était à tous les rois. Le trône de l'Empire d'Allemagne était ébranlé par la fameufe guerre de trente ans. La guerre civile défolait la France, & forçait la mère de *Louis XIV* à fuir de fa capitale avec fes enfans. *Charles I*, à Londres, était condamné à mort par fes

L'univers fouffre ; cela revient fouvent.

fujets. *Philippe IV*, roi d'Efpagne, après avoir perdu prefque toutes fes poffeffions en Afie, avait perdu encore le Portugal. Le commencement du dix-feptième fiècle était le temps des ufurpateurs, prefque d'un bout du monde à l'autre. *Cromwell* fubjuguait l'Angleterre, l'Ecoffe & l'Irlande. Un rébelle, nommé *Liftching*, forçait le dernier empereur de la race chinoife à s'étrangler avec fa femme & fes enfans, & ouvrait l'Empire de la Chine aux conquérans tartares. *Aurengzeb*, dans le Mogol, fe révoltait contre fon père ; il le fit languir en prifon, & jouit paifiblement du fruit de fes crimes. Le plus grand des tyrans, *Mulei-Ifmaël*, exerçait dans l'Empire de Maroc de plus horribles cruautés. Ces deux ufurpateurs, *Aurengzeb* & *Mulei-Ifmaël*, furent de tous les rois de la terre ceux qui vécurent le plus heureufement & le plus long-temps.

La vie de l'un & de l'autre a paffé cent années.
Cromwell, auffi méchant qu'eux, vécut moins, mais
régna & mourut tranquille. Si on parcourt l'hiftoire
du monde, on voit les faibleffes punies, mais les
grands crimes heureux, & l'univers eft une vafte fcène
de brigandage abandonnée à la fortune.

Cependant la guerre de Candie était femblable à
celle de Troye. Quelquefois les Turcs menaçaient la
ville, quelquefois ils étaient affiégés eux-mêmes dans
la Canée, dont ils avaient fait leur place d'armes.
Jamais les Vénitiens ne montrèrent plus de réfolution
& de courage; ils battirent fouvent les flottes turques.
Le tréfor de Saint-Marc fut épuifé à lever des foldats.
Les troubles du férail, les irruptions des Turcs en
Hongrie firent languir l'entreprife fur Candie quelques
années, mais jamais elle ne fut interrompue. Enfin,
en 1667, *Achmet Cuprogli*, ou *Kieuperli*, grand vifir de
Mahomet IV, & fils d'un grand vifir, affiégea réguliè-
rement Candie, défendue par le capitaine général,
Francefco Morofini, & par *du Pui-Montbrun Saint-André*,
officier français, à qui le fénat donna le commandement des troupes de terre.

Cette ville ne devait jamais être prife, pour peu
que les princes chrétiens euffent imité *Louis XIV*,
qui, en 1669, envoya fix à fept mille hommes au
fecours de la ville, fous le commandement du duc de
Beaufort & du duc de *Navailles*. Le port de Candie fut
toujours libre; il ne fallait qu'y tranfporter affez de
foldats pour réfifter aux janiffaires. La république ne
fut pas affez puiffante pour lever des troupes fuffifantes. Le duc de *Beaufort*, le même qui avait joué du
temps de la fronde un perfonnage plus étrange

Siége de Candie, plus long que ce-lui de Troye: pas fi fameux.

T 4

qu'illuftre, alla attaquer & renverfer les Turcs dans leurs tranchées, fuivi de la nobleffe de France : mais un magafin de poudre & de grenades ayant fauté dans ces tranchées, tout le fruit de cette action fut perdu. Les Français, croyant marcher fur un terrain miné, fe retirèrent en défordre pourfuivis par les Turcs. & le duc de *Beaufort* fut tué dans cette action avec beaucoup d'officiers français.

Le duc de *Beaufort* tué devant Candie.

Louis XIV, allié de l'Empire ottoman, fecourut ainfi ouvertement Venife, & enfuite l'Allemagne contre cet Empire, fans que les Turcs paruffent en avoir beaucoup de reffentiment. On ne fait point pourquoi ce monarque rappela bientôt après fes troupes de Candie. Le duc de *Navailles*, qui les commandait après la mort du duc de *Beaufort*, était perfuadé que la place ne pouvait plus tenir contre les Turcs. Le capitaine général, *Francefco Morofini*, qui foutint fi long-temps ce fameux fiége, pouvait abandonner des ruines fans capituler, & fe retirer par la mer dont il fut toujours le maître : mais en capitulant il confervait encore quelques places dans l'île à la république, & la capitulation était un traité de paix. Le vifir, *Achmet Cuprogli*, mettait toute fa gloire & celle de l'Empire ottoman à prendre Candie.

Ce vifir & *Morofini* firent donc la paix, dont le prix fut la ville de Candie réduite en cendres, & où il ne refta qu'une vingtaine de chrétiens malades. Jamais les chrétiens ne firent avec les Turcs de capitulation plus honorable ni de mieux obfervée par les vainqueurs. Il fut permis à *Morofini* de faire embarquer tout le canon amené à Candie pendant la guerre. Le vifir prêta des chaloupes pour conduire des citoyens

Candie prife. Septembre 1669.

qui ne pouvaient trouver place fur les vaiffeaux vénitiens. Il donna cinq cents fequins au bourgeois qui
lui préfenta les clefs, & deux cents à chacun de ceux
qui l'accompagnaient. Les Turcs & les Vénitiens fe
vifitèrent comme des peuples amis jufqu'au jour de
l'embarquement.

Le vainqueur de Candie, *Cuprogli*, était un des
meilleurs généraux de l'Europe, un des plus grands
miniftres, & en même temps jufte & humain. Il
acquit une gloire immortelle dans cette longue guerre,
où, de l'aveu des Turcs, il périt deux cents mille de
leurs foldats.

Les *Morofinis*, (car il y en avait quatre de ce nom
dans la ville affiégée) les *Cornaro*, les *Giuftiniani*, les
Benzoni, le marquis de *Montbrun Saint-André*, le marquis
de *Frontenac*, rendirent leurs noms célèbres dans
l'Europe. Ce n'eft pas fans raifon qu'on a comparé
cette guerre à celle de Troye. Le grand vifir avait un
grec auprès de lui qui mérita le furnom d'*Ulyffe* ; il
s'appelait *Payanotos*, ou *Payanoti*. Le prince *Cantemir*
prétend que ce grec détermina le confeil de Candie
à capituler, par un ftratagême digne d'*Ulyffe*. Quelques
vaiffeaux français, chargés de provifions pour Candie,
étaient en route. *Payanotos* fit arborer le pavillon
français à plufieurs vaiffeaux turcs qui, ayant pris
le large pendant la nuit, entrèrent le jour à la rade
occupée par la flotte ottomane, & furent reçus avec
des cris d'alégreffe. *Payanotos*, qui négocia avec le
confeil de guerre de Candie, leur perfuada que le
roi de France abandonnait les intérêts de la république en faveur des Turcs dont il était allié; & cette
feinte hâta la capitulation. Le capitaine général,

Candie
prife, comme
Troye, par
le ftratagême
d'un grec.

Morofini, fut accufé en plein fénat d'avoir trahi Venife. Il fut défendu avec autant de véhémence qu'on en mit à l'accufer. C'eft encore une reffemblance avec les anciennes républiques grecques, & furtout avec la romaine. *Morofini* fe juftifia depuis en fefant fur les Turcs la conquête du Péloponèfe, qu'on nomme aujourd'hui Morée, conquête dont Venife a joui trop peu de temps. Ce grand homme mourut doge, & laiffa après lui une réputation qui durera autant que Venife.

De *Sabatei-Sevi* qui prit la qualité de *Meffie.*

Pendant la guerre de Candie il arriva chez les Turcs un événement qui fut l'objet de l'attention de l'Europe & de l'Afie. Il s'était répandu un bruit général, fondé fur la vaine curiofité, que l'année 1666 devait être l'époque d'une grande révolution fur la terre. Le nombre myftique de 666 qui fe trouve dans l'Apocalypfe était la fource de cette opinion. Jamais l'attente de l'*Ante-Chrift* ne fut fi univerfelle. Les Juifs, de leur côté, prétendirent que leur meffie devait naître cette année.

Un juif de Smyrne, nommé *Sabatei-Sevi*, homme affez favant, fils d'un riche courtier de la factorerie anglaife, profita de cette opinion générale & s'annonça pour le meffie. Il était éloquent & d'une figure avantageufe, affectant de la modeftie, recommandant la juftice, parlant en oracle, difant par-tout que les temps étaient accomplis. Il voyagea d'abord en Grèce & en Italie. Il enleva une fille à Livourne & la mena à Jérufalem, où il commença à prêcher fes frères.

C'eft chez les juifs une tradition conftante, que leur *Shilo*, leur *Meffiah*, leur vengeur & leur roi, ne doit venir qu'avec *Elie.* Ils fe perfuadent qu'ils ont eu un *Eliah* qui doit reparaître au renouvellement de la terre. Cet *Eliah*, que nous nommons *Elie*, a été pris par quelques favans pour le foleil, à caufe de la conformité du mot *Elios* qui fignifie le foleil chez les Grecs, & parce qu'*Elie*, ayant été tranfporté hors de la terre dans un char de feu, attelé de quatre chevaux ailés, a beaucoup de reffemblance avec le char du foleil, & fes quatre chevaux inventés par les poëtes. Mais fans nous arrêter à ces recherches, & fans examiner fi les livres hébreux ont été écrits après *Alexandre*, & après que les facteurs juifs eurent appris quelque chofe de la mythologie grecque dans Alexandrie, c'eft affez de remarquer que les Juifs attendent *Elie* de temps immémorial. Aujourd'hui même encore, quand ces malheureux circoncifent un enfant avec cérémonie, ils mettent dans la falle un fauteuil pour *Elie*, en cas qu'il veuille les honorer de fa préfence. *Elie* doit amener le grand *Sabat*, le grand *Meffie*, & la révolution univerfelle. Cette idée a même paffé chez les chrétiens. *Elie* doit venir annoncer la fin de ce monde, & un nouvel ordre de chofes. Prefque tous les fanatiques attendent un *Elie*. Les prophètes des Cévènes, qui allèrent à Londres reffufciter des morts, en 1707, avaient vu *Elie*; ils lui avaient parlé; il devait fe montrer au peuple. Aujourd'hui même ce ramas de convulfionnaires qui a infecté Paris pendant quelques années, annonçait *Elie* à la populace des faubourgs. Le magiftrat de la police fit, en 1724, enfermer à Bicêtre deux *Elies* qui fe battaient à qui ferait reconnu pour le véritable. Il fallait donc abfolument que *Sabatei-Sevi* fût annoncé chez fes frères par un *Elie*, fans quoi fa miffion aurait été traitée de chimérique.

Il trouva un rabbin, nommé *Nathan*, qui crut qu'il y aurait affez à gagner à jouer ce fecond rôle. *Sabatei* déclara aux juifs de l'Afie mineure & de Syrie que *Nathan* était *Elie*, & *Nathan* affura que *Sabatei* était le meffie, le *Shilo*, l'attente du peuple faint.

Prédiction.   Ils firent de grandes œuvres tous deux à Jérufalem, & y réformèrent la fynagogue. *Nathan* expliquait les prophètes, & fefait voir clairement qu'au bout de l'année le fultan devait être détrôné, & que Jérufalem devait devenir la maîtreffe du monde. Tous les juifs de la Syrie furent perfuadés. Les fynagogues retentiffaient des anciennes prédictions. On fe fondait fur ces paroles d'Ifaïe : *Levez-vous, Jérufalem, levez-vous dans votre force & dans votre gloire; il n'y aura plus d'incirconcis ni d'impurs au milieu de vous.* Tous les rabbins avaient à la bouche ce paffage : *Ils feront venir vos frères de tous les climats à la montagne fainte de Jérufalem, fur des chars, fur des litières, fur des mulets, fur des charrettes.* Enfin, cent paffages, que les femmes & les enfans répétaient, nourriffaient leur efpérance. Il n'y avait point de juif qui ne fe préparât à loger quelqu'un des dix anciennes tribus difperfées. La perfuafion fut fi forte que les juifs abandonnaient par-tout leur commerce, & fe tenaient prêts pour le voyage de Jérufalem.

Douze envoyés de *Sabatei*.   *Nathan* choifit à Damas douze hommes pour préfider aux douze tribus. *Sabatei-Sevi* alla fe montrer à fes frères de Smyrne; & *Nathan* lui écrivait : *Roi des rois, feigneur des feigneurs, quand ferons-nous dignes d'être à l'ombre de votre âne? Je me proferne pour être foulé fous*

la plante de vos pieds. Sabatei dépofa dans Smyrne quelques docteurs de la loi qui ne le reconnaiffaient pas ;
& en établit de plus dociles. Un de fes plus violens
ennemis, nommé *Samuel Pennia*, fe convertit à lui
publiquement, & l'annonça comme le fils de DIEU.
Sabatei s'étant un jour préfenté devant le cadi de
Smyrne avec une foule de fes fuivans, tous affurèrent qu'ils voyaient une colonne de feu entre lui
& le cadi. Quelques autres miracles de cette efpèce
mirent le fceau à la certitude de fa miffion. Plufieurs
juifs même s'empreffaient de porter à fes pieds leur
or & leurs pierreries.

Le bacha de Smyrne voulut le faire arrêter. Sabatei en prifon.
Sabatei partit pour Conftantinople avec les plus zélés
de fes difciples. Le grand vifir, *Achmet Cuprogli*, qui
partait alors pour le fiége de Candie, l'envoya
prendre dans le vaiffeau qui le portait à Conftantinople, & le fit mettre en prifon. Tous les juifs
obtenaient aifément l'entrée de la prifon pour de
l'argent, comme c'eft l'ufage en Turquie : ils vinrent
fe profterner à fes pieds & baifer fes fers. Il les
prêchait, les exhortait, les béniffait & ne fe plaignait jamais. Les juifs de Conftantinople, perfuadés
que la venue d'un meffie aboliffait toutes les dettes,
ne payaient plus leurs créanciers. Les marchands
anglais de Galata s'avisèrent d'aller trouver *Sabatei*
dans fa prifon : ils lui dirent qu'en qualité de roi
des juifs il devait ordonner à fes fujets de payer leurs
dettes. *Sabatei* écrivit ces mots à ceux dont on fe
plaignait : *A vous qui attendez le falut d'Ifraël &c... fatis-
faites à vos dettes légitimes ; fi vous le refufez, vous n'entrerez
point avec nous dans notre joie & dans notre empire.*

La prifon de *Sabatei* était toujours remplie d'ado-
rateurs. Les juifs commençaient à exciter quelques
tumultes dans Conftantinople. Le peuple était alors
très-mécontent de *Mahomet IV*. On craignait que la
prédiction des juifs ne causât des troubles. Il femblait
qu'un gouvernement auffi févère que celui des Turcs
dût faire mourir celui qui fe difait *roi d'Ifraël* : cependant on fe contenta de le transférer au château des
Dardanelles. Les juifs alors s'écrièrent qu'il n'était
pas au pouvoir des hommes de le faire mourir.

Sa réputation s'étant étendue dans tous les pays
de l'Europe, il reçut aux Dardanelles les députa-
tions des juifs de Pologne, d'Allemagne, de Livourne,
de Venife, d'Amfterdam : ils payaient chèrement la
permiffion de lui baifer les pieds, & c'eft probablement ce qui lui conferva la vie. Les partages de la
terre fainte fe fefaient tranquillement dans le château
des Dardanelles. Enfin le bruit de fes miracles fut

*Sabatei de-
vant le ful-
tan.* fi grand que le fultan, *Mahomet*, eut la curiofité de
voir cet homme, & de l'interroger lui-même. On
amena le roi des juifs au férail. Le fultan lui
demanda en turc *s'il était le meffie*. *Sabatei* répondit
modeftement *qu'il l'était* ; mais comme il s'exprimait
incorrectemement en turc : *Tu parles bien mal*, lui dit
Mahomet, *pour un meffie qui devrait avoir le don des
langues. Fais-tu des miracles ?* quelquefois, répondit l'autre.
Hé bien, dit le fultan, *qu'on le dépouille tout nu ; il
fervira de but aux flèches de mes icoglans, & s'il eft invul-
nérable, nous le reconnaîtrons pour le meffie.* Sabatei fe

*Ce meffie fe
fait turc.* jeta à genoux, & avoua que c'était un miracle qui
était au-deffus de fes forces. On lui propofa alors
d'être empalé ou de fe faire mufulman, & d'aller

publiquement à la mofquée. Il ne balança pas ; &
il embraffa la religion turque dans le moment. Il
prêcha alors qu'il n'avait été envoyé que pour fubfti-
tuer la religion turque à la juive, felon les anciennes
prophéties. Cependant les juifs des pays éloignés
crurent encore long-temps en lui; & cette fcène, qui
ne fut point fanglante, augmenta par-tout leur
confufion & leur opprobre.

Quelque temps après que les juifs eurent effuyé
cette honte dans l'Empire ottoman, les chrétiens de
l'Eglife latine eurent une autre mortification. Ils
avaient toujours jufqu'alors confervé la garde du
Saint-Sépulcre à Jérufalem, avec les fecours d'argent
que fourniffaient plufieurs princes de leur communion, & furtout le roi d'Efpagne : mais ce même
Payanotos, qui avait conclu le traité de la reddition
de Candie, obtint du grand-vifir, *Achmet Cuprogli*,
que l'Eglife grecque aurait déformais la garde de
tous les lieux faints de Jérufalem. Les religieux du
rite latin formèrent une oppofition juridique. L'affaire
fut plaidée d'abord devant le cadi de Jérufalem, &
enfuite au grand-divan de Conftantinople. On décida
que l'Eglife grecque ayant compté Jérufalem dans
fon diftrict avant le temps des croifades, fa prétention était jufte. Cette peine que prenaient les
Turcs d'examiner les droits de leurs fujets chrétiens,
cette permiffion qu'ils leur donnaient d'exercer leur
religion dans le lieu même qui en fut le berceau,
eft un exemple bien frappant d'un gouvernement
tolérant fur la religion, quoiqu'il fût fanguinaire fur
le refte. Quand les Grecs voulurent, en vertu de
l'arrêt du divan, fe mettre en poffeffion, les mêmes

1674.

Latins réfiſtèrent, & il y eut du ſang répandu. Le gouvernement ne punit perſonne de mort : nouvelle preuve de l'humanité du viſir *Achmet Cuprogli*, dont les exemples ont été rarement imités. Un de ſes prédéceſſeurs, en 1638, avait fait étrangler *Cyrille*, fameux patriarche grec de Conſtantinople, ſur les accuſations réitérées de ſon Egliſe. Le caractère de ceux qui gouvernent fait en tout lieu les temps de douceur ou de cruauté.

CHAPITRE CXCII.

Progrès des Turcs. Siége de Vienne.

LE torrent de la puiſſance ottomane ne ſe répandait pas ſeulement en Candie & dans les îles de la république vénitienne ; il pénétrait ſouvent en Pologne & en Hongrie. Le même *Mahomet IV*, dont le grand-viſir avait pris Candie, marcha en perſonne contre les Polonais, ſous prétexte de protéger les Coſaques maltraités par eux. Il enleva aux Polonais l'Ukraine, la Podolie, la Volhinie, la ville de Kaminieck, & ne leur donna la paix qu'en leur impoſant ce tribut annuel de vingt mille écus, dont *Jean Sobieski* les délivra bientôt.

1672.

Les Turcs avaient laiſſé reſpirer la Hongrie pendant la guerre de trente ans qui bouleverſa l'Allemagne. Ils poſſédaient, depuis 1541, les deux bords du Danube à peu de choſe près, juſqu'à Bude incluſivement. Les conquêtes d'*Amurat IV* en Perſe l'avaient empêché de porter ſes armes vers l'Allemagne. La

Tranſilvanie

Tranfilvanie entière appartenait à des princes que les empereurs *Ferdinand II* & *Ferdinand III* étaient obligés de ménager, & qui étaient tributaires des Turcs. Ce qui reftait de la Hongrie jouiffait de la liberté. Il n'en fut pas de même du temps de l'empereur *Léopold* : la haute Hongrie & la Tranfilvanie furent le théâtre des révolutions, des guerres, des dévaftations.

De tous les peuples qui ont paffé fous nos yeux dans cette hiftoire, il n'y en a point eu de plus malheureux que les Hongrois. Leur pays dépeuplé, partagé entre la faction catholique & la proteftante, & entre plufieurs partis, fut à la fois occupé par les armées turques & allemandes. On dit que *Ragotski*, prince de la Tranfilvanie, fut la première caufe de tous ces malheurs. Il était tributaire de la Porte ; le refus de payer le tribut attira fur lui les armes ottomanes. L'empereur *Léopold* envoya contre les Turcs ce *Montecuculi*, qui depuis fut l'émule de *Turenne*. *Louis XIV* fit marcher fix mille hommes au fecours de l'empereur d'Allemagne, fon ennemi naturel. Ils eurent part à la célèbre bataille de Saint-Gothard, où *Montecuculi* battit les Turcs. Mais, malgré cette victoire, l'Empire ottoman fit une paix avantageufe, par laquelle il garda Bude, Neuhaufel même & la Tranfilvanie.

Malheurs des Hongrois.

1663.

1664.

Les Hongrois, délivrés des Turcs, voulurent alors défendre leur liberté contre *Léopold* ; & cet empereur ne connut que les droits de fa couronne. De nouveaux troubles éclatèrent. Le jeune *Emerik Tekeli*, feigneur hongrois, qui avait à venger le fang de fes amis & de fes parens, répandu par la cour de Vienne,

Effai fur les mœurs, &c. Tome IV. V

souleva la partie de la Hongrie qui obéissait à l'empereur *Léopold*. Il se donna à l'empereur *Mahomet IV* qui le déclara roi de la haute Hongrie. La Porte ottomane donnait alors quatre couronnes à des princes chrétiens, celles de la haute Hongrie, de la Transilvanie, de la Valachie & de la Moldavie.

Kara Musta-pha, marche à Vienne. Il s'en fallut peu que le sang des seigneurs hongrois du parti de *Tékéli*, répandu à Vienne par la main des bourreaux, ne coutât Vienne & l'Autriche à *Léopold* & à sa maison. Le grand-visir, *Kara Mustapha*, successeur d'*Achmet Cuprogli*, fut chargé par *Mahomet IV* d'attaquer l'empereur d'Allemagne, sous prétexte de venger *Tékéli*. Le sultan *Mahomet* vint assembler son armée dans les plaines d'Andrinople. Jamais les Turcs n'en levèrent une plus nombreuse : elle était de plus de cent quarante mille hommes de troupes régulières ; les Tartares de Crimée étaient au nombre de trente mille ; les volontaires, ceux qui servent l'artillerie, qui ont soin des bagages & des vivres, les ouvriers en tout genre, les domestiques composaient avec l'armée environ trois cents mille hommes. Il fallut épuiser toute la Hongrie pour fournir des provisions à cette multitude. Rien ne mit obstacle à la marche de *Kara Mustapha*. Il avança sans résistance jusqu'aux portes de Vienne, & en forma aussitôt le siége.

16 juillet 1683.

Le comte de *Staremberg*, gouverneur de la ville, avait une garnison dont le fonds était de seize mille hommes, mais qui n'en composait pas en effet plus de huit mille. On arma les bourgeois qui étaient restés dans Vienne ; on arma jusqu'à l'université. Les professeurs, les écoliers montèrent la garde, &

ils eurent un médecin pour major. La retraite de
l'empereur *Léopold* augmentait encore la terreur Il
avait quitté Vienne dès le septième juillet avec l'impératrice sa belle-mère, l'impératrice sa femme & toute
sa famille. Vienne, mal fortifiée, ne devait pas tenir
long-temps. Les annales turques prétendent que *Kara*
Muftapha avait deffein de se former dans Vienne &
dans la Hongrie un empire indépendant du fultan.
Il s'était figuré que la réfidence des empereurs
d'Allemagne devait contenir des tréfors immenfes.
En effet, de Conftantinople jufqu'aux bornes de
l'Afie, c'eft l'ufage que les fouverains aient toujours
un tréfor qui fait leur reffource en temps de guerre.
On ne connaît chez eux ni les levées extraordinaires dont les traitans avancent l'argent, ni les
créations & les ventes de charges, ni les rentes
foncières & viagères fur l'Etat; le fantôme du crédit
public, les artifices d'une banque au nom d'un
fouverain font ignorés; les potentats ne favent
qu'accumuler l'or, l'argent & les pierreries; c'eft
ainfi qu'on en ufe depuis le temps de *Cyrus*. Le vifir
penfait qu'il en était de même chez l'empereur d'Allemagne; &, dans cette idée, il ne pouffa pas le fiége
affez vivement, de peur que la ville étant prife
d'affaut, le pillage ne le privât de fes tréfors imagi-
naires. Il ne fit jamais donner d'affaut général,
quoiqu'il y eût de très-grandes brèches au corps de
la place, & que la ville fût fans reffource. Cet
aveuglement du grand-vifir, fon luxe & fa molleffe
fauvèrent Vienne qui devait périr. Il laiffa au roi
de Pologne, *Jean Sobieski*, le temps de venir au fecours;
au duc de Lorraine, *Charles V*, & aux princes de

L'empereur *Léopold* s'en-fuit.

V 2

l'Empire celui d'affembler une armée. Les janiffaires murmuraient ; le découragement fuccéda à leur indignation ; ils s'écriaient : *Venez, infidéles, la feule vue de vos chapeaux nous fera fuir.*

En effet, dès que le roi de Pologne & le duc de Lorraine defcendirent de la montagne de Calemberg,

Vienne délivrée.
les Turcs prirent la fuite, prefque fans combattre. *Kara Muftapha*, qui avait compté trouver tant de tréfors dans Vienne, laiffa tous les fiens au pouvoir

12 feptembre 1683.
de *Sobieski*, & bientôt après il fut étranglé. *Tekéli*, que ce vifir avait fait roi, foupçonné bientôt après par la Porte ottomane de négocier avec l'empereur d'allemagne, fut arrêté par le nouveau vifir, & envoyé, les fers aux pieds & aux mains, à Conf-

1685.
tantinople. Les Turcs perdirent prefque toute la Hongrie.

1687.
Le règne de *Mahomet IV* ne fut plus fameux que par des difgraces. *Morofini* prit tout le Péloponèfe, qui valait mieux que Candie. Les bombes de l'armée vénitienne détruifirent, dans cette conquête, plus d'un ancien monument que les Turcs avaient épargnés, & entre autres le fameux temple d'Athènes dédié *aux Dieux inconnus.* Les janiffaires, qui attribuaient tant de malheurs à l'indolence du fultan, réfolurent de le dépofer. Le caïmacan, gouverneur de Conftantinople, *Muftapha Kuprogli*, le shérif de la mofquée de Sainte-Sophie, & le nakif, grade de l'étendard de

Mahomet dépofé.
Mahomet, vinrent fignifier au fultan qu'il fallait quitter le trône, & que telle était la volonté de la nation. Le fultan leur parla long-temps pour fe juftifier. Le nakif lui repliqua qu'il était venu pour lui commander de la part du peuple d'abdiquer

l'Empire, & de le laiſſer à ſon frère *Soliman*. *Mahomet IV* répondit : *La volonté de* DIEU *ſoit faite; puiſque ſa colère doit tomber ſur ma tête, allez dire à mon frère que* DIEU *déclare ſa volonté par la bouche du peuple.*

La plupart de nos hiſtoriens prétendent que *Mahomet IV* fut égorgé par les janiſſaires : mais les annales turques font foi qu'il vécut encore cinq ans renfermé dans le férail. Le même *Muſtapha Kuprogli*, qui avait dépoſé *Mahomet IV*, fut grand-viſir ſous *Soliman III*. Il reprit une partie de la Hongrie, & rétablit la réputation de l'Empire turc : mais depuis ce temps les limites de cet Empire ne paſsèrent jamais Belgrade ou Témiſvar. Les ſultans conſervèrent Candie; mais ils ne ſont rentrés dans le Péloponèſe qu'en 1715. Les célèbres batailles que le prince *Eugène* a données contre les Turcs ont fait voir qu'on pouvait les vaincre, mais non pas qu'on pût faire ſur eux beaucoup de conquêtes.

Ce gouvernement qu'on nous peint ſi deſpotique, ſi arbitraire, paraît ne l'avoir jamais été que ſous *Mahomet II*, *Soliman & Selim II* qui firent tout plier ſous leur volonté. Mais ſous preſque tous les autres padishas ou empereurs, & ſurtout dans nos derniers temps, vous retrouvez dans Conſtantinople le gouvernement d'Alger & de Tunis; vous voyez, en 1703, le padisha, *Muſtapha II*, juridiquement dépoſé par la milice & par les citoyens de Conſtantinople. On ne choiſit point un de ſes enfans pour lui ſuccéder, mais ſon frère *Achmet III*. Ce même empereur *Achmet* eſt condamné, en 1730, par les janiſſaires & par le peuple, à réſigner le trône à ſon neveu *Mahmoud*, & il obéit ſans réſiſtance, après avoir inutilement

Preuve du non-deſpotiſme des empereurs turcs.

V 3

facrifié fon grand-vifir & fes principaux officiers au reffentiment de la nation. Voilà ces fouverains fi abfolus. On s'imagine qu'un homme eft par les lois le maître arbitraire d'une grande partie de la terre, parce qu'il peut faire impunément quelques crimes dans fa maifon, & ordonner le meurtre de quelques efclaves; mais il ne peut perfécuter fa nation, & il eft plus fouvent opprimé qu'oppreffeur.

Les mœurs des Turcs offrent un grand contrafte; ils font à la fois féroces & charitables, intéreffés & ne commettant prefque jamais de larcin; leur oifiveté ne les porte ni au jeu ni à l'intempérance; très-peu ufent du privilége d'époufer plufieurs femmes, & de jouir de plufieurs efclaves; & il n'y a pas de grande ville en Europe où il y ait moins de femmes publiques qu'à Conftantinople. Invinciblement attachés à leur religion, ils haïffent, ils méprifent les chrétiens : ils les regardent comme des idolâtres; & cependant ils les fouffrent, ils les protègent dans tout leur Empire, & dans la capitale : on permet aux chrétiens de faire leurs proceffions dans le vafte quartier qu'ils ont à Conftantinople, & on voit quatre janiffaires précéder ces proceffions dans les rues.

Les Turcs font fiers, & ne connaiffent point la nobleffe : ils font braves, & n'ont point l'ufage du duel; c'eft une vertu qui leur eft commune avec tous les peuples de l'Afie, & cette vertu vient de la coutume de n'être armés que quand ils vont à la guerre. C'était auffi l'ufage des Grecs & des Romains; & l'ufage contraire ne s'introduifit chez les chrétiens que dans les temps de barbarie & de chevalerie; où l'on fe fit un devoir & un honneur de marcher à pied avec des éperons aux talons, & de fe mettre à table ou de prier DIEU avec une longue épée au côté. La nobleffe chrétienne fe diftingua par cette coutume, bientôt fuivie, comme on l'a déjà dit, par le plus vil peuple, & mife au rang de ces ridicules dont on ne s'aperçoit point, parce qu'on les voit tous les jours.

CHAPITRE CXCIII.

De la Perfe, de fes mœurs, de fa dernière révolution & de Thamas Kouli-kan, ou Sha-Nadir.

LA Perfe était alors plus civilifée que la Turquie; les arts y étaient plus en honneur, les mœurs plus douces, la police générale bien mieux obfervée. Ce n'eft pas feulement un effet du climat; les Arabes y avaient cultivé les arts cinq fiècles entiers. Ce furent ces Arabes qui bâtirent Ifpahan, Chiras, Casbin, Cachan & plufieurs autres grandes villes: les Turcs, au contraire, n'en ont bâti aucune, & en ont laiffé plufieurs tomber en ruine. Les Tartares fubjuguèrent deux fois la Perfe après le règne des califes arabes, mais ils n'y abolirent point les arts; & quand la famille des *Sophis* régna, elle y porta les mœurs douces de l'Arménie, où cette famille avait habité long-temps. Les ouvrages de la main paffaient pour être mieux travaillés, plus finis en Perfe qu'en Turquie. Les fciences y avaient de bien plus grands encouragemens; point de ville dans

Perfans autrefois éclairés.

V 4

laquelle il n'y eût plufieurs colléges fondés où l'on
enfeignait les belles-lettres. La langue perfanne, plus
douce & plus harmonieufe que la turque, a été
féconde en poëfies agréables. Les anciens Grecs, qui
ont été les premiers précepteurs de l'Europe, font
encore ceux des Perfans. Ainfi leur philofophie
était, au feizième & au dix-feptième fiècles, à peu-
près au même état que la nôtre. Ils tenaient l'aftro-
logie de leur propre pays, & ils s'y attachaient plus
qu'aucun peuple de la terre, comme nous l'avons
déjà indiqué. La coutume de marquer de blanc les
jours heureux, & de noir les jours funeftes, s'eft
confervée chez eux avec fcrupule. Elle était très-
familière aux Romains, qui l'avaient prife des
nations afiatiques. Les payfans de nos provinces
ont moins de foi aux jours propres à femer & à
planter, indiqués dans leurs almanachs, que les
courtifans d'Ifpahan n'en avaient aux heures favorables ou dangereufes pour les affaires. Les Perfans
étaient, comme plufieurs de nos nations, pleins
d'efprit & d'erreurs. Quelques voyageurs ont affuré
que ce pays n'était pas auffi peuplé qu'il pourrait
l'être. Il eft très-vraifemblable que du temps des
mages il était plus peuplé & plus fertile. L'agriculture était alors un point de religion : c'eft de toutes
les profeffions celle qui a le plus befoin d'une nombreufe famille, & qui, en confervant la fanté & la
force, met le plus aifément l'homme en état de
former & d'entretenir plufieurs enfans.

Perfe bien
peuplée.

Cependant Ifpahan, avant les dernières révolutions, était auffi grand & auffi peuplé que Londres.
On comptait dans Tauris plus de cinq cents mille

habitans. On comparait Cachan à Lyon. Il est impossible qu'une ville soit bien peuplée si les campagnes ne le sont pas, à moins que cette ville ne subsiste uniquement du commerce étranger. On n'a que des idées bien vagues sur la population de la Turquie, de la Perse & de tous les Etats de l'Asie, excepté de la Chine : mais il est indubitable que tout pays policé qui met sur pied de grandes armées, & qui a beaucoup de manufactures, possède le nombre d'hommes nécessaire.

La cour de Perse étalait plus de magnificence que la Porte ottomane. On croit lire une relation du temps de *Xerxès*, quand on voit dans nos voyageurs ces chevaux couverts de riches brocarts, leurs harnais brillans d'or & de pierreries, & ces quatre mille vases d'or dont parle *Chardin*, lesquels servaient pour la table du roi de Perse. Les choses communes, & surtout les comestibles, étaient à trois fois meilleur marché à Ispahan & à Constantinople que parmi nous. Ce bas prix est la démonstration de l'abondance, quand il n'est pas une suite de la rareté des métaux. Les voyageurs, comme *Chardin*, qui ont bien connu la Perse, ne nous disent pas au moins que toutes les terres appartiennent au roi. Ils avouent qu'il y a, comme par-tout ailleurs, des domaines royaux, des terres données au clergé, & des fonds que les particuliers possèdent de droit, lesquels leur sont transmis de père en fils. *Cour, ou Porte magnifique.*

Tout ce qu'on nous dit de la Perse nous persuade qu'il n'y avait point de pays monarchique où l'on jouît plus des droits de l'humanité. On s'y était procuré, plus qu'en aucun pays de l'Orient, des *Mœurs douces.*

reſſources contre l'ennui, qui eſt par-tout le poiſon
de la vie. On ſe raſſemblait dans des ſalles immenſes
qu'on appelait les maiſons à café, où les uns prenaient de cette liqueur, qui n'eſt en uſage parmi nous
que depuis la fin du dix-ſeptième ſiècle ; les autres
jouaient, ou liſaient, ou écoutaient des feſeurs de
contes, tandis qu'à un bout de la ſalle un eccléſiaſ-
tique prêchait pour quelque argent, & qu'à un autre
bout ces eſpèces d'hommes, qui ſe ſont fait un art
de l'amuſement des autres, déployaient tous leurs
talens. Tout cela annonce un peuple ſociable, &
tout nous dit qu'il méritait d'être heureux. Il le fut,
à ce qu'on prétend, ſous le règne de *Sha-Abbas* qu'on
a appelé *le grand*. Ce prétendu grand homme était
très-cruel ; mais il y a des exemples que des hommes
féroces ont aimé l'ordre & le bien public. La cruauté
ne s'exerce que ſur des particuliers expoſés ſans
ceſſe à la vue du tyran, & ce tyran eſt quelquefois
par ſes lois le bienfaiteur de la patrie.

  Sha-Abbas, deſcendant d'*Iſmaël-Sophi*, ſe rendit
deſpotique en détruiſant une milice telle à peu-près
que celle des janiſſaires, & que les gardes préto-
riennes. C'eſt ainſi que le czar *Pierre* a détruit la
milice des ſtrelits pour établir ſa puiſſance. Nous
voyons dans toute la terre les troupes diviſées en
pluſieurs petits corps affermir le trône, & les troupes
réunies en un grand corps diſpoſer du trône & le
renverſer. *Sha-Abbas* tranſporta des peuples d'un pays
dans un autre ; c'eſt ce que les Turcs n'ont jamais
fait. Ces colonies réuſſiſſent rarement. De trente
mille familles chrétiennes que *Sha-Abbas* tranſporta
de l'Arménie & de la Géorgie dans le Mezanderan ;

vers la mer caſpienne, il n'en eſt reſté que quatre
à cinq cents : mais il conſtruiſit des édifices publics,
il rebâtit des villes, il fit d'utiles fondations ; il
reprit ſur les Turcs tout ce que *Soliman* & *Sélim*
avaient conquis ſur la Perſe : il chaſſa les Portugais
d'Ormus ; & toutes ces grandes actions lui méritèrent
le nom de *grand* : il mourut en 1629. Son fils *Sha-
Sophi*, plus cruel que *Sha-Abbas*, mais moins guerrier,
moins politique, abruti par la débauche, eut un
règne malheureux. Le grand-mogol, *Sha-Gean*, enleva
Candahar à la Perſe, & le ſultan *Amurat IV* prit
d'aſſaut Bagdad, en 1638.

Depuis ce temps vous voyez la monarchie perſanne   Décadence.
décliner ſenſiblement, juſqu'à ce qu'enfin la molleſſe
de la dynaſtie des *Sophis* a cauſé ſa ruine entière. Les
eunuques gouvernaient le ſérail & l'Empire, ſous *Muza-
Sophi*, & ſous *Huſſein*, le dernier de cette race.

C'eſt le comble de l'aviliſſement dans la nature
humaine, & l'opprobre de l'Orient, de dépouiller les
hommes de leur virilité : & c'eſt le dernier attentat
du deſpotiſme de confier le gouvernement à ces malheureux. Par-tout où leur pouvoir a été exceſſif, la
décadence & la ruine ſont arrivées. La faibleſſe de
Sha-Huſſein feſait tellement languir l'Empire, & la
confuſion le troublait ſi violemment par les factions
des eunuques noirs & des eunuques blancs, que ſi
Myri-Veis & ſes aguans n'avaient pas détruit cette
dynaſtie, elle l'eût été par elle-même. C'eſt le ſort
de la Perſe que toutes ſes dynaſties commencent
par la force & finiſſent par la faibleſſe. Preſque toutes
ces familles ont eu le ſort de *Serdan-pull*, que nous
nommons *Sardanapale.*

Révolte. Ces aguans, qui ont bouleverfé la Perfe au commencement du fiècle où nous fommes, étaient une ancienne colonie de tartares habitans les montagnes de Candahar entre l'Inde & la Perfe. Prefque toutes les révolutions qui ont changé le fort de ce pays-là font arrivées par des tartares. Les Perfans avaient reconquis Candahar fur le Mogol, vers l'an 1650, fous *Sha-Abbas II*, & ce fut pour leur malheur. Le miniftère de *Sha-Huffein*, petit-fils de *Sha-Abbas II*, traita mal les aguans. *Myri-Veis* qui n'était qu'un particulier, mais un particulier courageux & entreprenant, fe mit à leur tête.

Guerre civile. C'eft encore ici une de ces révolutions où le caractère des peuples qui la firent eut plus de part que le caractère de leurs chefs : car *Myri-Veis* ayant été affaffiné & remplacé par un autre barbare, nommé *Maghmud*, fon propre neveu, qui n'était âgé que de dix-huit ans, il n'y avait pas d'apparence que ce jeune homme pût faire beaucoup par lui-même, & qu'il conduisît ces troupes indifciplinées de montagnards féroces, comme nos généraux conduifent des armées réglées. Le gouvernement de *Huffein* était méprifé, & la province de Candahar ayant commencé les troubles, les provinces du Caucafe, du côté de la Géorgie, fe révoltèrent auffi. Enfin *Maghmud* affiégea Ifpahan, en 1722. *Sha-Huffein* lui remit cette capitale, abdiqua le royaume à fes pieds, & le reconnut pour fon maître; trop heureux que *Maghmud* daignât époufer fa fille.

Malheurs horribles. Tous les tableaux des cruautés & des malheurs des hommes, que nous examinons depuis le temps de *Charlemagne*, n'ont rien de plus horrible que les fuites de la révolution d'Ifpahan. *Maghmud* crut ne pouvoir s'affermir qu'en fefant égorger les familles des principaux citoyens. La Perfe entière a été trente années ce qu'avait été l'Allemagne avant la paix de Veftphalie, ce que fut la France du temps de *Charles VI*, l'Angleterre dans les guerres de la *rofe rouge* & de la *rofe blanche :* mais la Perfe eft tombée d'un état plus floriffant dans un plus grand abyme de malheurs.

La religion eut encore part à ces défolations. Les aguans tenaient pour *Omar*, comme les Perfans pour *Aly ;* & ce *Maghmud*, chef des aguans mêlait les plus lâches fuperftitions aux plus déteftables cruautés : il mourut en démence, en 1725, après avoir défolé la Perfe. Un nouvel ufurpateur de la nation des aguans lui fuccéda ; il s'appelait *Afraf*. La défolation de la Perfe redoublait de tous côtés. Les Turcs l'inondaient du côté de la Géorgie, l'ancienne Colchide. Les Ruffes fondaient fur ces provinces, du nord à l'occident de la mer Cafpienne, vers les portes de Delbent dans le Shirvan, qui était autrefois l'Ibérie & l'Albanie. On ne nous dit point ce que devint parmi tant de troubles le roi détrôné, *Sha-Huffein*. Ce prince n'eft connu que pour avoir fervi d'époque au malheur de fon pays.

Un des fils de cet empereur, nommé *Thamas*, échappé au maffacre de la famille impériale, avait encore des fujets fidèles qui fe raffemblèrent autour de fa perfonne vers Tauris. Les guerres civiles & les temps de malheur produifent toujours des hommes extraordinaires qui euffent été ignorés dans des temps paifibles. Le fils d'un berger devint le protecteur

La religion s'en mêle.

du prince *Thamas*, & le foutien du trône dont il fut
enfuite l'ufurpateur. Cet homme, qui s'eft placé au
rang des plus grands conquérans, s'appelait *Nadir*.
Il gardait les moutons de fon père dans les plaines
du Coraffan, partie de l'ancienne Hircanie & de la
Bactriane. Il ne faut pas fe figurer ces bergers
comme les nôtres. La vie paftorale qui s'eft confervée
dans plus d'une contrée de l'Afie n'eft pas fans
opulence : les tentes de ces riches bergers valent
beaucoup mieux que les maifons de nos cultivateurs.
Nadir vendit plufieurs grands troupeaux de fon
père, & fe mit à la tête d'une troupe de bandits,
chofe encore fort commune dans ces pays où les
peuples ont gardé les mœurs des temps antiques.
Il fe donna avec fa troupe au prince *Thamas;* & à
force d'ambition, de courage & d'activité, il fut à
la tête d'une armée. Il fe fit appeler alors *Thamas
Kouli-kan, le kan efclave de Thamas;* mais l'efclave
était le maître fous un prince auffi faible & auffi
efféminé que fon père *Huffein*. Il reprit Ifpahan &
toute la Perfe, pourfuivit le nouveau roi *Afraf*
jufqu'à Candahar, le vainquit, le prit prifonnier,
& lui fit couper la tête après lui avoir arraché les
yeux.

. *Kouli-kan* ayant ainfi rétabli le prince *Thamas* fur
le trône de fes aïeux, & l'ayant mis en état d'être
ingrat, voulut l'empêcher de l'être. Il l'enferma dans
la capitale du Coraffan, & agiffant toujours au nom
de ce prince prifonnier, il alla faire la guerre aux
Turcs, fachant bien qu'il ne pouvait affermir fa
puiffance que par la même voie qu'il l'avait acquife.
Il battit les Turcs à Erivan, reprit tout ce pays &

affura fes conquêtes en fefant la paix avec les Ruffes.
Ce fut alors qu'il fe fit déclarer roi de Perfe, fous 1739.
le nom de *Sha-Nadir*. Il n'oublia pas l'ancienne
coutume de crever les yeux à ceux qui peuvent
avoir droit au trône. Cette cruauté fut exercée fur
fon fouverain *Thamas*. Les mêmes armées, qui avaient
fervi à défoler la Perfe, fervirent auffi à la rendre
redoutable à fes voifins. *Kouli-kan* mit les Turcs
plufieurs fois en fuite. Il fit enfin avec eux une paix
honorable, par laquelle ils rendirent tout ce qu'ils
avaient jamais pris aux Perfans, excepté Bagdad &
fon territoire.

Kouli-kan, chargé de crimes & de gloire, alla *Sha-Nadir*
dans l'Inde.
enfuite conquérir l'Inde, comme nous le verrons au
chapitre du Mogol. De retour dans fa patrie, il
trouva un parti formé en faveur des princes de la
maifon royale qui exiftait encore ; &, au milieu de
ces nouveaux troubles, il fut affaffiné par fon propre
neveu, ainfi que l'avait été *Myri-Veis*, le premier auteur
de la révolution. La Perfe alors eft devenue encore
le théâtre des guerres civiles. Tant de dévaftations
y ont détruit le commerce & les arts, en détruifant
une partie du peuple ; mais quand le terrain eft
fertile & la nation induftrieufe, tout fe répare à la
longue.

CHAPITRE CXCIV.

Du Mogol.

CETTE prodigieuse variété de mœurs, de coutumes, de lois, de révolutions, qui ont toutes le même principe, l'intérêt, forme le tableau de l'univers. Nous n'avons vu ni en Perse ni en Turquie de fils révolté contre son père. Vous voyez dans l'Inde les deux fils du grand-mogol *Gean-Guir* lui faire la guerre l'un après l'autre, au commencement du dix-septième siècle. L'un de ces deux princes, nommé *Sha-Gean*, s'empare de l'Empire, en 1627, après la mort de son père, *Gean-Guir*, au préjudice d'un petit-fils à qui *Gean-Guir* avait laissé le trône. L'ordre de succession n'était point dans l'Asie une loi reconnue comme dans les nations de l'Europe. Ces peuples avaient une source de malheurs de plus que nous.

Grand-mogol rarement absolu. *Sha-Gean*, qui s'était révolté contre son père, vit aussi dans la suite ses enfans soulevés contre lui. Il est difficile de comprendre comment des souverains, qui ne pouvaient empêcher leurs propres enfans de lever contre eux des armées, étaient aussi absolus qu'on veut nous le faire croire. Il paraît que l'Inde était gouvernée à peu-près comme l'étaient les royaumes de l'Europe du temps des grands fiefs. Les gouverneurs des princes de l'Indoustan étaient les maîtres dans leurs gouvernemens, & on donnait des vices-royautés aux enfans des empereurs. C'était manifestement un sujet éternel de guerres civiles : aussi, dès que la santé de l'empereur *Sha-Gean* devint

languissante,

languiffante, fes quatre enfans, qui avaient chacun le commandement d'une province, armèrent pour lui fuccéder. Ils s'accordaient pour détrôner leur père, & fe fefaient la guerre entre eux ; c'était précifément l'aventure de *Louis le débonnaire* ou *le faible. Aurengzeb*, le plus fcélérat des quatre frères, fut le plus heureux.

La même hypocrifie que nous avons vue dans *Cromwell* fe retrouve dans ce prince indien ; la même diffimulation & la même cruauté avec un cœur plus dénaturé. Il fe ligua d'abord avec un de fes frères, & fe rendit maître de la perfonne de fon père, *Sha-Gean*, qu'il tint toujours en prifon ; enfuite il affaffina ce même frère, dont il s'était fervi comme d'un inftrument dangereux qu'il fallait exterminer ; il pourfuit fes deux autres frères, dont il triomphe, & qu'il fait enfin étrangler l'un après l'autre.

Aurengzeb le premier des hypocrites.

Cependant le père d'*Aurengzeb* vivait encore. Son fils le retenait dans la prifon la plus dure ; & le nom du vieil empereur était fouvent le prétexte des confpirations contre le tyran. Il envoya enfin un médecin à fon père attaqué d'une indifpofition légère, & le vieillard mourut. *Aurengzeb* paffa dans toute l'Afie pour l'avoir empoifonné. Nul homme n'a mieux montré que le bonheur n'eft pas le prix de la vertu. Cet homme, fouillé du fang de fes frères, & coupable de la mort de fon père, réuffit dans toutes fes entreprifes : il ne mourut qu'en 1707, âgé d'environ cent trois ans. Jamais prince n'eut une carrière fi longue & fi fortunée. Il ajouta à l'Empire des Mogols les royaumes de Vifapour & de Golconde, tout le pays de Carnate, & prefque toute cette grande prefqu'île

Parricide & dévot.

1666.

Effai fur les mœurs, &c. Tome IV. X

que bordent les côtes de Coromandel & de Malabar. Cet homme qui eût péri par le dernier fupplice, s'il eût pu être jugé par les lois ordinaires des nations, a été fans contredit le plus puiffant prince de l'univers. La magnificence des rois de Perfe, toute éblouif- fante qu'elle nous a paru, n'était que l'effort d'une cour médiocre qui étale quelque fafte, en compa- raifon des richeffes d'*Aurengzeb*.

Tréfor du grand-mo- gol. De tous temps les princes afiatiques ont accumulé des tréfors; ils ont été riches de tout ce qu'ils entaffaient; au lieu que dans l'Europe les princes font riches de l'argent qui circule dans leurs Etats. Le tréfor de *Tamerlan* fubfiftait encore, & tous fes fucceffeurs l'avaient augmenté. *Aurengzeb* y ajouta des richeffes étonnantes : un feul de fes trônes a été eftimé par *Tavernier* cent foixante millions de fon temps, qui en font plus de trois cents du nôtre. Douze colonnes d'or qui foutenaient le dais de ce trône étaient entourées de groffes perles : le dais était de perles & de diamans, furmonté d'un paon qui étalait une queue de pierreries; tout le refte était proportionné à cette étrange magnificence. Le jour le plus folennel de l'année était celui où l'on pefait l'empereur dans des balances d'or, en préfence du peuple; &, ce jour-là, il recevait pour plus de cinquante millions de préfens.

Le climat de l'Inde énervé. Si jamais le climat a influé fur les hommes, c'eft affurément dans l'Inde; les empereurs y étalaient le même luxe, vivaient dans la même molleffe que les rois indiens dont parle *Quinte-Curce*; & les vainqueurs tartares prirent infenfiblement ces mêmes mœurs, & devinrent indiens.

Tout cet excès d'opulence & de luxe n'a fervi qu'au malheur de l'Indouftan. Il eft arrivé, en 1739, au petit-fils d'*Aurengzeb*, *Mahamad-Sha*, la même chofe qu'à *Créfus*. On avait dit à ce roi de Lydie : ,, Vous avez beaucoup d'or, mais celui qui fe ,, fervira du fer mieux que vous vous enlevera tout ,, cet or. ,,

Thamas Kouli-kan, élevé au trône de Perfe, après avoir détrôné fon maître, vaincu les aguans & pris Candahar, eft venu jufqu'à la capitale des Indes, fans autre raifon que l'envie d'arracher au Mogol tous ces tréfors que les Mogols avaient pris aux Indiens. Il n'y a guère d'exemple ni d'une plus grande armée que celle du grand-mogol *Mahamad*, levée contre *Thamas Kouli-kan*, ni d'une plus grande faibleffe. Il oppofa douze cents mille hommes, dix mille pièces de canon & deux mille éléphans armés en guerre, au vainqueur de la Perfe, qui n'avait pas avec lui foixante mille combattans. *Darius* n'avait pas armé tant de forces contre *Alexandre*.

On ajoute encore que cette multitude d'indiens était couverte par des retranchemens de fix lieues d'étendue, du côté que *Thamas Kouli-kan* pouvait attaquer; c'était bien fentir fa faibleffe. Cette armée innombrable devait entourer les ennemis, leur couper la communication & les faire périr par la difette dans un pays qui leur était étranger. Ce fut, au contraire, la petite armée perfanne qui affiégea la grande, lui coupa les vivres, & la détruifit en détail. Le grand-mogol *Mahamad* femblait n'être venu que pour étaler fa vaine grandeur, & pour la foumettre à des bri-gands aguerris. Il vint s'humilier devant *Thamas*

Le grand-mogol humilié devant *Sha-Nadir*.

X 2

Kouli-kan, qui lui parla en maître, & le traita en sujet. Le vainqueur entra dans Déli, ville qu'on nous repréfente plus grande & plus peuplée que Paris & Londres. Il traînait à fa fuite ce riche & miférable empereur. Il l'enferma d'abord dans une tour, & fe fit proclamer lui-même empereur des Indes.

Déli au pil-
lage.

Quelques officiers mogols effayèrent de profiter d'une nuit où les Perfans s'étaient livrés à la débauche, pour prendre les armes contre leurs vainqueurs. *Thamas Kouli-Kan* livra la ville au pillage ; prefque tout fut mis à feu & à fang. Il emporta beaucoup plus de tréfors de Déli que les Epagnols n'en prirent à la conquête du Mexique. Ces richeffes, amaffées par un brigandage de quatre fiècles, ont été apportées en Perfe par un autre brigandage, & n'ont pas empêché les Perfans d'être long-temps le plus mal-heureux peuple de la terre : elles y font difperfées ou enfevelies pendant les guerres civiles jufqu'au temps où quelque tyran les raffemblera.

Tréfors im-
menfes.

Kouli-Kan, en partant des Indes pour retourner en Perfe, eut la vanité de laiffer le nom d'empereur à ce *Mahamad-Sha* qu'il avait détrôné; mais il laiffa le gouvernement à un vice-roi qui avait élevé le grand-mogol, & qui s'était rendu indépendant de lui. Il détacha trois royaumes de ce vafte Empire, Cachemire, Cabou & Multan, pour les incorporer à la Perfe, & impofa à l'Indouftan un tribut de quelques millions.

Révolution.

L'Indouftan fut gouverné alors par un vice-roi, & par un confeil que *Thamas-Kouli-kan* avait établi. Le petit-fils d'*Aurengzeb* garda le titre de roi des rois,

& de souverain du monde, & ne fut plus qu'un fantôme. Tout est rentré ensuite dans l'ordre ordinaire, quand *Kouli-kan* a été assassiné en Perse, au milieu de ses triomphes : le Mogol n'a plus payé de tribut ; les provinces enlevées par le vainqueur persan sont retournées à l'Empire.

Il ne faut pas croire que ce *Mahamad*, roi des rois, ait été despotique avant son malheur; *Aurengzeb* l'avait été à force de soins, de victoires & de cruautés. Le despotisme est un état violent qui semble ne pouvoir durer. Il est impossible que, dans un Empire où des vice-rois soudoient des armées de vingt mille hommes, ces vice-rois obéissent longtemps & aveuglément. Les terres que l'empereur donne à ces vice-rois deviennent dès-là même indépendantes de lui. Gardons-nous donc bien de croire que dans l'Inde le fruit de tous les travaux des hommes appartienne à un seul. Plusieurs castes indiennes ont conservé leurs anciennes possessions. Les autres terres ont été données aux grands de l'Empire, aux raïs, aux nabab, aux omras. Ces terres sont cultivées, comme ailleurs, par des fermiers qui s'y enrichissent, & par des colons qui travaillent pour leurs maîtres. Le petit peuple est pauvre dans le riche pays de l'Inde, ainsi que dans presque tous les pays du monde ; mais il n'est point serf & attaché à la glèbe, ainsi qu'il l'a été dans notre Europe, & qu'il l'est encore en Pologne, en Bohème & dans plusieurs pays de l'Allemagne. Le paysan, dans toute l'Asie, peut sortir de son pays quand il en est mécontent, & en aller chercher un meilleur, s'il en trouve.

Examen du despotisme.

X 3

Ce qu'on peut réfumer de l'Inde en général, c'eft qu'elle eft gouvernée comme un pays de conquête par trente tyrans, qui reconnaiffent un empereur amolli comme eux dans les délices, & qui dévorent la fubftance du peuple. Il n'y a point là de ces grands tribunaux permanens, dépofitaires des lois, qui protègent le faible contre le fort.

Peuples pauvres en pays riche.
C'eft un problême qui paraît d'abord difficile à réfoudre, que l'or & l'argent venus de l'Amérique en Europe aillent s'engloutir continuellement dans l'Indouftan pour n'en plus fortir, & que cependant le peuple y foit fi pauvre qu'il y travaille prefque pour rien : mais la raifon en eft que cet argent ne va pas au peuple ; il va aux marchands, qui payent des droits immenfes aux gouverneurs ; ces gouverneurs en rendent beaucoup au grand-mogol, & enfouiffent le refte. La peine des hommes eft moins payée que par-tout ailleurs dans ce pays le plus riche de la terre ; parce que dans tout pays le prix des journaliers ne paffe guère leur fubfiftance & leur vêtement. L'extrême fertilité de la terre des Indes, & la chaleur du climat, font que cette fubfiftance & ce vêtement ne coûtent prefque rien. L'ouvrier qui cherche des diamans dans les mines gagne de quoi acheter un peu de riz & une chemife de coton : par-tout la pauvreté fert à peu de frais la richeffe.

Je ne répéterai point ce que j'ai dit des Indiens : leurs fuperftitions font les mêmes que du temps d'*Alexandre ;* les bramins y enfeignent la même religion ; les femmes fe jettent encore dans des bûchers allumés fur le corps de leurs maris : nos voyageurs, nos négocians en ont vu plufieurs exemples. Les difciples fe font fait auffi quelquefois un point d'honneur de ne pas furvivre à leurs maîtres. *Tavernier* rapporte qu'il fut témoin dans Agramême, l'une des capitales de l'Inde, que le grand-bramin étant mort, un négociant, qui avait étudié fous lui, vint à la loge des Hollandais, arrêta fes comptes, leur dit qu'il était réfolu d'aller trouver fon maître dans l'autre monde, & fe laiffa mourir de faim, quelqu'effort qu'on fît pour lui perfuader de vivre. **Mœurs.**

Une chofe digne d'obfervation, c'eft que les arts ne fortent prefque jamais des familles où ils font cultivés : les filles des artifans ne prennent des maris que du métier de leurs pères ; c'eft une coutume très-ancienne en Afie, & qui avait paffé autrefois en loi dans l'Egypte.

La loi de l'Afie & de l'Afrique, qui a toujours permis la pluralité des femmes, n'eft pas une loi dont le peuple, toujours pauvre, puiffe faire ufage ; les riches ont toujours compté les femmes au nombre de leurs biens, & ils ont pris des eunuques pour les garder ; c'eft un ufage immémorial, établi dans l'Inde comme dans toute l'Afie. Lorfque les Juifs voulurent avoir un roi, il y a plus de trois mille ans, *Samuel*, leur magiftrat & leur prêtre, qui s'oppofait à l'éta-bliffement de la royauté, remontra aux Juifs que ce roi leur impoferait des tributs pour avoir de quoi donner à fes eunuques. Il fallait que les hommes fuffent dès long-temps bien pliés à l'efclavage, pour qu'une telle coutume ne parût point extraordinaire. **Polygamie** **Eunuques,**

Lorfqu'on finiffait ce chapitre, une nouvelle révo-lution a bouleverfé l'Indouftan. Les princes tributaires, les vice-rois ont tous fecoué le joug. Les peuples de **Bouleverfement.**

X 4

l'intérieur ont détrôné le souverain. L'Inde est devenue, comme la Perse, le théâtre des guerres civiles. Ces désastres font voir que le gouvernement était très-mauvais, & en même temps, que ce prétendu despotisme n'existait pas. L'empereur n'était pas assez puissant pour se faire obéir d'un raïa.

Nos voyageurs ont cru que le pouvoir arbitraire résidait essentiellement dans la personne des grands-mogols, parce qu'*Aurengzeb* avait tout asservi. Ils n'ont pas considéré que cette puissance, uniquement fondée sur le droit des armes, ne dure qu'autant qu'on est à la tête d'une armée, & que ce despotisme, qui détruit tout, se détruit enfin de lui-même. Il n'est pas une forme de gouvernement, mais une subversion de tout gouvernement ; il admet le caprice pour toute règle ; il ne s'appuie point sur des lois qui assurent sa durée, & ce colosse tombe par terre dès qu'il n'a plus le bras levé : il se forme de ses débris plusieurs petites tyrannies, & l'Etat ne reprend une forme constante que quand les lois règnent.

CHAPITRE CXCV.

De la Chine, au dix-septième siècle, & au commencement du dix-huitième.

Tribunaux gardiens des lois.

IL vous est fort inutile, sans doute, de savoir que dans la dynastie chinoise, qui régnait après la dynastie des Tartares de *Gengis-kan*, l'empereur *Quancum* succéda à *Kinkum*, & *Kicum* à *Quancum*. Il est bon que ces noms se trouvent dans les tables chronologiques ;

mais, vous attachant toujours aux événemens & aux
mœurs, vous franchiffez tous ces efpaces vides pour
venir aux temps marqués par de grandes chofes.
Cette même molleffe qui a perdu la Perfe & l'Inde,
fit à la Chine, dans le fiècle paffé, une révolution plus
complète que celle de *Gengis-kan* & de fes petits-fils.
L'Empire chinois était, au commencement du dix-
feptième fiècle, bien plus heureux que l'Inde, la Perfe
& la Turquie. L'efprit humain ne peut certainement
imaginer un gouvernement meilleur que celui où
tout fe décide par de grands tribunaux, fubordonnés
les uns aux autres, dont les membres ne font reçus
qu'après plufieurs examens févères. Tout fe règle à
la Chine par ces tribunaux. Six cours fouveraines
font à la tête de toutes les cours de l'Empire. La
première veille fur tous les mandarins des provinces;
la feconde dirige les finances; la troifième a l'intendance des rites, des fciences & des arts; la quatrième
a l'intendance de la guerre; la cinquième préfide aux
juridictions chargées des affaires criminelles; la fixième
a foin des ouvrages publics. Le réfultat de toutes les
affaires décidées à ces tribunaux eft porté à un tribunal fuprême. Sous ces tribunaux il y en a quarante-
quatre fubalternes qui réfident à Pékin. Chaque
mandarin, dans fa province, dans fa ville, eft affifté
d'un tribunal. Il eft impoffible que dans une telle
adminiftration l'empereur exerce un pouvoir arbitraire.
Les lois générales émanent de lui : mais, par la conftitution du gouvernement, il ne peut rien faire fans
avoir confulté des hommes élevés dans les lois, &
élus par les fuffrages. Que l'on fe profterne devant
l'empereur comme devant un Dieu, que le moindre

manque de refpeĉt à fa perfonne foit puni felon la loi comme un facrilége, cela ne prouve certainement pas un gouvernement defpotique & arbitraire. Le gouvernement defpotique ferait celui où le prince pourrait, fans contrevenir à la loi, ôter à un citoyen les biens ou la vie, fans forme & fans autre raifon que fa volonté. Or s'il y eut jamais un Etat dans lequel la vie,

Avec tribu-naux peu de defpotifme. l'honneur & les biens des hommes aient été protégés par les lois, c'eft l'Empire de la Chine. Plus il y a de grands corps dépofitaires de ces lois, moins l'admi-niftration eft arbitraire; & fi quelquefois le fouverain abufe de fon pouvoir contre le petit nombre d'hommes qui s'expofe à être connu de lui, il ne peut en abufer contre la multitude qui lui eft inconnue, & qui vit fous la proteĉtion des lois.

La culture des terres, pouffée à un point de per-feĉtion dont on n'a pas encore approché en Europe, fait affez voir que le peuple n'était pas accablé de ces impôts qui gènent le cultivateur : le grand nombre d'hommes occupés de donner des plaifirs aux autres montre que les villes étaient floriffantes, autant que les campagnes étaient fertiles. Il n'y avait point de cité dans l'Empire où les feftins ne fuffent accom-pagnés de fpeĉtacles. On n'allait point au théâtre, on fefait venir les théâtres dans fa maifon ; l'art de la tragédie, de la comédie était commun fans être perfeĉtionné ; car les Chinois n'ont perfeĉtionné aucun des arts de l'efprit, mais ils jouiffaient avec profufion de ce qu'ils connaiffaient : & enfin ils étaient heureux autant que la nature humaine le comporte.

Conquête de la Chine. Ce bonheur fut fuivi, vers l'an 1630, de la plus terrible cataftrophe, & de la défolation la plus générale.

La famille des conquérans tartares, descendans de *Gengis-kan*, avait fait ce que tous les conquérans ont tâché de faire ; elle avait affaibli la nation des vainqueurs, afin de ne pas craindre sur le trône des vaincus la même révolution qu'elle y avait faite. Cette dynastie des *Iven* ayant été enfin dépossédée par la dynastie *Ming*, les Tartares qui habitèrent au nord de la grande muraille ne furent plus regardés que comme des espèces de sauvages, dont il n'y avait rien ni à espérer ni à craindre. Au-delà de la grande muraille est le royaume de Léaotong, incorporé par la famille de *Gengis-kan* à l'Empire de la Chine, & devenu entièrement chinois. Au nord-est de Léaotong étaient quelques hordes de Tartares mantchoux, que le vice-roi de Léaotong traita durement. Ils firent des représentations hardies, telles qu'on nous dit que les Scythes en firent de tout temps depuis l'invasion de *Cyrus ;* car le génie des peuples est toujours le même, jusqu'à ce qu'une longue oppression les fasse dégénérer. Le gouverneur, pour toute réponse, fit brûler leurs cabanes, enleva leurs troupeaux, & voulut transplanter les habitans. Alors 1622. ces Tartares qui étaient libres se choisirent un chef pour faire la guerre. Ce chef, nommé *Taitsou*, se fit bientôt roi ; il battit les Chinois, entra victorieux dans le Léaotong, & prit d'assaut la capitale.

Cette guerre se fit comme toutes celles des temps Sans armes les plus reculés. Les armes à feu étaient inconnues à feu. dans cette partie du monde. Les anciennes armes, comme la flèche, la lance, la massue, le cimeterre étaient en usage : On se servait peu de boucliers & de casque, encore moins de brassards & de bottines

de métal. Les fortifications confiftaient en un foffé,
un mur, des tours; on fappait le mur, ou on montait
à l'efcalade. La feule force du corps devait donner
la victoire; & les Tartares, accoutumés à dormir
en plein champ, devaient avoir l'avantage fur un
peuple élevé dans une vie moins dure.

Le capitaine d'une horde, vainqueur de la Chine. *Taitfou*, ce premier chef des hordes tartares étant
mort, en 1626, dans le commencement de fes
conquêtes, fon fils, *Taitfong*, prit tout d'un coup le
titre d'empereur des Tartares, & s'égala à l'empereur
de la Chine. On dit qu'il favait lire & écrire, & il
paraît qu'il reconnaiffait un feul DIEU, comme les
lettrés chinois; il l'appelait *Tien*, comme eux. Il
s'exprime ainfi dans une de fes lettres circulaires
aux magiftrats des provinces chinoifes : *Le Tien élève
qui lui plaît; il m'a peut-être choifi pour devenir votre
maître.* En effet, depuis l'année 1628, le *Tien* lui fit
remporter victoire fur victoire. C'était un homme
très-habile; il poliçait fon peuple féroce pour le
rendre obéiffant, & établiffait des lois au milieu de
la guerre. Il était toujours à la tête de fes troupes;
& l'empereur de la Chine, dont le nom eft devenu
obfcur, & qui s'appelait *Hoaitfang*, reftait dans fon
palais avec fes femmes & fes eunuques : auffi fut-il
le dernier empereur du fang chinois; il n'avait pas
fu empêcher que *Taitfong* & fes Tartares lui priffent
fes provinces du nord; il n'empêcha pas davantage
qu'un mandarin rebelle, nommé *Liftching*, lui prît
celles du midi. Tandis que les Tartares ravageaient
l'orient & le feptentrion de la Chine, ce *Liftching*
s'emparait de prefque tout le refte. On prétend
qu'il avait fix cents mille hommes de cavalerie &

quatre cents mille d'infanterie. Il vint avec l'élite
de ſes troupes aux portes de Pékin, & l'empereur
ne ſortit jamais de ſon palais; il ignorait une partie
de ce qui ſe paſſait. *Liſlching le rebelle* (on l'appelle
ainſi parce qu'il ne réuſſit pas) renvoya à l'empereur
deux de ſes principaux eunuques faits priſonniers,
avec une lettre fort courte, par laquelle il l'exhortait
à abdiquer l'empire.

C'eſt ici qu'on voit bien ce que c'eſt que l'orgueil
aſiatique, & combien il s'accorde avec la molleſſe.
L'empereur ordonna qu'on coupât la tête aux deux
eunuques, pour lui avoir apporté une lettre dans
laquelle on lui manquait de reſpeɛt. On eut beaucoup
de peine à lui faire entendre que les têtes des princes
du ſang, & d'une foule de mandarins que *Liſlching*
avait entre ſes mains, répondraient de celles de ſes
deux eunuques.

Pendant que l'empereur délibérait ſur la réponſe,
Liſlching était déjà entré dans Pékin. L'impératrice
eut le temps de faire ſauver quelques uns de ſes
enfans mâles ; après quoi elle s'enferma dans ſa
chambre, & ſe pendit. L'empereur y accourut, &
ayant fort approuvé cet exemple de fidélité, il exhorta
quarante autres femmes qu'il avait à l'imiter. Le
père de *Mailla*, jéſuite, qui a écrit cette hiſtoire dans
Pékin même, au ſiècle paſſé, prétend que toutes ces
femmes obéirent ſans réplique; mais il ſe peut qu'il
y en eût quelques-unes qu'il fallut aider. L'empereur,
qu'il nous dépeint comme un très-bon prince,
aperçut après cette exécution ſa fille unique, âgée
de quinze ans, que l'impératrice n'avait pas jugé à
propos d'expoſer à ſortir du palais; il l'exhorta à ſe

Exemple
d'orgueil.

332 DE LA CHINE.

pendre comme fa mère & fes belles-mères; mais la princeffe n'en voulant rien faire, ce bon prince, ainfi que le dit *Mailla*, lui donna un grand coup de fabre, & la laiffa pour morte. On s'attend qu'un tel père, un tel époux fe tuera fur le corps de fes femmes & de fa fille; mais il alla dans un pavillon hors de la ville pour attendre des nouvelles; & enfin, ayant appris que tout était défefpéré, & que *Lifiching* était dans fon palais, il s'étrangla, & mit fin à un empire & à une vie qu'il n'avait pas ofé défendre. Cet étrange

Un empereur faible finit la dynaftie chinoife. événement arriva l'année 1641. C'eft fous ce dernier empereur de la race chinoife que les jéfuites avaient enfin pénétré dans la cour de Pékin. Le père *Adam Shall*, natif de Cologne, avait tellement réuffi auprès de cet empereur, par fes connaiffances en phyfique & en mathématique, qu'il était devenu mandarin. C'était lui qui le premier avait fondu du canon de bronze à la Chine : mais le peu qu'il y en avait à Pékin, & qu'on ne favait pas employer, ne fauva pas l'Empire. Le mandarin *Shall* quitta Pékin avant la révolution.

Suite de la conquête. Après la mort de l'empereur, les Tartares & les rebelles fe difputèrent la Chine. Les Tartares étaient unis & aguerris; les Chinois étaient divifés & indifciplinés. Il fallut petit à petit céder tout aux Tartares. Leur nation avait pris un caractère de fupériorité qui ne dépendait pas de la conduite de leur chef. Il en était comme des Arabes de *Mahomet*, qui furent pendant plus de trois cents ans fi redoutables par eux-mêmes.

La mort de l'empereur *Taitfong*, que les Tartares perdirent en ce temps-là, ne les empêcha pas de pourfuivre leurs conquêtes. Ils élurent un de fes neveux encore enfant ; c'eft *Chang-ti*, père du célèbre *Cam-hi*, fous lequel la religion chrétienne a fait des progrès à la Chine. Ces peuples, qui avaient d'abord pris les armes pour défendre leur liberté, ne connaiffaient pas le droit héréditaire. Nous voyons que tous les peuples ont commencé par élire des chefs pour la guerre ; enfuite ces chefs font devenus abfolus, excepté chez quelques nations d'Europe. Le droit héréditaire s'établit & devient facré avec le temps.

Une minorité ruine prefque toujours des conquérans, & ce fut pendant cette minorité de *Chang-ti* que les Tartares achevèrent de fubjuguer la Chine. L'ufurpateur *Liftching* fut tué par un autre ufurpateur chinois qui prétendait venger le dernier empereur. On reconnut dans plufieurs provinces des enfans vrais ou faux du dernier prince détrôné & étranglé, comme on avait produit des *Demetri* en Ruffie. Des mandarins chinois tâchèrent d'ufurper des provinces, & les grands ufurpateurs tartares vinrent enfin à bout de tous les petits. Il y eut un général chinois qui arrêta quelques temps leurs progrès, parce qu'il avait quelques canons, foit qu'il les eût des Portugais de Macao, foit que le jéfuite *Shall* les eût fait fondre. Il eft très-remarquable que les Tartares dépourvus d'artillerie l'emportèrent à la fin fur ceux qui en avaient ; c'était le contraire de ce qui était arrivé dans le nouveau monde, & une preuve de la fupériorité des peuples du Nord fur ceux du Midi.

Ce qu'il y a de plus furprenant, c'eft que les Tartares conquirent pied à pied tout ce vafte Empire de la Chine fous deux minorités ; car leur jeune empereur *Chang-ti* étant mort, en 1661, à l'âge de vingt-quatre ans, avant que leur domination fût entièrement affermie, ils élurent fon fils, *Cam-hi*, au même âge de huit ans auquel ils avaient élu fon père, & ce *Cam-hi* a rétabli l'Empire de la Chine, ayant été affez fage & affez heureux pour fe faire également obéir des Chinois & des Tartares. Les miffionnaires qu'il fit mandarins l'ont loué comme un prince parfait. Quelques voyageurs, & furtout *le Gentil*, qui n'ont point été mandarins, difent qu'il était d'une avarice fordide & plein de caprices : mais ces détails perfonnels n'entrent point dans cette peinture générale du monde ; il fuffit que l'Empire ait été heureux fous ce prince ; c'eft par-là qu'il faut regarder & juger les rois.

Suite de la conquête. Pendant le cours de cette révolution qui dura plus de trente ans, une des plus grandes mortifications que les Chinois éprouvèrent, fut que leurs vainqueurs les obligeaient à fe couper les cheveux à la manière tartare. Il y en eut qui aimèrent mieux mourir que de renoncer à leur chevelure. Nous avons vu les Mofcovites exciter quelques féditions, quand le czar *Pierre I* les a obligés à fe couper leur barbe ; tant la coutume a de force fur le vulgaire.

Le temps n'a pas encore confondu la nation conquérante avec le peuple vaincu, comme il eft arrivé dans nos Gaules, dans l'Angleterre & ailleurs. Mais les Tartares ayant adopté les lois, les ufages & la religion des Chinois, les deux nations n'en compoferont bientôt qu'une feule.

Sous le règne de ce *Cam-hi*, les miffionnaires d'Europe jouirent d'une grande confidération ; plufieurs

furent

furent logés dans le palais impérial : ils bâtirent des églifes ; ils eurent des maifons opulentes. Ils avaient réuffi en Amérique, en enfeignant à des fauvages les arts néceffaires : ils réuffirent à la Chine, en enfeignant les arts les plus relevés à une nation fpirituelle. Mais bientôt la jaloufie corrompit les fruits de leur fageffe, & cet efprit d'inquiétude & de contention, attaché en Europe aux connaiffances & aux talens, renverfa les plus grands deffeins.

On fut étonné à la Chine de voir des fages qui n'étaient pas d'accord fur ce qu'ils venaient enfeigner, qui fe perfécutaient & s'anathématifaient réciproquement, qui s'intentaient des procès criminels à Rome, (a) & qui fefaient décider dans des congrégations de cardinaux, fi l'empereur de la Chine entendait auffi-bien fa langue que des miffionnaires venus d'Italie & de France. Querelles fcandaleufes des miffionnaires d'Europe à la Chine.

Ces querelles allèrent fi loin que l'on craignit dans la Chine, où qu'on feignit de craindre les mêmes troubles qu'on avait effuyés au Japon. (b) Le fucceffeur de *Cam-hi* défendit l'exercice de la religion chrétienne, tandis qu'on permettait la mufulmane & les différentes fortes de bonzes. Mais cette même cour, fentant le befoin des mathématiques autant que le prétendu danger d'une religion nouvelle, conferva les mathématiciens, en leur impofant filence fur le refte, & en chaffant les miffionnaires. Cet empereur, nommé *Yontching*, leur dit ces propres paroles, qu'ils ont eu la bonne foi de rapporter dans leurs lettres intitulées *curieufes & édifiantes*.

(a) Voyez le chapitre *des cérémonies chinoifes*, à la fin du *Siècle de Louis XIV*.
(b) Voyez le chapitre fuivant concernant le Japon.

„ Que diriez-vous fi j'envoyais une troupe de „ bonzes & de lamas dans votre pays ? comment „ les recevriez-vous ? Si vous avez fu tromper mon „ père , n'efpérez pas me tromper de même. Vous „ voulez que les Chinois embraffent votre loi. „ Votre culte n'en tolère point d'autre , je le fais : „ en ce cas que deviendrons-nous ? les fujets de vos „ princes. Les difciples que vous faites ne connaiffent „ que vous. Dans un temps de trouble ils n'écou- „ teraient d'autre voix que la vôtre. Je fais bien „ qu'à préfent il n'y a rien à craindre ; mais quand „ les vaiffeaux viendront par milliers , il pourrait „ y avoir du défordre. „

Les mêmes jéfuites qui rendent compte de ces paroles, avouent avec tous les autres que cet empereur était un des plus fages & des plus généreux princes qui aient jamais régné ; toujours occupé du foin de foulager les pauvres , & de les faire travailler, exact obfervateur des lois , réprimant l'ambition & le manége des bonzes, entretenant la paix & l'abondance , encourageant tous les arts utiles, & furtout la culture des terres. De fon temps les édifices publics, les grands chemins , les canaux qui joignent tous les fleuves de ce grand Empire furent entretenus avec une magnificence & une économie qui n'a rien d'égal que chez les anciens Romains.

Ce qui mérite bien notre attention , c'eft le tremblement de terre que la Chine effuya en 1699 , fous l'empereur *Cam-hi*. Ce phénomène fut plus funefte que celui qui de nos jours a détruit Lima & Lisbonne; il fit périr , dit-on , environ quatre cents mille hommes. Ces fecouffes ont dû être fréquentes dans notre globe : la quantité de volcans qui vomiffent la fumée & la flamme font penfer que la première écorce de la terre porte fur des gouffres, & qu'elle eft remplie de matière inflammable. Il eft vraifemblable que notre habitation a éprouvé autant de révolutions en phyfique que la rapacité & l'ambition en a caufé parmi les peuples.

CHAPITRE CXCVI.

Du Japon, au dix-feptième fiècle, & de l'extinction de la religion chrétienne en ce pays.

DANS la foule des révolutions que nous avons vûes d'un bout de l'univers à l'autre, il paraît un enchaînement fatal des caufes qui entraînent les hommes, comme les vents pouffent les fables & les flots. Ce qui s'eft paffé au Japon en eft une nouvelle preuve. Un prince portugais, fans puiffance, fans richeffes, imagine au quinzième fiècle d'envoyer quelques vaiffeaux fur les côtes d'Afrique. Bientôt après, les Portugais découvrent l'empire du Japon. L'Efpagne, devenue pour un temps fouveraine du Portugal, fait au Japon un commerce immenfe. La religion chrétienne y eft portée à la faveur de ce commerce ; & à la faveur de cette tolérance de toutes les fectes admifes fi généralement dans l'Afie, elle s'y introduit, elle s'y établit. Trois princes japonais chrétiens viennent à Rome baifer les pieds du pape *Grégoire XIII.* Le chriftianifme allait devenir au Japon la religion dominante, & bientôt l'unique,

Le Japon prefquechré-tien.

Y 2

lorſque ſa puiſſance même ſervit à le détruire. Nous avons déjà remarqué que les miſſionnaires y avaient beaucoup d'ennemis; mais auſſi ils s'y étaient fait un parti très-puiſſant. Les bonzes craignirent pour leurs anciennes poſſeſſions , & l'empereur enfin craignit pour l'Etat. Les Eſpagnols s'étaient rendus maîtres des Philippines voiſines du Japon : on ſavait ce qu'ils avaient fait en Amérique ; il n'eſt pas étonnant que les Japonais fuſſent alarmés.

Chriſtianiſ-me proſcrit.   L'empereur du Japon , dès l'an 1586 , proſcrivit la religion chrétienne; l'exercice en fut défendu aux Japonais, ſous peine de mort : mais comme on permettait toujours le commerce aux Portugais & aux Eſpagnols, leurs miſſionnaires feſaient dans le peuple autant de proſélytes qu'on en condamnait aux ſupplices. Le gouvernement défendit aux marchands étrangers d'introduire des prêtres chrétiens dans le pays : malgré cette défenſe , le gouverneur des îles Philippines envoya des cordeliers en ambaſſade à l'empereur japonais. Ces ambaſſadeurs commencèrent par faire conſtruire une chapelle publique dans la ville capitale, nommée Méaco ; ils furent chaſſés , & la perſécution redoubla. Il y eut long-temps des alternatives de cruauté & d'indulgence. Il eſt évident que la raiſon d'Etat fut la ſeule cauſe des perſécutions , & qu'on ne ſe déclara contre la religion chrétienne que par la crainte de la voir ſervir d'inſtrument aux entrepriſes des Eſpagnols. Car jamais on ne perſécuta au Japon la religion de *Confucius* , quoiqu'apportée par un peuple dont les Japonais ſont jaloux, & auquel ils ont ſouvent fait la guerre.

    Le ſavant & judicieux obſervateur *Kempfer* , qui

a fi long-temps été fur les lieux, nous dit que, l'an 1674, on fit le dénombrement des habitans de Méaco. Il y avait douze religions dans cette capitale, qui vivaient toutes en paix ; & ces douze fectes compofaient plus de quatre cents mille habitans, fans compter la cour nombreufe du daïri, fouverain pontife. Il paraît que fi les Portugais & les Efpagnols s'étaient contentés de la liberté de confcience, ils auraient été aufli paifibles dans le Japon que ces douze religions. Ils y fefaient encore, en 1636, le commerce le plus avantageux ; *Kempfer* dit qu'ils en rapportèrent à Macao deux mille trois cents cinquante caiffes d'argent.

Toutes les fectes en paix au Japon.

Les Hollandais qui trafiquaient au Japon depuis 1600 étaient jaloux du commerce des Efpagnols. Ils prirent, en 1637, vers le cap de Bonne-Efpérance, un vaiffeau efpagnol, qui fefait voile du Japon à Lisbonne : ils y trouvèrent des lettres d'un officier portugais, nommé *Moro*, efpèce de conful de la nation ; ces lettres renfermaient le plan d'une confpiration des chrétiens du Japon contre l'empereur ; on fpécifiait le nombre des vaiffeaux & des foldats qu'on attendait de l'Europe, & des établiffemens d'Afie, pour faire réuffir le projet. Les lettres furent envoyées à la cour du Japon : *Moro* reconnut fon crime & fut brûlé publiquement.

Confpiration des mauvais chretiens.

Alors le gouvernement aima mieux renoncer à tout commerce avec les étrangers que fe voir expofé à de telles entreprifes. L'empereur *Jemits*, dans une affemblée de tous les grands, porta ce fameux édit, que déformais aucun Japonais ne pourrait fortir du pays, fous peine de mort ; qu'aucun étranger ne ferait

Le Japon ferme aux étrangers.

reçu dans l'empire, que tous les Efpagnols ou Portugais feraient renvoyés, que tous les chrétiens du
pays feraient mis en prifon, & qu'on donnerait environ
mille écus à quiconque découvrirait un prêtre
chrétien. Ce parti extrême de fe féparer tout d'un
coup du refte du monde , & de renoncer à tous les
avantages du commerce , ne permet pas de douter
que la confpiration n'ait été véritable : mais ce qui
rend la preuve complète , c'eft qu'en effet les chrétiens du pays , avec quelques portugais à leur tête,
s'affemblèrent en armes, au nombre de plus de trente
mille. Ils furent battus, en 1638, & fe retirèrent dans
une fortereffe fur le bord de la mer , dans le voifi-
nage du port de Nangazaki.

Chrétiens
battus.

Cependant toutes les nations étrangères étaient
alors chaffées du Japon ; les Chinois mêmes étaient
compris dans cette loi générale , parce que quelques
miffionnaires d'Europe s'étaient vantés au Japon
d'être fur le point de convertir la Chine au chriftianifme. Les Hollandais eux-mêmes , qui avaient
découvert la confpiration , étaient chaffés comme
les autres : on avait déjà démoli le comptoir qu'ils
avaient à Firando ; leurs vaiffeaux étaient déjà
partis : il en reftait un que le gouvernement fomma
de tirer fon canon contre la fortereffe où les chrétiens étaient réfugiés. Le capitaine hollandais *Kokbeker*
rendit ce funefte fervice : les chrétiens furent bientôt
forcés , & périrent dans d'affreux fupplices. Encore
une fois, quand on fe repréfente un capitaine portugais, nommé *Moro*, & un capitaine hollàndais,
nommé *Kokbeker* , fufcitant dans le Japon de fi
étranges événemens , on refte convaincu de l'efprit

remuant des Européans , & de cette fatalité qui difpofe des nations.

Le fervice odieux qu'avaient rendu les Hollandais au Japon ne leur attira pas la grace qu'ils efpéraient , d'y commercer & de s'y établir librement ; mais ils obtinrent la permiffion d'aborder dans une petite île nommée Défima , près du port de Nangazaki ; c'eft là qu'il leur eft permis d'apporter une quantité déterminée de marchandifes.

Hollandais feuls commercent au Japon.

Il fallut d'abord marcher fur la croix, renoncer à toutes les marques du chriftianifme , & jurer qu'ils n'étaient pas de la religion des Portugais , pour obtenir d'être reçus dans cette petite île , qui leur fert de prifon dès qu'ils y arrivent ; on s'empare de leurs vaiffeaux & de leurs marchandifes , auxquelles on met le prix. Ils viennent chaque année fubir cette prifon pour gagner de l'argent ; ceux qui font rois à Batavia & dans les Moluques , fe laiffent ainfi traiter en efclaves : on les conduit, il eft vrai, de la petite île où ils font retenus jufqu'à la cour de l'empereur ; & ils font par-tout reçus avec civilité & avec honneur, mais gardés à vue & obfervés ; leurs conducteurs & leurs gardes font un ferment par écrit figné de leur fang, qu'ils obferveront toutes les démarches des Hollandais , & qu'ils en rendront un compte fidèle.

Hollandais obligés de marcher fur la croix.

On a imprimé dans plufieurs livres qu'ils abjuraient le chriftianifme au Japon : cette opinion a fa fource dans l'aventure d'un hollandais qui, s'étant échappé & vivant parmi les naturels du pays, fut bientôt reconnu ; il dit, pour fauver fa vie, qu'il

Y 4

n'était pas chrétien , mais hollandais. Le gouvernement japonais a défendu depuis ce temps qu'on bâtît des vaiffeaux qui puffent aller en haute mer. Ils ne veulent avoir que de longues barques à voiles & à rames, pour le commerce de leurs îles. La fréquentation des étrangers eft devenue chez eux le plus grand des crimes ; il femble qu'ils les craignent encore après le danger qu'ils ont couru. Cette terreur ne s'accorde ni avec le courage de la nation, ni avec la grandeur de l'Empire ; mais l'horreur du paffé a plus agi en eux que la crainte de l'avenir. Toute la conduite des Japonais a été celle d'un peuple généreux , facile , fier & extrême dans fes réfolutions : ils reçurent d'abord les étrangers avec cordialité ; & quand ils fe font crus outragés & trahis par eux , ils ont rompu avec eux fans retour.

Les Fran-
çais veulent
en vain com-
mercer au
Japon.
Lorfque le miniftre *Colbert*, d'éternelle mémoire, établit le premier une compagnie des Indes en France , il voulut effayer d'introduire le commerce des Français au Japon , comptant fe fervir des feuls proteftans qui pouvaient jurer qu'ils n'étaient pas de la religion des Portugais ; mais les Hollandais s'opposèrent à ce deffein , & les Japonais , contens de recevoir tous les ans chez eux une nation qu'ils font prifonnière , ne voulurent pas en recevoir deux.

Je ne parlerai point ici du royaume de Siam, qu'on nous repréfentait beaucoup plus vafte & plus opulent qu'il n'eft ; on verra dans le *Siècle de Louis XIV* le peu qu'il eft néceffaire d'en favoir. La Corée , la Cochinchine , le Tunquin, le Laos , Ava , Pégu , font des pays dont on a peu de connaiffance ; &

dans ce prodigieux nombre d'îles répandues aux extrémités de l'Afie, il n'y a guère que celle de Java, où les Hollandais ont établi le centre de leur domination & de leur commerce, qui puiffe entrer dans le plan de cette histoire générale. Il en est ainfi de tous les peuples qui occupent le milieu de l'Afrique, & d'une infinité de peuplades dans le nouveau monde. Je remarquerai feulement qu'avant le feizième fiècle, plus de la moitié du globe ignorait l'ufage du pain & du vin ; une grande partie de l'Amérique & de l'Afrique orientale l'ignore encore, & il faut y porter ces nourritures pour y célébrer les myftères de notre religion.

Les anthropophages font beaucoup plus rares qu'on ne le dit, & depuis cinquante ans aucun de nos voyageurs n'en a vu. (14) Il y a beaucoup d'efpèces d'hommes manifestement différentes les unes des autres. Plufieurs nations vivent encore dans l'état de la pure nature; &, tandis que nous fefons le tour du monde pour découvrir fi leurs terres n'ont rien qui puiffe affouvir notre cupidité, ces

(14) Depuis le temps où M. de *Voltaire* a écrit cette hiftoire, les voyageurs ont trouvé des anthropophages dans plufieurs îles de la mer du Sud. Il paraît réfulter de leurs obfervations que cet ufage s'abolit peu à peu chez ces peuples, à mefure que le temps amène quelques progrès dans leur civilifation. Les peuples qui mangent quelques-uns de leurs ennemis dans une efpèce de fête barbare font encore en affez grand nombre ; mais il eft très-rare d'en trouver qui tuent leurs ennemis pour les manger. Ce font deux degrés de barbarie bien diftincts, dont le premier a précédé l'autre qui paraît n'être qu'un refte de l'ancien ufage. Au refte, on n'a trouvé chez aucun de ces peuples l'ufage de faire brûler vivans les hommes qui ne font pas de l'avis des autres, ni celui de faire mourir les prifonniers dans les fupplices ; ces coutumes paraiffent appartenir exclufivement aux théologiens d'Europe & aux fauvages de l'Amérique feptentrionale.

peuples ne s'informent pas s'il exifte d'autres hommes qu'eux , & paffent leurs jours dans une heureufe indolence qui ferait un malheur pour nous.

Il refte beaucoup à découvrir pour notre vaine curiofité ; mais fi l'on s'en tient à l'utile, on n'a que trop découvert.

CHAPITRE CXCVII.

Réfumé de toute cette hifloire , jufqu'au temps où commence le beau fiècle de Louis XIV.

J'AI parcouru ce vafte théâtre des révolutions depuis *Charlemagne* , & même en remontant fouvent beaucoup plus haut , jufqu'au temps de *Louis XIV.* Quel fera le fruit de ce travail ? quel profit tirera-t-on de l'hiftoire ? On y a vu les faits & les mœurs ; voyons quel avantage nous produira la connaiffance des uns & des autres.

FAITS HIS-TORIQUES.
Un lecteur fage s'apercevra aifément qu'il ne doit croire que les grands événemens qui ont quelque vraifemblance , & regarder en pitié toutes les fables dont le fanatifme , l'efprit romanefque & la crédulité ont chargé dans tous les temps la fcène du monde.

Conflantin triomphe de l'empereur *Maxence ;* mais certainement un *Labarum* ne lui apparut point dans les nuées , en Picardie , avec une infcription grecque.

Clovis fouillé d'affaffinats fe fait chrétien , & commet des affaffinats nouveaux ; mais ni une

colombe ne lui apporte une ampoule pour fon baptême, ni un ange ne defcend du ciel pour lui donner
un étendard.

Un moine de Clervaux peut prêcher une croifade;
mais il faut être imbécille pour écrire que DIEU fit
des miracles par la main de ce moine, afin d'affurer
le fuccès de cette croifade qui fut auffi malheureufe
que follement entreprife & mal conduite.

Le roi *Louis VIII* peut mourir de phthifie, mais
il n'y a qu'un fanatique ignorant qui puiffe dire que
les embraffemens d'une jeune fille l'auraient guéri,
& qu'il mourut martyr de fa chafteté.

Chez toutes les nations l'hiftoire eft défigurée par
la fable, jufqu'à ce qu'enfin la philofophie vienne
éclairer les hommes; & lorfqu'enfin la philofophie
arrive au milieu de ces ténèbres, elle trouve les
efprits fi aveuglés par des fiècles d'erreurs, qu'elle
peut à peine les détromper; elle trouve des cérémonies, des faits, des monumens établis pour conftater
des menfonges.

Comment, par exemple, un philofophe aurait-il
pu perfuader à la populace, dans le temple de *Jupiter
Stator*, que *Jupiter* n'était point defcendu du ciel
pour arrêter la fuite des Romains? quel philofophe
eût pu nier, dans le temple de *Caftor* & de *Pollux*,
que ces deux jumeaux avaient combattu à la tête
des troupes? ne lui aurait-on pas montré l'empreinte
des pieds de ces dieux confervée fur le marbre? Les
prêtres de *Jupiter* et de *Pollux* n'auraient-ils pas dit à
ce philofophe : Criminel incrédule, vous êtes obligé
d'avouer, en voyant la colonne *roftrale*, que nous
avons gagné une bataille navale dont cette colonne

eſt le monument : avouez donc que les Dieux ſont
deſcendus ſur terre pour nous défendre , & ne blaſ-
phémez point nos miracles en préſence des monumens qui les atteſtent. C'eſt ainſi que raiſonnent
dans tous les temps la fourberie & l'imbécillité.

Une princeſſe idiote bâtit une chapelle aux onze
mille vierges ; le deſſervant de la chapelle ne doute
pas que les onze mille vierges n'aient exiſté , & il
fait lapider le ſage qui en doute.

Les monumens ne prouvent les faits que quand
ces faits vraiſemblables nous ſont tranſmis par des
contemporains éclairés.

Les chroniques du temps de *Philippe-Auguſle* , &
l'abbaye de la Victoire ſont des preuves de la bataille
de Bovines. Mais quand vous verrez à Rome le
groupe du *Laocoon*, croirez-vous pour cela la fable du
cheval de Troie ? & quand vous verrez les hideuſes
ſtatues d'un *Sᵗ Denis* ſur le chemin de Paris , ces
monumens de barbarie vous prouveront-ils que
Sᵗ Denis, ayant eu le cou coupé , marcha une lieue
entière, portant ſa tête entre ſes bras, & la baiſant
de temps en temps ?

La plupart des monumens , quand ils ſont érigés
long-temps après l'action , ne prouvent que des
erreurs conſacrées; il faut même quelquefois ſe défier
des médailles frappées dans le temps d'un événement. Nous avons vu les Anglais , trompés par une
fauſſe nouvelle , graver ſur l'exergue d'une médaille:
A l'amiral Vernon , vainqueur de Carthagène; & à peine
cette médaille fut-elle frappée qu'on apprit que
l'amiral *Vernon* avait levé le ſiége. Si une nation ,
dans laquelle il y a tant de philoſophes, a pu haſarder

de tromper ainſi la poſtérité, que devons-nous penſer des peuples & des temps abandonnés à la groſſière ignorance ?

Croyons les événemens atteſtés par les regiſtres publics, par le conſentement des auteurs contemporains vivans dans une capitale, éclairés les uns par les autres, & écrivant ſous les yeux des principaux de la nation. Mais pour tous ces petits faits obſcurs & romaneſques, écrits par des hommes obſcurs, dans le fond de quelque province ignorante & barbare ; pour ces contes chargés de circonſtances abſurdes, pour ces prodiges qui déshonorent l'hiſtoire au lieu de l'embellir, renvoyons-les à *Voraginé*, (a) au jéſuite *Cauſſin*, à *Maimbourg*, & à leurs ſemblables.

Il eſt aiſé de remarquer combien les mœurs ont MOEURS. changé dans preſque toute la terre depuis les inondations des barbares juſqu'à nos jours. Les arts, qui adouciſſent les eſprits en les éclairant, commencèrent un peu à renaître dès le douzième ſiècle ; mais les plus lâches & les plus abſurdes ſuperſtitions étouffant ce germe, abrutiſſaient preſque tous les eſprits, & ces ſuperſtitions, ſe répandant chez tous les peuples de l'Europe ignorans & féroces, mêlaient par-tout le ridicule à la barbarie.

Les Arabes polirent l'Aſie, l'Afrique & une partie de l'Eſpagne, juſqu'au temps où ils furent ſubjugués par les Turcs, & enfin chaſſés par les Eſpagnols ; alors l'ignorance couvrit toutes ces belles parties de la terre ; des mœurs dures & ſombres rendirent le genre humain farouche de Bagdad juſqu'à Rome.

(a) *Voraginé* eſt l'auteur de la *Légende dorée*.

Les papes ne furent élus, pendant plufieurs fiècles, que les armes à la main, & les peuples, les princes même étaient fi imbécilles, qu'un antipape reconnu par eux était dès cé moment vicaire de DIEU, & un homme infaillible. Cet homme infaillible était-il dépofé, on révérait le caractère de la Divinité dans fon fucceffeur ; & ces dieux fur terre, tantôt affaffins, tantôt affaffinés, empoifonneurs & empoifonnés tour à tour, enrichiffant leurs bâtards, & donnant des décrets contre la fornication, anathématifant les tournois, & fefant la guerre, excommuniant, dépofant les rois & vendant la rémiffion des péchés aux peuples, étaient à la fois le fcandale, l'horreur & la divinité de l'Europe catholique.

Vous avez vu, aux douzième & treizième fiècles, les moines devenir princes ainfi que les évêques ; ces évêques & ces moines par-tout à la tête du gouvernement féodal. Ils établirent des coutumes ridicules, auffi groffières que leurs mœurs ; le droit exclufif d'entrer dans une églife avec un faucon fur le poing, le droit de faire battre les eaux des étangs par les cultivateurs pour empêcher les grenouilles d'interrompre le baron, le moine, ou le prélat ; le droit de paffer la première nuit avec les nouvelles mariées dans leurs domaines ; le droit de rançonner les marchands forains, car alors il n'y avait point d'autres marchands.

Vous avez vu parmi ces barbaries ridicules les barbaries fanglantes des guerres de religion.

La querelle des pontifes avec les empereurs & les rois, commencée dès le temps de *Louis le faible*, n'a ceffé entièrement en Allemagne qu'après *Charles-Quint;*

en Angleterre, que par la constance d'*Elisabeth*; en France, que par la soumission forcée de *Henri IV* à l'Eglise romaine.

Une autre source qui a fait couler tant de sang, a été la fureur dogmatique ; elle a bouleversé plus d'un Etat, depuis les massacres des Albigeois, au treizième siècle, jusqu'à la petite guerre des Cévènes, au commencement du dix-huitième. Le sang a coulé dans les campagnes, & sur les échafauds, pour des argumens de théologie, tantôt dans un pays, tantôt dans un autre, pendant cinq cents années, presque sans interruption ; & ce fléau n'a duré si long-temps que parce qu'on a toujours négligé la morale pour le dogme.

Il faut donc, encore une fois, avouer qu'en général toute cette histoire est un ramas de crimes, de folies & de malheurs, parmi lesquels nous avons vu quelques vertus, quelques temps heureux, comme on découvre des habitations répandues çà & là dans des déserts sauvages.

L'homme peut-être qui dans les temps grossiers, SERVITUDE. qu'on nomme du moyen âge, mérita le plus du genre humain, fut le pape *Alexandre III*. Ce fut lui qui dans un concile, au douzième siècle, abolit autant qu'il le put la servitude. C'est ce même pape qui triompha dans Venise, par sa sagesse, de la violence de l'empereur *Fréderic Barberousse*, & qui força *Henri II*, roi d'Angleterre, de demander pardon à DIEU & aux hommes du meurtre de *Thomas Becquet*. Il ressuscita les droits des peuples, & réprima le crime dans les rois. Nous avons remarqué qu'avant ce temps toute l'Europe, excepté un petit nombre de villes, était partagée entre deux fortes d'hommes, les feigneurs des terres, foit féculiers, foit eccléfiaftiques, & les efclaves. Les hommes de loi qui affiftaient les chevaliers, les baillis, les maîtres-d'hôtel des fiefs dans leurs jugemens, n'étaient réellement que des ferfs d'origine. Si les hommes font rentrés dans leurs droits, c'eft principalement au pape *Alexandre III* qu'ils en font redevables ; c'eft à lui que tant de villes doivent leur fplendeur ; cependant nous avons vu que cette liberté ne s'eft pas étendue par-tout. Elle n'a jamais pénétré en Pologne ; le cultivateur y eft encore ferf, attaché à la glèbe, ainfi qu'en Bohème, en Suabe, & dans plufieurs autres pays de l'Allemagne ; on voit même encore en France, dans quelques provinces éloignées de la capitale, des reftes de cet efclavage. Il y a quelques chapitres, quelques moines, à qui les biens des payfans appartiennent.

Il n'y a chez les Afiatiques qu'une fervitude domeftique, & chez les chrétiens qu'une fervitude civile. Le payfan polonais eft ferf dans la terre, & non efclave dans la maifon de fon feigneur. Nous n'achetons des efclaves domeftiques que chez les Nègres. On nous reproche ce commerce : un peuple qui trafique de fes enfans eft encore plus condamnable que l'acheteur : ce négoce démontre notre fupériorité ; celui qui fe donne un maître était né pour en avoir. (15)

(15) Cette expreffion doit s'entendre dans le même fens qu'*Ariftote* difait qu'il y a des efclaves par nature. Mais celui qui profite de la faibleffe ou de la lâcheté d'un autre homme pour le réduire en fervitude n'en eft pas moins coupable. Si l'on peut dire que certains hommes méritent d'être efclaves ; c'eft comme l'on dit quelquefois qu'un avare mérite d'être volé.

Plufieurs

Plufieurs princes, en délivrant les fujets des feigneurs, ont voulu réduire en une efpèce de fervitude les feigneurs mêmes ; & c'eft ce qui a caufé tant de guerres civiles.

On croirait fur la foi de quelques differtateurs, qui accommodent tout à leurs idées, que les républiques furent plus vertueufes, plus heureufes que les monarchies : mais, fans compter les guerres opiniâtres que fe firent fi long-temps les Vénitiens & les Génois, à qui vendrait fes marchandifes chez les mahométans, quels troubles Venife, Gènes, Florence, Pife n'éprouvèrent-elles pas ? combien de fois Gènes, Florence & Pife, ont-elles changé de maîtres ? Si Venife n'en a jamais eu, elle ne doit cet avantage qu'à fes profonds marais appelés *lagunes*.

On peut demander comment, au milieu de tant de fecouffes, de guerres inteftines, de confpirations, de crimes & de folies, il y a eu tant d'hommes qui aient cultivé les arts utiles & les arts agréables en Italie, & enfuite dans les autres Etats chrétiens ? C'eft ce que nous ne voyons point fous la domination des Turcs.

Il faut que notre partie de l'Europe ait eu dans fes mœurs & dans fon génie un caractère qui ne fe trouve ni dans la Thrace où les Turcs ont établi le fiége de leur empire, ni dans la Tartarie dont ils fortirent autrefois. Trois chofes influent fans ceffe

Certainement le roitelet nègre qui vend fes fujets, celui qui fait la guerre pour avoir des prifonniers à vendre, le père qui vend fes enfans, commettent un crime exécrable ; mais ces crimes font l'ouvrage des Européans qui ont infpiré aux Noirs le défir de les commettre, & qui les paient pour les avoir commis. Les Nègres ne font que les complices & les inftrumens des Européans ; ceux-ci font les vrais coupables.

fur l'efprit des hommes, le climat le gouvernement & la religion : c'eft la feule manière d'expliquer l'énigme de ce monde.

On a pu remarquer dans le cours de tant de révolutions, qu'il s'eft formé des peuples prefque fauvages, tant en Europe qu'en Afie, dans les contrées autrefois les plus policées. Telle île de l'Archipel qui floriffait autrefois, eft réduite aujourd'hui au fort des bourgades de l'Amérique. Les pays où étaient les villes d'Artaxartes, de Tigranocertes, de Colchos, ne valent pas à beaucoup près nos colonies. Il y a dans quelques îles, dans quelques forêts, & fur quelques montagnes, au milieu de notre Europe, des portions de peuples qui n'ont nul avantage fur ceux du Canada ou des noirs de l'Afrique. Les Turcs font plus policés, mais nous ne connaiffons prefque aucune ville bâtie par eux : ils ont laiffé dépérir les plus beaux établiffemens de l'antiquité ; ils règnent fur des ruines.

Il n'eft rien dans l'Afie qui reffemble à la nobleffe d'Europe : on ne trouve nulle part en Orient un ordre de citoyens diftingué des autres par des titres héréditaires, par des exemptions & des droits attachés uniquement à la naiffance. Les Tartares paraiffent les feuls qui aient dans les races de leurs *Mirzas* quelque faible image de cette inftitution; on ne voit ni en Turquie, ni en Perfe, ni aux Indes, ni à la Chine, rien qui donne l'idée de ces corps de nobles qui forment une partie effentielle de chaque monarchie européanne. Il faut aller jufqu'au Malabar pour retrouver une apparence de cette conftitution, encore eft-elle très-différente; c'eft une tribu entière qui eft toute deftinée aux armes , qui ne s'allie jamais aux autres tribus ou caftes , qui ne daigne même avoir avec elles aucun commerce.

L'auteur de l'*Efprit des lois* dit qu'il n'y a point de républiques en Afie. Cependant cent hordes de Tartares , & des peuplades d'Arabes forment des républiques errantes. Il y eut autrefois des républiques très-floriffantes & fupérieures à celles de la Gréce , comme Tyr & Sidon. On n'en trouve plus de pareilles depuis leur chute. Les grands empires ont tout englouti. Le même auteur croit en voir une raifon dans les vaftes plaines de l'Afie. Il prétend que la liberté trouve plus d'afiles dans les montagnes ; mais il y a bien autant de pays montueux en Afie qu'en Europe. La Pologne qui eft une république eft un pays de plaines. Venife & la Hollande ne font point hériffées de montagnes. Les Suiffes font libres , à la vérité , dans une partie des Alpes ; mais leurs voifins font affujettis de tout temps dans l'autre partie. Il eft bien délicat de chercher les raifons phyfiques des gouvernemens, mais furtout il ne faut pas chercher la raifon de ce qui n'eft point.

La plus grande différence entre nous & les Orientaux eft la manière dont nous traitons les femmes. Aucune n'a régné dans l'Orient , fi ce n'eft une princeffe de Mingrélie dont nous parle *Chardin* , par laquelle il dit qu'il fut volé. Les femmes, qui ne peuvent régner en France , y font régentes ; elles ont droit à tous les autres trônes , excepté à celui de l'Empire & de la Pologne.

Une autre différence qui naît de nos ufages avec

Z 2

les femmes, c'eſt cette coutume de mettre auprès
d'elles des hommes dépouillés de leur virilité; uſage
immémorial de l'Aſie et de l'Afrique, quelquefois
introduit en Europe chez les empereurs romains.
Nous n'avons pas aujourd'hui dans notre Europe
chrétienne trois cents eunuques pour les chapelles
& pour les théâtres; les ſérails des Orientaux en
ſont remplis.

Tout diffère entre eux & nous; religion, police,
gouvernement, mœurs, nourriture, vêtemens,
manière d'écrire, de s'exprimer, de penſer. La plus
grande reſſemblance que nous ayons avec eux eſt
cet eſprit de guerre, de meurtre & de deſtruction
qui a toujours dépeuplé la terre. Il faut avouer
pourtant que cette fureur entre bien moins dans le
caractère des peuples de l'Inde et de la Chine que
dans le nôtre. Nous ne voyons ſurtout aucune guerre
commencée par les Indiens ni par les Chinois contre
les habitans du Nord : ils valent en cela mieux que
nous ; mais leur vertu même, ou plutôt leur douceur
les a perdus; ils ont été ſubjugués.

Au milieu de ces ſaccagemens & de ces deſtruc-
tions que nous obſervons dans l'eſpace de neuf cents
années, nous voyons un amour de l'ordre qui anime
en ſecret le genre humain, & qui a prévenu ſa ruine
totale. C'eſt un des reſſorts de la nature qui reprend
toujours ſa force; c'eſt lui qui a formé le code des
nations ; c'eſt par lui qu'on révère la loi & les
miniſtres de la loi dans le Tunquin & dans l'île
Formoſe, comme à Rome. Les enfans reſpectent leurs
pères en tout pays; et le fils en tout pays, quoi qu'on
en diſe, hérite de ſon père. Car ſi en Turquie le fils

n'a point l'héritage d'un timariot, ni dans l'Inde celui de la terre d'un omra, c'eſt que ces fonds n'appartenaient point au père. Ce qui eſt un bénéfice à vie n'eſt en aucun lieu du monde un héritage; mais dans la Perſe, dans l'Inde, dans toute l'Aſie, tout citoyen, & l'étranger même, de quelque religion qu'il ſoit, excepté au Japon, peut acheter une terre qui n'eſt point domaine de l'Etat, & la laiſſer à ſa famille. J'apprends par des perſonnes dignes de foi qu'un français vient d'acheter une belle terre auprès de Damas, & qu'un anglais vient d'en acheter une dans le Bengale. (a)

C'eſt dans notre Europe qu'il y a encore quelques peuples dont la loi ne permet pas qu'un étranger achète un champ & un tombeau dans leur territoire. Le barbare droit d'aubaine, par lequel un étranger voit paſſer le bien de ſon père au fiſc royal, ſubſiſte encore dans tout les royaumes chrétiens, à moins qu'on n'y ait dérogé par des conventions particulières. (16)

Nous penſons encore que dans tout l'Orient les femmes ſont eſclaves, parce qu'elles ſont attachées à une vie domeſtique. Si elles étaient eſclaves, elles

(a) Ceci était écrit long-temps avant que les Anglais euſſent conquis le Bengale.

(16) On propoſa d'abolir en France le droit d'aubaine par une loi générale. Le chancelier d'*Agueſſeau* s'y refuſa; parce que c'était, diſait-il, la loi la plus ancienne de la monarchie. Ce droit a été aboli depuis par des traités particuliers avec les puiſſances chez qui il était réciproque. Il ſubſiſte encore avec l'Angleterre, parce que les Anglais ne l'ont pas établi chez eux, & que tous les inconvéniens de ce droit étant pour la nation qui l'exerce, l'Angleterre n'a aucun intérêt de le détruire en France.

feraient donc dans la mendicité à la mort de leurs
maris ; c'eſt ce qui n'arrive point : elles ont par-tout
une portion réglée par la loi , & elles obtiennent cette
portion en cas de divorce. D'un bout du monde à
l'autre vous trouvez des lois établies pour le main-
tien des familles.

Il y a par-tout un frein impoſé au pouvoir arbitraire , par la loi , par les uſages ou par les mœurs.
Le ſultan turc ne peut ni toucher à la monnaie , ni
caſſer les janiſſaires , ni ſe mêler de l'intérieur des
ſérails de ſes ſujets. L'empereur chinois ne promulgue
pas un édit ſans la ſanction d'un tribunal. On eſſuie
dans tous les Etats de rudes violences. Les grands
viſirs & les itimadoulets exercent le meurtre & la
rapine ; mais ils n'y ſont pas plus autoriſés par les
lois que les Arabes & les Tartares vagabonds ne le
ſont à piller les caravanes.

La religion enſeigne la même morale à tous les
peuples , ſans aucune exception : les cérémonies
aſiatiques ſont bizarres , les croyances abſurdes , mais
les préceptes juſtes. Le derviche, le faquir, le bonze,
le talapoin diſent par-tout : Soyez équitables & bien-
feſans. On reproche au bas peuple de la Chine
beaucoup d'infidélités dans le négoce ; ce qui l'en-
courage peut-être dans ce vice , c'eſt qu'il achète de
ſes bonzes pour la plus vile monnaie l'expiation dont
il croit avoir beſoin. La morale qu'on lui inſpire eſt
bonne ; l'indulgence qu'on lui vend, pernicieuſe.

En vain quelques voyageurs & quelques miſſionnaires nous ont repréſenté les prêtres d'Orient comme
des prédicateurs de l'iniquité ; c'eſt calomnier la
nature humaine : il n'eſt pas poſſible qu'il y ait

jamais une société religieuse inftituée pour inviter au crime.

Si dans prefque tous les pays du monde on a immolé autrefois des victimes humaines, ces cas ont été rares. C'eft une barbarie abolie dans l'ancien monde ; elle était encore en ufage dans le nouveau. Mais cette fuperftition déteftable n'eft point un précepte religieux qui influe fur la fociété. Qu'on immole des captifs dans un temple chez les Mexicains, ou qu'on les étrangle chez les Romains dans une prifon, après les avoir traînés derrière un char au capitole, cela eft fort égal, c'eft la fuite de la guerre; & quand la religion fe joint à la guerre, ce mélange eft le plus horrible des fléaux. Je dis feulement que jamais on n'a vu aucune fociété religieufe, aucun rite inftitué dans la vue d'encourager les hommes aux vices. On s'eft fervi dans toute la terre de la religion pour faire le mal, mais elle eft par-tout inftituée pour porter au bien; & fi le dogme apporte le fanatifme & la guerre, la morale infpire par-tout la concorde.

On ne fe trompe pas moins quand on croit que la religion des mufulmans ne s'eft établie que par les armes. Les mahométans ont eu leurs miffionnaires aux Indes & à la Chine; & la fecte d'*Omar* combat la fecte d'*Aly* par la parole, jufque fur les côtes de Coromandel & de Malabar.

Il réfulte de ce tableau que tout ce qui tient intimement à la nature humaine fe reffemble d'un bout de l'univers à l'autre ; que tout ce qui peut dépendre de la coutume eft différent, & que c'eft un hafard s'il fe reffemble. L'empire de la coutume

Z 4

eſt bien plus vaſte que celui de la nature; il s'étend
ſur les mœurs, ſur tous les uſages; il répand la
variété ſur la ſcène de l'univers; la nature y répand
l'unité; elle établit par-tout un petit nombre de
principes invariables: ainſi le fonds eſt par-tout le
même; & la culture produit des fruits divers.

Puiſque la nature a mis dans le cœur des hommes
l'intérêt, l'orgueil & toutes les paſſions, il n'eſt pas
étonnant que nous ayons vu, dans une période
d'environ dix ſiècles, une ſuite preſque continue de
crimes & de déſaſtres. Si nous remontons aux temps
précédens, ils ne ſont pas meilleurs. La coutume
a fait que le mal a été opéré par-tout d'une manière
différente.

Il eſt aiſé de juger par le tableau que nous avons
fait de l'Europe, depuis le temps de *Charlemagne*
juſqu'à nos jours, que cette partie du monde eſt
incomparablement plus peuplée, plus civiliſée,
plus riche, plus éclairée qu'elle ne l'était alors, &
que même elle eſt beaucoup ſupérieure à ce qu'était
l'empire romain, ſi vous en exceptez l'Italie.

C'eſt une idée digne ſeulement des plaiſanteries
des *Lettres perſannes*, ou de ces nouveaux paradoxes,
non moins frivoles, quoique débités d'un ton plus
ſérieux, de prétendre que l'Europe ſoit dépeuplée
depuis le temps des anciens Romains.

Que l'on conſidère, depuis Pétersbourg juſqu'à
Madrid, ce nombre prodigieux de villes ſuperbes,
bâties dans des lieux qui étaient des déſerts il y a
ſix cents ans; qu'on faſſe attention à ces forêts
immenſes qui couvraient la terre des bords du
Danube à la mer Baltique, & juſqu'au milieu de

la France ; il eſt bien évident que, quand il y a
beaucoup de terres défrichées, il y a beaucoup
d'hommes. L'agriculture, quoi qu'on en diſe, & le
commerce ont été beaucoup plus en honneur qu'ils
ne l'étaient auparavant.

Une des raiſons qui ont contribué en général à
la population de l'Europe, c'eſt que dans les guerres
innombrables que toutes ces provinces ont eſſuyées,
on n'a point tranſporté les nations vaincues.

Charlemagne dépeupla, à la vérité, les bords du
Véſer ; mais c'eſt un petit canton qui s'eſt rétabli
avec le temps. Les Turcs ont tranſporté beaucoup
de familles hongroiſes & dalmatiennes ; auſſi ces
pays ne ſont-ils pas aſſez peuplés : & la Pologne ne
manque d'habitans que parce que le peuple y eſt
encore eſclave.

Dans quel état floriſſant ſerait donc l'Europe,
ſans les guerres continuelles qui la troublent pour
de très-légers intérêts, & ſouvent pour de petits
caprices ? Quel degré de perfection n'aurait pas reçu
la culture des terres, & combien les arts, qui manu-
facturent ces productions n'auraient-ils pas répandu
encore plus de ſecours & d'aiſance dans la vie
civile, ſi on n'avait pas enterré dans les cloîtres ce
nombre étonnant d'hommes & de femmes inutiles !
Une humanité nouvelle qu'on a introduite dans le
fléau de la guerre, & qui en adoucit les horreurs,
a contribué encore à ſauver les peuples de la deſtruction qui ſemble les menacer à chaque inſtant.
C'eſt un mal, à la vérité, très-déplorable, que cette
multitude de ſoldats entretenus continuellement par
tous les princes ; mais auſſi, comme on l'a déjà

remarqué, ce mal produit un bien : les peuples ne
fe mêlent point de la guerre que font leurs maîtres ;
les citoyens des villes affiégées paffent fouvent d'une
domination à une autre, fans qu'il en ait coûté la
vie à un feul habitant ; ils font feulement le prix
de celui qui a eu le plus de foldats, de canons &
d'argent.

Les guerres civiles ont très-long-temps défolé
l'Allemagne, l'Angleterre, la France ; mais ces
malheurs ont été bientôt réparés ; & l'état floriffant
de ces pays prouve que l'induftrie des hommes a
été beaucoup plus loin encore que leur fureur. Il
n'en eft pas ainfi de la Perfe, par exemple, qui
depuis quarante ans eft en proie aux dévaftations ;
mais fi elle fe réunit fous un prince fage, elle
reprendra fa confiftance en moins de temps qu'elle
ne l'a perdue.

Quand une nation connaît les arts, quand elle
n'eft point fubjuguée & tranfportée par les étrangers, elle fort aifément de fes ruines, & fe rétablit
toujours.

Fin de l'Effai fur les mœurs.

REMARQUES

POUR SERVIR

DE SUPPLEMENT

A L'ESSAI SUR LES MOEURS ET L'ESPRIT
DES NATIONS, ET SUR LES PRINCIPAUX
FAITS DE L'HISTOIRE DEPUIS CHARLE-
MAGNE JUSQU'A LA MORT DE LOUIS XIII.

PREMIERE REMARQUE.

Comment, & pourquoi on entreprit cet Essai. Recherches
sur quelques nations.

Plusieurs personnes savent que l'*Essai sur l'histoire*
générale des mœurs, &c. fut entrepris vers l'an 1740,
pour réconcilier avec la science de l'histoire une
dame illustre (*a*) qui possédait presque toutes les autres.
Cette femme philosophe était rebutée de deux choses
dans la plupart de nos compilations historiques, les
détails ennuyeux & les mensonges révoltans : elle
ne pouvait surmonter le dégoût que lui inspiraient
les premiers temps de nos monarchies modernes,
avant & après *Charlemagne;* tout lui paraissait petit
& sauvage.

Elle avait voulu lire l'histoire de France, d'Allemagne, d'Espagne, d'Italie, & s'en était dégoûtée ;
elle n'avait trouvé qu'un chaos, un entassement de
faits inutiles, la plupart faux & mal digérés ; ce
sont, comme on l'a dit ailleurs, des actions barbares
sous des noms barbares, des romans insipides rapportés par *Grégoire de Tours;* nulle connaissance des
mœurs, ni du gouvernement, ni des lois, ni des
opinions ; ce qui n'est pas bien extraordinaire dans
un temps où il n'y avait d'opinions que les légendes
des moines, & de lois que celles du brigandage :
telle est l'histoire de *Clovis* & de ses successeurs.

Quelle connaissance certaine & utile peut-on tirer
des aventures imputées à *Caribert*, à *Chilperic* & à
Clotaire? Il ne reste de ces temps misérables que des

(*a*). Madame la marquise du *Châtelet.*

couvens fondés par des superstitieux, qui croyaient racheter leurs crimes en dotant l'oisiveté.

Rien ne la révoltait plus que la puérilité de quelques écrivains qui pensent orner ces siècles de barbarie, & qui donnent le portrait d'*Agilulphe* & de *Grifon*, comme s'ils avaient *Scipion* & *César* à peindre. Elle ne put souffrir, dans *Daniel*, ces récits continuels de batailles, tandis qu'elle cherchait l'histoire des états-généraux, des parlemens, des lois municipales, de la chevalerie, de tous nos usages, & surtout de la société autrefois sauvage, & aujourd'hui civilisée. Elle cherchait dans *Daniel* l'histoire du grand *Henri IV*, & elle y trouvait celle du jésuite *Coton :* elle voyait dans cet écrivain le père de St *Louis* attaqué d'une maladie mortelle, ses courtisans lui proposant une jeune fille comme une guérison infaillible, & ce prince mourant martyr de sa chasteté. Ce conte, tant de fois répété, rapporté long-temps auparavant de tant de princes, démenti par la médecine & par la raison, était gravé dans *Daniel*, au-devant de la vie de *Louis VIII.*

Elle ne pouvait comprendre comment un historien qui a du sens pouvait dire, après tant d'autres mal instruits, que les Mamelucs voulurent choisir en Egypte pour leur roi St *Louis*, prince chrétien, leur ennemi, l'ennemi de leur religion, leur prisonnier, qui ne connaissait ni leur langue, ni leurs mœurs. On lui disait que ce fait est dans *Joinville ;* mais il n'y est rapporté que comme un bruit populaire, & elle ne pouvait savoir que nous n'avons pas la véritable histoire de *Joinville.* (*)

(*) On en a retrouvé depuis, en 1748, un manuscrit qui, par le style & les caractères, paraît du siècle de *Joinville ;* il a été imprimé à l'imprimerie royale.

La fable du vieux de la montagne qui dépêchait deux dévots du mont Liban pour aller vîte affaffiner *St Louis* dans Paris, & qui le lendemain, fur le bruit de fes vertus, en fefait partir deux autres pour arrêter la pieufe entreprife des deux premiers, lui paraiffait fort au-deffous des *Mille & une nuits*.

Enfin, quand elle voyait que *Daniel*, après tous les autres chroniqueurs, donnait pour raifon de la défaite de Créci, que les cordes de nos arbalètes avaient été mouillées par la pluie pendant la bataille, fans fonger que les arbalètes anglaifes devaient être mouillées auffi; quand elle lifait que le roi *Edouard III* accordait la paix parce qu'un orage l'avait épouvanté, & que la pluie décidait ainfi de la paix & de la guerre, elle jetait le livre.

Elle demandait fi tout ce qu'on difait du prophète *Mahomet* & du conquérant *Mahomet II* était vrai; & lorfqu'on lui apprenait que nous imputions à *Mahomet II* d'avoir éventré quatorze de fes pages (comme fi *Mahomet II* avait eu des pages,) pour favoir qui d'eux avait mangé un de fes melons, elle concevait le plus profond & le plus jufte mépris pour nos hiftoires.

On lui fit lire un précis des obfervances religieufes des mufulmans; elle fut étonnée de l'auftérité de cette religion, de ce carême prefque intolérable, de cette circoncifion quelquefois mortelle, de cette obligation rigoureufe de prier cinq fois par jour, du commandement abfolu de l'aumône, de l'abftinence du vin & du jeu; & en même temps elle fut indignée de la lâcheté imbécille avec laquelle les Grecs vaincus, & nos hiftoriens leurs imitateurs, ont accufé *Mahomet* d'avoir établi une religion toute fenfuelle, par la feule raifon qu'il a réduit à quatre femmes le nombre indéterminé, permis dans toute l'Afie, & furtout dans la loi judaïque.

Le peu qu'elle avait parcouru de l'hiftoire d'Efpagne & de l'Italie lui paraiffait encore plus dégoûtant. Elle cherchait une hiftoire qui parlât à la raifon; elle voulait la peinture des mœurs, les origines de tant de coutumes, des lois, des préjugés qui fe combattent; comment tant de peuples ont paffé tour à tour de la politeffe à la barbarie, quels arts fe font perdus, quels fe font confervés, quels autres font nés dans les fecouffes de tant de révolutions. Ces objets étaient dignes de fon efprit.

Elle lut enfin le difcours de l'illuftre *Boffuet* fur l'hiftoire univerfelle : fon efprit fut frappé de l'éloquence avec laquelle cet écrivain célèbre peint les Egyptiens, les Grecs & les Romains; elle voulut favoir s'il y avait autant de vérité que de génie dans cette peinture : elle fut bien furprife quand elle vit que les Egyptiens, tant vantés pour leurs lois, leurs connaiffances & leurs pyramides, n'avaient prefque jamais été qu'un peuple efclave, fuperftitieux & ignorant, dont tout le mérite avait confifté à élever des rangs inutiles de pierres les unes fur les autres par l'ordre de leurs tyrans; qu'en bâtiffant leurs palais fuperbes ils n'avaient jamais fu feulement former une voûte; qu'ils ignoraient la coupe des pierres; que toute leur architecture confiftait à pofer de longues pierres plates fur des piliers fans proportion; que l'ancienne Egypte n'a jamais eu une ftatue tolérable que de la main des Grecs; que ni les Grecs ni les

Romains

Romains n'ont jamais daigné traduire un feul livre des Egyptiens ; que les élémens de géométrie compofés dans Alexandrie le furent par un grec, &c. &c. Cette dame philofophe n'aperçut dans les lois de l'Egypte que celles d'un peuple très-borné : elle fut que depuis *Alexandre* cette nation fut toujours fubjuguée par quiconque voulut la foumettre ; elle admira le pinceau de *Boffuet*, & trouva fon tableau très-infidèle.

On a encore les remarques qu'elle mit aux marges de ce livre. On trouve à la page 341 ces propres mots : *Pourquoi l'auteur dit-il que Rome engloutit tous les Empires de l'univers? la Ruffie feule eft plus grande que tout l'Empire romain.*

Elle fe plaignit qu'un homme fi éloquent oubliât en effet l'univers dans une hiftoire univerfelle, & ne parlât que de trois ou quatre nations qui font aujourd'hui difparues de la terre.

Ce qui la choqua le plus, ce fut de voir que ces trois ou quatre nations puiffantes font facrifiées dans ce livre au petit peuple juif, qui occupe les trois quarts de l'ouvrage. On voit en marge à la fin du difcours fur les juifs cette note de fa main : *On peut parler beaucoup de ce peuple en théologie, mais il mérite peu de place dans l'hiftoire.*

En effet, quelle attention peut s'attirer par elle-même une nation faible & barbare qui ne pofféda jamais un pays comparable à une de nos provinces, qui ne fût célèbre ni par le commerce, ni par les arts, qui fut prefque toujours féditieufe & efclave, jufqu'à ce qu'enfin les Romains la difpersèrent,

Effai fur les mœurs, &c. Tome IV.   A a

comme depuis les vainqueurs mahométans difpersèrent les Parfis, peuple fi fupérieur aux Juifs, long-
temps leur fouverain, & d'une antiquité beaucoup
plus grande ?

Il femblait furtout fort étrange que les mahométans, qui ont changé la face de l'Afie, de l'Afrique
& de la plus belle partie de l'Europe, fuffent oubliés
dans l'hiftoire du monde. L'Inde, dont notre luxe a
un fi grand befoin, & où tant de nations puiffantes
de l'Europe fe font établies, ne devait pas être paffée
fous filence.

Enfin cette dame d'un efprit fi folide & fi éclairé
ne pouvait pas fouffrir qu'on s'étendît fur les habitans obfcurs de la Paleftine, & qu'on ne dît pas un
mot du vafte empire de la Chine, le plus ancien du
monde entier & le mieux policé fans doute, puifqu'il
a été le plus durable. Elle défirait un fupplément à
cet ouvrage, lequel finit à *Charlemagne*, & on entreprit cette étude pour s'inftruire avec elle.

IIme REMARQUE.

Grand objet de l'hiftoire depuis Charlemagne.

L'objet était l'hiftoire de l'efprit humain, & non
pas le détail des faits prefque toujours défigurés : il
ne s'agiffait pas de rechercher, par exemple, de
quelle famille était le feigneur de Puifet, ou le
feigneur de Mont-lheri, qui firent la guerre à des
rois de France; mais de voir par quels degrés on eft

parvenu de la ruſticité barbare de ces temps à la poli-
teſſe du nôtre.

On remarqua d'abord que depuis *Charlemagne*,
dans la partie catholique de notre Europe chrétienne,
la guerre de l'Empire & du ſacerdoce fut, juſqu'à
nos derniers temps, le principe de toutes les révolutions ; c'eſt-là le fil qui conduit dans le labyrinthe de
l'hiſtoire moderne.

Les rois d'Allemagne, depuis *Othon I*, penſèrent
avoir un droit inconteſtable ſur tous les Etats poſſédés
par les empereurs romains, & ils regardèrent tous les
autres ſouverains comme les uſurpateurs de leurs provinces : avec cette prétention & des armées l'empereur pouvait à peine conſerver une partie de la
Lombardie ; & un ſimple prêtre, qui à peine obtient
dans Rome les droits régaliens, dépourvu de ſoldats
& d'argent, n'ayant pour armes que l'opinion,
s'élève au-deſſus des empereurs, les force à lui baiſer
les pieds, les dépoſe, les établit. Enfin, du royaume
de Minorque au royaume de France, il n'eſt aucune
ſouveraineté dans l'Europe catholique dont les papes
n'aient diſpoſé, ou réellement par des ſéditions, ou
en idée par de ſimples bulles. Tel eſt le ſyſtême d'une
très-grande partie de l'Europe, juſqu'au règne de
Henri IV, roi de France.

C'eſt donc l'hiſtoire de l'opinion qu'il fallut
écrire ; & par-là ce chaos d'événemens, de factions,
de révolutions & de crimes devenait digne d'être pré-
ſenté aux regards des ſages.

C'eſt cette opinion qui enfanta les funeſtes croiſades
des chrétiens contre des mahómétans & contre des
chrétiens mêmes. Il eſt clair que les pontifes de Rome

ne fufcitèrent ces croifades que pour leur intérêt. Si elles avaient réuffi , l'Eglife grecque leur eût été affervie. Ils commencèrent par donner à un cardinal le royaume de Jérufalem conquis par un héros. Ils auraient conféré toutes les principautés & tous les bénéfices de l'Afie mineure & de l'Afrique ; & Rome eût plus fait par la religion qu'elle ne fit autrefois par les vertus des *Scipions* & des *Paul Emile*.

IIIme REMARQUE.

L'hiftoire de l'efprit humain manquait.

On voit dans l'hiftoire ainfi conçue les erreurs & les préjugés fe fuccéder tour à tour , & chaffer la vérité & la raifon. On voit les habiles & les heureux enchaîner les imbécilles , & écrafer les infortunés ; & encore ces habiles & ces heureux font eux-mêmes les jouets de la fortune ainfi que les efclaves qu'ils gouvernent. Enfin les hommes s'éclairent un peu par ce tableau de leurs malheurs & de leurs fottifes. Les fociétés parviennent avec le temps à rectifier leurs idées ; les hommes apprennent à penfer.

On a donc bien moins fongé à recueillir une multitude énorme de faits , qui s'effacent tous les uns par les autres , qu'à raffembler les principaux & les plus avérés qui puiffent fervir à guider le lecteur, & à le faire juger par lui-même de l'extinction, de la renaiffance & des progrès de l'efprit humain , à lui faire reconnaître les peuples par les ufages mêmes de ces peuples.

Cette méthode, la feule, ce me femble, qui puiffe convenir à une hiftoire générale, a été auffitôt adoptée par le philofophe qui écrit l'hiftoire particulière d'Angleterre. M. l'abbé *Véli* & fon favant continuateur en ont ufé ainfi dans leur hiftoire de France; en quoi ils font, malgré leurs fautes, très-fupérieurs à *Mézerai* & à *Daniel*.

IVme REMARQUE.

Des ufages méprifables ne fuppofent pas toujours une nation méprifable.

IL y a des cas où il ne faut pas juger d'une nation par les ufages & par les fuperftitions populaires. Je fuppofe que *Céfar*, après avoir conquis l'Egypte, voulant faire fleurir le commerce dans l'Empire romain, eût envoyé une ambaffade à la Chine par le port d'Arfinoë, par la mer Rouge & par l'Océan indien. L'empereur *Iventi*, premier du nom, régnait alors; les annales de la Chine nous le repréfentent comme un prince très-fage & très-favant. Après avoir reçu les ambaffadeurs de *Céfar* avec toute la politeffe chinoife, il s'informe fecrètement, par fes interprêtes, des ufages, des fciences & de la religion de ce peuple romain, auffi célèbre dans l'Occident que le peuple chinois l'eft dans l'Orient; il apprend d'abord que les pontifes de ce peuple ont réglé leurs années d'une manière fi abfurde, que le foleil eft déjà entré dans les fignes céleftes du printemps, lorfque les Romains célèbrent les premières fêtes de l'hiver.

A a 3

Il apprend que cette nation entretient à grands frais un collége de prêtres, qui savent au juste le temps où il faut s'embarquer, & où l'on doit donner bataille, par l'inspection du foie d'un bœuf, ou par la manière dont les poulets mangent de l'orge. Cette science sacrée fut apportée autrefois aux Romains par un petit dieu nommé *Tagès*, qui sortit de terre en Toscane.

Ces peuples adorent un DIEU suprême & unique, qu'ils appellent toujours *Dieu très-grand & très-bon;* cependant ils ont bâti un temple à une courtisanne nommée *Flora*, & les bonnes femmes de Rome ont presque toutes chez elles de petits dieux pénates hauts de quatre ou cinq pouces; une de ces petites divinités est la déesse des tetons, l'autre celle des fesses; il y a un pénate qu'on appelle le *Dieu Pet*. L'empereur se met à rire: les tribunaux de Nanquin pensent d'abord avec lui que les ambassadeurs romains sont des fous, ou des imposteurs, qui ont pris le titre d'envoyés de la république romaine : mais comme l'empereur est aussi juste que poli, il a des conversations particulières avec les ambassadeurs ; il apprend que les pontifes romains ont été très-ignorans, mais que *César* réforme actuellement le calendrier ; on lui avoue que le collége des augures a été établi dans les premiers temps de la barbarie, qu'on a laissé subsister une institution ridicule, devenue chère à un peuple long-temps grossier; que tous les honnêtes gens se moquent des augures ; que *César* ne les a jamais consultés ; qu'au rapport d'un très-grand homme, nommé *Caton*, jamais un augure n'a pu parler à son camarade sans rire ; & qu'enfin *Cicéron*, le plus grand orateur & le meilleur philofophe de Rome, vient de faire contre les augures un petit ouvrage intitulé : *De la divination*, dans lequel il livre à un ridicule éternel tous les aufpices, toutes les prédictions & tous les fortiléges dont la terre eft infatuée. L'empereur de la Chine a la curiofité de lire ce livre de *Cicéron*; fes interprètes le traduifent; il admire le livre & la république romaine.

Vme REMARQUE.

En quel cas les ufages influent fur l'efprit des nations.

IL y a d'autres cas où les fuperftitions, les préjugés populaires influent tellement fur toute une nation, que leur conduite eft néceffairement abfurde & leurs mœurs atroces, tant que ces opinions dominent.

Un brame philofophe arrive de l'Inde en Europe; il apprend qu'il y a un pontife en Italie qui a cinq à fix cents mille hommes de troupes réglées, répandues chez quatre ou cinq peuples puiffans. De ces troupes, les unes vont chauffées, les autres nues jambes; celles-ci barbues, celles-là rafées; les unes en capuchon, les autres en bonnet; toutes dévouées à fes ordres, toutes armées d'argumens & de miracles; elles foutiennent toutes que cet italien doit difpofer de tous les royaumes. Son droit eft fondé fur trois équivoques; par conféquent ce droit eft reconnu par une foule qui ne raifonne point & par quelques gens adroits qui raifonnent.

A a 4

La première équivoque, c'eſt qu'on a dit autrefois en Aſie à un pêcheur, nommé *Pierre* : *Tu es pierre, & ſur cette pierre je fonderai mon aſſemblée, & tu ſeras pêcheur d'hommes.* La ſeconde, c'eſt qu'on montre une lettre attribuée à ce *Pierre*, dans laquelle il dit qu'il eſt à Babylone ; & on a conclu que Babylone ſignifiait Rome. La troiſième, c'eſt qu'en Galilée on trouva autrefois deux couteaux pendus à un plancher : de-là il a été démontré aux peuples que de ces deux couteaux il y en avait un qui appartenait à l'homme reconnu pour le ſucceſſeur de *Pierre*, & que *Pierre* ayant pêché des hommes, ſon ſucceſſeur devait avoir la terre entière dans ſes filets.

Notre indien n'aura pas de peine à s'imaginer que les princes auront cru être de trop gros poiſſons pour ſe prendre dans les filets de cet homme, quelque reſpectable qu'il ſoit ; il jugera que ſes prétentions doivent ſemer par-tout la diſcorde ; & s'il apprend enſuite toutes les révoltes, les aſſaſſinats, les empoiſonnemens, les guerres, les ſaccagemens que cette querelle a cauſés : Voilà, dira-t-il, un arbre qui devait néceſſairement produire de tels fruits.

S'il apprend encore que dans les derniers ſiècles il s'eſt joint à ces querelles une animoſité violente de prêtre contre prêtre & de peuple contre peuple, ſur des matières de controverſe abſolument incompréhenſibles ; alors, quand il verra un duc de *Guiſe*, un prince d'Orange, deux rois de France aſſaſſinés, un roi d'Angleterre mourant ſur l'échafaud, la France, l'Allemagne, l'Angleterre, l'Irlande ruiſſelantes de ſang, & quatre à cinq cents mille hommes égorgés en différens temps au nom de DIEU, il frémira, mais il ne fera pas étonné.

Lorfqu'il aura lu ainfi l'hiftoire des tigres, s'il vient à des temps plus doux & plus éclairés, où un écrit qui infulte au bon fens produit plus de brochures que la Gréce & Rome ne nous ont laiffé de livres, & où je ne fais quels billets mettent tout en rumeur, il croira lire l'hiftoire des finges. (1) Et dans tous ces différens cas, il verra évidemment pourquoi l'opinion n'a caufé aucun trouble chez les nations de l'antiquité, & pourquoi elle en a produit de fi affreux & de fi ridicules chez prefque toutes les nations modernes de l'Europe, & fur-tout chez une nation qui habite entre les Alpes & les Pyrénées.

VIme REMARQUE.

Du pouvoir de l'opinion. Examen de la perféverance des mœurs chinoifes.

L'OPINION a donc changé une grande partie de la terre. Non-feulement des empires ont difparu fans laiffer de trace ; mais les religions ont été englouties dans ces vaftes ruines. Le chriftianifme qui eft, comme on fait, la vérité même, mais que nous confidérons ici comme une opinion quant à fes effets, détruifit les religions grecque, romaine, fyrienne, égyptienne, dans le fiècle de *Théodofe*. DIEU permit enfuite que l'opinion du mahométifme écrasât la

---

(1) L'auteur entend fans doute la bulle *Unigenitus* & les billets de confeffion, que l'Europe a regardés comme les deux plus impertinentes productions de ce fiècle.

vérité chrétienne dans l'Orient, dans l'Afrique, dans la Gréce, qu'elle triomphât du judaïfme, de l'antique religion des mages , & du fabifme plus antique encore ; qu'elle allât dans l'Inde porter un coup mortel à *Brama*, & qu'elle s'arrêtât à peine au Gange. Dans notre Europe chrétienne, l'opinion a féparé de Rome l'empire de Ruffie , la Suède , la Norvège , le Danemarck , l'Angleterre , les Provinces-Unies , la moitié de l'Allemagne , les trois quarts du pays helvétique.

. Il y a fur la terre un exemple unique d'un vafte Empire que la force a fubjugué deux fois , mais que l'opinion n'a changé jamais : c'eft la Chine.

Les Chinois avaient de temps immémorial la même religion , la même morale qu'aujourd'hui , tandis que les Goths , les Hérules, les Vandales , les Francs n'avaient guère d'autre morale que celle des brigands qui font quelques lois pour affurer leurs ufurpations.

On a prétendu , dans quelque coin de notre Europe, que le gouvernement chinois était athée ; & qui font ceux qui ont intenté cette étrange accufation ? ce font ceux-là même qui ont tant condamné *Bayle* pour avoir dit qu'une fociété d'athées pourrait fubfifter, qui ont tant écrit contre lui , qui ont tant crié que fa fuppofition était chimérique ; ils fe font donc contredit évidemment, ainfi que tous ceux qui écrivent avec un efprit de parti. Ils fe trompaient en difant qu'une fociété d'athées ne pouvait pas fub-fifter, puifque les épicuriens qui fubfiftèrent fi long-temps étaient une véritable fociété d'athées ; car ne point admettre de Dieu, & n'admettre que des dieux inutiles qui ne puniffent ni ne récompenfent, c'eft précifément la même chofe pour les conféquences.

Ils ne fe trompaient pas moins en reprochant l'athéifme au gouvernement chinois. L'auteur de l'*Effai fur les mœurs*, *&c.* dit : ,, Il faut être auffi ,, inconfidérés que nous le fommes dans toutes nos ,, difputes, pour avoir ofé traiter d'athée un gou- ,, vernement dont prefque tous les édits parlent d'un ,, Etre fuprême, père des peuples, récompenfant & ,, puniffant avec juftice, qui a mis entre lui & ,, l'homme une correfpondance de prières & de bien- ,, faits, de fautes & de châtimens. ,,

Quelques journaliftes ont affeété de douter de ces édits ; mais ils n'ont qu'à lire le recueil des lettres des miffionnaires, ils n'ont qu'à ouvrir le IIIᵉ tome de l'hiftoire de la Chine, ils n'ont qu'à lire, à la page 41, cette infcription : *Au vrai principe de toutes chofes ; il eft fans commencement & fans fin, il a produit tout, il gou- verne tout, il eft infiniment bon & infiniment jufte, &c.*

Mais, dit-on, les Chinois croient DIEU matériel ; il ferait bien plus pardonnable au peuple de la Chine de nous faire ce reproche, s'ils voyaient nos tableaux d'Eglife dans lefquels nous peignons D I E U avec une grande barbe, comme *Jupiter Olympien*. Nous infultons tous les jours les nations étrangères, fans fonger combien nos ufages peuvent leur paraître extravagans. Nous ofons nous moquer d'un peuple qui profeffait la religion & la morale la plus pure, plus de deux mille ans avant que nous euffions commencé à fortir de notre état de fauvages, & dont les mœurs & les coutumes n'ont fouffert aucune altération, tandis que tout a changé parmi nous.

VIIᵐᵉ REMARQUE.

Opinion , sujet de guerre en Europe.

L'OPINION n'a guère causé de guerres civiles que chez les chrétiens ; car le schisme des Osmanlis & des Persans n'a jamais été qu'une affaire de politique. Ces guerres intestines de religion qui ont désolé une grande partie de l'Europe, sont plus exécrables que les autres , parce qu'elles sont nées du principe même qui devait prévenir toute guerre.

Il paraît que depuis environ cinquante ans , la raison , s'introduisant parmi nous par degrés, commence à détruire ce germe pestilentiel qui avait si long-temps infecté la terre. On méprise les disputes théologiques ; on laisse reposer le dogme , on n'annonce que la morale.

Il y a des opinions auxquelles on attache des signes publics, qui font des étendards auxquels les nations se rallient : le dogme alors est la trompette qui sonne la charge. Je vénère des statues & tu les brises : tu reçois deux espèces , & moi une : tu n'admets que deux sacremens , & moi sept : tu abats les signes de religion que j'élève : nous nous battrons infailliblement ; & cette fureur durera jusqu'au temps où la raison viendra guérir nos esprits épuisés & lassés du fanatisme. Mais j'admets une grace versatile, & toi une grace concomitante : la tienne est efficace, à laquelle on peut résister ; la mienne suffisante, qui ne suffit pas. Nous écrirons les uns contre les autres des livres ennuyeux & des lettres de cachet : nous troublerons quelques familles , nous fatiguerons le gouvernement ; mais nous ne pourrons exciter de guerres : & on finira par se moquer de nous.

L'opinion née des factions , change quand les factions font apaisées : ainsi quand le lecteur en sera au siècle de *Louis XIV* , il verra qu'alors on ne pensa dans Paris rien de ce qu'on avait pensé du temps de la ligue & de la fronde. Mais il est nécessaire de transmettre le souvenir de ces égaremens, comme les médecins décrivent la peste de Marseille, quoiqu'elle soit guérie. Ceux qui diraient à un historien , ne parlez pas de nos extravagances passées , ressembleraient aux enfans des pestiférés , qui ne voudraient pas qu'on dît que leurs pères ont eu le charbon.

Les papiers publics , si multipliés dans l'Europe , produisent quelquefois un grand bien ; ils effraient le crime, ils arrêtent la main prête à le commettre. Plus d'un potentat a craint quelquefois de faire une mauvaise action qui serait enregistrée sur le champ dans toutes les archives de l'esprit humain.

On conte qu'un empereur chinois réprimanda un jour & menaça l'historien de l'Empire : Quoi , dit-il , vous avez le front d'écrire jour par jour mes fautes ! Tel est mon devoir , répondit le scribe du tribunal de l'histoire , & ce devoir m'ordonne d'écrire sur le champ les plaintes & les menaces que vous me faites. L'empereur rougit, se recueillit, & dit : Hé bien, allez, écrivez tout , & je tâcherai de ne rien faire que la postérité puisse me reprocher. S'il est vrai qu'un prince qui commandait à cent millions d'hommes ait ainsi respecté les droits de la vérité, que devra

faire la forbonne ? L'ordre des frères prêcheurs
aura-t-il droit de fe plaindre ? Le fénat de Rome
lui-même aurait-il ofé exiger qu'on trahît la vérité
en fa faveur ?

VIIIme REMARQUE.

De la poudre à canon.

COMME il y a des opinions qui ont abfolument
changé la conduite des hommes, il y a des arts qui
ont auffi tout changé dans le monde ; tel eft celui
de la poudre inflammable. Il eft sûr que le bénédictin *Roger Bacon* n'enfeigna point ce fecret tel que
nous l'avons ; mais c'eft un autre bénédictin qui
l'inventa vers le milieu du quatorzième fiècle, & c'eft
un jéfuite qui apprit aux Chinois à fondre du canon,
au dix-feptième. Ce mot de *Canon*, qui ne veut dire que
tuyau, nous a, je crois, jetés long-temps dans l'erreur.
On fe fervait, dès l'année 1338, de longs tuyaux
de fer qui lançaient de groffes flèches enflammées,
garnies de bitume & de foufre, dans les places affiégées. Ces engins diverfifiés en mille façons fefaient
partie de l'artillerie ; voilà pourquoi on a cru qu'au
fiége du château de Puifguillaume, en 1338, & à
d'autres, on s'était fervi de canons tels qu'on les fait
aujourd'hui. Il faut des canons de vingt-quatre
livres de balle pour battre de fortes murailles, & certainement on n'en avait point alors. C'eft une erreur
de croire que les Anglais firent jouer des pièces de
canon à la bataille de Créci, en 1346 : il n'en eft

aucun veſtige dans les actes de la tour de Londres ; un tel fait n'eût pas été ſans doute oublié.

On parle dans la nouvelle hiſtoire de France d'un canon fondu, en 1301, dans la ville d'Amberg, lequel exiſte encore , avec cette date gravée ſur la culaſſe. Cette ſingularité ſurprenante m'a paru digne d'être approfondie. M. le comte d'*Holnſtein de Bavière* a été ſupplié de s'en informer ; on a tout vérifié ſur les lieux ; ce prétendu canon n'exiſte pas ; la ville d'Amberg n'eut de fortifications qu'en 1326. Ce qui a donné lieu à cette mépriſe, eſt le tombeau d'un nommé *Mergue Martin*, mathématicien aſſez fameux pour ſon temps , & qui fondait des canons dans le haut Palatinat ; il a un canon ſous ſes piéds avec deux écuſſons, l'un repréſentant un griffon , & l'autre un petit canon monté ſur un affût à deux roues. Son épitaphe porte qu'il mourut en 1501 , le chiffre 1501 eſt très-bien fait , & je ne conçois pas comment on l'a pu prendre pour 1301. Si on approfondiſſait ainſi toutes les antiquités , ou plutôt tous les contes antiques dont on nous berce , on trouverait plus d'une vieille erreur à rectifier.

IXme REMARQUE.

De Mahomet.

LE plus grand changement que l'opinion ait produit ſur notre globe, fut l'établiſſement de la religion de *Mahomet*. Ses muſulmans, en moins d'un ſiècle , conquirent un empire plus vaſte que l'empire romain. Cette révolution , ſi grande pour nous , n'eſt , à la vérité, que comme un atome qui a changé de place dans l'immenfité des chofes, & dans le nombre innombrable de mondes qui rempliffent l'efpace; mais c'eft au moins un événement qu'on doit regarder comme une des roues de la machine de l'univers, & comme un effet néceffaire des lois éternelles & immuables : car peut-il arriver quelque chofe qui n'ait été déterminé par le maître de toutes chofes? Rien n'eft que ce qui doit être.

Comment peut-on imaginer qu'il y ait un ordre, & que tout ne foit pas la fuite de cet ordre? Comment l'éternel géomètre ayant fabriqué le monde, peut-il y avoir dans fon ouvrage un feul point hors de la place affignée par cet artifan fuprême? On peut dire des mots contraires à cette vérité, mais une opinion contraire, c'eft ce que perfonne ne peut avoir quand il réfléchit.

Le comte de *Boulainvilliers* prétend que DIEU fufcita *Mahomet* pour punir les chrétiens d'Orient qui fouillaient la terre de leurs querelles de religion, qui pouffaient le culte des images jufqu'à la plus honteufe idolâtrie, & qui adoraient réellement *Marie* mère de JESUS, beaucoup plus qu'ils n'adoraient le SAINT-ESPRIT, qui n'avait en effet aucun temple, quoiqu'il fût la troifième perfonne de la Trinité : mais fi DIEU voulait punir les chrétiens, il voulait donc punir auffi les Parfis, les fectateurs de *Zoroaftre*, à qui l'hiftoire ne reproche en aucun temps aucun trouble civil excité par leur théologie : DIEU voulait donc punir auffi les Sabéens; c'eft lui fuppofer des vues partiales & particulières. Il paraît étrange d'imaginer que l'Etre éternel & immuable change fes décrets

généraux,

généraux, qu'il s'abaisse à de petits desseins, qu'il établisse le christianisme en Orient & en Afrique pour le détruire, qu'il sacrifie, par une providence particulière, la religion annoncée par son fils, à une religion fausse. Ou il a changé ses lois, ce qui serait une inconstance inconcevable dans l'Etre suprême ; ou l'abolition du christianisme dans ces climats était une suite infaillible des lois générales.

Plusieurs autres savans hommes, & surtout M. *Sale*, auteur de la meilleure traduction de l'Alcoran, & des meilleurs commentaires, penchent vers l'opinion que *Mahomet* travailla en effet à la gloire de DIEU en détruisant le culte du soleil en Perse, & celui des étoiles en Arabie. Mais les mages n'adoraient point le soleil : ils le révéraient comme l'emblême de la Divinité ; cela est hors de doute. On n'admit réellement les deux Principes en Perse que du temps de *Manès*. Les mages n'avaient jamais adoré ce que nous appelons le mauvais Principe ; ils le regardaient précisément comme nous regardons le diable ; c'est ce qui se voit expressément dans le *Sadder*, ancien commentaire du livre du *Zend*, le plus ancien de tous les livres : &, à tout prendre, la religion de *Zoroastre* valait mieux que celle de *Mahomet*, qui lui-même adopta plusieurs dogmes des Perses.

A l'égard des Arabes, il est vrai qu'ils rendaient un culte aux étoiles ; mais c'était certainement un culte subordonné à celui d'un DIEU suprême, créateur, conservateur, vengeur & rémunérateur : on le voit par leur ancienne formule : *O Dieu ! je me voue à ton service ; je me voue à ton service, ô Dieu ! tu n'as de compagnons que ceux dont tu es le maître absolu, tu es le maître de tout ce qui exifte.* L'unité de DIEU fut de temps immémorial reconnue chez les Arabes, quoiqu'ils admiffent, ainfi que les Perfes & les Chaldéens, un ennemi du genre humain, qu'ils nommaient *Satan;* l'unité de DIEU, & l'exiftence de ce *Satan* fubordonné à DIEU, font le fondement du livre de *Job*, qui vivait certainement fur les confins de l'Arabie, & que plufieurs favans croient avec raifon antérieur à *Moïfe* d'environ fept générations.

Si les mahométans écrasèrent la religion des mages & des Arabes, on ne voit pas quelle gloire en revint à DIEU. Les hommes ont toujours été portés à croire DIEU glorieux, parce qu'ils le font; car, ainfi qu'on l'a déjà dit, ils ont fait DIEU à leur image. Tous, excepté les fages, fe font repréfenté DIEU comme un prince rempli de vanité, qui fe fent bleffé quand on ne l'appelle pas *votre alteffe*, & qu'on ne lui donne que de l'*excellence*, & qui fe fâche quand on fait la révérence à d'autres qu'à lui en fa préfence.

Le favant traducteur de l'Alcoran tombe un peu dans le faible que tout traducteur a pour fon auteur; il ne s'éloigne pas de croire que *Mahomet* fut un fanatique de bonne foi. *Il eft aifé de convenir*, dit-il, *qu'il pût regarder comme une œuvre méritoire, d'arracher les hommes à l'idolâtrie & à la fuperftition, & que par degrés, & avec le fecours d'une imagination allumée, qui eft le partage des Arabes, il fe crût en effet deftiné à réformer le monde.*

Bien des gens ne croiront pas qu'il y ait eu beaucoup de bonne foi dans un homme qui dit avoir reçu les feuilles de fon livre par l'ange *Gabriel*, & qui prétend avoir été tranfporté de la Mecque à Jérufalem

en une nuit fur la jument *Borac;* mais j'avoue qu'il
eft poffible qu'un homme, rempli d'enthoufiafme &
de grands deffeins, ait imaginé en fonge qu'il était
tranfporté de la Mecque à Jérufalem, & qu'il parlait
aux anges : de telles fantaifies entrent dans la com-
pofition de la nature humaine. Le philofophe *Gaffendi*
rapporte qu'il rendit la raifon à un pauvre homme
qui fe croyait forcier; & voici comme il s'y prit : il
lui perfuada qu'il voulait être forcier comme lui; il
lui demanda de fa drogue, & feignit de s'en frotter;
ils pafsèrent la nuit dans la même chambre : le forcier endormi s'agita & parla toute la nuit : à fon
réveil il embraffa *Gaffendi*, & le félicita d'avoir été
au fabbat; il lui racontait tout ce que *Gaffendi* & lui
avaient fait avec le bouc. *Gaffendi* lui montrant alors
la drogue à laquelle il n'avait pas touché, lui fit voir
qu'il avait paffé la nuit à lire & à écrire. Il parvint
enfin à tirer le forcier de fon illufion.

Il eft vraifemblable que *Mahomet* fut d'abord fanatique, ainfi que *Cromwell* le fut dans le commencement de la guerre civile : tous deux employèrent leur
efprit & leur courage à faire réuffir leur fanatifme;
mais *Mahomet* fit des chofes infiniment plus grandes,
parce qu'il vivait dans un temps & chez un peuple
où l'on pouvait les faire. Ce fut certainement un
très-grand homme, & qui forma de grands hommes.
Il fallait qu'il fût martyr ou conquérant, il n'y avait
pas de milieu. Il vainquit toujours, & toutes fes
victoires furent remportées par le petit nombre fur
le grand. Conquérant, légiflateur, monarque &
pontife, il joua le plus grand rôle qu'on puiffe jouer
fur la terre aux yeux du commun des hommes;

mais les fages lui préfèreront toujours *Confutzée*, précifément parce qu'il ne fut rien de tout cela , & qu'il fe contenta d'enfeigner la morale la plus pure à une nation plus ancienne, plus nombreufe & plus policée que la nation arabe.

Xme REMARQUE.

De la grandeur temporelle des califes & des papes.

L'OPINION & la guerre firent la grandeur des califes ; l'opinion & l'habileté firent la grandeur des papes. Nous ne comparons point ici religion à religion , églife à mofquée , évêque à muphti , mais politique à politique , événemens à événemens.

Dans l'ordre ordinaire des chofes , la guerre peut donner de grands Etats ; l'habileté n'en peut donner que de petits : ceux-ci durent plus long-temps ; la guerre , qui a fondé les autres , les détruit tôt ou tard. Ainfi les papes ont eu peu à peu cent milles italiques de pays en long & en large , & les califes qui en avaient eu plus de douze cents lieues , les perdirent par les armes. Les califes poffédaient l'Efpagne , l'Afrique , l'Egypte , la Syrie , une partie de l'Afie mineure & la Perfe , au feptième & au huitième fiècles , quand les papes n'étaient que des évêques foumis à l'exarque de Ravenne. Le titre du pape alors était *vicaire de Pierre* , *évêque de Rome*. Il était élu par le peuple affemblé , comme l'étaient tous les autres évêques d'Orient & d'Occident. Le clergé romain demandait la confirmation de l'exarque en ces termes : *Nous vous supplions , vous , chargé du ministère impérial , d'ordonner la consécration de notre père & pasteur.* Il écrivait au métropolitain de Ravenne: *Saint père , nous supplions votre béatitude d'obtenir du seigneur exarque l'ordination de celui que nous avons élu.* C'est ce qu'on voit encore dans l'ancien diurnal romain.

Il est donc constant que le pape était bien loin d'avoir aucune prétention sur la souveraineté de Rome , avant *Charlemagne.* Si l'on prétend que *Grégoire II* secoua le joug de son empereur, résidant à Constantinople , qu'était-il autre chose qu'un rebelle ?

Charlemagne étant devenu empereur romain , & ses successeurs ayant pris ce titre , il est encore évident que les papes n'étaient pas sous eux empereurs de Rome. Les *Othons* ne permirent certainement pas que l'Evêque fût souverain dans la ville qu'ils regardaient comme la capitale de leur Empire. *Grégoire VII,* en tenant l'empereur *Henri IV* pieds nus & en chemise , dans son antichambre, à Canosse, n'osa jamais prendre le titre de souverain de Rome , sous quelque dénomination que ce pût être.

Les princes normands , conquérans de Naples , en fesaient hommage au pape ; mais aucun historien n'a jamais produit aucun acte où l'on voie les rois de Naples faire cet hommage au pontife romain , comme monarque romain : la première investiture donnée aux princes normands , le fut par l'empereur *Henri III,* en 1047.

La seconde investiture est d'un genre différent, & mérite la plus grande attention. Le pape *Léon IX,*

ayant fait une efpèce de croifade contre ces princes,
fut battu & pris par eux ; ils traitèrent leur captif
avec beaucoup d'humanité , chofe affez rare dans ces
temps-là ; & le pape *Léon*, en levant l'excommunication qu'il avait lancée contre eux ; leur accorda tout
ce qu'ils avaient pris & tout ce qu'ils pourraient
prendre, en qualité de fief héréditaire de *St Pierre*,
Dè fanɕto Petro hæreditatis feudo.

A qui *Charles d'Anjou* fit-il hommage-lige pour
Naples & Sicile ? fut-ce à la perfonne de *Clément IV*,
fouverain de Rome ? non ; ce fut à l'Eglife romaine
& aux papes canoniquement élus, *pro regno Siciliæ &*
aliis terris nobis ab Ecclefia romana conceffis ; pour nos
royaumes concédés par l'Eglife romaine. Cet hommage-
lige était donc au fond ce qu'il était dans fon origine,
une oblation à *S^t. Pierre*, un aɕte de dévotion , dont
il réfulta des meurtres , des affaffinats & des empoi-
fonnemens. Le pape était alors fi peu fouverain de
Rome , que la monnaie y avait été frappée au nom
de *Charles d'Anjou* lui-même, quand il était fénateur
unique. On a encore des écus de ce temps avec cette
légende : *Karolus, fenatus, populufque romanus* ; & fur
le revers : *Roma caput mundi*. Il y a de pareilles monnaies frappées au nom des *Colonnes* & des *Urfins* ; il
y a auffi des monnaies au nom des papes : mais
jamais vous ne voyez fur ces pièces la fouveraineté
du pape exprimée : le mot *domnus*, dont on fe fervit
très-rarement , était un titre honorifique que jamais
aucun roi de France , d'Allemagne, d'Efpagne, d'Angleterre, n'employa , fi je ne me trompe ; & on ne
trouve ce mot *domnus* fur aucune monnaie des papes.

Dans les fanglantes querelles de *Fréderic Barberouffe*

avec le pape *Alexandre III*, jamais cet *Alexandre* ne se dit unique souverain de Rome : il avait beaucoup de terres d'une mer à l'autre; mais assurément il ne possédait pas en propre la ville où l'empereur avait été sacré roi des Romains.

Grégoire IX, en accusant l'empereur *Frédéric II* de préférer *Mahomet* à JESUS-CHRIST, le dépose à la vérité de l'Empire, selon l'usage aussi insolent qu'absurde de ces temps-là ; mais il n'ose se mettre à sa place, il n'ose se dire prince temporel de Rome.

Innocent IV dépose encore le même empereur dans le concile de Lyon; mais il ne prend point Rome pour lui-même ; l'empire romain subsistait toujours, ou était censé subsister. Les papes n'osaient s'appeler rois des Romains, mais ils l'étaient autant qu'ils le pouvaient. Les empereurs étaient nommés, sacrés, reconnus rois des Romains, & ne l'étaient pas en effet. Qu'était donc Rome ? une ville où l'évêque avait un très-grand crédit, où le peuple jouissait souvent de l'autorité municipale, & où l'empereur n'en avait aucune que lorsqu'il y venait à main armée, comme *Alaric*, ou *Totila*, ou *Arnoud*, ou les *Othons*.

Les papes regardaient non-seulement le royaume de Naples, mais ceux de Portugal, d'Arragon, de Grenade, de Sardaigne, de Corse, de Hongrie, & sur-tout d'Angleterre, comme feudataires, mais ils ne se disaient ni n'étaient les maîtres de ces pays. Ce n'était pas seulement l'opinion, la superstition qui soumettait ces royaumes au siége de Rome, c'était l'ambition. Un prince disputait une province ; il ne manquait pas d'accuser son compétiteur d'être hérétique ou fauteur d'hérétiques, ou d'avoir épousé sa coufine au cinquième degré, ou d'avoir mangé gras le vendredi. On donnait de l'argent au pape qui en échange donnait la province par une bulle : cette bulle était l'étendard auquel les peuples fe ralliaient, & le pape, qui ne poffédait pas un pouce de terre dans Rome, donnait des royaumes ailleurs.

La même chofe arriva aux califes dans leur décadence qu'aux papes dans leur élévation. Les fultans de l'Afie & de l'Egypte, & du refte de l'Afrique, les rois des provinces efpagnoles prirent des inveftitures des califes qui ne poffédaient plus rien. Tel a été le chaos où la terre fut long-temps plongée.

Les évêques allemands, dans l'anarchie de l'Empire, s'étaient déjà faits princes, & en prenaient le titre, quand les papes étaient bien moins puiffans dans Rome qu'un évêque de Vurtzbourg en Allemagne. Les papes avaient à Rome fi peu de pouvoir, qu'ils furent obligés de fe réfugier dans Avignon pendant foixante & dix ans.

Martin V, élu au concile de Conftance, eft, je crois, le premier qui foit repréfenté fur les monnaies avec la triple couronne, inventée par *Boniface VIII*. Les papes n'ont été réellement les maîtres de Rome que quand ils ont eu le château Saint-Ange ; ce qui n'arriva qu'au quinzième fiècle.

Enfin ils ont régné, mais fans jamais fe dire rois de Rome ; & les empereurs, qui n'ont jamais ceffé d'en être rois, n'ont ofé jamais y demeurer. Le monde fe gouverne par des contradictions ; & voilà fans doute la plus frappante : elle dure depuis *Charlemagne,*

Charles-Quint, roi de Rome, voulut bien la faccager ; mais d'y demeurer feulement trois mois , de prétendre y fixer le fiége de fon empire, c'eft ce que ce prince victorieux n'ofa point entreprendre.

Comment donc accorder la fouveraineté du pape avec celle du roi des Romains ? c'eft un problême que le temps a réfolu infenfiblement. Il femble que les empereurs & les papes foient convenus tacitement que les uns règneraient en Allemagne, & feraient rois de Rome de droit, tandis que les papes le feraient de fait. Ce partage ne nous étonne plus, parce que nous y fommes accoutumés ; mais il n'en eft pas moins étrange.

Ce qui nous fait voir combien la deftinée fe joue de l'univers, c'eft que celui qui affermit la fouveraineté réelle des papes fur les fondemens les plus folides, fut cet *Alexandre VI*, coupable de tant d'horribles meurtres commis par les mains de fon inceftueux fils dans la Romagne , dans Imola, Forli, Faenza , Rimini, Cesène , Fano, Bertinoro , Urbino , Camerino, & furtout dans Rome. Quel était le titre de cet homme ? celui de *ferviteur des ferviteurs de* DIEU ; & quelle ferait aujourd'hui dans Rome la prérogative de celui qui eft intitulé roi des Romains ? il aurait l'honneur de tenir l'étrier du pape , & de fervir de diacre à la grand'meffe.

XIme REMARQUE.

Des moines.

L'OPINION, plus que toute autre chofe, a fait les moines, & c'était une opinion bien étrange, que celle qui dépeupla l'Egypte pour peupler quelque temps des déferts.

On a parlé des moines dans l'*Effai fur les mœurs*, quoique cette partie du genre humain ait été omife dans toutes les hiftoires qu'on appelle *profanes*. Après tout, ils font hommes, & même dans ce corps fi étranger au monde, il s'eft trouvé de grands hommes. L'auteur a été beaucoup plus modéré envers eux, que le célèbre évêque du *Bellai*, & que tous les auteurs qui ne font pas du rite romain. Il a parlé des jéfuites avec impartialité; car c'eft ainfi qu'un hiftorien doit parler de tout.

Le bien public doit être préféré à toute fociété particulière, & l'Etat aux moines, on le fait affez. La fociété humaine s'eft aperçue depuis long-temps combien ces familles éternelles, qui fe perpétuent aux dépens de toutes les autres, nuifent à la population, à l'agriculture, aux arts néceffaires; combien elles font dangereufes dans des temps de trouble. Il eft certain qu'il eft en Europe des provinces qui regorgent de moines, & qui manquent d'agriculteurs.

Un auteur de paradoxes a prétendu que les moines font utiles, en ce que leurs terres, dit-il, font toujours mieux cultivées que celles de la pauvre nobleffe;

mais c'eft précifément par cette raifon que les moines font tort à l'Etat : leurs maifons font bâties des débris des mafures de la nobleffe ruinée. Il eft démontré que cent gentilshommes, ayant chacun une terre de deux mille livres de revenu, rendraient plus de fervices au roi & à la nation, qu'un abbé qui pofsède deux cents mille livres de rente. L'exemple de Londres eft frappant ; tel quartier de cette ville, habité autrefois par trente moines, l'eft aujourd'hui par trois cents familles. On manque quelquefois d'agriculteurs, de foldats, de matelots, d'artifans ; ils font dans les cloîtres, & ils y languiffent.

La plupart font des efclaves enchaînés fous un maître qu'ils fe font donné ; ils lui parlent à genoux, ils l'appellent *monfeigneur ;* c'eft la plus profonde humiliation devant le plus grand fafte ; & encore, dans cet abaiffement ils tirent une vanité fecrète de la grandeur de leur defpote.

Plufieurs religieux, il eft vrai, déteftent dans l'âge mûr les chaînes dont ils fe font garrottés dans l'âge où l'on ne devrait pas difpofer de foi-même ; mais ils aiment leur inftitut, leur ordre ; & ces efclaves ont les yeux fi fafcinés, que la plupart ne voudraient pas de la liberté, fi on la leur rendait ; ce font les compagnons d'*Ulyffe* qui refufent de reprendre la forme humaine. Ils fe dédommagent de cet abrutiffement en Italie, en Efpagne, en donnant infolemment leurs mains à baifer aux femmes. Leurs abbés font princes en Allemagne. On voit des moines grands officiers d'un prince moine, & fon cloître eft une cour qui nourrit l'ambition. Depuis que cet ouvrage a été écrit, tout eft bien changé. Les hommes ont enfin ouvert les yeux.

Les moines, dans leur inftitut, font hors du genre humain, & ils ont voulu gouverner le genre humain. Séculiers & errans dans leur origine, ils ont été incorporés dans la hiérarchie de l'Eglife grecque; mais ils ont été regardés comme les ennemis de la hiérarchie latine. On a propofé dans tous les pays catholiques de diminuer leur nombre, l'on n'a jamais pu y parvenir. Jufqu'à préfent, dans les pays proteftans, on a été forcé de les détruire tous.

On vient d'abolir les jéfuites en France pour la feconde fois; (c) on leur reprochait des priviléges qu'ils ne tenaient que de Rome, & qui étaient incompatibles avec les lois de l'Etat; mais tous les autres religieux ont à peu-près les mêmes priviléges. Les jéfuites ont été chaffés du Portugal par des raifons de politique, & à l'occafion de l'affaffinat du roi; ils ont été détruits en France pour avoir voulu dominer dans les belles-lettres, dans l'Etat & dans l'Eglife : c'eft un avertiffement pour tous les autres ordres religieux. Il en eft un dont on envie les richeffes, mais dont on refpecte l'antiquité & les travaux littéraires; il en eft une foule d'autres moins confidérés.

Tout le monde convient qu'au lieu de ces retraites monaftiques, où l'on fait ferment à DIEU de vivre aux dépens d'autrui & d'être inutiles, il faut des afiles à la vieilleffe qui ne peut plus travailler. Tout le monde voit que chaque profeffion a fes vieillards, fes invalides, que le nom d'hôpital effraie, & qui finiraient leurs jours fans rougir dans des communautés inftituées fous un autre nom; tout le monde

(c) Voyez le *Précis du Siècle de Louis XIV.*

le dit , & perfonne n'a encore effayé de changer des monaftères onéreux à l'Etat en afiles néceffaires.

Ce n'eft pas affurément dans un efprit de cenfure que l'auteur de l'*Effai fur les mœurs* a été en ce point l'organe de la voix publique ; il a infinué , avec tous les bons citoyens, qu'on doit augmenter le nombre des hommes utiles , & diminuer celui des inutiles. Le jeune homme qui a des talens , & qui les enfevelit dans le cloître , fait tort au public & à foi-même. Qu'eût-ce été fi *Corneille* , *Racine* , *Molière* , *la Fontaine* & tant d'autres avaient, dans l'âge où l'on ne peut fe connaître, pris le parti de fe faire théatins ou picpuces !

XIIme REMARQUE.

Des croifades.

LES croifades ont été l'effet le plus mémorable de l'opinion. On perfuada à des princes occidentaux , tous jaloux l'un de l'autre , qu'il fallait aller au bout de la Syrie. Un mauvais fuccès pouvait les faire tous exterminer ; & s'ils réuffiffaient, ils allaient s'exter- miner les uns les autres.

De toutes ces croifades, celle que *St Louis* fit en Egypte fut la plus mal conduite ; & celle qu'il fit en Afrique, la moins convenable ; elle n'avait aucun rapport au premier objet , qui était d'aller s'emparer de Jérufalem , ville d'ailleurs abfolument indifférente aux intérêts de toutes les nations occidentales , ville dont elles pouvaient même détourner leurs pas avec horreur, puifqu'on y avait fait mourir leur DIEU, ville dans laquelle ils ne pouvaient punir la race juive, coupable à leurs yeux de ce meurtre, puifque cette race n'y habitait plus ; pays d'ailleurs dépeuplé & ftérile, dans lequel on n'aurait pas même combattu les Mufulmans, puifque les Tartares leur enlevaient alors ces contrées, ou du moins achevaient de les défoler par leurs incurfions ; pays enfin fur lequel les empereurs de Conftantinople, dépouillés auparavant par les croifés mêmes, pouvaient feuls avoir quelques droits, & fur lequel les croifés n'avaient feulement pas l'apparence d'une prétention.

On a inféré dans la nouvelle hiftoire de France, par M. l'abbé *Véli*, un paffage dans lequel on accufe l'auteur de l'*Effai fur les mœurs* d'avoir inventé que *St Louis* entreprit la croifade contre Tunis pour feconder les vues ambitieufes & intéreffées de fon frère *Charles d'Anjou*, roi des deux Siciles. Il n'a point affurément inventé ce fait qui eft très-précieux dans l'hiftoire de l'efprit humain ; ce fait fe trouve dans toutes les anciennes chroniques d'Italie ; il eft tranfcrit dans l'hiftoire univerfelle de *Delifle*, tome III, page 295. On le voit en propres mots dans *Mézerai*, fous l'année 1269. ,, Quant au faint roi, dit-il, il ,, tourna fon entreprife fur le royaume de Tunis, ,, par deux motifs ; l'un, qu'il lui femblait que la ,, conquête de ce pays-là lui frayerait le chemin à ,, celle de l'Egypte, fans laquelle il ne pouvait ,, garder la Terre-fainte ; l'autre, *que fon frère l'y* ,, *portait*, à deffein de rendre les côtes d'Afrique tri- ,, butaires de fon royaume de Sicile, comme elles ,, l'avaient été du temps de *Roger*, prince normand. ,,

Rapin de Thoyras dit expreffément la même chofe dans le règne de *Henri III* d'Angleterre.

Il n'eft donc que trop vrai que la fimplicité héroïque de *Louis* le rendit la victime de l'ambition de fon frère qui devait être de cette croifade : ce fut même une des raifons qui porta le barbare *Charles d'Anjou* à faire périr, par la main du bourreau, *Conradin*, héritier légitime des deux Siciles, le duc d'Autriche, fon coufin, & le prince *Conrad*, un des fils de l'empereur *Fréderic II;* il crut qu'il était de fa politique de fe fouiller d'une action fi honteufe, afin de n'être point inquiété dans la Sicile quand il irait piller l'Afrique. Quels préparatifs pour un faint voyage ! Mais en quoi d'ailleurs était-il fi faint ? il n'était queftion que d'aller gagner des dépouilles & la pefte fur les ruines de Carthage.

St Louis partit fous ces funeftes aufpices, & fon frère n'arriva qu'après fa mort. Si le monarque de France prétendait aller de Tunis en Egypte, cette entreprife était beaucoup plus périlleufe que fa première croifade, & fes troupes auraient péri dans les déferts de Barca, auffi aifément que fur les bords du Nil.

L'auteur de l'*Effai fur les mœurs* fait très-bien que *Guillaume de Nangis*, qui écrivait l'hiftoire comme on l'écrivait alors, prétend que le shérif, ou émir, ou bey, ou foldan de Tunis, avait grande envie de fe faire chrétien, & qu'il fit efpérer au roi, par plufieurs lettres, fa converfion prochaine. Le même *Guillaume* croit bonnement que *St Louis* alla vîte mettre à feu & à fang les Etats de ce prince mahométan, pour l'attirer, par cette douceur, à la religion chrétienne.

Si c'eft-là une manière sûre de convertir, on s'en rapporte à tout lecteur éclairé. Apparemment que la maxime, *contrains-les d'entrer*, était admife dans la politique comme dans la théologie, & qu'on traitait les mufulmans comme les Albigeois. On peut hardiment n'être pas de l'opinion de *Guillaume;* non qu'on le regarde comme un hiftorien infidèle, mais comme un efprit fort fimple qui, quarante ans après la mort de *S*ᵗ *Louis*, écrivait fans difcernement ce qu'il avait entendu dire. Un fouverain de Tunis, qui veut fe faire catholique romain, un roi de France qui vient affiéger fa ville pour l'aider à entrer au giron de l'Eglife, font des contes qu'on peut mettre avec les fables du Vieux de la montagne, & de la couronne d'Egypte préfentée au roi de France. Les entreprifes de ces temps-là étaient romanefques, mais il y avait plus de romanefque encore dans les hiftoriens. Il faut convenir que Sᵗ *Louis* aurait bien mieux fait de gouverner en paix fes Etats, que d'aller expofer au fer des Américains & à la pefte, fa fille, fa bru, fa belle-fœur & fa nièce, qui firent avec lui ce fatal voyage.

Qu'il foit permis de dire ici que l'abbé *Véli*, auquel on impute cet injufte reproche contre l'auteur de l'*Effai fur les mœurs*, l'a copié dans quelques endroits, & qu'il aurait pu le citer; de même que le père *Barre*, dans fon hiftoire d'Allemagne, a copié mot pour mot la valeur de cinquante pages de l'Hiftoire de *Charles XII;* on eft obligé d'en avertir, parce que, lorfque les hiftoriens font contemporains, il eft difficile, au bout de quelque temps, de favoir qui eft celui qui a pillé l'autre. Mais n'oublions pas combien le droit qu'on réclame eft peu de chofe.

XIIIᵐᵉ

XIIIme REMARQUE.

De Pierre de Castille, dit le cruel.

PIERRE le cruel se vengeait avec barbarie, j'en tombe d'accord : mais je le vois trahi, persécuté par ses frères bâtards, par sa femme même ; soutenu à la vérité par le *Prince noir*, le premier homme de son temps, mais ayant nécessairement la France contre lui ; puisqu'il était protégé par l'Anglais ; opprimé enfin par un ramas de brigands, & assassiné par son frère bâtard ; car il fut tué étant désarmé ; & ce *Henri de Transtamare*, assassin & usurpateur, a été respecté des historiens, parce qu'il a été heureux.

A la bonne heure que ce *Pierre* ait emporté au tombeau le nom de *cruel* ; mais quel titre donnerons-nous au tyran qui fit périr *Conradin* & le duc d'Autriche sur l'échafaud ? Et comment nommer tant d'horribles attentats qui ont effrayé l'Europe ?

XIVme REMARQUE.

De Charles de Navarre, dit le mauvais.

ON convient que *Charles le mauvais*, roi de Navarre, comte d'Evreux, était très-mauvais ; que dom *Pèdre*, roi de Castille, surnommé *le cruel*, méritait ce titre ; mais voyons si dans ces temps de la belle chevalerie, il y avait chez les princes tant de douceur

& de générosité. Le roi de France, *Jean*, surnommé *le bon*, commença son règne par faire tuer le
comte d'*Eu*, son connétable. Il donna l'épée de connétable au prince d'Espagne, dom *la Cerda*, son
favori, & l'investit des terres qui appartenaient à son
beau-frère *Charles*, roi de Navarre. Cette injustice
pouvait-elle n'être pas vivement ressentie par un
prince du sang souverain d'un beau royaume? On
avait dépouillé son père des provinces de Champagne
& de Brie; on donnait à un étranger l'Angoumois
& d'autres terres qui étaient la dot de sa femme,
sœur du roi de France. La colère lui fait commettre
un crime atroce : il fait assassiner le connétable *la*
Cerda; & ce qui est encore triste, c'est qu'il obtient
par ce meurtre la justice qu'on lui avait refusée. Le
roi transige avec lui sur toutes ses prétentions. Mais
que fait *Jean le bon* après cette réconciliation publique? il court à Rouen, où il trouve le roi de
Navarre à table avec le dauphin & quatre chevaliers;
il fait saisir les chevaliers; on leur tranche la tête
sans forme de procès; on met en prison le roi de
Navarre sur le simple prétexte qu'il a fait un traité
avec les Anglais ; mais, comme roi de Navarre,
n'était-il pas en droit de faire ce prétendu traité? Et,
si en qualité de comte d'Evreux & de prince du sang,
il ne pouvait sans félonie, négocier à l'insu du suze-
rain, qu'on me montre le grand vassal de la couronne qui n'a jamais fait de traités particuliers avec
les puissances voisines? En quoi donc *Charles le*
mauvais est-il jusqu'à présent plus mauvais que bien
d'autres? Plût à DIEU que ce titre n'eût convenu
qu'à lui!

On prétend qu'il a empoifonné *Charles V ;* où en eft la preuve ? Qu'il eft aifé de fuppofer de nouveaux crimes à ceux qui font chargés de la haine d'un parti ! Il avait, dit-on, engagé un médecin juif de l'île de Chypre à venir empoifonner le roi de France. On voit trop fréquemment dans nos hiftoires des rois empoifonnés par des médecins juifs, mais une conftitution valétudinaire eft plus dangereufe encore que les médecins.

XVme REMARQUE.

Des querelles de religion.

On a vu que, depuis le pape *Grégoire VII* jufqu'à l'empereur *Charles-Quint,* les querelles de l'Empire & du facerdoce ont bouleverfé l'un & l'autre. Depuis *Charles-Quint* jufqu'à la paix de Veftphalie, les querelles théologiques ont fait couler le fang en Allemagne : le même fléau a défolé l'Angleterre depuis *Henri VIII* jufqu'au temps du roi *Guillaume,* où la liberté de confcience fut pleinement établie.

La France a éprouvé des malheurs, s'il fe peut, encore plus grands, depuis *François II* jufqu'à la mort de *Henri IV ;* & cette mort toujours fenfible aux cœurs bien faits, a été le fruit de ces querelles. Il eft trifte qu'un fi bon arbre ait produit de fi déteftables fruits.

On a fouvent agité fi l'empereur *Henri IV* devait fecouer le joug de la papauté, au lieu de refter pieds nus dans l'antichambre de *Grégoire VII ;* fi *Charles-Quint,* après avoir pris & faccagé Rome, devait régner dans Rome, & fe faire proteftant; & fi *Henri IV*, roi de France, pouvait fe difpenfer de faire abjuration. De bons efprits affurent qu'aucune de ces trois chofes n'était poffible.

L'empereur *Henri IV* avait un trop violent parti contre lui, & n'était pas un homme d'un affez grand génie pour faire une révolution. *Charles-Quint* l'était, mais il n'aurait rien gagné à renoncer à la religion catholique. (*) Pour le roi de France, *Henri le grand*, il eft vraifemblable qu'il ne pouvait prendre d'autre parti que celui qu'il embraffa, quelque humiliation qui y fût attachée. La reine *Elifabeth*, qui lui en fit des reproches fi amers, pouvait bien lui donner des fecours pour difputer le terrain de province en province, mais non pas pour conquérir le royaume de France. Il avait contre lui les trois quarts du pays, *Philippe II* & les papes ; il fallut plier. La facilité de fon caractère fe joignit à la néceffité où il était réduit. Un *Charles XII*, un *Guftave-Adolphe* euffent été inflexibles ; mais ces héros étaient plus foldats que politiques ; & *Henri IV* avec fes faibleffes était auffi politique que foldat. Il paraiffait impoffible qu'il fût roi de France s'il ne fe rangeait à la communion de Rome ; de même qu'on ne pourrait aujourd'hui être roi de Suède ou d'Angleterre, fi l'on n'était pas d'une communion oppofée à Rome. *Henri IV* fut affaffiné malgré fon abjuration, comme *Henri III* malgré fes proceffions ; tant la politique eft impuiffante contre le fanatifme.

La feule arme contre ce monftre, c'eft la raifon. La feule manière d'empêcher les hommes d'être

(*) Voyez les notes de l'*Effai fur les mœurs*, &c.

abfurdes & méchans, c'eft de les éclairer. Pour rendre le fanatifme exécrable, il ne faut que le peindre. Il n'y a que des ennemis du genre humain qui puiffent dire : *Vous éclairez trop les hommes, vous écrivez trop l'hiftoire de leurs erreurs.* Et comment peut-on corriger ces erreurs fans les montrer ? Quoi, vous dites que les temps du jacobin *Jacques Clément* ne reparaîtront plus ? Je l'avais cru comme vous : mais nous avons vu depuis les *Malagrida* & les *Damiens*. Et ce *Damiens* (d) auquel perfonne ne s'attendait, qu'a-t-il répondu à fon premier (e) interrogatoire ? ces propres mots : *C'eft à caufe de la religion* : qu'a-t-il déclaré à la queftion ? (f) *C'eft ce que j'entendais dire à tous ces prêtres ; j'ai cru faire une œuvre méritoire pour le ciel.* Il eft évident que ce furent les billets de confeffion qui produifirent ce parricide. Quels billets ! Mais ces horreurs n'arrivent pas tous les ans ? non : on n'a pas toujours commis un parricide par année ; mais qu'on me montre dans l'hiftoire, depuis *Conftantin*, un feul mois où les difputes théologiques n'aient pas été funeftes au monde.

(d) Voyez le *Précis du fiècle de Louis XV*.

(e) Page 4 du procès de *Damiens*, in-4°.

(f) Page 405.

XVIme REMARQUE.

Du proteſtantiſme & de la guerre des Cévènes.

Dans l'hiſtoire de l'eſprit humain, le proteſtantiſme était un grand objet. On voit que ç'eſt le pouvoir de l'opinion, ſoit vraie, ſoit fauſſe, ſoit ſainte, ſoit réprouvée, qui a rempli la terre de carnage pendant tant de ſiècles. Quelques proteſtans ont reproché à l'auteur de l'*Eſſai ſur les mœurs* de les avoir ſouvent condamnés ; & quelques catholiques ont chargé l'auteur d'avoir montré trop de compaſſion pour les proteſtans. Ces plaintes prouvent qu'il a gardé ce juſte milieu qui ne ſatisfait que les eſprits modérés.

Il eſt très-vrai que par-tout, & dans tous les temps où l'on a prêché une réforme, ceux qui la prêchèrent furent perſécutés & livrés aux ſupplices. Ceux qui s'élevèrent en Europe contre l'Egliſe de Rome comptèrent autant de martyrs de leur opinion, que les chrétiens du ſecond ſiècle en comptèrent de la leur, quand ils s'élevèrent contre le culte de l'Empire romain. Les premiers chrétiens étaient de vrais martyrs ; les premiers réformés étaient, dit-on, de faux martyrs, à la bonne heure ; mais ils ſouffraient, ils mouraient véritablement les uns & les autres : ils étaient tous les victimes de leur perſuaſion. Les juges qui les envoyèrent à la mort avaient la même juriſprudence ; ils condamnaient par le même principe ; ils feſaient périr ceux qu'ils croyaient

ennemis des lois divines & humaines : tout eſt parfaitement égal dans cette conduite du plus fort
contre le plus faible. Le ſénat romain, le concile
de Conſtance jugeaient de la même manière ; les
condamnés marchaient au ſupplice avec la même
intrépidité. *Jean Hus* & *Jérôme de Prague* en eurent
autant que *St Ignace* & *St Polycarpe* ; il n'y a de
différence entre eux que la cauſe ; & il y a cette
différence en leurs juges, que les Romains n'étaient
pas obligés par leur religion à épargner ceux qui
voulaient détruire leurs Dieux, & que les chrétiens
étaient obligés par leur religion à ne pas perſécuter
inhumainement des chrétiens, leurs frères, qui adoraient le même D I E U.

Si c'eſt la politique bien ou mal entendue qui a
livré aux bourreaux les premiers chrétiens & les
hérétiques d'entre les chrétiens, la choſe eſt encore
abſolument égale de part & d'autre ; ſi c'eſt le zèle,
ce zèle eſt encore égal des deux côtés. Si l'on regarde
comme très-injuſtes les païens perſécuteurs, on doit
regarder auſſi comme très-injuſtes les chrétiens perſécuteurs. Ces maximes ſont vraies, & il a fallu les
développer pour le bien des hommes.

Il eſt conſtant que ceux qui ſe dirent réformés
en France furent perſécutés quarante ans avant qu'ils
ſe révoltaſſent ; car ce ne fut qu'après le maſſacre
de Vaſſi qu'ils prirent les armes.

On doit auſſi avouer que la guerre qu'une populace ſauvage fit vers les Cévènes, ſous *Louis XIV*,
fut le fruit de la perſécution. Les camiſards agirent
en bêtes féroces : mais on leur avait enlevé leurs

femelles & leurs petits; ils déchirèrent les chaffeurs qui couraient après eux.

Les deux partis ne conviennent pas de l'origine de ces horreurs. Les uns difent que le meurtre de l'abbé du *Chaila*, chef des miffions du Languedoc, fut commis pour reprendre une fille des mains de cet abbé; les autres pour délivrer plufieurs enfans qu'il avait enlevés à leurs parens, afin de les inf- truire dans la foi catholique : ces deux caufes peuvent avoir concouru, & l'on ne peut nier que la violence n'ait produit le foulèvement qui caufa tant de crimes, & qui attira tant de fupplices.

Après la paix de Ryfvick, Orange, où régnait encore la religion proteftante, appartenant à *Louis XIV*, plufieurs habitans du Languedoc y allèrent chanter leurs pfaumes, & prier DIEU dans leur jargon. A leur retour, on en prit cent trente, hommes & femmes, qu'on attacha deux à deux fur le chemin. Les plus robuftes, au nombre de foixante & dix, furent envoyés aux galères.

Bientôt après, un prédicant, nommé *Marlie*, fut pendu avec fes trois enfans, convaincu d'avoir prêché fa religion, & d'avoir fait convoquer l'af- femblée par fes fils. On fit feu fur plufieurs familles qui allaient au prêche, on en tua dix-huit dans le diocèfe d'Uzès; & trois femmes groffes étant du nombre des morts, on les éventra pour tuer leurs enfans dans leurs entrailles. Ces femmes groffes étaient dans leur tort, elles avaient en effet défobéi aux nouveaux édits; mais, encore une fois, les premiers chrétiens ne défobéiffaient-ils pas aux édits des empereurs quand ils prêchaient? Il faut abfolument

ou convenir que les juges romains firent très-bien
de pendre les chrétiens , ou dire que les juges catholiques firent très-mal de pendre les proteftans ; car
& proteftans & premiers chrétiens étaient précifément dans les mêmes termes : on ne peut trop le
répéter ; ils étaient également innocens ou également
coupables.

Enfin les chrétiens perfécutés par *Maximin* égorgèrent après fa mort fon fils , âgé de dix-huit ans ;
fa fille , âgée de fept , & noyèrent fa veuve dans
l'Oronte. Les proteftans , perfécutés par l'abbé du
Chaila, le maffacrèrent. Ce fut-là l'origine de la guerre
horrible des Cévènes. Il eft même impoffible que
la révolte n'ait pas commencé par la perfécution.
Il n'eft pas dans la nature humaine que le peuple
fe foulève contre fes magiftrats & les égorge, quand
il n'eft pas pouffé à bout: *Mahomet* lui-même ne fit
d'abord la guerre que pour fe défendre , & peut-être
n'y aurait-il point de mahométans fur la terre fi les
Mecquois n'avaient pas voulu faire mourir *Mahomet*.

On ne peut, dans un *Effai fur les mœurs*, entrer
dans le détail des horreurs qui ont dévafté tant de
provinces. Le genre humain paraîtrait trop odieux fi
l'on avait tout dit.

Il fera utile que dans les hiftoires particulières
on voie un détail de nos crimes , afin qu'on ne les
commette plus. Les profcriptions de *Sylla* & d'*Octave*,
par exemple, n'approchèrent pas des maffacres des
Cévènes , ni pour le nombre , ni pour la barbarie;
elles font feulement plus célèbres , parce que le nom
de l'ancienne Rome doit faire plus d'impreffion que
celui des villages & des cavernes d'Anduze; & *Sylla*,

Antoine, *Augufte* en impofent plus que *Ravanel* &
Caftagnet. Mais l'atrocité fut pouffée plus loin dans
les fix années des troubles du Languedoc que dans les
trois mois des profcriptions du triumvirat. On en
peut juger par des lettres de l'éloquent *Fléchier*, qui
était évêque de Nîmes dans ces temps funeftes. Il
écrit en 1704 : ,, Plus de quatre mille catholiques
,, ont été égorgés à la campagne, quatre-vingts
,, prêtres maffacrés, deux cents églifes brûlées. ,,
Il ne parlait que de fon diocèfe : les autres étaient
en proie aux mêmes calamités.

Jamais il n'y eut de plus grands crimes fuivis de
plus horribles fupplices ; & les deux partis, tantôt
affaffins, tantôt affaffinés, invoquaient également le
nom du Seigneur. Nous verrons dans le *Siècle de
Louis XIV* plus de quarante mille fanatiques périr par
la roue & dans les flammes ; & , ce qui eft bien remarquable, il n'y en eut pas un feul qui ne mourût en
béniffant DIEU, pas un qui montrât la moindre
faibleffe : hommes, femmes, enfans, tous expirèrent
avec le même courage.

Quelle a été la caufe de cette guerre civile & de
toutes celles de religion dont l'Europe a été enfan-
glantée ? point d'autre que le malheur d'avoir trop
long-temps négligé la morale pour la controverfe.
L'autorité a voulu ordonner aux hommes d'être
croyans, au lieu de leur commander fimplement
d'être juftes. Elle a fourni des prétextes à l'opiniâtreté.
Ceux qui facrifient leur fang & leur vie ne facrifient
pas de même ce qu'ils appellent leur raifon. Il eft
plus aifé de mener cent mille hommes au combat
que de foumettre l'efprit d'un perfuadé.

X V I I^me R E M A R Q U E.

Des lois.

L'opinion a fait les lois. On a infinué affez dans l'*Effai fur les mœurs* que les lois font prefque par-tout incertaines, infuffifantes, contradictoires. Ce n'eft pas feulement parce qu'elles ont été rédigées par des hommes ; car la géométrie inventée par les hommes eft vraie dans toutes fes parties ; la phyfique expérimentale eft vraie ; les premiers principes métaphyfiques mêmes, fur lefquels la géométrie eft fondée, font d'une vérité inconteftable, & rien de tout cela ne peut changer. Ce qui rend les lois variables, fautives, inconféquentes, c'eft qu'elles ont été prefque toutes établies fur des befoins paffagers, comme des remèdes appliqués au hafard, qui ont guéri un malade, & qui en ont tué d'autres.

Plufieurs royaumes étant compofés de provinces anciennement indépendantes, & ces provinces ayant encore été partagées en cantons non-feulement indépendans, mais ennemis l'un de l'autre ; toutes leurs lois ont été oppofées, & le font encore. Les marques de l'ancienne divifion fubfiftent dans le tout réuni ; ce qui eft vrai & bon au-deçà d'une rivière eft faux & mauvais au-delà ; &, comme on l'a déjà dit, on change de lois dans fa patrie en changeant de chevaux de pofte. Le payfan de Brie fe moque de fon feigneur ; il eft ferf dans une partie de la Bourgogne, & les moines y ont des ferfs. Il y a plufieurs pays où les lois font plus uniformes, mais il n'y en a peut-être pas un feul qui n'ait befoin d'une réforme ; & cette réforme faite, il en faut une autre. Ce n'eft guère que dans un petit Etat qu'on peut établir aifément des lois uniformes. (1) Les machines réuffiffent en petit, mais en grand les chocs les dérangent.

Enfin, quand on eft parvenu à vivre fous une loi tolérable, la guerre vient qui confond toutes les bornes, qui abyme tout ; & il faut recommencer comme des fourmis dont on a écrafé l'habitation.

Une des plus grandes turpitudes dans la légiflation d'un pays, a été de fe conduire par des lois qui ne font pas du pays. Le lecteur peut remarquer comment le divorce qui fut accordé à *Louis XII*, roi de France, par l'inceftueux pape *Alexandre VI*, fut refufé par *Clément VII* au roi d'Angleterre *Henri VIII*; & l'on verra comment *Alexandre VII* permit au régent de Portugal, *Alfonfe*, de ravir la femme de fon frère, & de l'époufer du vivant de ce frère.

Tout fe contredit donc, & nous voguons dans un vaiffeau fans ceffe agité par des vents contraires.

On a dit dans l'*Effai fur les mœurs*, qu'il n'y a point en rigueur de loi pofitive fondamentale ; les hommes ne peuvent faire que des lois de convention. Il n'y a que l'auteur de la nature qui ait pu faire les lois

---

(1) Cette révolution ferait facile & ne cauferait aucun trouble dans une monarchie abfolue, où le prince aurait une volonté foutenue de faire le bien de fon peuple, & voudrait employer à ce grand ouvrage les hommes vraiment éclairés, dont le nombre eft plus grand qu'on ne penfe. C'eft un très-grand avantage que les monarchies abfolues ont fur les républiques, où la plupart de ces réformes utiles ne peuvent fe faire tant que les lumières ne font point devenues prefque populaires.

éternelles de la nature. La feule loi fondamentale &
immuable qui foit chez les hommes eft celle-ci :
Traite les autres comme tu voudrais être traité : c'eft
que cette loi eft de la nature même : elle ne peut
être arrachée du cœur humain : c'eft de toutes les
lois la plus mal exécutée ; mais elle s'élève toujours
contre celui qui la tranfgreffe ; il femble que DIEU
l'ait mife dans l'homme pour fervir de contre-poids
à la loi du plus fort, & pour empêcher le genre
humain de s'exterminer par la guerre, par la chicane
& par la théologie fcolaftique.

XVIIIme REMARQUE.

Du commerce & des finances.

LA Hollande prefque fubmergée, Gènes qui n'a
que des rochers, Venife qui ne poffédait que des
lagunes pour terrain, euffent été des déferts, ou
plutôt n'euffent point exifté fans le commerce.

Venife, dès le quatorzième fiècle, devint par cela
feul une puiffance formidable, & la Hollande l'a été
de nos jours pendant quelque temps.

Que devait donc être l'Efpagne fous *Philippe II*,
qui avait à la fois le Mexique & le Pérou, & fes
établiffemens en Afrique & en Afie dans l'étendue
d'environ trois mille lieues de côtes.

Il eft prefque incroyable, mais il eft avéré que
l'Efpagne feule retira de l'Amérique, depuis la fin
du quinzième fiècle jufqu'au commencement du dix-
huitième, la valeur de cinq milliars de piaftres, en

or & en argent, qui font vingt-cinq milliars de nos livres. Il n'y a qu'à lire dom *Uftaris* & *Navarette* pour être convaincu de cette étonnante vérité. C'eft beaucoup plus d'efpèces qu'il n'y en avait dans le monde entier avant le voyage de *Chriftophe Colomb*. Tout pauvre homme de mérite qui faura penfer peut faire là-deffus fes réflexions : il fera confolé quand il faura que de tous ces tréfors d'Ophir, il ne refte pas aujourd'hui en Efpagne cent millions de piaftres & autant en orfévrerie. Que dira-t-il, quand il lira dans dom *Uftaris* que la daterie de Rome a englouti une partie de cet argent? il croira peut-être que Rome la fainte eft plus riche aujourd'hui que Rome la conquérante du temps des *Craffus* & des *Lucullus*. Elle a fait, il faut l'avouer, tout ce qu'elle a pu pour le devenir; mais n'ayant pas fu être commerçante quand toutes les nations de l'Europe ont fu l'être, elle a perdu par fon ignorance & par fa pareffe tout cet argent que lui ont produit fes mines de la daterie, & fur-tout ce qu'elle pêchait fi aifément avec les filets de *St Pierre*.

L'Efpagne ne laiffa pas d'abord les autres nations entrer avec elle en partage des tréfors de l'Amérique. *Philippe II* en jouit prefque feul pendant plufieurs années. Les autres fouverains de l'Europe, à commencer par l'empereur *Ferdinand*, fon oncle, étaient devant lui à peu-près ce qu'étaient les Suiffes devant le duc de Bourgogne lorfqu'ils lui difaient : Tout ce que ,, nous avons ne vaut pas les éperons de vos ,, chevaliers. ,,

Philippe II devait avoir ce qu'on appelle la monarchie univerfelle, fi on pouvait l'acheter avec de l'or, & la faifir par l'intrigue. Mais une femme à peine affermie dans la moitié d'une île ; un prince d'Orange , fimple comte de l'Empire, & fujet du marquis de Malines ; *Henri IV*, roi mal obéi d'une partie de la France, perfécuté dans l'autre , manquant d'argent & ayant pour toute armée quelques gentilshommes & fon courage , ruinèrent le dominateur des deux Indes.

Le commerce qui avait pris une nouvelle face à la découverte du cap de Bonne-Efpérance , & à celle du nouveau monde, en prit encore une nouvelle quand les Hollandais , devenus libres par la tyrannie, s'emparèrent des îles qui produifent les épiceries, & fondèrent Batavia. Les grandes puiffances commerçantes furent alors la Hollande & l'Angleterre ; la France, qui profite toujours tard des connaiffances & des entreprifes des autres nations , arriva la dernière aux deux Indes , & fut la plus mal partagée. Elle refta fans induftrie jufqu'aux beaux jours du gouvernement de *Louis XIV* ; il fit tout pour animer le commerce.

Les peuples de l'Europe , dans ce temps-là , commencèrent à connaître de nouveaux befoins, qui rendirent le commerce de quelques nations, & furtout celui de la France , très-défavantageux. *Henri IV* déjeûnait avec un verre de vin & du pain blanc ; il ne prenait ni thé, ni café, ni chocolat ; il n'ufait point de tabac ; fa femme & fes maîtreffes avaient très-peu de pierreries ; elles ne portaient point d'étoffes de Perfe, de la Chine & des Indes. Si l'on fonge qu'aujourd'hui une bourgeoife porte à fes oreilles de plus beaux diamans que *Catherine de Médicis* ;

que la Martinique, Moka & la Chine fourniffent le
déjeûner d'une fervante, & que tous ces objets font
fortir de France plus de cinquante millions tous les
ans, on jugera qu'il faut d'autres branches de commerce, bien avantageufes, pour réparer cette perte
continuelle; on fait affez que la France s'eft foutenue par
fes vins, fes eaux-de-vie, fon fel, fes manufactures.

Il lui fallait faire directement le commerce des
Indes, non pas pour augmenter fes richeffes, mais
pour diminuer fes dépenfes; car les hommes s'étant
fait des befoins nouveaux, ceux qui ne pofsèdent pas
les denrées demandées par ces befoins, doivent les
acheter au meilleur compte qu'il foit poffible; or ce
qu'on achète aux Indes de la première main coûte moins
fans doute que fi les Anglais & les Hollandais venaient
le revendre. Prefque toutes ces denrées fe payent
en argent. Il ne s'agiffait donc, en formant en
France une compagnie des Indes, que de perdre
moins, & de chercher à fe dédommager, dans l'Allemagne & dans le Nord, des dépenfes immenfes qu'on
fefait fur les côtes de Coromandel; mais les Hollandais avaient prévenu les Français dans l'Allemagne
comme dans l'Inde; leur frugalité & leur induftrie
leur donnait par-tout l'avantage. Le grand inconvénient pour une nouvelle compagnie d'Europe qui
s'établit dans l'Inde, c'eft, comme on l'a dit, d'y
arriver la dernière. Elle trouve des rivaux puiffans
déjà maîtres du commerce; il faut recevoir des
affronts des nababs & des omrahs, & les payer ou
les battre : auffi les Portugais, & après eux les
Hollandais, ne purent acheter du poivre fans donner
des batailles.

Si

Si la France a une guerre avec l'Angleterre ou la Hollande, en Europe, c'eſt alors à qui ſe détruira dans l'Inde. Les compagnies de commerce deviennent néceſſairement des compagnies guerrières ; & il faut être oppreſſeur ou opprimé. Auſſi nous verrons que, quand *Louis XIV* eut établi ſa compagnie des Indes dans Pondichéri, les Hollandais prirent la ville & écraſèrent la compagnie. Elle renaquit des débris du ſyſtème, & fit voir que la confuſion pouvait quelquefois produire l'ordre. Mais toute la vigilance, toute la ſageſſe des directeurs n'ont pas empêché que les Anglais n'aient pris Pondichéri, & que la compagnie n'ait été preſque détruite une ſeconde fois. Les Anglais ont rendu la ville à la paix ; mais on ſait dans quel état on rend une place de commerce dont on eſt jaloux ; la compagnie eſt reſtée avec quelques vaiſſeaux, des magaſins ruinés, des dettes, & point d'argent. (2)

Elle agiſſait dans l'Inde en ſouveraine, mais elle y a trouvé des ſouverains étrangers comme elle, & plus heureux. On doit convenir qu'il eſt un peu extraordinaire que le grand-mogol, qui eſt ſi puiſſant, laiſſe des négocians d'Europe ſe battre dans ſon empire, & en dévaſter une partie. Si nous accordions le port de l'Orient à des Indiens, & celui de Baïonne à des Chinois, nous ne ſouffririons pas qu'ils ſe battiſſent chez nous.

(2) Elle a été ſupprimée en 1769, ſous le miniſtère de M. d'*Invau* ; il fut prouvé alors qu'elle ne s'était jamais ſoutenue qu'aux dépens du tréſor royal, & qu'elle feſait le commerce à perte. Des négocians particuliers le firent les années ſuivantes ; ils y gagnèrent, & les denrées de l'Inde baiſsèrent de prix.

Quant aux finances, la France & l'Angleterre, pour s'être fait la guerre, se sont trouvées endettées chacune de trois milliars de nos livres. C'est beaucoup plus qu'il n'y a d'espèces dans ces deux Etats. C'est un des efforts de l'esprit humain dans ce dernier siècle, (3) d'avoir trouvé le secret de devoir plus qu'on ne possède, & de subsister comme si l'on ne devait rien.

Chaque Etat de l'Europe est ruiné après une guerre de sept ou huit années; c'est que chacun a plus fait que ses forces ordinaires ne comportent. Les Etats sont comme les particuliers qui s'endettent par ambition ; chacun veut aller au-delà de son pouvoir. On a souvent demandé ce que deviennent tous ces trésors prodigués pendant la guerre; & on a répondu qu'ils sont ensevelis dans les coffres de deux ou trois mille particuliers qui ont profité du malheur public. Ces deux ou trois mille personnes jouissent en paix de leurs fortunes immenses, dans le temps que le reste des hommes est obligé de gémir sous de nouveaux impôts, pour payer une partie des dettes nationales.

L'Angleterre est le seul pays où des particuliers se soient enrichis par le sort des armes; ce que de simples armateurs ont gagné par des prises, ce que l'île de Cuba & les grandes Indes ont valu aux officiers-généraux, passe de bien loin tout l'argent comptant qui circulait en Angleterre, aux treizième & quatorzième siècles.

(3) On ne doit point réellement plus qu'on ne possède. Les intérêts de la dette nationale sont assignés sur la totalité du revenu des propriétaires de la nation, & sont loin, même en Angleterre, d'approcher de la somme de ce revenu.

Lorfque les fortunes de tant de particuliers fe font répandues avec le temps chez leur nation par des mariages, par des partages de famille, & fur-tout par le luxe, devenu alors néceffaire, & qui remet dans le public tous ces tréfors enfouis pendant quelques années, alors cette énorme difproportion ceffe, & la circulation eft à peu-près la même qu'elle était auparavant. Ainfi les richeffes cachées dans la Perfe, & enfouies pendant quarante années de guerres inteftines, reparaîtront après quelques années de calme, & rien ne fera perdu. Telle eft dans tous les genres la viciffitude attachée aux chofes humaines.

XIXme REMARQUE.

De la population.

D<small>ANS</small> une nouvelle hiftoire de France on prétend qu'il y avait huit millions de feux en France, dans le temps de *Philippe de Valois ;* or on entend par *feu* une famille, & l'auteur entend par le mot de *France* ce royaume tel qu'il eft aujourd'hui avec fes annexes. Cela ferait, à quatre perfonnes par feu, trente-deux millions d'habitans ; car on ne peut donner à un feu moins de quatre perfonnes, l'un portant l'autre.

Le calcul de ces feux eft fondé fur un état de fubfide, impofé en 1328. Cet état porte deux millions cinq cents mille feux dans les terres dépendantes de la couronne, qui n'étaient pas le tiers de ce que le royaume renferme aujourd'hui. Il aurait donc fallu ajouter deux tiers pour que le calcul de l'auteur fût jufte. Ainfi, fuivant la fupputation de l'auteur, le nombre des feux de la France, telle qu'elle eft, aurait monté à fept millions cinq cents mille. A quoi ajoutant probablement cinq cents mille feux pour les eccléfiaftiques & pour les perfonnes non comprifes dans le dénombrement, on trouverait aifément les huit millions de feux, & au-delà. L'auteur réduit chaque feu à trois perfonnes; mais par le calcul que j'ai fait dans toutes les terres où j'ai été, & dans celle que j'habite, je compte quatre perfonnes & demie par feu.

Ainfi, fuppofé que l'état de 1328 foit jufte, il faudra néceffairement conclure que la France, telle qu'elle eft aujourd'hui, contenait, du temps de *Philippe de Valois*, trente-fix millions d'habitans.

Or, dans le dernier dénombrement fait, en 1753, fur un relevé des tailles & autres impofitions, on ne trouve aujourd'hui que trois millions cinq cents cinquante mille quatre cents quatre-vingt-neuf feux; ce qui, à quatre & demi par feu, ne donnerait que quinze millions neuf cents foixante & dix-fept mille deux cents habitans. A quoi il faudra ajouter les féguliers, les gens fans aveu, & fept cents mille ames au moins que l'on fuppofe être dans Paris, dont le dénombrement a été fait fuivant la capitation, & non pas fuivant le nombre des feux.

De quelque manière qu'on s'y prenne, foit qu'on porte, avec l'auteur de la nouvelle hiftoire de France, les feux à trois, à quatre ou à cinq perfonnes, il eft clair que le nombre des habitans eft diminué de plus de moitié depuis *Philippe de Valois*.

Il y a aujourd'hui environ quatre cents ans que le dénombrement de *Philippe de Valois* fut fait ; ainsi dans quatre cents ans, toutes chofes égales, le nombre des Français ferait réduit au quart, & dans huit cents ans au huitième ; ainsi dans huit cents ans la France n'aura qu'environ quatre millions d'habitans ; &, en fuivant cette progreffion, dans neuf mille deux cents ans il ne reftera qu'une feule perfonne mâle ou femelle avec fraction. Les autres nations ne feront fans doute pas mieux traitées que nous, & il faut efpérer qu'alors viendra la fin du monde.

Tout ce que je puis dire pour confoler le genre humain, c'eft que dans deux terres que je dois bien connaître, inféodées du temps du roi *Charles V*, j'ai trouvé la moitié plus de feux qu'il n'en eft marqué dans l'acte d'inféodation : & cependant il s'eft fait une émigration confidérable dans ces terres à la révocation de l'édit de Nantes.

Le genre humain ne diminue ni n'augmente, comme on le croit, & il eft très-probable qu'on fe méprenait beaucoup du temps de *Philippe de Valois*, quand on comptait deux millions cinq cents mille feux dans fes domaines.

Au refte, j'ai toujours penfé que la France renferme, de nos jours, environ vingt millions d'habitans, & je les ai comptés à cinq par feu, l'un portant l'autre. Je me trouve d'accord dans ce calcul avec l'auteur de la *Dixme* attribuée au maréchal de *Vauban*, & fur-tout avec le détail des provinces donné par les intendans à la fin du dernier fiècle. Si je me trompe, ce n'eft que d'environ quatre millions, & c'eft une bagatelle pour les auteurs.

Hubner, dans fa géographie, ne donne à l'Europe que trente millions d'habitans. Il peut s'être trompé aifément d'environ cent millions. Un calculateur, d'ailleurs exact, affure que la Chine ne pofsède que foixante & douze millions d'habitans; mais par le dernier dénombrement rapporté par le père du *Halde*, on compte ces foixante & douze millions, fans y comprendre les vieillards, les jeunes gens au-deffous de vingt ans, & les bonzes; ce qui doit aller à plus du double.

Il faut avouer que d'ordinaire nous peuplons & dépeuplons la terre un peu au hafard; tout le monde fe conduit ainfi; nous ne fommes guère faits pour avoir une notion exacte des chofes; l'*à peu-près* eft notre guide, & fouvent ce guide égare beaucoup.

C'eft encore bien pis quand on veut avoir un calcul jufte. Nous allons voir des farces, & nous y rions; mais rit-on moins dans fon cabinet quand on voit de graves auteurs fupputer exactement combien il y avait d'hommes fur la terre deux cents quatre-vingt-cinq ans après le déluge univerfel? Il fe trouve, felon le frère *Peteau*, jéfuite, que la famille de *Noé* avait produit un bi-milliar, deux cents quarante-fept milliars, deux cents vingt-quatre millions, fept cents dix-fept mille habitans en trois cents ans. Le bon prêtre *Peteau* ne favait pas ce que c'eft que de faire des enfans & de les élever. Comme il y va!

Selon *Cumberland* la famille ne provigna que jufqu'à trois milliars, trois cents trente millions, en trois cents quarante ans; & felon *Whilfton*, environ trois cents ans après le déluge, il n'y avait que foixante-cinq mille cinq cents trente-fix habitans.

Il eft difficile d'accorder ces comptes & de les allouer. Voilà les excès où l'on tombe quand on veut concilier ce qui eft inconciliable, & expliquer ce qui eft inexpliquable. Cette malheureufe entre-prife a dérangé des cerveaux qui, d'ailleurs, auraient eu des lumières utiles aux hommes.

Les auteurs de l'hiftoire univerfelle d'Angleterre difent ,, qu'on eft généralement d'accord qu'il y a ,, à préfent environ quatre mille millions d'habitans ,, fur la terre. ,, Vous remarquerez que ces meffieurs, dans ce nombre de citoyens & de citoyennes, ne comptent pas l'Amérique, qui comprend près de la moitié du globe : ils ajoutent que le genre humain en quatre cents ans augmente toujours du double, ce qui eft bien contraire au relevé fait fous *Philippe de Valois*, qui fait diminuer la nation de moitié en quatre cents ans.

Pour moi, fi au lieu de faire un roman ordinaire, je voulais me réjouir à fupputer combien j'ai de frères fur ce malheureux petit globe, voici comme je m'y prendrais. Je verrais d'abord à peu-près combien ce globule contient de lieues quarrées habitées fur fa furface ; je dirais : la furface du globe eft de vingt-fept millions de lieues quarrées ; ôtons-en d'abord les deux tiers au moins pour les mers, rivières, lacs, déferts, montagnes, & tout ce qui eft inhabité : ce calcul eft très-modéré, & nous donne neuf millions de lieues quarrées à faire valoir.

Dd 4

La France & l'Allemagne comptent fix cents'perfonnes par lieues quarrées, l'Efpagne cent foixante, la Ruffie quinze, la Tartarie dix, la Chine environ mille ; prenez un nombre moyen comme cent, vous aurez neuf cents millions de vos frères, foit bafanés, foit nègres, foit rouges, foit jaunes, foit barbus, foit imberbes. Il n'eft pas à croire que la terre ait en effet un fi grand nombre d'habitans : & fi l'on continue à faire des eunuques, à multiplier les moines, & à faire des guerres pour les plus petits intérêts, jugez fi vous aurez les quatre mille millions que les auteurs anglais de l'hiftoire univerfelle vous donnent fi libéralement. Et puis, qu'importe qu'il y ait beaucoup ou peu d'hommes fur la terre ? l'effentiel eft que cette pauvre efpèce foit le moins malheureufe qu'il eft poffible. (4)

(4) Le nombre des hommes croît & diminue indéfiniment, en raifon des fubfiftances, .en fefant abftraction des accidens paffagers ; parce qu'un homme & une femme étant en état d'avoir des enfans pendant environ vingt-cinq ans, il doit, fi ces enfans font bien nourris, y en avoir, en prenant un terme moyen, beaucoup plus de deux par ménage qui vivent affez long-temps pour établir à leur tour une génération nouvelle. Il n'eft donc pas étonnant que, dans un pays où les fubfiftances font très-abondantes, le nombre des hommes double à chaque génération ; c'eft ce qu'on a obfervé depuis environ un fiècle dans les colonies anglaifes de l'Amérique. Cette progreffion s'arrête quand les fubfiftances deviennent moins communes ; mais comme plus il y a d'hommes, plus ils cultivent, la progreffion doit feulement diminuer lorfque la totalité des terres d'une culture peu difficile eft mife en valeur.

XXme REMARQUE.

De la difette des bons livres, & de la multitude énorme des mauvais.

L'HISTOIRE eft décharnée jufqu'au feizième fiècle, par la difette d'hiftoriens ; elle eft depuis ce temps étouffée par l'abondance. On trouve dans la bibliothèque de *le Long* dix-fept mille quatre cents quatre-vingt-fept ouvrages qui peuvent fervir à la feule hiftoire de France. De ces ouvrages il y en a qui contiennent plus de cent volumes ; & depuis environ quarante ans que cette bibliothèque fut imprimée, il a paru encore un nombre prodigieux de livres fur cette matière.

Il en eft à peu-près de même en Allemagne, en Angleterre & en Italie.

On fe perd dans cette immenfité ; heureufement la plupart de ces livres ne méritent pas d'être lus, de même que les petites chofes qu'ils contiennent n'ont pas mérité d'être écrites. Dans cette foule d'hiftoires on ne trouve que trop de romans tels que ceux de *Gatien de Courtilz.* Les hiftoires fecrètes, compofées par ceux qui n'ont été dans aucun fecret, font affez nombreufes ; mais les auteurs qui ont gouverné l'Etat du fond de leur cabinet, le font encore davantage : on peut compter parmi ces derniers ceux qui ont pris la peine de faire les teftamens des princes, & ceux des hommes d'Etat ; c'eft ainfi que nous avons eu les teftamens du maréchal de

Belle-Ifle, du cardinal *Albéroni*, du duc de Lorraine, des miniftres *Colbert* & *Louvois*, du maréchal de *Vauban*, des cardinaux de *Mazarin* & de *Richelieu*.

Le public fut trompé long-temps fur le teftament du cardinal de *Richelieu*; on crut le livre excellent, parce qu'on le crut d'un grand miniftre. Très-peu d'hommes ont le temps de lire avec attention. Prefque perfonne n'examina ni les méprifes, ni les erreurs, ni les anachronifmes, ni les indécences, ni les contradiétions, ni les incompatibilités dont le livre eft rempli. On ne fit pas réflexion que ce livre n'avait été imprimé que plus de quarante ans après la mort du cardinal, qu'il eft figné d'une manière dont le cardinal ne fignait jamais. On oubliait qu'*Aubéri*, qui écrivait la vie du cardinal de *Richelieu*, par ordre de fa nièce, traita le teftament de livre apocryphe & fuppofé, de livre indigne de fon héros, indigne de toute croyance. *Aubéri* était à la fource, il avait en main tous les papiers; il n'y a pas affurément de témoignage plus fort que le fien.

Le favant abbé *Richard*, l'auteur des mélanges de *Vigneul-Marville*, *Charles Ancillon*, la *Monnoie* pensèrent de même.

On trouve dans le chapitre intitulé, *les Menfonges imprimés*, toutes les raifons qui doivent faire penfer que ce teftament politique eft l'ouvrage d'un fauffaire.

Comment, en effet, un miniftre tel que le cardinal de *Richelieu* eût-il laiffé au roi, *Louis XIII*, un legs fi important, fans qu'il eût été préfenté par fa famille au monarque, fans qu'il eût été dépofé dans les archives, fans qu'on en eût parlé, fans qu'on en eût la moindre connaiffance? Eft-il poffible qu'un premier miniftre eût laiffé à fon roi un plan de conduite, & que dans ce plan il n'y eût pas un mot fur les affaires qui intéreffaient alors le roi & toute l'Europe, rien fur la maifon d'Autriche avec laquelle on était en guerre, rien fur le duc de *Veimar*, rien fur l'état préfent des calviniftes en France, pas un mot fur l'éducation qu'il fallait donner au dauphin ?

On voit évidemment que l'ouvrage fut écrit après la paix de Munfter, puifqu'on y fuppofe la paix faite; & le cardinal était mort pendant la guerre.

On ne répétera point ici toutes les raifons déjà alléguées, qui vengent le cardinal de *Richelieu* de l'imputation d'un fi mauvais ouvrage. (*)

Il eft bon que les opinions les plus vraifemblables foient combattues, parce qu'alors on les éclaircit mieux. Tout ce qu'a pu faire un homme judicieux & éclairé, qui fe crut obligé d'écrire, il y a quelques années, contre notre opinion, s'eft réduit à dire : *Je penfe que le plan eft du cardinal, mais qu'il eft poffible, & même vraifemblable, qu'il n'ait ni écrit ni dicté l'ouvrage.*

S'il ne l'a écrit ni dicté, il n'eft donc point de lui ; & celui qui l'a figné d'une manière dont le cardinal de *Richelieu* ne figna jamais, n'était donc qu'un fauffaire. Nous n'en voulons pas davantage ; fe trompera qui voudra.

(*) Voyez *Mélanges hiftoriques*, tome II, pages 243 & fuiv.

XXIme REMARQUE.

Questions sur l'histoire.

I. L'HISTOIRE de chaque nation ne commence-t-elle pas par des fables ? Ces fables ne font-elles pas inventées par l'oisiveté , la superstition , ou l'intérêt ?

Tout ce qu'*Hérodote* nous conte des premiers rois d'Egypte & de Babylone , ce qu'on nous dit de la louve de *Romulus* & de *Rémus* , ce que les premiers écrivains barbares de notre pays ont imaginé de *Pharamond* & de *Childeric* , & d'une *Bazine* , femme d'un *Bazin* de Thuringe , & d'un capitaine romain , nommé *Giles* , élu roi de France avant qu'il y eût une France , & d'un écu coupé en deux dont on envoya la moitié à *Childeric* pour le faire revenir de Thuringe , &c. &c. &c. &c. ne font-ce pas là des fables nées de l'oisiveté ?

Les fables concernant les oracles , les divinations , les prodiges , ne font-elles pas celles de la superstition ?

Les fables , comme la donation de *Constantin* au pape *Silvestre* , les fausses décrétales , la dernière loi du code théodosien , ne font-elles pas dictées par l'intérêt ?

II. On me demande quel empereur institua les sept électeurs ? je réponds qu'aucun empereur ne les créa. Furent-ils donc créés par un pape ? encore moins ; le pape n'y avait pas plus de droit que le grand-lama. Par qui furent-ils donc inftitués ? par eux-mêmes. Ce font les fept premiers officiers de la couronne impériale, qui s'emparent au treizième fiècle de ce droit négligé par les autres princes ; & c'eft ainfi que prefque tous les droits s'établiffent : les lois & les temps les confirment jufqu'à ce que d'autres temps & d'autres lois les changent.

III. On demande pourquoi les cardinaux, qui étaient originairement des curés primitifs de Rome, fe crurent avec le temps fupérieurs aux électeurs, à tous les princes, & égaux aux rois : c'eft demander pourquoi les hommes font inconféquens. Je trouve, dans plufieurs hiftoires d'Allemagne, que le dauphin de France, qui fut depuis le roi *Charles V*, alla à Metz implorer vainement le fecours de l'empereur *Charles IV*. Il fut précédé par le cardinal d'*Albe*, qui était le cardinal de Périgord, arrière-vaffal du roi fon père ; je dis arrière-vaffal, car les Anglais avaient le Périgord. Ce cardinal paffa avant le dauphin, à la diète de Metz, où la feconde partie de la bulle d'or fut promulguée ; il mangea feul à une table fort élevée avec l'empereur, *ob reverentiam pontificis*, comme dit *Trithème* dans fa chronique du monaftère d'Hirfauge. Cela prouve que les princes ne doivent guère voyager hors de chez eux, & qu'un cardinal, légat du pape, était alors au moins la troifième perfonne de l'univers, & fe croyait la feconde.

IV. On a écrit beaucoup fur la loi falique, fur la pairie, fur les droits du parlement ; on écrit encore tous les jours. C'eft une preuve que ces origines

font fort obfcures , comme toutes les origines le
font. L'ufage tient lieu de tout , & la force change
quelquefois l'ufage. Chacun allègue fes anciennes
prérogatives comme des droits facrés ; mais, fi aujour-
d'hui le châtelet de Paris fefait pendre un bedeau
de l'univerfité qui aurait volé fur le grand chemin ,
cette univerfité ferait-elle bien reçue à exiger que le
prévôt de Paris déterrât lui-même le corps de fon
bedeau , demandât pardon aux deux corps, c'eft-à-
dire, à celui du bedeau & à celui de l'univerfité ,
baisât le premier à la bouche, & payât une amende
au fecond , comme la chofe arriva du temps de
Charles VI, en 1408 ?

Serait-elle auffi en droit d'aller prendre le lieutenant
civil, & de lui donner le fouet, culottes bas, dans
les écoles publiques , en préfence de tous les écoliers ,
comme elle le requit à *Philippe-Auguſte* ?

V. Dans quel temps le parlement de Paris com-
mença-t-il à entrer en connaiffance des finances du
roi , dont la chambre des comptes était feule autrefois
chargée ? Dans quelle année les barons , qui rendaient la juftice dans le parlement de Paris, ceffèrent-
ils de s'y trouver , & abandonnèrent-ils la place aux
hommes de loi ?

VI. Toutes les coutumes de la France ne vien-
nent-elles pas originairement d'Italie & d'Allemagne ?
A commencer par le facre des rois de France, n'eft-il
pas évident que c'eft une imitation du facre des rois
lombards ?

VII. Y a-t-il en France un feul ufage eccléfiaftique qui ne foit venu d'Italie ? & les lois féodales

n'ont-elles pas été apportées par les peuples fep-
tentrionaux qui fubjuguèrent les Gaules & l'Italie ?
On prétend que la fête des fous, la fête de l'âne &
femblables facéties font d'origine françaife ; mais ce
ne font point-là des ufages eccléfiaftiques ; ce font
des abus de quelques églifes ; & d'ailleurs la fête de
l'âne eft originaire de Vérone, où l'on conferva
l'âne qui y était venu de Jérufalem, & dont on fit
la fête.

VIII. Toute induftrie en France n'a-t-elle pas été
très-tardive ? & depuis le jeu des cartes, reconnu
originaire d'Efpagne par les noms de *fpadilles*, de
manilles, de *codilles*, jufqu'au compas de proportion,
& à la machine pneumatique, y a-t-il un feul art
qui ne lui foit étranger ? Les arts, les coutumes,
les opinions, les ufages n'ont-ils pas fait le tour
du monde ?

*Fin du quatrième & dernier volume de l'Effai
fur les mœurs.*

TABLE

DES CHAPITRES

ET REMARQUES

CONTENUS DANS CE VOLUME.

CHAP.

Remarques pour servir de supplément à l'Essai sur les mœurs & l'esprit des nations, & sur les principaux faits de l'histoire depuis *Charlemagne* jusqu'à la mort de *Louis XIII.*

Fin de la Table des chapitres du quatrième
& dernier volume.

TABLE GENERALE,

OU

LISTE ALPHABETIQUE

De tous les noms des personnes dont il est fait mention dans les quatre volumes de cet Essai.

L'on a compris sous un seul article différentes personnes du même nom, dont il n'est dit qu'un mot dans cet ouvrage ; comme les quatre Théodora, *les trois* Irène, *les deux rois* André, *les deux* Bertrand, Casimir, Duprat, *d'*Estrées, Gilles, Godescald, Hugues *l'abbé,* Luna, Pérès, Ximenès, *&c.*

Le chiffre romain indique le tome, & le chiffre arabe la page où se trouve le nom que l'on cherche.

A.

Ee 3

B.

C.

D.

E.

F.

G.

H.

I.

J.

K.

L.

Lévi.

N.

O.

P.

S.

T.

W.

X.

Y.

Z.

Fin de la Table des matières.